ANDREA SCHACHT

Die Lauscherin im Beichtstuhl

Buch

Man schreibt das Jahr des Herrn 1502. Mirza, die dreifarbige Glückskatze, wird auf das Niederträchtigste entführt. Als man sie endlich aus dem Sack lässt, findet sie sich in der Bibliothek des Klosters Knechtsteden wieder – hier soll sie die Mäuse fangen, die unermüdlich die alten Pergamente benagen. Schon bald fasst Mirza Zutrauen zu Pater Melvinius, dem Bibliothekar des Klosters. Allerdings muss sie bei ihren neugierigen Streifzügen durch Kreuzgang, Kräutergarten und Klosterkirche feststellen, dass sich seltsame Dinge in den heiligen Hallen abspielen. Da ist zum Beispiel Meister Clemens, der Freskenmaler der Kirche, der an manchen Tagen die roten und grünen Farbtöpfe plötzlich nicht mehr unterscheiden kann. Und warum zieht sich Bruder Arnoldus, ein echter Katzenhasser übrigens, mit der schönen Frau Johanna regelmäßig in die Apfelscheune zurück? Oder was hat der grobe Gärtnerbursche Meiko immer wieder in der Bibliothek herumzuschleichen? Daneben muss Mirza sich mit Diabolo, dem Streunerkater, zwei derben Schlägertypen aus den Ställen, dem bissigen Klosterhund und einem gefährlichen alten Luchs auseinandersetzen. Mirza, die allerlei heimliche Schleichwege zu Beichtstühlen, Zellen und Kellergewölben hat, sieht und weiß alles. Und kann dennoch nicht verhindern, dass eines Tages Gewalt und Verderben in die friedliche Welt des Klosters Einzug halten. Es kommt zu einem Überfall, einem Einbruch, einer Brandstiftung – und schließlich einem Mordversuch. Doch: Wie gut, dass es die scharfsinnige Mirza gibt – der es zusammen mit Pater Melvinius, »ihrem« Bibliothekar, gelingt, die Quelle des Bösen aufzudecken und ein altes Unrecht wiedergutzumachen …

Autorin

Andrea Schacht war lange Jahre als Wirtschaftsingenieurin in der Industrie und als Unternehmensberaterin tätig, hat dann jedoch den seit Jugendtagen gehegten Traum verwirklicht, Schriftstellerin zu werden. Ihre historischen Romane um die aufmüpfige Kölner Begine Almut Bossart haben auf Anhieb die Herzen unzähliger Leser erobert. Andrea Schacht lebt mit ihrem Mann und zwei Katzen in der Nähe von Bad Godesberg.

Von Andrea Schacht sind im Blanvalet Taschenbuch lieferbar:

Die historischen Romane um die Begine Almut:

Der dunkle Spiegel (36280) · Das Werk der Teufelin (36466) · Die Sünde aber gebiert den Tod (36628) · Die elfte Jungfrau (36780) · Das brennende Gewand (37029)

Die »Ring-Trilogie«:

Der Siegelring (35990) · Der Bernsteinring (36033) · Der Lilienring (36034)

Rheines Gold (36262) · Mac Tiger – Ein Highlander auf Samtpfoten (36810)

Andrea Schacht

Die Lauscherin im Beichtstuhl

Eine Klosterkatze ermittelt

Roman

blanvalet

FSC
Mix
Produktgruppe aus vorbildlich
bewirtschafteten Wäldern und
anderen kontrollierten Herkünften

Zert.-Nr. SGS-COC-1940
www.fsc.org

Verlagsgruppe Random House FSC-DEU-0100
Das für dieses Buch verwendete FSC-zertifizierte Papier
Holmen Book Cream liefert Holmen Paper, Hallstavik, Schweden.

4. Auflage
Originalausgabe April 2006 bei Blanvalet,
einem Unternehmen der Verlagsgruppe
Random House GmbH, München.

Umschlaggestaltung: Design Team München
Umschlagmotiv: Bridgeman
Lektorat: SK
Redaktion: Dr. Rainer Schöttle
Herstellung: Heidrun Nawrot
Satz: Uhl + Massopust, Aalen
Druck und Einband: GGP Media GmbH, Pößneck
Printed in Germany
ISBN: 978-3-442-36263-9

www.blanvalet.de

Für Mira,
die mich während des Schreibens mit ihrem
inspirierenden Schnurren verwöhnt
und mit zahlreichen Mäusen versorgt hat.

Dramatis Personae

Mirza: die Heldin, dreifarbige Katze mit roten Ohren, die, wenn sie nicht von ihren tierischen Gefühlen gehindert wird, sehr logische Schlüsse ziehen kann.

Die alte Moen: die Mirza lehrte, mit den hübschen Goldscheibchen zu spielen, und nun leider ein Geheimnis mit ins Grab genommen hat.

Pater Melvinius de Penthièvre: der alte Gelehrte, dem es gelingt, das Vertrauen der klugen Katze zu gewinnen und einem groben Gärtnerburschen das Geheimnis seiner Herkunft zu entlocken.

Meiko: der geheimnisvolle Gärtnergehilfe, der viel zu gebildet für einen Handlanger ist, aber raue Hände hat und schwere Arbeit nicht scheut.

Sivert von Rommerskirchen: der jetzige Herr des Gutshofes, gut aussehend und von angenehmen Manieren, solange es ihm nützt.

Arnold van Beveland, Diakon Arnoldus: Siverts Freund aus Jugendtagen, der sich auf seine Weise um die Seelen von Rommerskirchen sorgt.

Ermine van Heege: Siverts zukünftige Verlobte, die recht delikate Dinge zu beichten hat.

Johanna van Heege: ihre Tante, die ebenfalls delikate Dinge zu beichten hätte, es aber wohlweislich nicht tut.

Kristin Hendrykson: die Freskenmalerin mit exquisitem Farbgefühl und großer Wandlungsfähigkeit.

Clemens Hendrykson: ihr Bruder, dem rote Blumen und grüne Blätter einerlei sind.

Caroline von Stommeln: eine mildtätige Dame, die Familienverpflichtungen ernst nimmt.

Jehan: ein hübscher Jüngling, der noch an Wunder glaubt und Märchen liebt.

Die Druitgin: ein kundiges Kräuterweib, das um viele Märchen weiß.

Die Herrin der Quelle: die in den Märchen vorkommt.

Hermann Kerpen: Advocatus, auf Reisen.

Abt Ignaz: der auf Würde bedacht ist.

Bruder Alwin: der im Krankenzimmer wirkt.

Bruder Everard: der über die Gärten wacht.

Elspet und Ines: zwei Klatschbasen in Rommerskirchen.

Katryn: das Wäschermädchen, das gerne tuschelt.

Ihre Freundinnen: die auf das Getuschel hören.

Mattes: der Fassbendergeselle, der das Getuschel glaubt.

Weitere tierische Helden

Raguna: die weise alte Luchsin.

Engelbert: der faule Küchenkater.

Laus und Wanze: zwei Schlägertypen aus den Ställen.

Diabolo: der Streuner mit dem rauen Wesen und dem weichen Kern, sehr schwarz.

Jako: der Hofhund, ein unangenehmer Charakter.

Das erste Kapitel

Die Morgensonne hatte sich über dem Wald erhoben und versprach eine brennende Hitze für den ganzen Tag. Genauso, wie auch die Tage des August zuvor heiß und trocken waren. Zwischen den Stoppeln der abgeernteten Felder formte der Wind kleine Staubwirbel, und das verdorrte Gras am Rain raschelte, wenn das Lüftchen darüber streifte. Ein paar zornige Wespen summten über einem faulenden Apfel, und ein aufgeschreckter Hase hoppelte im Zickzackkurs Richtung Hecke. Mühsam zog ein schweres Pferd einen Wagen über den Karrenweg, der aus dem Dorf hinaus wer weiß wohin führte.

Ich duckte mich, bis das Gefährt vorüber war. Unauffällig zu sein gehörte zu meiner zweiten Natur. Seit Anbruch der Morgendämmerung war ich bereits unterwegs, um meine Aufgaben zu erledigen. Nun hatte ich alles getan und war auf dem Weg zurück in die dämmerige Kühle meines Heims, um den Tag zu verdösen. Es war zu warm, um etwas anderes in Angriff zu nehmen.

Die strohgedeckte Kate wartete auf mich zwischen einigen weiteren Häusern, die eine breite, ausgefahrene Straße säumten. Ich selbst bevorzugte jedoch den Weg durch die Gärten. Erbsen und Bohnen, an Stangen hochgebunden, reiften dort, Zwiebeln und Lauch verbreiteten ihren unangenehmen Geruch, Lavendel und Thymian einen etwas besseren, und ein knorriger Birnbaum spendete wohltuenden Schatten. Zwischen den breiten Blättern der Kapuzinerkresse lugten leuchtende Blüten hervor, und an der Hauswand rankte sich das Geißblatt empor. Ein aus groben Zweigen geflochtener Zaun hinderte die kleine Hühnerschar daran, das ihnen bestimmte Areal zu verlassen. Er hinderte jedoch mich nicht daran, mit einem eleganten Sprung darüber zu setzen. Gackernd stoben die braunen Hennen davon, als ich zwischen ihnen landete. Es verwunderte mich, dass für sie noch keine Körner ausgestreut waren. Gewöhnlich erhob sich die alte Moen mit der Sonne und kümmerte sich um Haus und Hof. Auch der hölzerne Wassereimer stand noch unbenutzt neben dem Brunnen, und der Reisigbesen lehnte müßig an der Wand neben der Tür.

Hier stimmte irgendetwas nicht.

Der Fensterladen stand jedoch offen, und ich begab mich in das Innere der geräumigen Hütte. Ich hatte sie immer als eine recht komfortable Unterkunft empfunden. Der Dielenboden war sauber gefegt, der Tisch geschrubbt, eine irdene Schale mit Sommerblumen stand auf einer schweren Holztruhe. Neben dem Kamin war das Feuerholz aufgeschichtet, der geschwärzte Kessel mit dem Morgenbrei hing an seinem Haken. Es brannte aber kein Feuerchen darunter.

Es stimmte also wirklich etwas nicht.

Aus dem zweiten Raum der Hütte drang kein einziges Geräusch. Auch das beunruhigte mich. Denn wenn die Moen schlief, dann lauthals. Man könnte auch sagen, sie schnarchte wie ein Pechsieder. Und wie die schnarchen konnten, hatte ich oft genug im Wald mitbekommen.

Ich sah also nach ihr und fand sie, in ihrem braunen Kleid und der weißen Schürze, die sie immer so sorgsam wusch und glättete, untätig in ihrem Sessel neben dem Bett sitzen. Das war sehr ungewöhnlich.

Vorsichtig näherte ich mich ihr und äußerte kleine Begrüßungsworte.

Sie reagierte nicht darauf.

Sie sah noch nicht einmal auf. Ihr Kopf war ihr auf die Brust gesunken, der Haarzopf hing ihr, unordentlich vom Schlummer, über die Schulter, und ihre Hände hielt sie gefaltet im Schoß.

Ich umrundete sie noch einmal, dann stupste ich sie an.

Sie reagierte nicht.

Mich beschlich eine gewisse traurige Ahnung. Sie wurde bestätigt, als ich mich auf ihre Knie begab und achtsam lauschte.

Das regelmäßige Klopfen ihres Herzens hatte aufgehört.

Die alte Moen war tot.

Darüber musste ich nachdenken.

Ich tat es in meiner Lieblingsecke in dem dritten Raum der Hütte, dort, wo sie die Kräuterbüschel zum Trocknen an die Decke gehängt hatte. Es duftete gut dort, und bedauerlicherweise döste ich überm Denken ein. Manchmal passiert mir das leider.

Eine Männerstimme weckte mich. Eine fremde Stimme!

»Moen! Moen, meine Alte. Was sind denn das für

neue Sitten? Mitten am Tag ein Schläfchen zu machen!«

Ich machte mich klein und unauffällig und spähte durch die halb geöffnete Tür. Der Mann war groß und knochig. Er trug ein grob gewebtes Hemd und ebensolche Hosen, hatte hohe, erdverkrustete Stiefel an den Beinen und einen derben Gürtel umgeschnallt. Die Haare hingen ihm wirr in den Nacken, sein Gesicht war stoppelbärtig, von der Sonne dunkel gebrannt, sodass seine graugrünen Augen hell darin leuchteten. Die aufgerollten Ärmel zeigten muskulöse, gebräunte Arme. Ein Bauer wahrscheinlich. Oder ein Fuhrmann. Auf jeden Fall stammte er nicht aus dem Dorf, sonst hätte ich ihn erkannt.

»Moen? Oh, mein Gott, Moen. Das darf nicht wahr sein!«

Er fühlte nach ihrem Herzschlag und lauschte auf ihren Atem. Aber ich wusste ja schon – da war nichts mehr.

»Ach, Moen, meine arme Alte. Gerade jetzt musste es geschehen.«

Er stand einen Moment mit gesenktem Kopf und gefalteten Händen an dem Sessel. Dabei fiel mir auf, dass ihm an der linken Hand der kleine Finger und der halbe Ringfinger fehlten.

Nach einer Weile rührte er sich wieder und machte sich sehr zielstrebig daran, die Hütte zu durchsuchen. Das stimmte mich außerordentlich misstrauisch. Die Moen mochte es nämlich gar nicht gerne, wenn man bei ihr herumschnüffelte. Er öffnete ihre Truhen und Kästen, schaute in den Alkoven, in dem sich ihr Bett verbarg, lugte unter die Kissen und hob sogar die Strohmatratze an den Ecken an. Er tastete mit der Hand die Dachsparren ab und klappte die Läden auf und zu. Ein sehr seltsames Benehmen. Dann kehrte er zu der Moen zurück. Er schien recht kräftig zu sein, denn jetzt hob er den leblosen Körper der alten Frau mühelos hoch und bettete ihn auf ihr Lager. Sanft zog er die Decke über sie.

Zuletzt untersuchte er noch den Sessel, auf dem sie eingeschlafen war. Dann näherte er sich meiner Ecke, wohl in der Absicht, hier in alle Töpfe und Kisten, Körbe und Kiepen zu schauen. Ich schlich mich geduckt an der Wand entlang zum Kamin. In der Stube hockte ich mich hinter das Feuerholz und beobachtete ihn weiter.

Während er weiter stöberte, entdeckte ich das schimmernde Scheibchen. Ach ja, das war ein lustiges Spiel, das die alte Moen mir beigebracht hatte. Wenn man es richtig machte, dann kullerten diese runden Dinger über den Boden. Und sie hatte mich immer gelobt, wenn es mir gelang, eines davon in die Ritze zwischen den Dielenbrettern neben dem Kamin zu schnicken. Es fiel dann mit einem leisen »Pling« nach unten. Ein hübsches Geräusch. Wir hatten das Spiel gestern Abend noch gespielt, und dieses Scheibchen hatte ich wohl übersehen.

Gewandt wie ich nun mal war, gelang es mir in kürzester Zeit, auch dieses letzte Spielzeug an die richtige Stelle zu schubsen.

»Pling«, sagte es.

Der Mann wurde auf mich aufmerksam.

»Eine Katze!«, stellte er fest, was ich bestätigen konnte. Das bin ich nun mal. Es hörte sich auch erfreut an, denn er fügte hinzu: »Du bist ein Geschenk des Himmels, Kleine. Du kannst zumindest den größten Schaden abwenden!«

Dann aber machte er sich höchst unbeliebt bei mir. Ehe ich michs versah, warf er eine Decke über mich und wickelte mich fest darin ein. Ich konnte zappeln, wie ich wollte, ich kam nicht heraus. Dann wurde ich in einen Korb gepackt, der eine lange Zeit furchtbar hin und her schwankte.

Mir war gar nicht gut.

Endlich hörte das Schwanken auf, und die Decke lockerte sich. Ich krabbelte sofort heraus und fauchte zornig. Dabei sah ich mich um, um so bald wie möglich die Flucht ergreifen zu können. Aber, verflixt, hier war ich ja noch nie gewesen! Was war das denn für ein Stall? Vier Wände, vier Fenster, viel Holz und der durchdringende Geruch nach trockenem Staub, altem Leder und feuchter Tinte. Ich sprang auf ein Bord an der Wand, auf dem einige Bücher lagen, und machte mich so gut es ging unsichtbar. Doch der Mann, der mich so brutal entführt hatte, stand neben einem Pult und sah mich mit kalten, durchdringenden Augen an. Ich hasste ihn. Um ihm das klar zu machen, starrte ich ihn in Grund und Boden.

Er hatte den Anstand, nach kurzer Zeit wegzublicken.

»Ah, Meiko, was hast du denn da mitgebracht?«, fragte eine ebenfalls staubige, alte und trockene Stimme. Ich drehte mich abrupt zu ihr hin. Ein großer, hagerer Mann in einer langen, weißen Kutte war in den Raum getreten und streifte mich mit einem Lächeln im Blick.

»Die Antwort auf Eure Probleme, Pater Melvinius. Sie wird die Mäuse fangen, die die wertvollen Pergamente hier in der Bibliothek annagen.«

»Keine schlechte Idee, Meiko. Wie bist du zu ihr gekommen? Du hast sie doch hoffentlich nicht einem Besitzer abgenommen?«

Besitzer, was für ein Blödsinn. Eine Katze wird doch nicht besessen!

»Sie lebte in dem Haus der alten Moen, drüben in Dellenhofen. Aber die Moen ist heute Nacht gestorben, und ich dachte, bevor sie zur Streunerin wird, kann sie Euch hier nützlich sein. Nahrung wird sie genug finden!«

Mit seiner verunstalteten Hand strich Meiko ganz unerwartet sanft über den ledernen Einband eines Buches.

»Seht, selbst hier haben die Nager schon ihre Spuren hinterlassen.«

»Ja, es ist eine Schande, da hast du Recht. Aber woher kennst du denn die alte Moen?«

»Der Bruder Gärtner – äh – meinte, sie habe einen winterharten Thymian. Ich wollte ihr ein Pflänzchen abschwatzen.«

Schamloser Lügner, der! Der Thymian wuchs im Garten, er aber hatte das Haus durchsucht! Ich wollte noch einmal empört fauchen, aber da kam der Pater noch etwas näher und streckte langsam die Hand nach mir aus. Ich machte eine ebenso langsame Rückwärtsbewegung.

»Keine Angst, meine Kleine, keine Angst.«

Er hatte eine seltsame Art zu sprechen. Nicht so wie die Moen oder die Dorfbewohner. Er verwendete dieselben Worte wie sie auch, aber sie klangen anders aus seinem Mund. Weicher vielleicht, ein wenig melodischer. Es gefiel mir, wenn ich ehrlich sein wollte. Er hatte ein von Falten durchzogenes Gesicht, das den trockenen, dünnen Lederhäuten, die hier zu Hauf herumlagen, sehr ähnlich war. Seine Haare hingegen waren schneeweiß und bis auf die hohe Stirn noch voll und üppig; sie lagen leicht gelockt auf seiner Schulter. Auch sein Bart schimmerte weiß und wellte sich bis über seine Brust. Die Augen, die mich unter halb gesenkten Lidern nicht unfreundlich musterten, waren hellblau mit einem dunklen Rand, und ich konnte das Gefühl nicht loswerden, sie müssten schon ungewöhnlich viel gesehen haben.

»Du bist eine hübsche Katze, Kleine, und wir sollten deshalb auch einen hübschen Namen für dich finden, nicht wahr?«

Name ist gut, dachte ich. Das gibt einem Persönlichkeit. Natürlich kannte ich meinen eigenen Namen – jede Katze hat einen, doch der wird nicht bereitwillig preisgegeben. Für das Zusammenleben mit Menschen tat es einer, den sie wählten. Er war ohnehin meist aus unserer Sprache entlehnt, soweit sie sie denn beherrschten. Miez, Maunz, Mieschen riefen sie uns zumeist. Die Moen war etwas einfallsreicher gewesen. Oder sie hatte besser hingehört. Sie nannte mich Mirza. Ich murrte leise »Mirrr-zaah« zu dem weißen Mann, und er sagte: »Mirza«. Kluger Kerl.

»Tja, Meiko, damit scheint die Sache besiegelt zu sein. Ich werde dafür sorgen, dass Mirza hier ein neues Zuhause hat. Hast du die Angehörigen der Moen verständigt?«

»Nein, ich kenne sie nicht. Aber ich habe den Nachbarn Bescheid gegeben. Sie werden für alles Weitere sorgen. Und jetzt werde *ich* mich wieder um den Garten kümmern, Pater Bibliothecarius!«

Ohne sich von mir zu verabschieden, stapfte der Stoffel aus der Bibliothek. Ich blieb mit Pater Melvinius alleine. Noch immer hatte ich meinen Platz auf dem Bord nicht verlassen.

»Ich kann mir vorstellen, dass du ein wenig verängstigt bist. Meiko hat dich eingefangen und dich hergeschleppt. Du wirst wohl ein paar Tage lang dein altes Heim vermissen.«

Ziemlich verständnisvoll, der Alte. Jetzt brauchte er eigentlich einfach nur die Tür aufzumachen und mich in den Sonnenschein hinauszulassen. Aber das war nicht sein Bestreben. Stattdessen hielt er mir wieder seine Finger vor die Nase. Na gut, ich tat ihm den Gefallen und schnüffelte daran. Wie nicht anders zu erwarten – trockenes Leder, Pergament, Tinte. Immerhin nicht zu unangenehm. Ich ließ mir ein leichtes Kraulen gefallen. Das konnte er recht gut.

»Du bist schön, meine Freundin! Aber es sind ziemlich viele Flecken an dir!«, murmelte er und schien belustigt. Warum, verstand ich nicht. Natürlich sind Flecken an mir. Meine eigentliche Fellfarbe ist ja weiß. Aber ich habe sehr dekorativ über den Körper verteilt einige rote und schwarze Stellen. Ein besonders eleganter schwarzer Streifen zieht sich zwischen den Augen bis zu meiner Nase hin, die deshalb auch schwarz ist. Beide Ohren leuchten rot, der Bauch schimmert selbstverständlich reinweiß, der Rücken ist gefleckt und der Schwanz wiederum vollkommen schwarz. Lange Zeit, das muss ich gestehen, war mir gar nicht klar, dass er zu mir gehört.

»Tiere mit roten Ohren, so sagt man in meiner Heimat, sind Grenzgänger zur Anderwelt. Bist du eine Feenkatze, Mirza?«

Kommen wir nicht alle aus einer anderen Welt? Was für ein überaus seltsamer Mann. Er sprach mit mir, was nicht viele Menschen tun. Und er schien sogar einen gewissen Instinkt für die richtige Perspektive zu haben. Ich drückte vorsichtig meinen Kopf gegen seine Hand.

»Wir werden gut miteinander auskommen, Mirza. Jetzt schau dich ein wenig in diesem Raum um. Ich bin mir sicher, du findest ein paar interessante Mauselöcher hinter den Regalen.«

Er ließ mich allein, und – nun ja, die Neugier siegte mal wieder. Ich nahm mein neues Heim gründlich in Augenschein.

Zwei fette Mäuse fielen mir ganz nebenbei zum Opfer.

Dann hockte ich mich ans Fenster. Erst hatte ich ja gedacht, es sei offen, denn man konnte so einfach hindurchschauen. Doch ich stieß mir meine Nase an dem kalten, harten, durchsichtigen Zeug, mit dem sie es verschlossen hatten. Sehnsüchtig also starrte ich hinaus über die grünen Weiden, die Apfelbäume, die Hecken bis hin zu den Stoppelfeldern. Würde ich nie wieder meine Pfoten auf federndem Gras spüren, nie wieder den weichen Waldboden aufscharren, nie wieder die Krallen an dem borkigen Stamm eines Baumes wetzen?

Auch an die Moen dachte ich mit Wehmut. Sie war,

obwohl nur eine Menschenfrau, mir doch so etwas Ähnliches wie eine Mutter. Ich erinnerte mich nur noch dunkel an meine leibliche Mutter, die mich genährt und mir die ersten Schritte beigebracht hatte, mir dann aber, als ich einigermaßen gut zurecht kam, doch anempfahl, mir meine eigenen Mäuse zu fangen. Irgendwo in den Ställen hätte ich schon eine Möglichkeit gefunden, aber es war die Moen, die mich in ihre Schürze packte, mir mit ein paar leisen Gurrlauten zu verstehen gab, dass ich ihr vertrauen dürfe, und mich in ihre Hütte mitnahm. Ihre Finger, die mich kraulten und kratzten, waren fast so angenehm wie Mutters Zunge, ihre Spiele beinahe so interessant wie die mit anderen Katzen, und vor allem gab sie mir, auch nachdem ich schon selbst mausen konnte, noch immer von ihrer Beute ab.

Nun war sie tot, und ich hatte Heim, Zuwendung und Freiheit verloren.

Trübsinnig starrte ich nach draußen.

»Hier, schau her, Mirza! Meiko hat für dich eine Kiste mit Sand zurecht gemacht. Und ich habe für dich das hier mitgebracht.«

Die Stimme holte mich wieder in die Gegenwart zurück und machte mich auf das nahe Liegende aufmerksam. Einen Augenblick lang war ich mit mir selbst nicht ganz einig darüber, welchem Bedürfnis ich zuerst nachgeben sollte. Ich verspürte beides – Hunger und den Drang, mich zu erleichtern. Unschlüssig zuckte mein Schwanz.

Ich entschied mich zuerst für die Kiste und dann für die Schüssel mit Milch.

Pater Melvinius lachte.

»Meiko ist ein kluger Kerl, was? Für einen Gärtnerburschen schon fast zu klug. Man sollte meinen, die Bücher hier lägen ihm mehr am Herzen als seine Gemüsepflanzen, die Apfelbäume und die Kräuter. Aber er ist ja erst eine Woche hier bei uns im Kloster, und man soll nicht vorschnell urteilen.«

Meiko, mein Entführer, ein Gärtnerbursche? Der Mann gab mir, genau wie dem Pater, ein Rätsel auf. Sicher, er trug einfache Kleidung und hatte Lehm an den Füßen. Seine Hände waren rau und sein Körper stark. Aber ich war mir ganz sicher, dass ich ihn zuvor schon einmal gesehen hatte. Es lag irgendwie an seinen Bewegungen oder in seiner Haltung, dass er mir bekannt vorkam. Sie glichen nicht denen eines Bauern oder Tagelöhners, eines Gärtners oder Fuhrmanns. In einer mondhellen Nacht, einige Tage zuvor, meinte ich, ihn schon einmal getroffen zu haben. Ich hatte auf der Brunnenmauer gesessen, und das Licht des Mondes war auf ihn gefallen, als er ganz in meiner Nähe um sich schaute. Da hatte er jedoch auf einem edlen Pferd gesessen, und seine Kleidung war alles andere als bäuerlich gewesen. Außerdem hatte er einen zweiten, sehr jungen Mann bei sich, der ebenfalls ein Pferd ritt und nicht gerade wie ein armer Lump gewandet war.

Dieses geheimnisvolle Verhalten machte ihn mir nicht sympathischer.

Trotz meines wohlig gefüllten Magens rollte ich mich grollend auf einem roten Bucheinband zusammen und trauerte meiner Freiheit hinterher.

Es schien, als habe Meiko mit seiner ruchlosen Tat ein Kapitel meines Lebens für immer beendet.

Ein abgeschlossenes Kapitel

Sieben Tage hielt ich es in der Bibliothek aus. Ich weiß es genau, denn im Zählen sind wir Katzen gut. Schließlich müssen wir ein Auge auf unsere Jungen haben. Ich hatte mal vier. Bis acht schaffe ich es spielend, zu zählen, darüber hinaus geht es in den Schätzbereich.

Also gut, sieben Tage hielt ich es in dem muffigen Raum aus, Pater Melvinius zuliebe. Auch weil die Mausausbeute wirklich recht passabel war. Der alte Mann war gut zu mir, fast noch aufmerksamer als die Moen, die ja nur ihre Kate geputzt hatte und sich um die Hühner kümmerte. Er hingegen verbrachte viele Stunden an seinem Lesepult, eine seltsame Konstruktion auf der Nase, über die hinweg er mir gelegentlich zublinzelte, wenn ich einen Nager aufstöberte. Nur einmal hatte er vorwurfsvoll die Stimme erhoben. Da hatte ich nämlich versucht, dieses Ding von dem Pult zu schubsen, um damit zu spielen. Die Brille, so nannte er es, sei zerbrechlich, und ich dürfe sie nicht berühren. Na gut, dann spielte ich eben mit den Mäusen. Da ich seit Neuestem häufig richtig satt war – denn er brachte mir abends immer einen Teller mit Fleischstückchen mit – trug ich die erlegten Mäuse schon mal zu ihm hin, damit er auch etwas zu kauen hatte. Er lobte mich zwar, fraß sie aber nicht. Na gut, das ist wohl Geschmackssache.

Oft, wenn ich mich nach der Mahlzeit sauber geputzt zu ihm gesellte, lud er mich doch tatsächlich ein, auf seinem Schoß Platz zu nehmen. Es war angenehm dort. Seine Kutte bestand aus ungebleichter, aber sehr weicher Wolle, schön griffig, wenn man abzurutschen drohte, und roch ein bisschen nach Kräutern und Weihrauch. Und nach Mensch, aber das war ja normal. Nett von ihm war es, mit mir zu plaudern. Hin und wieder sprach er mich direkt an und erkundigte sich nach meinem Wohlbefinden. Dann antwortete ich ihm in meiner Sprache, wobei ich jedoch vermutete, dass er sie nicht besonders gut verstand. Vor allem aber genoss ich es, wenn er mir mit halblauter Stimme etwas vorlas, was da in seinen Büchern geschrieben stand.

»›Nenne mir, Muse, die Taten des vielgewanderten Helden, welcher so weit geirrt…‹«, rezitierte er zum Beispiel gerade leise an jenem späten Nachmittag, als plötzlich dieser verlogene Gärtnerbursche wieder in die Bibliothek hineinplatzte. Er brachte einen Korb mit und erkundigte sich hämisch, ob ich meinen Aufgaben zur Zufriedenheit nachkäme. Wahrscheinlich wollte er mich bei unzureichender Leistung wieder in den Korb stopfen und irgendwo ersäufen. Männer wie er machten das. Meine ersten Kinder hatten dieses Schicksal erfahren. Die Galle kochte mir hoch, und ich fauchte ihn mit einem vernichtenden Blick an.

»Mirza ist eine zuverlässige Mauserin, Meiko. Dieses neue Buch ist auch bisher völlig unversehrt geblieben.« Melvinius, der Gütige, zeigte auf den dicken Folianten, der auf seinem Lesepult lag. »Ein kostbares Werk. Homers Odyssee. Unser Abt Ignaz hat es vor kurzem von dem Herrn von Rommerskirchen erworben.«

»Ach ja? Rommerskirchen? Das Gut liegt hinter dem Waldstück, das sich an die schwarzen Gärten anschließt, nicht wahr?«

»Ganz richtig. Bist du schon ein wenig in der Gegend herumgekommen?«

»Nicht viel, Pater Melvinius. Ich habe meine Aufgaben zwischen Kohl und Mohrrüben. Das reicht mir.«

»Und dieser Korb, Meiko?«

»Enthält ein paar Birnen und Äpfel für Euch. Sie sind gerade richtig reif geworden.«

»Sehr aufmerksam von dir, mein Junge.«

»Ja, dann gehe ich mal wieder.«

Ziemlich abrupt verließ der Tölpel den Raum. Melvinius aber erhob sich und schaute ihm durch das Fenster nach. Ich sprang auf den Sims und verfolgte seine Blicke.

»›Nenne mir, Muse, die Taten des vielgewanderten Helden, welcher so weit geirrt nach Trojas Zerstörung‹«, flüsterte der alte Mann versonnen. »Vielgewandert und weit geirrt ist er wohl, unser Meiko, aber ist er auch ein Held? Und welches Troja wurde ihm zerstört, Mirza? ›Der vieler Menschen Städte gesehen und Sitten gelernt hat und auf dem Meere so viele unnennbare Leiden erduldet, seine Seele zu retten …‹ Ich frage mich oft, was ihn hergetrieben hat.«

Ich nicht.

Meinetwegen hätte er in Troja oder auf dem Meer bleiben können.

Aber da Melvinius ein freundlicher Mann war, rieb

ich meinen Kopf an seinem Kuttenärmel, gurrte leise Zustimmung, und er dankte es mir, indem er mich an der Stelle zwischen den Ohren kratzte, die ich selbst bei bestem Willen nicht mit der Zunge erreichen konnte. Ich wechselte zum Dank dafür zum Schnurren über.

Kurz und gut, es war recht gemütlich in der staubigen Bibliothek, und der schmerzliche Verlust meiner Freiheit begann weniger bitter zu schmecken, denn die Milch war süß, die mir hier täglich gereicht wurde.

Aber dann wachte ich das nächste Mal in der Frühe auf und fühlte den unbändigen Drang, mich unter meinesgleichen zu begeben. Vornehmlich unter den männlichen Teil der kätzischen Bevölkerung. Es war ein überwältigendes Gefühl, und ich kratzte wie wild am Fensterrahmen und an der Tür. Pater Melvinius kam mit meiner Morgenmilch, und ich versuchte, an seinen Füßen vorbei hinauszuschlüpfen. Er hatte das aber wohl vorhergesehen und verstellte mir den Weg. Ich verlegte mich aufs Bitten. Ich gurrte und schnurrte und wälzte mich vor ihm auf dem Rücken hin und her.

»Ei, Mirza? Jetzt noch rollig? Das ist aber sehr unzeitgemäß!«

Was lag mir schon daran, wie unzeitgemäß es war. Im Frühjahr hatte die Moen mich eingesperrt, als es so weit war, und ich musste völlig frustriert den köstlichen Gesängen der Kater von der Kräuterkammer aus zuhören. Das passierte mir nicht noch einmal!

Im Grunde bin ich ein phlegmatischer Charakter. So hatte Melvinius mich zumindest eingestuft, als er einmal etwas über die vier Temperamente nachgelesen hatte. Aber jetzt kochte das Blut heiß in meinem Körper. Vor allem am hinteren Ende. Als am Nachmittag zwei der Novizen in die Bücherstube kamen, um sich von dem Pater Bibliothecarius ein paar Werke aushändigen zu lassen, gelang es mir, zwischen ihren Kutten hindurchzuschlüpfen und aus der Tür zu entwischen. Damit war ich zwar noch nicht im Freien, aber wo ein Wille ist, findet sich auch ein Weg. Zunächst einmal befand ich mich in einem von hohen Gebäuden umgebenen, viereckigen Hof, der sauber gepflastert war. Nur ein Brunnen unterbrach die Eintönigkeit dieses öden Platzes. Aber direkt gegenüber dem Ausgang, den ich eben benutzt hatte, gab es eine weitere Tür, und aus der duftete es nicht schlecht. Ich überquerte sehr hastig den Hof, denn hier gab es keine Deckung. Schwups, war ich in dem interessanten Raum und erkannte auch gleich die Quelle des Wohlgeruchs. Hühner brieten am Spieß im Kamin. Und noch besser, ein grauer Kater lag faul ausgestreckt in einer Ecke. Himmlisch! Ich schritt mit kleinen Locklauten und erhobenem Schwanz auf ihn zu, um ihn näher kennen zu lernen.

Er hob müde ein Lid über einem blauen Auge und schloss es sofort wieder. Beleidigt bremste ich meine Schritte. Was war das denn für ein Verhalten? Da kam ich, ganz Rasseweib, auf ihn zu, signalisierte aus allen Fellspitzen Paarungsbereitschaft, und der trübe Hänger befand es noch nicht einmal für nötig, aufzusehen. Dafür gab er einen selten dämlichen Spruch von sich: »›Wenn ihr eine Frau seht, lasst euren Blick nicht lüstern auf ihr ruhen. Wenn ihr ausgeht, kann euch natürlich niemand verwehren, Frauen zu sehen, wohl aber ist es schuldhaft, eine Frau zu begehren oder von ihr begehrt werden zu wollen. Denn nicht nur die Gebärden der Zuneigung, sondern auch die Augen erregen in Mann und Frau die Begierde zueinander.‹ So heißt es in der Klosterregel zur Keuschheit. Ich halte mich daran. Ist nicht persönlich gemeint, Kätzin!«

Keuschheit? Also wirklich …!

Ich schwenkte meinen Schwanz noch mal vor seiner Nase herum, aber er war wieder ins Dösen verfallen.

Na, dann eben nicht.

Ich zog, mit dem Hintern provozierend wackelnd, ab, um durch die offene Tür in den Sonnenschein zu treten. Ahhh, pulste nicht das Blut so begehrlich durch meine Adern, ich hätte die Freiheit in vollen Zügen genossen. So aber war ich ein wenig einseitig interessiert und schlenderte schnüffelnd, lauschend und weiterhin kleine lockende Laute von mir gebend den Kiespfad entlang. Doch, es gab Kater in diesem Revier. Ich nahm ihre Botschaften an den Steinen und Büschen wahr.

Da sah ich sie. Zwei Grautiger. Betont gleichgültig näherten sie sich mir. Ich zierte mich ein wenig. Einer wagte es, einen Schritt näher zu kommen, als es die guten Sitten in diesem Stadium erlaubten, und ich knallte ihm eine. Kreischend machte er einen Satz rückwärts. Ich setzte meinen Weg fort. Die beiden folgten mir. Der andere versuchte, als ich mich eben umsah, mir von hinten zu kommen. Meine Kralle war schneller, als er dachte. Mit einer Schramme auf der Nase belehrt, zog er sich zögernd zurück. Unverschämte Bengel. Ich war hier die Königin, ich wählte Mann und Zeitpunkt! Ein weiterer struppiger Geselle tauchte aus dem Gebüsch auf, und die drei beharkten sich unter Gejaule und Gekreische erst einmal gegenseitig. Wieder versuchte einer von ihnen, sich ungebührlich nahe an mich heranzumachen.

Tatzenhieb und Ruhe.

Wenn ich es mir recht betrachtete, gefiel mir keiner von den Freiern. Mir gefiel aber, wie sie sich um mich rauften. Das tat dem Selbstbewusstsein gut. Ich gurrte, und um sie noch etwas mehr aufzuheizen, rollte ich mich auch noch einmal sinnlich auf den Rücken. Ihnen fielen beinahe die Augen aus dem Kopf, und sie sabberten vor Begierde.

Wieder auf die Pfoten und zwei von ihnen verprügelt.

Schwanz hoch und weitergeschlendert.

Dann passierte es. Ich hatte zwar aus dem Augenwinkel einen dunklen Schatten beobachtet, aber nicht genau hingesehen. Plötzlich war er da, der schwarze Kater. Er hatte nur noch ein gelbes, hinterhältig funkelndes Auge und ein ziemlich zerfetztes Ohr. Aber er war groß und sehnig. Und er war verdammt schnell.

Mein Schwanz, dieser Verräter, fiel zur Seite und bedeutete ihm, was ich ihm nicht sagen wollte. Er sprang mich an, grub seine Zähne in meinen Nacken und zwang mich damit, in eine kurzzeitige Starre zu verfallen. Er nutzte es weidlich aus, dieser Mistkerl!

Ganz offensichtlich machte es ihm auch nichts aus, als ich ihn anschließend kreischend und spuckend mit allen Krallen und Pfoten verprügelte, bis die schwarzen Fellflocken nur so flogen.

»Was ist hier los, zum Teufel?«, schrie eine Männerstimme, und Steine prasselten auf uns ein. Der Kater setzte mit langen, geschmeidigen Sprüngen zur Flucht an, und ich duckte mich hinter einen Busch.

Die innere Hitze war gründlich abgekühlt.

Meine Wut nicht. Ich hasse es, entführt oder überwältigt zu werden. Und mit Steinen beworfen zu werden ist auch nicht die feine Art. Ich schwor Rache!

Aber nicht sofort. Erst einmal sortierte ich meine Sinne und begann, mich in meiner neuen Freiheit zu orientieren, wie es jede vernünftige Katze in unbekanntem Gebiet tat. Also, hinter mir ragte dieses riesige steinerne Gebäude auf. Von Melvinius wusste ich inzwischen, dass es ein Kloster war und von Männern, die sich Prämonstratenser nannten, bewohnt wurde. Knechtsteden hieß der Ort, und das höchste Bauwerk, das geradezu in den Himmel ragte, war die Basilika. Als ich zu dem Turm aufschaute, wurde mir beinahe schwindelig. Dennoch zog die Kirche mich an, und ich näherte mich den massigen Steinmauern vorsichtigen Schrittes. Es war ruhig hier, Menschen waren nicht zu sehen, wenngleich ihre Anwesenheit nicht zu überhören war. Irgendwo hämmerte es, links von mir wurde Holz gehackt, weiter vorne rumpelte ein Wagen vorbei, hinter einer halbhohen Mauer klang rhythmisches Gemurmel von mehreren Stimmen gleichzeitig, und ein leiser Gesang traf mein Ohr. Der hörte sich noch mit am hübschesten an, also verfolgte ich ihn bis zu seiner Quelle zurück. Die befand sich in der Basilika, deren Tür weit offen stand.

Ich war noch nie in meinem Leben in einem derartig großen Gebäude gewesen. Von oben, aus dem hohen

Gewölbe an der Westseite, sah ein Mann mit starrem Blick auf mich herab, und ich duckte mich entsetzt an einer Säule zusammen. Ich mag dieses drohende Starren nicht. Aber so langsam dämmerte mir, dass der nicht ganz echt war. Er und auch die Gesellen, die sich unter ihm versammelt hatten, bewegten sich kein bisschen, als ich mein warnendes Brummen anstimmte. Allmählich gewöhnte ich mich an die Umgebung und traute mich hinter der Säule hervor. Alles strebte irgendwie nach oben, wo aus den Fenstern das Sonnenlicht in breiten Streifen nach unten fiel. Ein süßer, leicht betäubender Weihrauchgeruch hing in der Luft. Vorsichtig näherte ich mich der Stelle, wo von dem bunten Bild hoch droben die Falten weiter Vorhänge fielen. So etwas eignet sich immer besonders gut, um sich dahinter zu verstecken.

Es war eine herbe Enttäuschung; die Vorhänge waren genauso wenig echt wie die komischen Gestalten. Sie waren einfach auf die Wand gemalt. Also wieder eine Säule aufgesucht, um dahinter Mut zu fassen.

Da war diese Stimme, recht tief, aber eindeutig eine Frauenstimme, soweit ich das beurteilen konnte. Ich sah aber keine Frau in dem Raum. Das Singen erklang hinter weiteren groben Leinenvorhängen, die zwischen den Säulen auf der gegenüberliegenden Seite herabhingen. Aber davon wollte ich mich nicht schon wieder foppen lassen. Ich blieb sitzen und beobachtete die Wand. Plötzlich bewegte sich der Vorhang, und ein Mann in kurzem Kittel, Hosen und einer langen, buntbekleckten Schürze trat hervor. Er trug außerdem ein grünes Barett auf seinen kurzen, rotbraunen Locken. Mit kritischem Blick betrachtete er etwas, das sich hinter dem Vorhang verbarg. Er war echt, und das Leinen war es auch. Ich muss sagen, das beruhigte mich einigermaßen. Und als der Stoff sich wieder hinter ihm schloss, musste ich mich selbstverständlich hindurchducken, um zu prüfen, was sich dahinter abspielte.

Der Mann saß auf einer Bank und rührte in einem Tiegel etwas um und summte dabei vor sich hin. Was mich aber vollkommen in Bann schlug, war der Ausblick hinter ihm. Da endete nämlich das steinerne Gebäude und gab zwischen zwei Säulen die Sicht auf eine wundervolle Landschaft preis. Ah, auf diesen grünen Wiesen wollte ich mich tummeln, an diesem Bächlein klares Wasser schlabbern, unter diesen schattigen Farnen ruhen. Ich trabte darauf zu und – stieß mir mal wieder die Nase an der Wand.

Verdammter Mäuseschiss!

Und dieses Mannweib lachte auch noch.

»Das, Kätzchen, war eines der größten Komplimente, die mir je gemacht wurden. Hast du gedacht, da geht es nach draußen?«

Klar. Was sonst? – Menschen!

Ich zog mich beleidigt zurück.

Aber dennoch verließ ich die Basilika nicht. Dafür war ich viel zu neugierig. Ich beobachtete den jungen Weiß-nicht-was bei seinem Tun. Er war der Verursacher der Täuschung. Er bemalte die Wand. Jetzt erkannte ich auch meinen Irrtum. Ein Teil war nämlich mit ziemlich feuchtem, weißem Putz bedeckt, auf dem jedoch mit feinen Linien schon die Umrisse dessen, was später so naturgetreu mit Farben ausgelegt werden sollte, vorgezeichnet waren. Mich beachtete die Person nicht weiter, sondern arbeitete geschwind mit Pinsel und Farbtöpfen an einem grünen Busch, dessen Blätter man geradezu rascheln hören konnte. Beachtlich fand ich das. Bisher hatte ich von Menschen nicht viel gehalten. Sie sahen schlechter als wir Katzen, sie konnten keine Mäuse jagen, nicht richtig auf Bäume klettern und landeten platt auf der Schnauze, wenn sie irgendwo herunterfielen, statt auf den Pfoten aufzukommen. Außerdem konnten sie kaum riechen und rochen daher ziemlich intensiv. Dass sie die Natur nachmachen konnten, war mir neu.

Eine Zeit lang sah ich staunend zu, dann aber kam Leben in die Basilika. Als ich unter dem Vorhang hervorlugte, hatten sich die Mönche des Klosters versammelt und stimmten einen eintönigen Singsang an. Mal sang einer alleine, mal alle zusammen. Er wirkte entsetzlich einschläfernd, und ich dämmerte ein wenig weg. Deshalb kam der Angriff unerwartet.

»Raus hier, du Mistvieh!«, raunzte mich jemand an und trat mir in die Seite. Dann blaffte er: »Habt Ihr dieses verdammte Teufelstier in die Kirche gebracht, Meister Clemens?«

Ich war vor die Füße des Malers geflogen und gab einen Klagelaut des Schmerzes von mir.

»Diakon Arnoldus, Ihr seid ein Unmensch. Wie könnt Ihr nur eine unschuldige Katze derart roh behandeln?«

Ich fühlte mich hochgehoben und an die buntfleckige Schürze gedrückt. Einmal noch jammerte ich ein bisschen. Der Diakon Arnoldus giftete herum, zog sich dann aber vorsichtig von Meister Clemens zurück, als der mit kalter Stimme ein paar passende Belehrungen zum Thema Mensch und Tier von sich gab. Mit Genugtuung beobachtete ich Arnoldus' kleinlauten Abgang. Und mit Irritation stellte ich fest, dass Meister Clemens ganz deutlich nach Frau roch. Auf meine Nase kann ich mich verlassen! Menschenfrauen riechen anders als Menschenmänner. Diese hier hatte sogar einen ganz angenehmen Geruch. Sie streichelte mich auch sehr zuvorkommend und hielt mich eine Weile auf ihrem Schoß fest, bis der ärgste Schmerz an meinen Rippen nachgelassen hatte.

»Ein Katzenhasser, dieser Diakon. Ein scheinheiliges Ekel! Ich glaube, Kätzchen, du bist viel nützlicher als dieser jämmerliche Betbruder. Du fängst wenigstens Mäuse.«

Ich schnurrte. Zum einen, um den Schock zu überwinden, den der unerwartete Tritt mir verursacht hatte, zum anderen auch, um der Frau meine Zustimmung zu zeigen.

»Ist wieder alles gut?«, fragte sie und fuhr mit feinfühligen Fingern über meine Rippen. Es tat nicht mehr so richtig weh. Aber plötzlich hatte ich das Bedürfnis, mich auf meine Decke unter den Bücherregalen zurückzuziehen, und strampelte mich frei.

»Schon gut, schon gut. Komm mal wieder vorbei, Kleine. Übermorgen bin ich wieder hier.«

Ist recht, dachte ich. Mit netten Menschen musste man in Kontakt bleiben. Dann aber machte ich mich auf den Heimweg.

Leichter gesagt als getan. Irgendwie hatten die Ereignisse des Nachmittags dazu geführt, dass ich den rechten Weg zurück nicht mehr fand. Ich war etwas ziellos um das gesamte Gebäude gewandert und fand mich plötzlich vor einem Haufen Bienenkörben wieder. Das wäre weiter nicht schlimm gewesen, hätte sich nicht Meiko, der Gärtnerbursche, dort mit dem Imker unterhalten. Er erkannte mich und stürzte sich sofort auf mich. Ich wäre ihm unter normalen Umständen mit Leichtigkeit entwischt, aber meine getretene Seite fühlte sich steif an, und er packte mich am Kragen. Zum zweiten Mal an diesem Tag wurde ich im Nacken gebeutelt und dann auch noch hochgezerrt und weggeschleppt.

»Deine Aufgabe ist in der Bibliothek, Mirza!«, grollte der Mann mich an, und seine erdigen Finger verschmutzten mein Fell. Mit einem Fuß trat er die Tür zur Bibliothek auf.

»Verzeiht, Pater Melvinius. Aber Eure Katze hat sich selbstständig gemacht. Ich habe sie wieder eingefangen.«

Ich fauchte ihn an, bekam eine Pfote frei und zog ihm einen langen, blutigen Kratzer über die Hand.

»Ach, danke, Meiko. Ich hatte mir schon Sorgen um sie gemacht. Sie ist nämlich rollig, weißt du.«

»Das auch noch!«

Meiko setzte mich auf der Decke ab, und ich begann, mich sehr gründlich zu putzen. Es war dringend Zeit dafür! Dem widerlichen Meiko drehte ich dabei meine Rückseite zu!

»Ich weiß nicht, mein Junge. Mir widerstrebt es, ein freiheitsliebendes Geschöpf in einem Raum wie diesem gefangen zu halten. Ich denke, sie schätzt ihr kleines Zubrot inzwischen ausreichend, um immer wieder hierhin zurückzukehren.«

Meiko zuckte mit seinen breiten Schultern.

»Wie Ihr meint, Pater.«

»Ich meine es.«

»Wie wollt Ihr den Ein- und Ausgang gewährleisten, ohne dass sie Euch weitere Mäuse von draußen hereinschleppt?«

»Meine Räume liegen gleich nebenan. Von dort kann ich sie nach draußen und in die Bibliothek lassen.«

»Und gleich neben Euch hat der Abt seine Wohnung. Ob er es sich wohl zu seiner Aufgabe machen wird, ihr die Pforte eigenhändig zu öffnen?«

»Schelm!«, wies Melvinius den Gärtnerburschen zurecht.

Immerhin hatten die beiden, nachdem ich über meinem Putzen eingeschlummert war, eine Lösung gefunden. Ich durfte Pater Melvinius' eigenes Reich betreten. Er hatte einen Wohnraum mit Lesepult und zwei Sesseln. An dem Teppich am Boden konnte man die Krallen wetzen, wurde aber milde ermahnt, es nicht zu tun. Daneben gab es eine Schlafkammer. Ich fand sie karg. Die Wände waren einfach weiß gekalkt, eine Truhe, ein Ständer mit Waschschüssel und Krug, ein Pult mit einer Kniebank, ein Bett, vielleicht etwas breiter als das der Moen, das war alles, was darin enthalten war. Aber aus dem schmalen Fenster in dieser Kammer waren einige der rautenförmigen Glasstücke entfernt und durch eine Holzklappe ersetzt worden, die an einer Sprosse mit Lederriemen befestigt war. Melvinius zeigte mir, wie ich sie mit der Nase aufstoßen konnte, um ins Freie zu hüpfen. Auch zurück würde mir das keine Probleme machen, das Fenster war nicht sehr hoch und der Sims angenehm breit. Die

Nacht verbrachte ich also diesmal auf Melvinius' Aufforderung hin nicht in der Bibliothek, sondern in seinem Schlafraum. Die auf den Boden gelegte Decke übersah ich geflissentlich und wählte das Fußende seines Bettes, um zu ruhen. Es schläft sich erholsamer im Rudel als alleine. Der Pater schien das auch so zu empfinden, denn er hatte außer einem leisen Lachen keine weitere Bemerkung dazu gemacht.

Am frühen Morgen fand ich es dann recht nett, auf dem Sims in der Morgensonne eine Weile vor mich hin zu träumen.

Und so begann ein neues Kapitel meines Lebens.

Ein neues Kapitel

Ich genoss meine neu erworbene Freiheit in Maßen. Schon mein erster Ausflug hatte mir ja gezeigt, dass in diesem Revier durchaus unerwartete Gefahren drohten. Von Menschen und Katern. Die Hitze in meinem Blut war noch nicht zur Gänze abgeklungen, und dieser verdammte schwarze Vergewaltiger hatte sich noch einmal über mich hergemacht. Ehrlich gesagt, ich war sauer auf mich, dass mir diese Rolligkeit so spät im Jahr noch einmal passieren musste. Die Kleinen würden kaum eine Chance haben, den Winter zu überleben. Das wusste doch jede Katzenmutter. Und ich war sauer auf den Schwarzen, weil er sich nicht an die Regeln gehalten hatte. Sicher, er war ein Prachtexemplar von Katze, wenn auch von Kämpfen gezeichnet und etwas ausgefranst an den Rändern. So einen wie ihn konnte man sich als Vater seines Nachwuchses nur wünschen. Aber, verdammter Rattenkot, hätte er nicht wenigstens den Anstand haben können, mich ein bisschen zu umwerben?

Grollend war ich nach der kurzen, heftigen und leidenschaftlichen Paarung zurückgetrottet, ohne ihn eines weiteren Blickes zu würdigen.

Ich musste mir einen passenden Rundgang durch das Revier schaffen. Katzen lieben ihre Gewohnheiten. Ich brauchte Stellen zum Jagen, Plätzchen zum Ruhen, Bereiche, in denen ich beobachten oder Kommunikation pflegen konnte, und natürlich Fluchtwege und Verstecke. Nach zwei Tagen hatte ich eine recht gute Lösung gefunden. Der Weg über den Brüderhof, jenen öden Platz in der Mitte des Gebäudekomplexes, verschmähte ich, seit ich den Diakon Arnoldus dort hatte herumlungern sehen. Obwohl die Küche vielleicht ein ganz annehmbarer Zwischenaufenthalt hätte sein können. Ich wählte also nach dem Sprung aus Melvinius' Fenster zunächst einmal den Gang zu den Bienenhäusern. Dann links in die Hecke, dort kurzes Mausen. Die Mäuse unter den Büschen schmeckten würziger als diejenigen, die sich von den trockenen Buchstaben in den Büchern ernährten. Weiterwandern in Richtung kleine Weide, an den träge kauenden Kühen vorbei. Verdauen, verscharren und die Runde fortsetzen, aber nicht zu nahe an den Ställen vorbei, denn dort fand ich die Markierungen der beiden Graugetigerten, die eindeutig klar machten, jeder, der sich ihrem Territorium näherte, habe mit einer gewaltigen Abreibung zu rechnen. Ich suchte doch keinen Streit! Dann in sicherem Abstand an den Hütten der Handwerker vorbei, denn da gab es einen angeketteten Hund, der unangenehme Geräusche von sich gab. Den Brotbackofen und den Ziehbrunnen rechts liegen lassen und zur Basilika. Dort zügig an der Friedhofsmauer entlang, weil sie mir die Botschaft offenbarte, der Schwarze habe hier seine Reviergrenze gezogen. Ein Stückchen weiter, oberhalb der Mauer, gab es die Pferdekoppel, und da fand sich ein wundervolles Plätzchen zum Dösen. Nach verdienter Ruhe dann Zurückschlendern über die Obstwiesen und hinein zu Pater Melvinius' Fenster.

In der Bibliothek die Morgenmilch nehmen.

Putzen.

Mausen.

Lesung.

Grübeln.

Zweiter Reviergang, wenn Melvinius sich zum Vespergottesdienst begab. Danach brachte er immer noch ein Häppchen mit, also gewöhnte ich mir an, kurz vor der Komplet, bei Sonnenuntergang, in sein Zimmer zu schlüpfen und später in seinem Bett der Nachtruhe zu pflegen.

Im Ganzen gesehen, war das kein schlechtes Leben.

Langweilig war es auch nicht. Nicht nur mein Körper, auch meine naturbedingte Neugier erhielt reiche Nahrung. Zum Beispiel fand ich an einem noch immer schönen Spätsommernachmittag auf der Mauer zur Pferdekoppel ganz in der Nähe meines Ruheplatzes zwei dralle Mädchen sitzen und reife, rotbackige Äpfel verspeisen.

Zwischen den Bissen tuschelten sie, und wenn Menschen die Stimme senkten, dann gab es immer etwas zu belauschen. Ich muss gestehen, ich bin da völlig schamlos, und dementsprechend stellte ich die Ohren auf.

»Stell dir vor, Elli und Ännchen waren am Samstag im Herrenhaus von Rommerskirchen.«

»Was, wirklich, Katryn? Unsere schüchterne Elli? Ich meine, bei Ännchen ist das ja was anderes …«

»Und wenn ich's dir sage. Es gab eine Feier nach der Jagd. Und der Herr Sivert brauchte noch Mägde in der Küche und für das Bankett. Es muss prächtig gewesen sein.«

»Erzähl, Katryn. Von wem hast du's?«

»Von der Elli.«

»Wie, tatsächlich? Hätt' ich nie geglaubt.«

»Sie hat erst nur das Gemüse putzen dürfen, aber später musste sie auch helfen, die Platten aufzutragen. Der Wein ist in Strömen geflossen, sagt sie. Und die Kleider der Damen... Sie sagt, alles Samt und Seide. Mit geschlitzten Ärmeln, allerneueste Mode.«

»Und sie in ihrem braunen, fleckigen Arbeitsrock, was?«

»Nein, der Herr hat ihr einen blauen Rock geschenkt. Dem Ännchen auch. Damit sie gleichmäßig und adrett aussehen.«

»Ahhh... Oh, wirklich? Durften sie den behalten?«

»Sieht so aus. Elli hatte ihren gestern zur Messe an. Obwohl sie sich doch was schämen müsste.«

»Müsste sie? Was ist passiert? Nun lass dir doch nicht jeden Wurm einzeln aus der Nase ziehen, Katryn.«

Ich wollte es auch genauer wissen, aber Katryn biss erst noch einmal herzhaft in ihren Apfel, wischte sich mit dem Ärmel den Saft von den Lippen und grinste breit.

»Nun ja, gut war die Bezahlung nicht für den Dienst in der Küche. Ein paar Pfennige bloß, und den Rock. Aber als die Nacht fortschritt, da gab es noch Möglichkeiten für einen Extra-Verdienst.«

»Sag nur, sie ist mit einem Gast in die Kammer gegangen?«

»Mit *einem*...?«

Katryns Freundin machte ein gurgelndes Geräusch, dass nach irgendetwas zwischen Empörung und Lüsternheit klang.

»Ännchen und sie haben jede zwei Goldstücke erhalten!«

»Heilige Mutter Gottes!«

»Der Sünde Lohn!«, seufzte Katryn salbungsvoll.

»Ich würde das als einen netten Nebenverdienst bezeichnen.«

»Selbst wenn der eine oder andere Bankert die Folge ist?«

»Da kann man noch immer zur Druitgin gehen.«

»Dann sind die Goldstücke aber rasch ausgegeben.«

»Trotzdem …«

»Tja«, meinte Katryn nachdenklich. »Trotzdem.«

Die beiden warfen die abgenagten Apfelstrünke über die Mauer und schwiegen eine Weile. Ich muss sagen, ich hatte mir von der Geheimnistuerei mehr versprochen als den Hinweis darauf, dass Ännchen und Elli rollig gewesen waren. Das ist doch natürlich, oder? Wenn auch im Herbst etwas unzeitgemäß.

Dann aber wechselte Katryn das Thema, und ich hörte genauer hin.

»Wusstest du, dass der Malermeister Clemens das Haus der alten Moen gepachtet hat?«

»Nein. Aber kann einen ja nicht überraschen. Die Kate gehört doch dem Kloster hier. Und die Mönche lassen sich kein Geschäft entgehen.«

»Wird wohl so sein. Er ist am Samstag mit seiner Schwester Kristin eingezogen.«

»Wo haben sie denn zuvor gewohnt?«

»In einer winzigen Hütte in Stommeln. Ist für sie bequemer, sagt er. Der Meister Clemens ist ein netter Mann.«

»Ach ja, Katryn?«

»Findest du nicht? Er ist zwar nicht so sehr groß, aber er hat ein hübsches Gesicht. Ich hab ihm angeboten, die Wäsche für ihn zu machen, und er hat sehr freundlich mit mir geredet.«

»Katryn, du hast den Mattes.«

»Falsch, der Mattes meint, er hätte mich.«

»Weiß man's? Dein Mattes hat hinter der Kristin hergeschielt, am Sonntag, nach der Messe.«

»Die Kristin ist eine hochnäsige Ziege. Sie will die Wäsche selber machen. Gönnt einem keinen Pfennig Zubrot.«

»Wahrscheinlich tun die nur so, als ob sie jede Münze dreimal umdrehen müssen. Hast du nicht auch gehört – die Moen soll reich an Goldtalern gewesen sein. Sie hat ja lange Jahre bei den Herren von Rommerskirchen gedient. Sie haben sie großzügig ausbezahlt, habe ich munkeln hören. Und die haben ihr auf ihre alten Tage auch die Hütte gepachtet. Das Geld hat sie angeblich irgendwo da drinnen versteckt.«

»Das war wohl nur dummes Gerede, niemand hat etwas bei ihr gefunden, als sie sie für die Beerdigung zurechtgemacht haben.«

»Hat denn jemand danach gesucht?«

»Na klar.«

»Du, Katryn?«

»Der Mattes und seine Muhme. Die hat die Leiche doch gewaschen.«

»Na, vielleicht finden es die neuen Bewohner ja. Das würde erklären, warum der Mattes hinter der Kristin herschielt.«

»Wenn der Mattes nach einem anderen Weibsbild schielt, dann werd' ich mal mein Auge auf einen anderen Mann werfen. Wenn es nicht der Meister Clemens ist, dann vielleicht der neue Gärtnerbursche hier.«

»Der Meiko mit den fehlenden Fingern? Ist ein prächtiges Mannsbild. Aber höllisch unzugänglich.«

»Hast du es schon probiert?«

»Mhhh.«

»Mal sehen, vielleicht habe ich mehr Glück als du!«

»Versuch's, Katryn.«

Sie standen auf und schüttelten sich die Grashalme von den Röcken. Ich duckte mich vorsichtshalber. Immerhin, nun wusste ich wenigstens, was mit meinem ehemaligen Heim geschehen war. Meister Clemens also, der Mann, der eine Frau war, lebte jetzt darin. Das Gerede um das Geld hatte ich nicht verstanden. Das ist Menschenkram. Genau wie die Sünde. Aber der Basilika würde ich mal wieder einen Besuch abstatten, beschloss ich und machte mich auf den Weg.

Wieder stand die Tür einladend offen, und hinter den Vorhängen hörte ich geschäftiges Werken. Ich schob mit der Nase das Leinen zur Seite und betrachtete den Fortschritt des Gemäldes. Über die Wand hin zog sich eine Front von Säulen, von denen drei bereits so plastisch ausgemalt waren, dass man den kühlen Marmor geradezu fühlen konnte. Zwischen diesen drei Säulen breiteten sich zwei fertige Landschaften aus, in denen sich Menschengestalten herumtrieben. Sie hatten seltsame goldene Ringe um die Köpfe, und einer von ihnen hatte sogar Flügel auf dem Rücken, was wohl eher auf menschliches Wunschdenken schließen ließ. Fliegen können nur die Vögel und ein paar Insekten.

Auf einem Gerüst stand Meister Clemens in bewährter Tunika, Hose und bekleckster Schürze, das grüne Barett keck auf den widerspenstigen Locken. Sie summte und brummte vor sich hin. Aber irgendwie klang die Stimme heute ziemlich männlich. Sie malte Marmor, grau, weiß, mit feinem Geäder und kleinen goldenen Flimmern drin. Ich war wieder einmal beeindruckt und schaute eine geraume Zeit wirklich gebannt zu. Dann aber legte sie die Palette nieder und stieg die Leiter von dem Gerüst hinunter.

»Ah, die Katze ist zu Besuch gekommen«, sagte sie mit ihrer tiefen Stimme. »Willst du mir bei meinem Mittagsmahl Gesellschaft leisten? Die Mönche stellen mir immer etwas aus der Küche hin. Diesmal ist ein feines Stückchen Käse dabei.«

Eine solche Einladung lehne ich nie ab. Ich näherte mich gemessenen Schrittes, um nicht gierig zu wirken. Und stutzte.

Ja, konnte ich denn meinen Sinnen nicht mehr trauen?

Dieser Meister Clemens war eindeutig ein Mann. Ganz eindeutig. Männer riechen nun mal anders als Frauen. Aber er sah aus wie die Frau, die neulich hier gemalt hatte.

Spielte die Welt mit mir verrückt?

»Was ist, Kätzchen? Hast du Angst vor mir? Hier, schau, ein Leckerbissen!«

Er hatte mit seinem Messer ein Stückchen von dem weißen Käse abgeschnitten und reichte es mir höflich mit den Fingerspitzen.

Ob Mann oder Weib – das verschmähte man nicht!

Ich konnte das Schmatzen leider nicht unterdrücken. Meister Clemens lachte leise und gab mir noch ein Stück. Köstlich.

Ich dankte es ihm mit einem achtungsvollen Streichen um seine Beine.

Er hingegen kraulte meinen Nacken und sagte noch ein paar Freundlichkeiten zu mir. Dann griff er nach einem Tonkrug und zog den in gewachstes Leinen eingebundenen Stopfen heraus, um sich von dem Inhalt etwas in einen Becher zu gießen.

»Ein feines Tröpfchen gönnen sich die guten Mönche hier«, erzählte er mir, als er den Becher absetzte. Mich interessierte das Zeug weniger, es roch nicht bekömmlich. Zumindest nicht für mich. Aber dieser Stopfen, der war lustig. Er war von der Bank gerollt und kollerte jetzt über den Boden. Ich nach und drauf. Gefangen!

»Gut gemacht, Katze!«

Sicher.

Ich nahm den Stopfen zwischen die Zähne und brachte ihn Meister Clemens.

Er warf ihn ein Stückchen weiter in den Raum.

Ich nach und drauf. Gefangen! Zurückschleppen.

»Apportieren tun gewöhnlich nur Hunde, aber wenn es dir Spaß macht, Katze …«

Es war ein aufregendes Spiel. Meister Clemens war sehr erfindungsreich. Mal landete der Stopfen hinter einer Säule, mal auf dem Gerüst, mal kullerte er unter die Bänke. Ich fand ihn jedes Mal.

Dann aber zog es mich wieder hinaus in den Sonnenschein. Die Runde musste pünktlich beendet werden. Katzen achten auf so etwas. Schließlich hatte ich noch eine Aufgabe in der Bibliothek zu erfüllen, damit sich mein Pater nicht bei dem Gärtnerburschen beschweren musste.

Ich fand Melvinius in seiner Kammer im Gespräch mit einem mageren, kleinwüchsigen Mann, den er Yvain nannte und den er mir als seinen Leibdiener vorstellte. Beide sprachen in einer anderen, sehr wohlklingenden Sprache miteinander, und Yvain redete seinen Herren mit Père Melvin an. Aber sein Vater war er gewiss nicht, dafür schienen die beiden altersmäßig zu nahe beieinander zu sein. Immerhin war dieser Diener wohl mit mir einverstanden, denn er hielt freundlich die Lider gesenkt und ließ mich an seinen Fingern schnuppern. Sehr geruchlos, vielleicht ein Hauch Seifenlauge. Er hatte einen Stapel weißer Gewänder mitgebracht, die er anschließend in eine Truhe räumte.

Ich nahm meine Pflichten wahr und mauste zwischen den Bücherregalen.

Sehr erfolgreich.

Darüber vergaß ich die seltsame Begegnung in der Kirche eine Weile.

Ich spürte es an den Schnurrhaaren. Sie sind sehr empfindlich, und ich richte mich immer nach ihrem Rat. Im Gegensatz zu den Vorschlägen, die mein Schwanz mir manchmal macht. Sie vermittelten mir eine Wetteränderung. Vermutlich eine heftige. Der heiße, trockene Sommer ging zu Ende. Der dritte meines Lebens. Im Kloster breitete sich Geschäftigkeit aus, was aber nichts mit dem Wetter zu tun hatte. Fremde trafen ein und wurden zum Gästehaus geführt, darunter einige recht seltsame Gestalten mit breiten Schlapphüten, die mit Muscheln verziert waren, andere in vornehmer Kleidung, die Leidende begleiteten, Lahme, Blinde, Hinkende, Bucklige. Wallfahrer und Pilger wurden sie genannt. Ich schnappte da und dort, vor allem aber in der Küche bei dem trägen Engelbert, ein paar Hinweise auf, worum es ging.

Jetzt, nachdem mein heftiges Verlangen nach einem Kater abgekühlt war, hatte der dicke Graue sich als durchaus angenehmer Gesprächspartner entpuppt. Viele Jahre lebte er schon in dem Kloster und kannte sich in den Gepflogenheiten der Mönche erstaunlich gut aus. Dass er dabei einige ihrer Schrulligkeiten, wie etwa die Keuschheit, übernommen hatte, konnte ich inzwischen hinnehmen.

Er berichtete mir in seiner umständlichen Art, es sollte am Sonntag eine besondere Messe gehalten werden, bei der sich diese Menschen um die »Not Gottes« versammeln würden. Das war auch so ein komisches Ding, das mich in der Basilika vor einigen Tagen fürchterlich gefoppt hatte. Nichts ahnend war ich hinter einem von Meister Clemens geworfenen Stopfen hergehetzt, als ich mich plötzlich vor einer weiblichen Gestalt wiederfand, die einen ziemlich übel zugerichteten Mann auf dem Schoß hielt. Sie sah ganz traurig aus, und er schrecklich leidend. Aber weder er noch sie gaben die Jammerlaute von sich, die man von Menschen gewöhnlich in dieser Situation erwarten konnte. Wieder war ich an der Nase herumgeführt worden. Die waren nicht echt, stellte ich nach einer vorsichtigen Überprüfung fest. Sie rührten sich nicht, als ich sie anstupste. Tot waren sie aber auch nicht. Sie rochen einfach nach Holz. Pah! Aber offensichtlich bedeuteten sie den Menschen etwas, denn der Malermeister meinte, das sei die Schmerzensmutter Maria mit ihrem Sohn Jesus, und es täte ihm sehr Leid, dass er den Stopfen gegen sie geworfen habe. Die Pieta sei nämlich heilig und würde Wunder wirken.

Wegen dieser Heiligkeit und der Wunder waren also die Wallfahrer gekommen. Ich war gespannt, was diese Wunder so bewirken würden.

Am Tag zuvor gab es rege Tätigkeiten in der Kirche. Der Gärtnerbursche Meiko kam herein und erklärte Meister Clemens – der an diesem Tag wieder eine Frau war –, er solle ihm helfen, die beiden ersten Vorhänge abzunehmen, da der erste Teil der Gemälde den Besuchern gezeigt werden sollte.

»Ich halte nicht viel davon, ein halb fertiges Fresko vorzuzeigen!«, murrte Meister Clemens unwillig.

»Der Abt hat es aber angeordnet. Beschwert Euch bei ihm, nicht bei mir. Oder taugen die Bilder nichts?«

Die Malerin gewann meine Sympathien endgültig, denn sie schoss einen blitzenden Blick auf Meiko ab, dessen Bedeutung sowohl in kätzischer wie auch in menschlicher Diktion unverkennbar war.

Sie und Meiko machten sich also daran, Gerüst und sonstige Gerätschaften in eine der hinteren Ecken zu räumen und auf eine Leiter zu klettern, um die langen Stoffbahnen abzunehmen. Dabei entdeckte mich der Gärtnerbursche leider.

»Schau an, hier treibt sich die Mirza also herum!«,

stellte er fest, und Meister Clemens, meine Freundin, nahm mich in Schutz.

»Sie kommt am Vormittag hin und wieder vorbei, aber sie stört mich nicht. Zu wem gehört sie?«

»Sie soll in der Bibliothek Mäuse fangen.«

»Das kann sie ja wohl den Rest des Tages erledigen. Ich mag Katzen. Und ich freue mich, dass ich jetzt ihren Namen kenne.«

Meiko wurde wieder schmallippig und wortkarg.

Ich verließ angewidert die Basilika.

Es war schwül geworden, und grauer Dunst verhüllte die Sonne. Das schlug mir ebenfalls aufs Gemüt. Träge und unaufmerksam schlenderte ich an der Friedhofsmauer entlang, ohne besonders auf die Umgebung zu achten. Darum machte ich einen Satz mit allen vier Beinen gleichzeitig, als ich übel von oben angepflaumt wurde.

»Na, wieder bei den Menschen eingeschleimt?«

Er saß auf der bemoosten Steinmauer, eine schimmernde, schwarze Statue mit einem hinterhältigen, gelben Auge.

»Habe ich gar nicht nötig!«

»Ach was? Sie legen dir wohl die Mäuse zu Füßen, Prinzesschen?«

»Sie legen mir Hühnerfleisch vor und Milch. Aber solche zivilisierten Delikatessen dürften dir wohl fremd sein.«

»Meinst du? Ich bekomme genauso mein Hühnerfleisch und meine Sahne. Aber ich erwerbe sie mir auf ehrliche Weise.«

»Du plünderst im Hühnerhof und in der Meierei und wirst deshalb mit Steinen beworfen.«

»Und wenn? Du bist wegen deiner bloßen Anwesenheit schon getreten worden!«

Verdammt, sogar diese Schmach hatte der Schwarze mitbekommen. Ich drehte mich betont langsam um und wollte die Konversation damit beenden, aber dieser lästige Schwanz an meinem hinteren Ende, der sich ständig anmaßte, seinen eigenen Willen durchzusetzen, schnellte schon wieder einladend nach oben.

»Bist schon ein hübsches Schoßkätzchen!«, schnurrte es süffisant hinter mir her. »Du darfst jederzeit mein Revier betreten.«

»Habe ich auch nicht nötig!«, fauchte ich zurück und zwang meine unwillige Verlängerung des Rückgrats nach unten.

Zu allem Überfluss kam jetzt auch noch Meiko aus dem Portal und bewegte sich in meine Richtung.

»Na, Mirza, Freundschaft mit Diabolo geschlossen?«, fragte er hämisch. Das gab mir neuen Antrieb, und trotz schwerer Luft und Schwüle setzte ich zu einem Spurt zur Pferdekoppel an.

Diabolo, wie passend. Manchmal sind die Menschen nicht so dumm, wie sie aussehen. Ihnen will ich nun deshalb ein besonderes Kapitel widmen.

Ein menschliches Kapitel

Die Luft wurde dicker und dicker, der Himmel lag wie eine schwere Glocke über dem Land. Ich legte mich auf einen Fenstersims in der Bibliothek, zu schlapp, um nach den Mäusen zu schauen. Aber die waren ebenfalls zu schlapp, um an den Büchern zu nagen. Insofern kam es auf dasselbe raus.

Pater Melvinius saß an seinem Pult und wirkte auch nicht besonders munter. Hin und wieder atmete er schwer, und es schien, als ob ihm das Wetter überhaupt nicht gut tat. Ich hüpfte versuchsweise auf seinen Schoß und fühlte nach. Ein wenig beunruhigte es mich, sein Herz so langsam schlagen zu fühlen, und ich schnurrte ihn ausgiebig an.

»Mirza, es ist ja lieb, dass du so zärtlich zu mir bist, aber ehrlich gesagt, mir ist zu warm. Leg dich lieber wieder auf den Sims!«

Er trug mich zum Fenster. Na, war gut gemeint. Aber ich dränge mich niemandem auf. Immerhin hörte der alte Mann dann wenigstens auf seinen Diener, der kurz darauf nach ihm sah. Yvain fiel ebenfalls auf, wie unwohl Melvinius sich fühlte. Er beorderte ihn mit beinahe strengen Worten auf sein Lager und brachte ihm einen kalten Kräutertrank.

Inzwischen waren schwarze Wolken aufgezogen, und ich verspürte die feinen Vibrationen, die der ferne

Donner auslöste. Es würde ein kräftiges Gewitter werden. Auf meinen Nachmittagsrundgang verzichtete ich deshalb. Wenn ich etwas hasse, dann von oben nass gegossen zu werden. Aber hier in dem Raum war ich sicher und konnte dennoch das Walten der Natur beobachten. Eine angenehme Erfahrung! Ich rollte mich also behaglich zusammen und sann ein wenig über meine neue Lage nach.

Wenn ich es recht betrachtete, hatte ich es nicht ganz schlecht getroffen. Meine Achtung vor den Menschen wuchs ein wenig, wenngleich ich auch nicht gerade vor Ehrfurcht vor ihnen erstarrte. Bisher hatte ich ja eigentlich nur die alte Moen näher kennen gelernt, hier tat sich ein erweitertes Beobachtungsfeld auf. Eine interessante Betrachtung war die Kommunikationsweise dieser Geschöpfe untereinander. Sie bedienten sich schwerpunktmäßig der Laute, die sie aus ihren Kehlen hervorbrachten. Das machen wir Katzen nur in geringerem Maße. Sicher, ganz kleine, ganz junge Katzen, deren übrige Sinne noch nicht vollständig ausgebildet sind, plaudern mit ihrer Mama und reagieren auch auf ihre Laute. Fremd ist uns das gesprochene Wort also nicht. Was mich aber überraschte, war die Vielfalt der menschlichen Äußerungen. Sie redeten in unterschiedlichen Sprachen, und es schien, als seien sie nicht in der Lage, einander richtig zu verstehen. Die Menschen im Dorf hatten eine andere Ausdrucksweise als die Mönche, wenn sie ihren Singsang in der Kirche betrieben. Der wiederum unterschied sich deutlich von den Worten, die sie zur gewöhnlichen Unterhaltung verwendeten. Yvain sprach ein gänzlich anderes Idiom, was Melvinius aber sichtlich verstand und ebenfalls beherrschte. Mit anderen aber befleißigten beide sich der hier üblichen Zunge. Wie schwer sie es sich damit machten! Aber das war ihr Problem, nicht meines. Ich verstand jede menschliche Sprache gleich gut. Sie setzt sich ja aus mehr als nur Lauten zusammen, wie jede Katze weiß. Der Ausdruck der Augen, die Haltung des Körpers, der Geruch, die Stimmlage und Betonung, die Atmung und vor allem die Gedankenbilder, die hinter den Aussagen stehen, machen das eigentliche Verständnis aus. Ich stellte für mich die These auf, dass die Menschen aufgrund ihrer schwachen Sinne so viel Wert auf das Schwatzen legen.

Diese schwachen Sinne sind wohl auch der Grund, warum sie in Rudeln zusammenleben. Eine Katze kann für sich ganz alleine sorgen. Das Futter muss man sich zwar erjagen, aber dazu braucht man keine Hilfe. Die Menschen machen Jagd auf eingepferchte Tiere, aber dazu brauchen sie schon mal jemanden, der den Pferch drum herum zieht. Für die Hühner der Moen hatte das der Mattes gemacht. Und dann die Kleidung. Irgendwie sind diese glatthäutigen, beinahe haarlosen Wesen ja zu bedauern. Kein eigenes warmes Unterfell, das im Winter ganz von selbst wächst, keine Wasser abweisenden Deckhaare, nur ein paar kümmerliche Reste auf dem Kopf, die dann auch noch lang herunterhängen und ihnen die Sicht nehmen, weshalb sie komische Sachen damit anstellen. Vor allem die Frauen. Sie brauchen Kleider, um sich zu schützen, die sie noch nicht einmal mit der eigenen Zunge reinigen können. Ein erbärmliches Leben. Um einigermaßen sauber zu bleiben, brauchen sie wiederum andere Menschen, solche Wäschermädels wie die Katryn etwa, die diese Kleider in Ordnung halten. Sich selbst wuschen sie mit Wasser. Igitt!

Aber trotzdem, es lag sich gemütlich auf den weichen Decken, die sie mit ihren Fingern herzustellen wussten. Diese Finger wogen wohl einiges an sonstigen körperlichen Nachteilen auf. Meister Clemens war damit in der Lage, bewundernswerte Bilder herzustellen, und Melvinius fand mit ihnen genau diese Stellen an meinem Leib, die sich nach einem Kraulen sehnten. Leider konnten sie auch sehr wirkungsvoll damit zupacken und kleinere Wesen brutal wegschleppen. Wie es dieser grässliche Meiko getan hatte.

Vermutlich hatte ihm deshalb jemand zwei seiner Finger abgebissen!

Geschah ihm recht!

Die Wolkenwand war näher gekommen, und nun zuckten die Blitze über den Himmel. Leise klirrten die Scheiben, als sich ein mächtiger Donnerschlag entlud. Dann prasselte der Regen nieder. Ich war fasziniert. Zugesehen hatte ich einem Gewitter noch nie, denn entweder hatte ich mich tief im Gebüsch verkrochen oder mich in die dunkelste Ecke von Moens Kate zurückgezogen. Wirklich keine ganz schlechte Idee von den Menschen, durchsichtige, aber undurchlässige Fenster in ihre Häuser einzusetzen.

Später, mit dem Nachlassen des Regens und dem Verklingen des Donners, hatte die Schwere der Luft abgenommen, und auch die bedrückende Ausstrahlung, die von dem alten Mann ausgegangen war, schien sich verflüchtigt zu haben. Ich machte einen kurzen Abstecher in seine Kammer und fand ihn friedlich schlafend und ruhig atmend auf seinem Bett liegen. Über meine Schnurrhaare versuchte ich die Lage zu beurteilen. Schnurrhaare nehmen feinste Schwingungen auf, solche, die man weder über Geruch noch über Gehör oder Gesicht wahrnimmt. Da ich ihn nicht wecken wollte, indem ich auf seine Brust sprang, musste ich von einer gewissen Entfernung aus prüfen, wie es um ihn bestellt war. Aber es schien alles in Ordnung zu sein, denn sein Herz schlug jetzt wieder kräftig und gleichmäßig.

Ich stieß leise die Klappe am Fenster auf und begab mich zu einem späten, sehr kleinen Rundgang.

Es war widerlich schlammig.

Der Sonntag wurde dann recht unruhig. Ich, die ich meinen geregelten Tagesablauf liebte, wurde völlig aus dem Zeitplan geworfen. Aber es war spannend und bescherte mir einige tief schürfende Einsichten in die menschliche Natur. Erst einmal wurde ich kalt erwischt, weil ich, als ich meinen Abstecher in die Basilika machte, sozusagen von einer Menschenwoge überrollt wurde. Da mir der Ausgang verwehrt war, schlüpfte ich geschwind hinter die verbliebenen Vorhänge und betrachtete durch einen Spalt das Geschehen. Die Wallfahrer und Pilger versammelten sich schweigend, Dorfbewohner in ihren besten Kleidern und dem Geruch nach auch überwiegend frisch gewaschen, plapperten nur ganz leise. Die Mönche hatten weiße, mit Gold bestickte Überwürfe an, und als sie geschlossen in den Chorraum traten, herrschte plötzlich vollkommene Stille. Sie wirkten eindrucksvoll. Eindrucksvoll traten auch die Edlen unter den

Menschen auf. Ein blonder Herr in schimmernder Seide schritt mit einem ähnlich kostbar gewandeten Gefolge durch die Menge, und jemand flüsterte ehrerbietig: »Der Herr Sivert von Rommerskirchen!«

Es folgte eine ähnlich elegante Gruppe, angeführt von einer stolzen Dame in Schwarz, der zwei sehr viel bunter gekleidete Frauen folgten, die das Gefieder vieler Vögel auf dem Kopf trugen. Ich fand das erheiternd. Das menschliche Publikum hingegen seufzte ehrfürchtig.

»Die Dame Caroline von Stommeln. Die beiden anderen hat sie jüngst bei sich aufgenommen«, wisperte es in meiner Nähe. »Es sollen Tante und Nichte sein. Sie heißen Ermine und Johanna van Heege.«

Die beiden Letzteren warfen recht unbekümmert Blicke um sich, deren Ziel die jüngeren Männer waren. Ich vermutete bei ihnen eine ähnlich unzeitgemäße Hitze des Blutes, wie noch kürzlich bei mir.

Hinter ihnen wiederum ging ein Jüngling, der sich sehr aufrecht hielt und bemüht war, sowohl ein gleichmütiges Gesicht zu machen als auch seine Umgebung mit größter Aufmerksamkeit zu mustern. Weshalb es ihm gelang, mich zu entdecken.

Aber er verriet mich nicht, sondern blinzelte mir mit einem Auge verschwörerisch zu. Was für ein süßer Kerl!

Der Gottesdienst begann, gewaltige Worte wurden gesprochen, Gesang ertönte, und die großzügig bemessenen Weihrauchschwaden benebelten mich halb.

Dann kam's. Eine Gruppe Mönche, darunter auch Pater Melvinius, stellte sich um die Schmerzensreiche Mutter und ihren zerschrammten Sohn, und es traten jene vor, die auf Wunder hofften. Ich staunte nicht schlecht. Ein Junge, der an Krücken ging, betete und berührte das Holz, stand dann mit verklärtem Blick auf. Und siehe da, der verdrehte, verkrampfte Fuß war wieder beweglich geworden. Ein ehrfurchtsvolles Gemurmel ging durch die Reihen. Eine Frau mit einem heftigen Zucken im Gesicht wurde an die Pieta geführt und verließ sie ebenfalls mit einem erleichterten Ausdruck. Ein Alter mit gichtigen Fingern hingegen schien nicht so ganz von dem Wunder überzeugt zu sein. Seine vergrämte Miene veränderte sich nicht. Aber manche Wunder dauern ja vielleicht etwas länger, bis sie wirken. Auch das skrofulöse Mädchen, die Schwangere und ein Buckliger suchten Heilung. Dann aber kam ein besonders eindrucksvoller Auftritt. Ein älterer Mann führte eine Frau zu der Heiligenstatue und erklärte, sie könne nicht laut beten, denn sie sei stumm und erhoffe sich Erlösung von diesem Übel. Es war eine seltsame Gestalt, diese Frau. Nicht mehr ganz jung, doch lange nicht so alt, wie ihre grauen Haare sie erscheinen ließen. Sie ging gebeugt, die Augen auf den Boden gerichtet, doch da ich unten saß, konnte ich ihr Gesicht sehen. Über ihre Stirn zog sich eine rote Narbe. Sie hielt einen Stock umklammert und stützte sich mit der anderen Hand auf den Arm des Mannes. Beide Hände waren verkrüppelt.

»Stella ist vor sechs Jahren zu uns gekommen, und sie hat noch nie ein Wort gesprochen. Doch es war ihr Wunsch, auf die Pilgerfahrt nach Santiago de Compostela zu gehen und an jeder Stelle Halt zu machen, wo sich die Möglichkeit zur Fürbitte ergibt. Bisher ist ihr keine Hilfe zuteil geworden. Doch nun wollen wir hier beten.«

Sie trat vor die Pieta, hob die Augen – und kreischte los.

»Hijo de Puta! Diable! Maldito! Vaya al inferno!«

Ein Sermon quoll über ihre Lippen, der nicht aufzuhalten war. Sie schwankte, wollte sich losreißen, aber der Mann an ihrer Seite hielt sie fest.

Das Volk staunte und raunte immer lauter.

»Ein wirkliches Wunder ist geschehen. Die Stumme hatte ihre Sprache wieder gefunden.«

»Sie redet in Zungen!«

»Der heilige Geist ist über sie gekommen!«

»Dass ich das noch erleben durfte!«

»Sie spricht, sie spricht. Gelobt sei Gott!«

Allerdings gab es zwei Menschen, die auf gänzlich andere als ehrfürchtige Weise auf den Wortschwall reagierten. Der eine war der junge Mann aus Dame Carolines Begleitung. Er krümmte sich vor Lachen und drückte sich die Faust an die Lippen. Über seine Wangen strömten die Tränen. Pater Melvinius krümmte sich auch. Aber nicht vor Lachen. Er war aschgrau geworden und wurde von einem anderen Mönch vorsichtig aus der Kirche geführt.

Ich zog meine vorwitzige Nase hinter den Vorhang zurück und ergab mich ebenfalls dem Staunen. Ob ich wohl je die menschliche Natur und die Natur ihrer Wunder begreifen würde?

Als der allgemeine Tumult sich gelegt hatte, gelang es mir, mich ungesehen aus der Kirche zu schleichen. Auf dem Vorplatz hatten sich Grüppchen gebildet, und ich entdeckte Meister Clemens in Unterhaltung mit dem edlen Herrn von Rommerskirchen. An seiner Seite stand eine hübsche junge Frau in einem grasgrünen Kleid, die ihm unglaublich ähnlich sah. Zwei meiner ersten Kinder hatten sich ebenfalls sehr ähnlich gesehen, die gleichen roten Ohren und eine schwarze Nase. Darum nahm ich an, die Frau müsse des Malers Wurfgeschwister sein. Wahrscheinlich seine Schwester Kristin, von der die Wäscher-Katryn letzthin erzählte. Hochnäsig kam sie mir aber nicht vor. Eher ein bisschen keck. Ich hätte sie gerne begrüßt, aber Bruder Arnoldus gesellte sich jetzt zu ihnen, und meine Bekanntschaft mit ihm wünschte ich nicht zu vertiefen. Dann aber bemerkte ich, wie sich die stolze Dame Caroline mit dem Jüngling langsam in Richtung Gärten entfernte. Diese Bekanntschaft wollte ich durchaus vertiefen und folgte ihnen auf leisen Pfoten.

Er war ein schlanker Junge, kurz vor dem Mannesalter, und seine blonden Haare fielen in weichen Locken auf den Kragen seines samtenen Wamses. Dame Caroline war bereits eine Matrone, doch ihre Schritte wirkten elastisch und beschwingt. Leider gingen sie sehr nahe an Jako, dem Hofhund, vorbei, und ich musste einen kleinen Umweg machen, weshalb ich leider ihre Unterhaltung nicht verfolgen konnte. Als ich wieder in ihre Nähe kam, hatten beide lachende Gesichter. Wir umrundeten einen Kräutergarten. Das war ein Gebiet, das ich bislang noch nicht erkundet hatte, aber der Duft, der zu mir hinwehte, verstärkte meinen Entschluss, ihm weitere Besuche abzustatten. Obwohl sich hier das Hüttchen des Gärtnerburschen anschloss, wie ich mit einiger Überraschung feststellen konnte. Meiko war es, den die Dame Caroline zu treffen wünschte. Er hatte sich endlich mal sauber gewaschen, und es klebte weder an seinen Händen noch an seinen Stiefeln Erde. Auch die dunkelblonden Haare hatte er ordentlich zu einem Zopf geflochten, der ihm über ein abgenutztes Lederwams fiel. Immerhin, seine Hemdsärmel waren weiß, seine Lederhosen fleckenlos und sein Gesicht sauber rasiert.

»Edle Dame, Frau Caroline, welche Überraschung! Jehan, mein Junge, ich grüße dich.«

Jehan machte eine anmutige Verbeugung und betrachtete den Gärtner mit einem Grinsen.

Dame Caroline lächelte ihn freundlich an und meinte: »Ich wollte mich für die Astern bedanken, die Ihr mir vergangene Woche vorbeigebracht habt, Meiko. Ich habe sie selbst in die Beete gepflanzt, genau so, wie Ihr es empfohlen habt.«

»Und sie sah anschließend auch genauso erdverschmiert aus wie Ihr neuerdings!«

»Was nur bedeutet, Jehan, dass du ihr nicht die Schmutzarbeit abgenommen hast.«

»Hätte ich es gewagt, wäre mir die Peitsche gewiss gewesen. Frau Caroline hütet die Pflänzchen wie ihren eigenen Schmuckkasten.«

»Dann mag dir wohl verziehen sein. Ihr habt die Not Gottes aufgesucht? Hat es Wunder gegeben?«

Wieder brachen die Frau und der Jüngling in unbändiges Gelächter aus.

»Nanu? Sind etwa nicht Lahme sehend und Blinde gehend geworden?«

»Oh nein, Meiko, oh nein.« Frau Caroline hielt sich

ein Tüchlein an die Lippen und kicherte, was sich an einer so stolzen und würdigen Dame sehr wunderlich ausnahm. »Es ist eine Stumme gesprächig geworden. Heilige Jungfrau, Ihr habt etwas versäumt. Obwohl, es war eine arme Kreatur, geschunden vom Leben oder von den Menschen und umhergetrieben durch die Lande wie ein Blatt im Wind.« Ihre Stimme war jetzt ernst geworden. »Es war eine Frau, die einst ihre Heimat verlassen hatte, um ihrem Mann in die Fremde zu folgen. Dann ist ihr – so vermute ich – ein entsetzlicher Unfall geschehen, durch den sie wiederum heimatlos geworden ist. Und bei dem sie wohl auch die Sprache verloren hatte.«

»Die Stimme, Dame Caroline, nicht die Zunge.«

»Richtig, mein Junge. Weshalb es ihr gegeben war, beim Anblick der Schmerzensreichen Mutter Worte in einer nicht bekannten Sprache auszustoßen.«

»Zungenreden?«

»So nahmen die Gemeinde und die Mönche an und würdigten es als überwältigendes Wunder.«

»Denn keiner unter ihnen, Meiko, hatte, wie ich, einstmals Freundschaft mit einem spanischen Seemann gepflegt.« Jehan fing wieder an zu lachen, während seine Augen funkelten und sprühten. »Die gute Frau stieß einen Schwall höllischer Verfluchungen und Beschimpfungen aus, deren feinere Bedeutung mir im Einzelnen leider entgangen ist.«

»Wir wollen das doch ernsthaft hoffen, mein Junge. Spanische Seeleute haben einen derben Wortschatz, der einem jungen Mann wie dir tunlichst nicht geläufig sein sollte.«

Meikos Worte klangen zwar vorwurfsvoll, doch

sein Gesicht trug einen geradezu liebevollen Ausdruck.

Dame Caroline mischte sich wieder ein.

»Wir sollten nicht zu sehr über sie spotten, Jehan. Sie ist ein armes Weib, dessen Geist wohl durch lange Leiden zerrüttet ist. Doch sie ist auf dem Weg nach Santiago de Compostela, was nun durchaus verständlich erscheint. Wenn sie ihre Heimat wieder sieht und Menschen trifft, deren Sprache sie versteht, dann wird vielleicht auch das heilen.«

»Ein weiteres Wunder!«

»Meiko, Ihr seid zynisch.«

»Nein, realistisch. Ich glaube nicht an Wunder. Das wisst Ihr doch.«

»Je nun, an diese, die wir heute gesehen haben, glaube ich auch nicht allzu fest. Aber es gibt andere. Und wenn Ihr Euer Herz dafür öffnet, werdet Ihr sie auch sehen.«

»Möglich. Irgendwann.«

»Gut, wir werden uns nun auf den Heimweg machen. Ich hoffe, Meiko, Ihr kommt in den nächsten Tagen noch einmal vorbei. Ich brauche Euren Rat, um ein – äh – sagen wir mal – Kräuterbeet anzulegen.«

»Es wird mir ein Vergnügen sein. Aber Euren beiden Gästen möchte ich lieber nicht begegnen.«

»Ermine und Johanna van Heege halten sich selten in den Gärten auf. Sie ziehen es vor, den Herrn von Rommerskirchen zu besuchen.«

»Das kann ich mir vorstellen. Jehan, mein Junge, leb wohl, und betrage dich höflich gegenüber deiner großherzigen Gönnerin.«

Jehan vollführte wiederum eine respektvolle Verbeugung, die er mit einem spitzbübischen Grinsen kombinierte. Meiko fuhr ihm mit der Hand durch die Locken und verbeugte sich dann ebenfalls sehr gewandt vor der Dame Caroline.

Nun ja, die Natur der Wunder war mir damit erklärt. Was ein Mensch nicht versteht und was ihm sein Verstand nicht erklärt, das steckt er in diese Truhe. Diese Geschöpfe sind einfach nicht neugierig genug, um die Wahrheit herauszufinden.

Ich setzte mich auf das Mäuerchen, das den Kräutergarten umgab, und putzte mir säuberlich die Pfoten. Die Wege waren noch vom gestrigen Regen aufgeweicht, auch wenn zwischen einzelnen Wölkchen heute wieder die Sonne hervorlugte. Der Wind aber trug den Odem des Herbstes in sich.

»Na, Mirza, heute bist du aber weit von deiner Arbeitsstätte entfernt!«

Ich wäre beinahe in den Lavendel gefallen. Meiko baute sich vor mir auf, und ich fürchtete, er würde gleich wieder zupacken und mich zum Kloster schleppen. Aber dann setzte er sich nur ganz ruhig neben mich und schaute zum Waldrand hin, der sich an die Nutzgärten anschloss. Er wirkte ein wenig melancholisch. Nach einer Weile drehte er sich wieder zu mir und meinte: »Ist ja auch Sonntag heute, da ruhte sogar der Herr, nicht wahr? Das gilt dann wohl auch für seine pelzigen Geschöpfe.«

Welcher Herr an welchem Tag ruhte, war mir ziemlich egal. Meikos Aussage entbehrte jeder Logik. Keine Katze, die einen knurrenden Magen hat, würde am Sonntag darauf verzichten, Mäuse zu fangen.

Mein Magen knurrte.

Im Lavendel raschelte es.

Ich fing eine Maus.

Sie war köstlich gewürzt.

Meiko hingegen war aufgestanden, und als ich wieder zu ihm hinsah, lag ein herablassender Ausdruck auf seinem Gesicht, und die Worte, die er sagte, ließen die flüchtig aufkeimende Sympathie in mir schlagartig verdorren.

»Du bist eben nur ein seelenloses Tier. Was bedeuten dir schon die Gesetze des Herrn?«

Hirnloser Idiot!

Ich würdigte ihn keines Blickes mehr und verließ den Kräutergarten. Trotzdem nahm ich, als ich einige Schritt weit entfernt wahr, dass er recht eilig zum Gästehaus wanderte. Wahrscheinlich wollte er doch seinen Anteil an den so genannten Wundern haben.

Ich hingegen war so mit meinem Groll beschäftigt, dass ich den falschen Weg einschlug. Ich bemerkte es erst, als mir Wanze und Laus den Weg vertraten. So wurden die beiden getigerten Katzen von den Stallburschen gerufen, was mir durchaus angemessen erschien. Die verflohten Fellbeutel waren auf Krawall aus. Und ich musste mich abreagieren.

Ich prügelte mich mit Wanze. Herzhaft. Mich wunderte jedoch, weshalb Laus sich nicht auf seine Seite schlug. Dann hätte es nicht gut für mich ausgesehen. Aber es schien, als ob der sein Mütchen an Diabolo kühlen musste. Warum, fragte ich mich nicht. Ich entwischte meinem Angreifer immer wieder. Er mochte vielleicht stärker und auch kampferprobter sein als ich, doch es mangelte ihm an Fantasie. Auf der Kuhweide verpasste ich ihm dann eine Lektion. Als er gehässig zu einem bedrohlichen Sprung ansetzte, wich ich ihm geschickt unter den Bauch einer grasenden Kuh aus, und er landete bis über alle vier Pfoten in einem frischen Fladen.

»Schöne Scheiße!«, rief ich ihm noch zu und flitzte Richtung Kloster.

Na gut, einen Freund fürs Leben hatte ich mir damit nicht gemacht, aber sein verblüffter Blick war es wert gewesen. Und meine Wut war auch verraucht.

Meinen Gleichmut brauchte ich auch kurz darauf, als ich durch das Fenster in Pater Melvinius' Kammer schlüpfte. Die Schwingungen, die ich hier wahrnahm, ließen nichts Gutes ahnen. Der alte Mann kniete an seinem Betpult und hatte die gefalteten Hände vor das Gesicht geschlagen. Er murmelte leise und unzusammenhängend vor sich hin.

Mir fiel schlagartig wieder ein, wie er angesichts der kreischenden Furie zusammengebrochen war, und rückte näher zu ihm, um zu hören, was er sagte. Viel Sinn ergab es nicht. Er sprach von Schuld und Verantwortung, von den Schatten der Vergangenheit, die ihn verfolgten, von Dämonen und höllischen Geistern, von falschem Zeugnis und unbeschreiblicher Ignoranz. Das Einzige, was mir überhaupt einen Sinn machte, war, dass er von der Herrin an der Quelle sprach. Was er aber mit ihr zu tun hatte, ging aus seinem wirren Gestammel nicht hervor.

Er stützte schließlich seine Hände auf dem Rand des Pultes ab und legte die Stirn darauf. Ich trat noch etwas näher und fühlte sein Herz unruhig klopfen. Vorsichtig begann ich zu schnurren.

Er hob den Kopf und sah mich an, zunächst ohne Erkennen im Blick, doch dann klärten sich seine Augen.

»Mirza, süße, unschuldige Seele!«

Aha, wenigstens er billigte mir eine Seele zu. Aber den Zahn mit der Unschuld, den musste ich ihm irgendwann einmal ziehen. Aber nicht jetzt. Ich schnurrte nur weiter.

Er erhob sich schwerfällig von den Knien und setzte sich auf seine Bettstatt. Ich sprang zu ihm hinauf und versuchte, auf seinen Schoß zu kommen. Er wollte es mir zunächst verwehren, aber dann ließ er es doch zu und kraulte mir ein wenig den Nacken. Ich merkte, dass er allmählich ruhiger wurde.

»Der heilige Franziskus war ein weiser Mann, Mirza. Und ich bin, neben vielen anderen unangenehmen Dingen, vermutlich auch ein sündiger Häretiker. Deine Gegenwart tut mir wohl, denn du klagst nicht an und du hältst mir nicht meine Taten und Untaten vor. So wie deine Zuneigung, kleine Katze, sollte die göttliche Liebe sein. Bedingungslos und ohne Fragen.«

Ich hörte auf zu schnurren und warf ihm einen ungläubigen Blick zu. Erstens habe ich keine bedingungslose Liebe zu verschenken, und zweitens gingen mich die Fragen von vergangener Schuld nichts an. Daran ist doch nichts Göttliches. Andererseits … Melvinius war zu mir immer gut gewesen, und da war so ein komisches Gefühl in mir. So eine vage Vermutung, dass zwischen uns mehr werden könnte, als ob eine Art der Verbindung bestehen könnte, die anders war als die zu anderen Geschöpfen. Ich würde darüber in Muße nachdenken.

»Deine Augen sind abgrundtief, wie die grünen Waldseen meiner Heimat, Mirza. Was weißt du alles?«

Vieles, scheint mir, Melvinius. Oder wie immer du heißt, Mensch.

Aber das ist ein Kapitel für sich.

Ein schmerzliches Kapitel

Ich hatte einen seltsamen Traum. Natürlich träume ich oft im Schlaf, meistens von erfolgreichen Mausjagden, manchmal von erfolgreichen Kämpfen. Diesmal aber träumte ich von meinem ersten Wurf. Im Mai des vergangenen Jahres hatte ich vier kleine Junge zur Welt gebracht. Zwei gefleckte, wie ich selbst, ein getigertes, wie der Vater, und ein gänzlich weißes Katerchen. Ich war ihnen mit fürsorglicher Liebe zugetan, wie es sich für eine Mutter gehörte. Ich putzte sie und nährte sie, ich zeigte ihnen die Welt und lehrte sie, darin zu überleben. Sie überlebten alle. Sogar der kleine weiße Kater. Obwohl er so ganz anders war als seine drei Geschwister. Er war schwächlicher. Er kam schnell außer Atem. Er stellte sich ungeschickt beim Mausen an. Aber er hatte schon sehr, sehr früh einen unbeschreiblich weisen Ausdruck in seinen Augen gehabt. Wenn ich ganz ehrlich bin – von meinen Kindern umsorgte ich ihn am meisten. An ihn musste ich auch jetzt hin und wieder denken.

Sie wuchsen rasch heran, die Kleinen, und sie fanden auskömmliche Unterkünfte. Der getigerte Kater, der mir ständig entwischte und kaum, dass er die Augen offen hatte, zu abenteuerlichen Wanderungen aufbrach und dabei keiner Rauferei aus dem Weg ging, zog weit fort, um sich ein eigenes Revier zu erobern.

Die gefleckten Kätzinnen wurden von einer Magd abgeholt, die sie auf einen Bauernhof bringen wollte, wo sie die Kornscheuer zu bewachen hatten. Den weißen Kater aber hatte die Moen eines Tages fortgebracht. Sie sagte mir, eine vornehme Dame wolle ihn in ihrem Haus halten. Damit war ich einverstanden. Ein selbstständiger Mauser wäre er nie geworden.

In meinem Traum tauchten alle vier Katzen auf; sie waren beisammen, und ich putzte ihnen gründlich die Ohren. Doch plötzlich trugen sie menschliche Gesichter. Das fand ich sehr ungewöhnlich. Und eines davon erkannte ich. Der weiße Kater trug Melvinius' Züge.

Als ich aufwachte, wusste ich, dass ich für ihn sorgen musste wie für mein eigenes Kind.

Eine interessante Erkenntnis.

Nach meiner Morgenrunde – es war kühl und wolkig an diesem Tag – betrat ich des Paters Kammer durch die Klappe und fand Meiko darin vor. Das machte mich misstrauisch. Vor allem, weil er sich an dem leeren Bett zu schaffen machte. Suchte er auch hier etwas, wie bei der Moen?

Er hatte die Decken entfernt und wühlte die Matratze auf. Den Inhalt schaufelte er in einen Korb, dann nahm er aus einem zweiten frischen, getrockneten Farn und stopfte die Unterlage neu. Es roch wunderbar, das muss man schon sagen. Und es erklärte den feinen Kräuterduft, der Melvinius ständig umgab.

»Ab in die Bibliothek, Mirza!«, mahnte Meiko mich trocken, als er mich bemerkte, und öffnete mir die Tür. Wenigstens trat er nicht nach mir. Betont gemächlich schlenderte ich hinaus.

Die Mäuse waren übermütig geworden; ich räumte kurzentschlossen unter ihnen auf und konnte Meiko bald die Schwänze und Innereien von drei Opfern vorweisen. Er räumte das Gekröse weg, ohne mir auch nur ein Wort des Lobes zu gönnen. Dann aber setzte er sich an das Lesepult und rollte ein großes Papier auf. Ich linste neugierig vom Fenstersims her darauf. Es waren nicht diese gradlinigen Wortspuren darauf, wie in den Büchern, sondern eine sehr wunderliche Zeichnung. Mir sagte sie nichts, aber für Meiko schien sie eine tiefe Bedeutung zu haben. Seine Ausstrahlung konnte man geradezu als wehmütig bezeichnen. Lange und ganz versunken betrachtete er das Dokument, und gelegentlich fuhr er mit seinen – erstaunlich sauberen – Fingern die eine oder andere Linie nach. Er war damit so beschäftigt, dass er Pater Melvinius' Eintritt überhörte.

»Die katalanische Weltkarte, ein recht neues, gedrucktes Exemplar. Ich bin noch gar nicht dazu gekommen, sie mir anzusehen. Interessierst du dich dafür? Ich hörte, es würde auch bald Karten geben, die die Neue Welt abbilden, die dieser Cristoforo Colombo entdeckt hat.«

»Ich… äh… ich habe Euch frischen Farn für Eure Bettstatt gebacht, Pater. Eine seltsame Sitte habt Ihr hier.«

»Unser verehrter Ordensgründer Norbert hat es so bestimmt. Er wanderte viel, um seine Lehre zu verbreiten, und musste oft ohne Unterkunft im Farn die Nacht verbringen. Wir halten auch mit solchen Kleinigkeiten unsere Erinnerung an ihn wach.«

»Ganz unvernünftig ist diese Anordnung nicht. Ich

habe mein eigenes Lager auch damit gerichtet. Es scheint das Ungeziefer besser fern zu halten als das modrige Stroh, auf dem ich oft zu ruhen gezwungen war.«

»Als du jene Meere befuhrst, die hier verzeichnet sind?«

Meiko bedachte den Bibliothecarius mit einem seltsamen Blick, antwortete aber nicht darauf. Melvinius schien das nicht zu berühren. Er nahm eine weitere Rolle vom Bord und öffnete sie.

»Die Weltkarte des Fra Mauro. Sie und die andere sind eben in die Bibliothek gekommen. Abt Ignaz hat sie erstanden.«

Ich sah ein kurzes Aufflackern in Meikos Augen, aber er senkte schnell die Lider und zuckte nur mit den Schultern. Ein blöder Ausdruck machte sich in seinem Gesicht breit.

»Wenn sie wertvoll sind, hoffe ich, diese Katze hält die Mäuse davon fern.«

»Sie sind wertvoll, und Mirza hält die Mäuse fern.«

»Tja, dann gehe ich mal wieder an meine Arbeit. Farn schneiden.«

»Tu das, Meiko, tu das.«

Als er aus dem Raum gepoltert war, gesellte sich Melvinius zu mir. Ich gurrte ihn ein wenig aufmunternd an und gab ein fragendes »Mirrr?« von mir, so wie ich es meinen Kindern gegenüber auch gemacht hatte, wenn sie von irgendwelchen Ausflügen zurückkamen.

»Er verbirgt etwas vor uns, der Gärtnerbursche. Findest du nicht auch?«

Ich war mir dessen sogar sicher und antwortete mit einem zustimmenden: »Brrrip.«

»Er ist beileibe nicht der Tölpel, den er gerne spielt. Ich vermute, diese Karten sagen ihm mehr als mir. Seekarten, auf denen die Schiffsrouten zu fernen Ländern verzeichnet sind.« Melvinius streichelte meinen Rücken, was ich angenehm fand. »Wie seltsam. Ich bin schon seit über sechs Jahren hier, doch nie erreichte mich bisher eine Botschaft aus meiner Heimat. Und nun hat mich innerhalb weniger Tage die Vergangenheit wieder eingeholt. Ist das Zufall, Mirza?«

Der Zufall mochte bei Männern wie Melvinius weniger stark das Schicksal bestimmen als bei anderen Menschen. Ich sah ihn nachdenklich an. Er war ein tiefes Wasser, dieser Mann. Er hatte Abgründe gesehen, die anderen verborgen waren. Ich las es in seinen Augen. Und er las das Verstehen in den meinen.

Aber dann läutete die Glocke, und mit einem Seufzer drehte Pater Melvinius sich zur Tür.

»Zeit für die Gebete. Willst du nach draußen?«

»Mau!«

»Na, dann komm mit!«

Ich hüpfte durch das Fenster und überlegte mir eine neue Runde. Vielleicht sollte ich einmal diesen aufregenden Kräutergarten näher erkunden. Also bog ich an der Hecke nach links ab und lenkte meine Schritte Richtung Kuhstall.

»Mach, dass du hier wegkommst!«, fauchte mich unerwartet der Schwarze an, der wie ein Schatten unter dem Gebüsch erschienen war.

»Du hast mir überhaupt nichts zu sagen. Das hier ist nicht dein Revier!«

»Deins auch nicht. Bleib bei deinen Menschen. Das ist keine Gegend für dich!«

»Angeber. Ich kann meine Wege wählen, wie ich will.«

»Du bleibst besser im Haus und lässt dich mit süßer Sahne füttern.«

»Hältst du mich für einen Weichling?«

Ich stemmte die Vorderpfoten breit in den Boden und blitzte Diabolo herausfordernd an. Wanze hatte ich ja auch schon verprügelt. Wenn er unbedingt die Kralle spüren wollte, konnte er das haben.«

»Lass es, Schätzchen. Ich will dir nicht weh tun!«

»Großmaul!«

»Schoßkätzchen!«

»Gossenkater!«

»Schmusepelzchen!«

»Herumtreiber!«

»Bettschätzchen!«

»Maulheld!«

Wir zischten und fauchten einander nach allen Regeln der Kunst an, und ich muss gestehen, dass mir allmählich die Schimpfworte ausgingen. Mir blieben nur zwei Möglichkeiten – entweder ich griff ihn an und zog ihm ein paar Fäden aus dem Fell, oder ich leitete einen ehrenvollen Rückzug ein. Mein dämlicher Schwanz peitschte wie besessen hin und her und verriet meine Unschlüssigkeit. Diabolos Schwanz blieb völlig gelassen neben ihm liegen. *Er* wusste, was er wollte. Mich hier weghaben.

Also ging ich.

Ein Stückchen. Bis ich außer Sichtweite war. Dann schlug ich wieder die Richtung zum Kräutergarten ein. Der kürzeste Weg führte direkt an den Stallungen vorbei, und ich konnte nur hoffen, Laus und Wanze derzeit nicht auf ihrem Beobachtungsposten anzutreffen.

Ich kam ungeschoren an den Gebäuden vorbei und passierte die Meierei, eine Quelle überaus köstlicher Gerüche. Eine kleine Einkehr war notwendig.

Mit einem Milchbart setzte ich meinen Weg fort.

Das Kräuterbeet war verlassen, Meikos Hütte leer. Ich vergnügte mich eine Weile mit intensivem Durchschnuppern der Pflanzen. Rosmarin und Thymian, Petersilie und Lavendel, Weinraute und Majoran, Wermut und – ahhh! – Katzenminze. Ein kurzer Moment schlichter Ekstase gehörte einfach dazu. Dann Melisse und Salbei, Liebstöckel und – igitt! – Meerrettich. Beinwell und Dill, Johanniskraut und – ohhh! – Baldrian. Noch ein wenig Rausch und Verzückung. Kerbel und Kamille, Fenchel und Anis. Und – uhhh, pfui Deibel! – Knoblauch. Dennoch, es war ein reines Duftparadies. Ich vergaß die Zeit vollkommen, und es dunkelte schon, als ich mich endlich losreißen konnte. Sehr hastig machte ich mich auf den Rückweg. Ich wollte meinen Pater ja nicht in Besorgnis bringen.

Es zeigte sich, dass ich wahrhaftig dümmer war als die dumpfen Wiederkäuer auf der Weide. Wanze und Laus stellten mich. Wanze, noch immer stinkig von seinem Bad im Kuhfladen, hielt sich nicht mit Drohgebärden und Beschimpfungen auf, sondern sprang mich direkt an. Laus fiel von der anderen Seite über mich her.

Ich gebe zu, wir waren laut. Ich trat und schlug und biss und kratzte. Aber diesmal half mir kein Trick und kein Entwischen. Zu zweit waren sie überlegen. Ich hatte schon ein paar blutende Stellen im Fell und einige Büschel Haare verloren, als ich eine weiße Gestalt auf uns zuflattern sah. Erst dachte ich, das sei so jemand wie diese beflügelten Menschen, die der Maler in der Kirche abgebildet hatte, aber dann erkannte ich Melvinius. Auch er schrie und klatschte laut in die Hände.

Wanze und Laus machten sich aus dem Staub.

Melvinius sank neben mir in denselben.

»Mirza, Mirza!«, keuchte er. Und neben meinen eigenen Schmerzen spürte ich sein flatterndes Herz.

»Mirza, du bist verletzt! Du blutest. Was mache ich nur mit dir?«

Nichts am besten, dachte ich. Lass mich nur liegen, irgendwann geht es schon wieder.

»Pater Melvinius, was ist geschehen?«

Meiko – unvermeidlich, dass er sich einmischte. Aber er klang erschreckend besorgt.

»Mirza, sie ist angegriffen worden. Von den Stallkatzen. Sie blutet, Meiko!«

Er beugte sich ebenfalls zu mir herunter und schob mir dann erstaunlich sanft die Hand unter den Bauch.

»Ich nehme sie mit in die Hütte. Mal sehen, was sich machen lässt. Eure Mäusefängerin muss gesund bleiben. Sonst leiden die Bücher.«

»Die Bücher sind mir egal!«, flüsterte Melvinius und erhob sich langsam. Er begleitete uns zu der kleinen Hütte, die der Gärtnerbursche bewohnte. Eine Lampe war bald angezündet, und ich wurde auf eine Decke auf dem wackeligen Tisch gebettet. Ich fühlte mich so angeschlagen, dass ich allen Stolz vergaß und nur leise wimmerte, als er mich mit einem feuchten Tuch reinigte und meine Wunden mit irgendeinem Kräuterabsud betupfte.

»Katzenkämpfe enden in der Regel nicht tödlich, Pater. Aber sie ist ziemlich zerkratzt, die Kleine.« Meiko wandte sich von mir ab und sagte plötzlich mit Entsetzen in der Stimme: »Pater? Pater…?«

Von meinem Platz aus konnte ich Melvinius auf dem Boden liegen sehen. Der Gärtner ließ mich los und kniete neben ihm nieder. Vorsichtig drehte er ihn um und legte ihm die Hand auf die Brust. Ich sprang trotz meiner Schmerzen auf und kam mit einem Jaulen auf dem Boden auf. Oh weh, das war gefährlich. Die Lippen unter dem weißen Bart waren blau, und das Herz meines guten Freundes machte holperige Sprünge. Vorsichtig brachte Meiko den Pater in eine halb sitzende Position und redete mit unerwartet besorgter Stimme auf ihn ein.

»Atmet ein! Versucht, tief zu atmen.«

»Angst!«, stöhnte Melvinius. »Dämonen!«

»Nein, nein, hier sind keine Dämonen. Ganz ruhig. Hier kann Euch niemand etwas tun.«

Mühsam und röchelnd ging sein Atem, aber ein wenig klärte sich sein Blick wieder.

»Menard. Oh, mein Gott, Menard. Ich habe Unglück über dich gebracht.«

»Aber nein, *mon Père*. Der Einzige, der Unglück über mich gebracht hat, bin ich selbst gewesen. Beruhigt Euch. Es war die Aufregung über das Katzengeschrei, die Euer Herz zum Stolpern gebracht hat. Ich werde Euch jetzt auf das Lager betten und einen heißen Trank richten. Bleibt ganz ruhig.«

Sie redeten in dieser anderen Sprache miteinander, jener, die ich so gerne hörte, weil sie melodischer klang als die hiesige Zunge. Es verblüffte mich, muss ich gestehen. Wer war dieser Meiko, den Melvinius jetzt Menard nannte? Die Neugier flackerte in mir auf und ließ mich fast meine eigenen Schmerzen vergessen.

Er half dem Pater sehr fürsorglich auf das schmale Bett, stopfte ihm ein Polster in den Rücken und legte eine Decke über ihn. Dann entfachte er ein Feuer auf der einfachen Herdstelle und setzte einen dreifüßigen Kessel mit Wasser darüber. Ich humpelte derweil zu dem Lager und bemühte mich, hochzuspringen. Aber das tat verdammt weh, und ungewollt kam ein Jammern aus meiner Kehle.

»Mirza!«, hauchte Melvinius.

»Diese unmögliche Katze ist schuld an Eurem Unwohlsein. Ich habe Euch ja gewarnt, sie nach draußen zu lassen.«

»Nicht schuld.«

Meiko-Menard sah zu mir hin und bückte sich. Ich duckte mich ängstlich und fauchte ihn an. Aber wie so oft in der letzten Zeit tat er etwas Unerwartetes. Er hob mich sanft hoch und legte mich auf Pater Melvinius' Schoß. Sofort begann ich mit meinem tiefsten und beruhigendsten Schnurren. Für mich und für ihn. Alles ist gut, alles ist friedlich, alles ist ganz ruhig, sagte ich damit immer wieder.

Der Gärtnerbursche tat inzwischen einige Kräuter in das kochende Wasser und rührte es um. Ein aromatischer Duft erfüllte den Raum, so als ob das halbe Kräuterbeet hier Einzug gehalten hätte. Meine Abneigung gegen den Mann schwand wieder einmal ein Stückchen. Er schien durchaus etwas davon zu verstehen, wie man Verwundeten und Kranken beistehen konnte.

Melvinius hatte die Augen geschlossen. Aber sein

Atem ging nun ein wenig leichter. Mit meinem Schnurren schien auch sein ungebärdiges Herz ein bisschen ruhiger zu werden. Dann brachte Meiko einen Becher mit dem Getränk aus dem Kessel und hielt ihn dem Pater an die Lippen. Er trank in kleinen Schlucken, und auch dies half ihm.

»Ich werde gleich einen der Stalljungen zum Kloster schicken, damit er Euren Infirmarius herbringt, *mon Père*. Er und seine Helfer werden Euch sicher in Eure eigene Kammer tragen.«

»Ja, tu das. Verzeih, Menard, ich habe große Aufregung verursacht. Mein Herz ist seit einigen Jahren nicht ganz in Ordnung. Aber so lange ich mich nicht aufrege, tut es gewissenhaft seinen Dienst. Doch die letzten Tage …«

»Was ist geschehen?«

»Am Sonntag, die Wallfahrer …«

»Es hat Euch eine Frau beschimpft, nicht wahr?«

»Woher weißt du das?«

»Es war ein großes Wunder, *mon Père*.« Meikos Stimme klang spöttisch. »Man sprach von nichts anderem.«

»Es war kein Wunder.«

»Nein, ich weiß. Ich bin später zu dieser Stella gegangen und habe ihr einen Beutel Münzen gegeben, damit sie das Ziel ihrer Reise so schnell wie möglich erreicht.«

»Und du hast ihr zugehört.«

»Ich habe mir ihre Geschichte angehört, ja, *mon Père*.«

»Du hättest ihr kein Geld geben dürfen.«

»Doch.«

»Dann kennst du nur ihre Seite der Geschichte.«

»Ich kenne, da bin ich mir ganz sicher, zumindest einen Teil auch von der anderen.«

»Ja, mein Junge. Und ich werde sie dir beizeiten ganz erzählen. Doch nun will mich der Schlaf übermannen.«

»Dann schlaft Euch gesund, Melvin de Penthièvre!«

Melvinius und ich schliefen tief und fest ein, und als ich erwachte, befanden wir uns beide in seiner Kammer. Man hatte ihn, wie auch mich, offensichtlich sehr vorsichtig zum Kloster getragen. Der Morgen war schon weit fortgeschritten, das Tageslicht fiel in einem breiten Streifen über das Bett. Ich lag noch immer auf seiner Brust, in der das Herz nun wieder kräftig und regelmäßig schlug.

Aber das nächtliche Geschehen hatte mir viel zu denken gegeben. Was wusste Melvinius von dem Gärtner, den er Menard nannte, und was wusste Meiko von dem Bibliothecarius, den er mit »*mon Père*« titulierte, genau wie Yvain. Konnte er sein Vater sein? Der Altersunterschied mochte stimmen. Was verband sie beide mit der Stummen, die wieder reden, vor allem aber fluchen konnte?

Meine kätzische Neugier brodelte unter meinem Pelz. Aber als ich mich beschwingt an die Aufklärung dieser Geheimnisse machen wollte, mahnte mich mein geschundener Körper auf sehr drastische Weise zur Zurückhaltung.

Also blieb ich lieber in den weichen Decken liegen.

Aber auf dieses Kapitel werde ich noch zurückkommen.

Ein lehrreiches Kapitel

Den ganzen Tag und auch die Nacht über fühlte ich mich steif und zerschlagen, aber im Laufe des Mittwochs ging es mir zumindest wieder gut genug, um eine kleine auswärtige Runde drehen zu können. Eine ganz sichere, immer dicht an den Klostermauern entlang. Bis zur Basilika. Dort wollte ich eine längere Pause einlegen, um wenigstens in Sachen Malermeister Clemens etwas weiter zu kommen. Ich hatte nämlich in den langen, verdösten Stunden eine Theorie entwickelt.

Es wehte ein frischer Wind, doch er hetzte auch die Wolken über den Himmel, sodass es gegen Mittag an geschützten Stellen durchaus erträglich war. Außerdem spürte ich mein feines Unterfell allmählich wachsen, das an kalten Tagen eine mollige Wärme erzeugte.

Ich hatte unbeschreibliches Glück. Meister Clemens saß auf der Mauer zur Pferdekoppel, um seine Mahlzeit einzunehmen, und bei ihm war seine Schwester Kristin. Sie hatte einen Deckelkorb dabei, der jetzt zwischen ihnen stand und aus dem sie sich bedienten. Wieder verblüffte mich die ungeheure Ähnlichkeit der beiden. Wäre das Mädchen nicht mit einem hellbraunen Rock und einem dunkelgrünen Mieder bekleidet gewesen, hätte man sie gut verwechseln können. Ihre Haare bedeckte zwar eine gekräuselte Haube, aber an den Schläfen kringelten sich ein paar ungebärdige Locken hervor.

»Ich werde heute Nachmittag lediglich die Säulenkapitelle ausbessern. Der Putz, den ich heute früh für das Fresko aufgetragen habe, ist bereits getrocknet, und die Vorzeichnungen habe ich fertig gemacht. Morgen bist du wieder dran«, sagte Meister Clemens gerade, als ich mich zu ihnen gesellte. »Stellst du mir die passenden Farben für die Säulen raus, Kristin?«

»Natürlich. Oh, schau mal, da kommt Mirza!«

Kristin lächelte mir zu und hielt zur Begrüßung die Hand nach unten. Ich schnupperte daran, und meine Theorie bestätigte sich. Sie war der zweite Meister Clemens. Sie roch auch ein wenig nach Schinken, weshalb ich versuchsweise einen hungrigen Blick aufsetzte.

»Und, magst du das mal probieren?«

Aber selbstverständlich!

Drei ausgewählte Häppchen rutschten mir angenehm durch den Schlund. Fleisch ohne Haut und Knochen hat zur Abwechslung mal was!

»Ei, du hast aber einen bösen Kratzer auf der Nase, Mirza. Hast du gerauft?«

Und wie! Das Mitgefühl und die Streichelhände taten mir wohl, darum rollte ich mich zwischen ihnen zusammen, genoss die Sonne und das Gespräch der beiden.

»Wenn wir diesen Auftrag erledigt haben, sind wir fast so weit, unser eigenes Haus kaufen zu können«, sann Kristin nach. »Ich habe vorhin ein paar Berechnungen angestellt. Wollen wir uns etwas näher mit dem Herrn von Rommerskirchen befassen? Glaubst du, es ist ihm ernst damit, seine Halle ausmalen zu lassen?«

»Ich bin mir nicht ganz sicher, Kristin. Vielleicht wollte er dir nur schmeicheln.«

»Möglich. Jedenfalls könnte uns sein Angebot, auf dem Gut zu wohnen, etwas in Schwierigkeiten bringen. Ich meine, was die Arbeitsweise anbelangt.«

»Auch was die menschlichen Beziehungen anbelangt. Gefällt dir der Herr Sivert, Schwesterchen?«

»Er sieht gut aus, nicht wahr? Und er hat wunderbare Manieren.«

»Geld hat er auch.«

»Dazu ein großes Gut mit umfangreichen Ländereien. Aber ich weiß nicht, ob er ein so schlichtes Mädchen wie mich überhaupt ein zweites Mal ansieht.«

»Du bist ein sehr hübsches Mädchen. Dich haben schon oft Männer mehr als zweimal angesehen. Nur schaust du nie zurück.«

»Wie könnte ich denn, Clemens? Wir müssen unsere Arbeit gemeinsam erledigen. Und dass wir es auf diese Weise tun, darf eben noch niemand erfahren.«

»Kristin!« Meister Clemens streichelte seiner Schwester zärtlich die Wange. »Du gibst so viel für mich auf.«

»Nein, nein, mein Bruder. Nicht viel. Was ist schon ein bisschen Herzenssehnsucht gegenüber unserem großen Ziel? Wir beiden verzichten auf das eine oder andere, damit sich unsere Träume erfüllen. Für dich die Baukunst und für mich – vielleicht – eine Familie.«

»Willst du das Malen wirklich ganz aufgeben?«

»Nein, aber ich werde nur noch das tun, was mir wirklich Freude macht. Porträts anfertigen von Menschen, die nichts dagegen haben, von einer Frau gemalt zu werden.« Kristin lachte plötzlich auf. »Oder von Katzen! Ich glaube nicht, dass es Mirza etwas ausmacht, von weiblicher Hand abgebildet zu werden.«

Ich schnurrte laut und zustimmend.

»Sie scheint da keine Vorlieben zu haben. Ein hübsches Kätzchen. Später, wenn wir sesshaft geworden sind, wollen wir uns auch eines halten.«

»Ganz bestimmt.«

»Aber zurück zu Rommerskirchen. Kristin, wollen wir die Einladung annehmen? Wir können uns zumindest die Halle ansehen und uns von ihm erklären lassen, was er sich vorstellt.«

»Und was er zu zahlen bereit ist. Ja, tun wir das. Ablehnen können wir noch immer.«

Kristin blinzelte in die Sonne. Sie schien eigenen Gedanken nachzuhängen.

»Was ist, Kristin? Worüber denkst du nach?«

»Über ein Luftschloss.«

»Das dumme Gerücht?«

Kristin lachte noch einmal auf, aber diesmal ein wenig bitter.

»Du kennst mich sehr gut, Clemens. Aber sag selbst, wäre es nicht die Lösung aller Probleme, wenn es wahr wäre?«

»Selbst wenn es wahr *ist* und die Moen einen Goldschatz gehortet hat, dann müssten wir ihn zuerst finden. Und – er würde nicht uns gehören.«

»Nein, er gehört den Erben.«

»Oder den Besitzern des Hauses.«

»Dem Kloster. Aber die haben genug Geld. Es ist eine ausgesprochen reiche Pfründe.«

»Wohl wahr.«

Ich fragte mich wieder einmal, was so wichtig an der Sache Geld und Gold für die Menschen ist. Eine Antwort hatte ich noch nicht gefunden, und sie erklärten es mir auch nicht, denn eben überquerte der Diakon Arnoldus mit gewichtigen Schritten den Vorplatz der Basilika und verschwand in der Kirche. Ich machte mich sehr klein und unscheinbar.

»Keine Angst, Mirza, wir lassen nicht zu, dass er dir etwas tut«, flüsterte Kristin. »Außerdem kommt er zu spät zum Mittagsgebet und hat jetzt erst einmal ein paar Psalmen zu singen.« Ihrem Bruder erklärte sie: »Der Kerl ist ein Schleimer, wie ich noch nie einen zuvor getroffen habe. Ist dir am Sonntag aufgefallen, wie er um den Herrn Sivert geschwänzelt ist?«

»Oh ja. Aber ich hatte mehr den Eindruck, er schwänzelte, wenn du diesen Ausdruck schon verwenden musst, eher um die Frau Johanna van Heege herum.«

»Also auch noch ein unkeuscher Schleimer. Dazu ein Katzenhasser. Er hat Mirza getreten, wusstest du das, Clemens? Er bewirft auch die anderen Katzen hier mit Steinen.«

»Er hat wahrscheinlich Angst vor ihnen. Weißt du noch – wie dieser Quacksalber, der Mutter behandelt hat. Er hasste Katzen so sehr, er konnte sie nicht anfassen und bekam schon Zustände, wenn sie nur im gleichen Raum waren.«

»Ja, an ihn erinnert mich Diakon Arnoldus. Aber er braucht uns nicht weiter zu kümmern. Mirza wird ihm aus dem Weg gehen, denke ich.«

Aber ganz sicher, liebe Kristin, ganz gewiss.

»Der Gärtner hingegen scheint sie zu mögen.«

Was? Das wäre ja das Neueste! Wie kam Kristin denn auf den abwegigen Gedanken? Na gut, er hatte mich vor zwei Tagen recht ordentlich verarztet, aber mögen?

»Er ist ein interessanter Bursche, der Meiko. Ich habe mich mit ihm vor ein paar Tagen unterhalten. Mir scheint, er ist schlauer, als er zugibt. Sei ein wenig vorsichtig, wenn du hier arbeitest. Er hat scharfe Augen.«

»Ich bin immer vorsichtig. Mich stört derzeit viel mehr, dass der Geselle vom Fassbender, dieser Mattes, ständig an meinem Rockzipfel hängt.«

Clemens grinste sie belustigt an: »Du bist eben eine begehrte Person. Soll ich den Mattes mal nach seinen Absichten fragen?«

»Um Himmels willen.«

Sie plauderten noch ein wenig über ihre Tagesarbeit, und schließlich raffte sich Kristin auf und meinte: »Komm, Clemens, wir haben genug getrödelt. Die Mönche haben ihr Gebet beendet und verlassen die Basilika.«

Sie packten den Korb zusammen, und Kristin streichelte mir noch einmal den Kopf.

»Mach's gut, Mirza.«

Mache ich fast immer!

Ich blieb noch eine Weile auf der Mauer sitzen und ließ die Welt und meine Gedanken vorbeiziehen. Also, die beiden Maler waren wirklich Wurfgeschwister, und sie betrieben eine gewisse Heimlichkeit damit.

Das Dumme an der Neugier ist, dass, sowie man eine Frage beantwortet hat, sich sofort mehrere neue stellen. Warum konnte Meister Clemens beispielsweise nicht alleine arbeiten? Warum musste Kristin sich als Mann verkleiden? Was hat das alles mit dieser komischen Sache Geld zu tun? Was war das mit dem Goldschatz der Moen?

Das Denken ging in Dösen über.

Wütende Männerstimmen zerrten mich unbarmherzig aus diesen erholsamen Grübeleien.

Ärgerlich öffnete ich erst ein, dann auch das andere Auge.

Hoppla, da war ja eine Streiterei im Gange. Und Meiko mit dabei.

»Mattes, du bist verrückt! Die Katryn interessiert mich keinen Deut!«

»Du hast sie angetatscht!«

»Unsinn. Ich hab ihr geholfen, den Korb mit Wäsche zu tragen.«

»Das kann sie allein. Du brauchst dich nicht an sie heranzumachen!«

Meiko zuckte mit den Schultern.

»Mache ich nicht. Und wenn dir die Katryn so wichtig ist, warum bist du dann hier, um der Kristin nachzusteigen?«, fragte er und wollte den vierschrötigen Mattes stehen lassen. Aber der hatte nun mal die Absicht, sich zu balgen.

»Das geht dich einen feuchten Dreck an. Du lässt die Finger von meinem Mädchen, verstanden?«, brüllte er Meiko an. Er fügte noch ein paar Beleidigungen hinzu, die auch ein streitsüchtiger Kater nicht besser hätte formulieren können. Meiko ließ ihn herumblöken, was Mattes nur zu neuen Kraftausdrücken reizte. Ein wenig cholerisch, wie Melvinius ihn bezeichnen würde. Als Meiko ihm den Rücken zudrehte, seinen Korb aufnahm und fortgehen wollte, bezichtigte er ihn der Feigheit und warf, hochrot vor Wut, einen Stein nach ihm. Er traf den Gärtner im Kreuz.

Ich muss schon sagen: Achtung, wem Achtung gebührt! Meiko hatte eine ausgezeichnete Art, mit dem wild gewordenen Mattes umzugehen. Zwei Schritte, zwei Fäuste, und der Geselle lag platt auf dem Boden.

Es gefiel mir. Denn der Mattes war der Mann, der letztes Jahr im Herbst meine drei kleinen Stoppelkätzchen ertränkt hatte.

So etwas verzeiht eine Mutter nur schwer.

Nach diesem erquicklichen Schauspiel wanderte ich zurück und fand auch noch die Kraft, zwei Bibliotheksmäuse aufzustöbern. Dann ruhte ich ein wenig bei Pater Melvinius, der von seinem Leibdiener Yvain umsorgt und mit köstlichem Essen verpflegt wurde.

»Hier Mirza, probier das mal!«

Ich bekam ein Stückchen zarter Forelle und erfuhr, dass die Klosterregel es vorsah, den Kranken und Schwachen Mahlzeiten aus der Küche des Abtes zu servieren. Eine sehr sinnvolle Regel, urteilte ich und fühlte mich plötzlich so schwach, dass mir Melvinius noch ein weiteres Stückchen anbot. Flusskrebs. Wirklich nicht schlecht, so ein kleiner Schwächeanfall.

Wenn auch die Nahrungsregel ganz vernünftig war, schien mir doch jene, die ich am nächsten Morgen vernahm, hochgradig absurd.

Ich hatte einen neuen Weg erkundet. Eher zufällig, denn es nieselte ständig, und ich mochte es nicht, wenn mein Fell feucht wurde. Also durchmaß ich geschwind den Brüderhof und schlich mich in die Küche.

Engelbert, der faule Kater, lag wie üblich in der Nähe des Herdes und wärmte sich den Pelz. Auf dem Feuer stand ein Kessel, in dem es leise brodelte. Die beiden Männer, die hier ihren Dienst taten, beachteten uns nicht weiter. Einer von ihnen hackte mit einem breiten Messer Rotkohlköpfe, der andere nahm Fische aus. Ein Junge brachte aus der Meierei ein Fässchen Butter und eine Kanne Milch. Er wäre beinahe mit dem Burschen zusammengestoßen, der zwei schwere Körbe Äpfel und Birnen herbeischleppte.

Ich setzte mich zu Engelbert, der mir gutmütig Platz machte. Nach unserer ersten etwas misslungenen Begegnung hatten wir uns richtiggehend ein wenig angefreundet. Wobei die Initiative mehr von mir als von dem trägen Dickerchen ausging.

»Ich habe gestern Forelle mit Flusskrebsen geschlemmt«, stichelte ich, denn ich hatte herausgefunden, dass Engelbert ein Leckermaul war.

»Selbst gefangen?«

»Nein, serviert vom Tisch des Abtes.«

Einer der seltenen Funken glomm in seinen Augen auf. Gier – las ich darin.

»Wie bist du denn dazu gekommen?«

»Meinem Pater und mir ging es nicht so gut. Und wie es scheint, sagen die Klosterregeln, dass man dann besondere Leckereien bekommt.«

Engelbert, der ein Orakel in Klosterregeln war, dachte kurz nach und stimmte mir ernsthaft zu.

»›Kranke müssen selbstverständlich eine der Krankheit angepasste leichte Kost bekommen; andernfalls würde man die Krankheit verschlimmern. Sobald aber die Besserung eintritt, sollen sie mit kräftiger Nahrung versorgt werden, damit sie sich so schnell wie möglich erholen, selbst wenn sie vor ihrem Klostereintritt zur ärmsten Schicht der Gesellschaft gehörten. Während der Genesungszeit sollen sie dasselbe erhalten, was den Reichen aufgrund ihrer früheren Lebensgewohnheit zugestanden wird.‹ So wollte es Augustinus.«

»Ich nehme an, du fühlst dich auch schon ganz schwach und hinfällig«, konnte ich mir nicht verkneifen zu sagen.

»Ziemlich. Aber es kostet auch Kraft, sich krank zu stellen. Und noch weniger steht mir der Sinn danach, mir derartige Kratzer zuzuziehen, wie du sie da auf der Nase trägst. Zum Kämpfen bin ich inzwischen zu alt. Du hast einen Händel mit den Stallkatern ausgefochten, hörte ich?«

»Ja, ja.«

Engelbert mochte ein träger Klumpen Katzenfleisch sein, aber gute Ohren hatte er allemal. Es gab kaum eine Neuigkeit, die nicht in Kürze an sie drang. Ich hingegen wünschte das von ihm gewählte Thema nicht weiter zu erörtern. Er beharrte dennoch darauf.

»Diabolo hatte dich gewarnt.«

»Diabolo hat mich angeschissen.«

»Er ist der Oberste hier im Revier. Wie der Abt vom Kloster. ›Gehorcht eurem Oberen so wie einem Vater, aber auch mit dem gebührenden Respekt, der ihm aufgrund seines Amtes zusteht.‹«

»Du gehst mir auf die Nerven.«

»Schon möglich.«

Schrecklich, mit Engelbert konnte man einfach nicht streiten.

»Woher hast du eigentlich diese Klosterweisheiten?«

»Ich gehe hin und wieder gerne zur Lesung im Kapitelsaal. Ist nicht weit. Ein hübscher Spaziergang im Trockenen. Da hinten, durch den Kreuzgang.« Er wies mit der Nase über die rechte Schulter. Zu größeren Gesten war er zu faul. »Man hört viele Neuigkeiten dort.«

Das war also eine der Quellen, aus denen er sein Wissen schöpfte.

Es war gewiss keine schlechte Idee, einen Rundgang für Regentage zu haben. Ich ließ mir also den Weg beschreiben und verabschiedete mich von Engelbert.

Unauffällig durchquerte ich das Refektorium, in dem für gewöhnlich die Mönche ihre Mahlzeiten einnahmen, das aber im Augenblick leer war, und fand den Ausgang zu dem, was man Kreuzgang nannte. Ach ja, hier war es wirklich angenehm. Man befand sich im Freien, und doch hatte man ein Dach über dem Kopf. Um den quadratischen Innenhof zog sich ein Säulengang. Der Hof selbst war mit Gras bewachsen, und die Mitte bestimmte ein steinerner Brunnen. Ich wandte mich nach links und kam an eine angelehnte Tür, hinter der eine Stimme einen Text herunterleierte. Das war wohl die besagte Kapitellesung.

Ich lauschte unbemerkt eine kleine Weile, und wieder fand ich die Menschen gar wunderlich in ihren Ideen.

»Wenn man sich gegenseitig seine unkeuschen Absichten zu erkennen gibt, auch ohne Worte, nur indem man nach dem anderen Ausschau hält, und wenn man an der zueinander entbrannten Leidenschaft Gefallen findet, dann ist – selbst wenn man sich nicht in den Armen liegt – von der echten Reinheit, nämlich der Reinheit des Herzens, schon keine Rede mehr«, tönte der Vorleser und rief dann zu gegenseitigen Spitzeldiensten auf. Er beendete seinen Sermon mit den Worten: »Wenn ein Bruder eingesteht, dass er schon so weit auf dem verkehrten Weg fortgeschritten ist, dass er im Geheimen von einer Frau Briefe empfängt oder Geschenke annimmt, dann soll man ihn schonend behandeln und für ihn beten. Wird er aber auf frischer Tat ertappt und für schuldig befunden, dann soll er nach dem Urteil des Priesters oder des Oberen zu seiner Besserung hart bestraft werden.«

Das war doch wider die Natur! Wenn einen der Trieb packt, dann lebt man ihn aus!

Aber das sahen diese Männer hier irgendwie anders. Vor allem Diakon Arnoldus tat sich tapfer hervor, indem er zwei Novizen verpfiff, die angeblich dem Wäschermädchen Katryn hinterhergeschaut hatten. Lüstern. Katryn war wohl auch unzeitgemäß rollig. Oder dauernd rollig. Dann bezichtigten sich zwei alte Zausel gegenseitig, dem Weib des Fassbenders schöne Augen gemacht zu haben, was mir in Anbetracht der kahlen Häupter und runzeligen Wangen auch ein wenig unzeitgemäß vorkam. Es hagelte Strafen.

Ich verzog mich. Nicht, dass mich da noch jemand wegen meiner schönen grünen Augen anschwärzte.

Im Kreuzgang ging es immer im Kreis, was auf die Dauer ein wenig eintönig wurde. Aber dann fand ich die angelehnte Tür, und meiner neugierigen Nase folgend schob ich sie mit den Pfoten ein bisschen weiter auf. Welche Überraschung! Ich stand in der Basilika. Ein Blick nach oben, und ich fing mit meinen Augen den starren Blick des Goldbekränzten ein. Also befand ich mich im Westen des Gebäudes. Mit großer Freude sah ich Meister Clemens auf dem Gerüst werkeln. Mit einem leisen Miauen machte ich mich bemerkbar.

»Oh, Mirza. Schön, dich zu sehen. Aber ich kann jetzt nicht zu dir kommen, der Putz hier oben ist gerade noch feucht genug, und ich muss die letzten Farben auftragen.«

Ich schätze es sehr, als ein gleichwertiges Mitglied der vernunftbegabten Geschöpfe behandelt zu werden, darum ließ ich diese Erklärung gelten und vertrieb mir die Zeit damit, das Werk der Malergeschwister zu betrachten.

In dem ersten Säulenbogen beugte sich in der frühlingsgrünen Landschaft, in die ich so gerne hineingesprungen wäre, eine junge Frau über weiße Lilien. Meiner unmaßgeblichen Meinung nach musste sie trächtig sein, denn ihr Bauch rundete sich gewaltig unter dem blauen Gewand. Ein gefiederter Mann hielt sich im Hintergrund. Beide Gestalten hatten eine feine, schimmernde Aureole um den Kopf. Ich dachte immer, Menschen könnten diese Strahlen mit ihren eingeschränkten Sinnen nicht wahrnehmen. Aber augenscheinlich wussten sie doch davon. Jene, die den starr blickenden Mann in der Westapsis gemalt hatten, mussten es allerdings vom Hörensagen erfahren haben. Es sah bei ihm sehr unglaubwürdig aus. Aber Meister Clemens und Kristin hatten es ganz korrekt dargestellt, dieses zarte Leuchten, das jene Wesen umgibt, die von Weisheit und Güte durchdrungen sind. Wir Katzen erkennen es selbstverständlich immer, doch, ehrlich gesagt, es kommt ausgesprochen selten vor. Ich hatte bisher nur einmal einen uralten, weißen Hirsch im Wald getroffen, der eine solche Ausstrahlung hatte.

Im zweiten Säulenbogen hielt die gütige junge Mutter ein Kind in ihrem Arm, das verlangend nach ihrer Brust griff. Menschenjunge brauchten also genau wie kleine Katzen ihre Milch. Mir gefiel die Darstellung besonders gut, denn jene Frau hatte sich an einer sprudelnden Quelle zwischen Farn und Vergissmeinnicht niedergelasssen. Vögel saßen im Gezweig über ihr, und zu ihren Füßen tummelte sich kleines Getier. Eine seltsam friedliche Darstellung von Menschen. Wenn diese Frau denn ein Mensch war.

Das dritte Bild, noch unfertig, zeigte einen Tempel in herbstlicher Landschaft, in der sich mehrere Menschen befanden, die dem nun im Jünglingsalter stehenden Sohn der gütigen Frau lauschten. Sie selbst hielt sich im Hintergrund. Macht man als Mutter ja auch so, wenn die Kinder selbstständig werden. Die beiden letzten Zwischenräume zwischen den Säulen waren noch leer, die Wand nur roh verputzt.

Meister Clemens kraxelte vom Gerüst und legte Pinsel und Farbtiegel beiseite. Aus der Nähe erkannte ich, dass es Kristin war, die heute ihr Werk tat. Das freute mich besonders. Aber als sie mich streicheln wollte, zuckte ich doch ein wenig zurück. Ihre Finger sahen sehr grün bekleckst aus.

»Oh, entschuldige. Beinahe hätte ich dir Farbe in dein schönes Fell geschmiert.«

Kluges Mädchen. Ich drückte mich kurz an ihr Bein, damit sie merkte, dass ich es ihr nicht übel nahm. Sie musterte mich plötzlich sehr intensiv, und ihr durchdringender Blick wäre mir bei jedem anderen Menschen unangenehm gewesen. Dann lächelte sie und machte einen Schritt auf die Wand zu. Geschwind arbeitete sie an dem feuchten, weißen Untergrund. Die Gestalten, die darunter mit einem spitzen Griffel vorgezeichnet waren, verschwanden nicht ganz, und sie legte die eingedrückten Linien sehr rasch mit dunklerer Farbe aus. Ich erkannte mit einem Mal deutlich, was sie darstellen wollte. Ein Mann kniete im Vordergrund, weitere standen vor und neben ihm und hielten die Hände anbetend gefaltet.

»Ich werde mir eine kleine Abwandlung des Themas erlauben, Mirza«, meinte Kristin mit einem spitzbübischen Grinsen und fuhr mit dem Griffel unten am Saum des weiten, faltenreichen Gewandes des Knienden entlang. Ehe ich mich versah, erschienen da die Umrisse eines Katzenkopfes, der unter dem Stoff hervorlugte.

Schnell hatte Kristin die Farben in den Tiegeln angerührt, schaute mich noch einmal kritisch an und trug sie dann auf die Wand auf.

Ich war begeistert! Das war ja ich! Ganz genau mit roten Ohren und schwarzer Nase. So, wie ich mich im Fischteich auch gesehen hatte.

Vor lauter Verlegenheit musste ich mich erst einmal gründlich putzen.

»So, Mirza, jetzt haben wir dich unter dem Mantel des heiligen Joseph versteckt. Ich hätte die Idee eigentlich schon früher haben sollen. Hier, zu den Füßen Mariens an der Quelle, müsste eigentlich eine Katze liegen.«

Aha, die Frau hieß Maria. Ein sehr alltäglicher Name für die Menschen, wie ich bisher feststellen konnte. Genau wie ihr Gesicht recht alltäglich aussah. Für eine Frau mit einer Aureole von Güte und Weisheit hätte ich mir ein anderes gewünscht. Aber das ist ja nur Katzenmeinung.

Eine Weile schaute ich ihr noch zu, aber als sich dann die Mönche zu ihrem gemeinsamen Singen in der Basilika versammelten, machte ich mich flugs auf den Rückweg zur Bibliothek.

Immerhin waren die letzten Stunden ein sehr lehrreiches Kapitel gewesen.

Ein fast vergessenes Kapitel

Der Bruder Infirmarius beäugte mich sehr kritisch, aber Melvinius ließ keinen Zweifel daran, dass er mich in seiner Kammer behalten wollte. »Tiere gehören in die Ställe«, murrte der Mann noch einmal, aber ein von Mäusen angenagter medizinischer Codex belehrte ihn dann doch eines Besseren. Ansonsten schien er mir ein verständiger Mensch zu sein, denn er empfahl dem Pater, täglich zweimal einen langsamen Gang durch die Gärten zu machen, um seine Gesundheit zu festigen. Er forderte Yvain auf, aus der Kleiderkammer entsprechende Gewänder und feste Schuhe zu besorgen. Ein schöner glänzender Spazierstock fand sich auch ein.

So traf ich auf meinen eigenen Runden nun häufig den Pater, in einen weiten Umhang gehüllt, das Haupt mit einer Kapuze bedeckt. Hin und wieder schloss ich mich seinem Gang ein Stückchen an, was ihm sichtlich gefiel. Mir auch, denn wenn er dabei war, trauten sich Laus und Wanze nicht, sich an mir die Krallen zu schärfen. Und auch Diabolo hielt sich weitestgehend von Menschen fern.

Ich lernte auf diese Weise völlig neue Gebiete kennen. Zum Beispiel die Apfelscheune, die sich hinter den Hecken der Obstwiesen befand. Äpfel, hatte der Infirmarius gesagt, seien ebenfalls gut für die Gesundheit, und deshalb nahm sich Melvinius immer zwei oder drei saftige Exemplare mit, wenn wir dort Halt machten. Die Früchte waren jetzt gerade richtig reif geworden, und die Knechte lagerten einen Teil davon für den Winter auf Borden. Andere wurden von Mägden in Scheiben geschnitten, auf hölzernen Darren ausgebreitet und getrocknet. Das Fallobst und die angeschlagenen Früchte aber kamen in die Kelter. Der Pater erklärte mir das alles und machte sich nichts daraus, dass das Gesinde sich oft genug an den Kopf fasste und ihn für schwachsinnig hielt, weil er mit einer Katze plauderte. Ich hingegen verstand die Menschen dadurch wieder ein bisschen besser. Sie mussten sich Vorräte schaffen, denn sie waren einfach nicht von Natur aus wintertauglich. Sicher, auch wir Bepelzten hatten in der kalten Jahreszeit hin und wieder Versorgungsprobleme, aber man konnte überleben. Glücklicherweise futterten sich die Mäuse im Herbst richtig die Wampe voll. Mit einer ordentlichen Speckschicht unter der Haut, einem dicken Fell darüber und vielen träge verschlummerten Stunden, um an den Polstern nicht zu sehr zu zehren, kam man einigermaßen bis zum Frühjahr durch.

Melvinius zeigte mir auch das Bächlein, das durch die Nutzgärten floss und in einer Senke zu einem kleinen Teich aufgestaut worden war. Hier gab es Forellen. Und ein Räucherhaus, das einen mehr als verlockenden Duft verströmte. Ich merkte mir den Weg sehr gut. Warum nicht an den menschlichen Vorräten teilhaben?

Gerne besuchten wir beide den Kräutergarten. Ich vor allem wegen der Katzenminze, Melvinius wegen Meiko. Der war allerdings nicht immer in seiner Hütte. Wir trafen ihn erst am Sonntag wieder dort an. Er schien erfreut, als er den Pater traf, und erkundigte sich nach seinem Befinden.

»Besser, mein Junge, viel besser. Ich habe dir zu danken für deine umsichtige Hilfe. Und wie du siehst, ist auch Mirza wieder auf den Pfoten.«

»Katzen erholen sich schnell. Aber Ihr seht wirklich viel wohler aus in der letzten Zeit.«

»Ich befolge den Rat, viel zu ruhen und oft an die frische Luft zu gehen, sehr gewissenhaft. Von den morgendlichen Stundengebeten bin ich befreit.«

»Der Herr wird es verstehen!«

Melvinius lachte leise.

»Dich habe ich auch noch nie bei der Messe gesehen, Meiko.«

Der Gärtnerbursche hob die Schultern.

»Ich diene dem Herren lieber mit den Händen als auf Knien, wenn Ihr so wollt. Möchtet Ihr ein Stückchen mitgehen? Ich habe am Waldrand einen neuen Baumgarten angelegt.«

Der Pater folgte ihm, und ich schloss mich ungefragt an. Der Wald hatte mich schon immer gereizt, aber ihn alleine zu erkunden, barg doch ein gewisses Risiko. Auch das Gehölz, das ich früher von Moens Hütte aus besucht hatte, war mir immer ein wenig unheimlich gewesen. Katzen mögen zwar zu einer geradezu haarsträubenden Wissbegierde neigen, aber wir sind auch überaus vorsichtig.

»Ich habe Kirschbäume und Mandelbäume gepflanzt

und hoffe, auch Aprikosen und Pfirsiche gedeihen hier«, erklärte Meiko.

»Wo hast du die Stecklinge her?«

»Die Dame Caroline war so gütig, mir zu erlauben, sie in ihrem Obstgarten zu schneiden.«

»Und du verstehst dich darauf, sie zu pflegen?«

»Euer Bruder Gärtner gab mir Rat und Hilfe.«

»Ah, ja. Bruder Everard. Er ist geschickt mit den Apfelbäumen. Er pfropft und schneidet und erzielt erstaunliche Ergebnisse. Ich verspeise sie mit großem Genuss. Sag, Meiko, du hast nicht schon einmal mit dem Gedanken gespielt, unserem Orden beizutreten?«

Meiko starrte Pater Melvinius fassungslos an.

»Äh – nein. Nein, allerdings nicht. Warum sollte ich?«

»Du führst ein so karges Leben hier. Ein windschiefes Hüttchen, harte Arbeit, ein Hungerlohn …«

»Ich kenne es nicht anders.«

»… und keine Bücher.«

Meiko sah für einen kurzen Moment betreten aus.

»Du liebst Bücher, Meiko.«

»Wie kommt Ihr nur darauf, Pater?«

»Es bekümmert dich, wenn die Mäuse daran nagen. Du fasst sie immer mit sauber gewaschenen Händen an. Und du kannst lesen, mein Junge. Leugne es nicht!« Pater Melvinius setzte sich auf einen umgestürzten Baumstamm, den Meiko zu einer Art Sitzbank hergerichtet hatte. »Als Mitglied meines Ordens könntest du dich deinen Studien widmen. Falls es dich zwischendurch nach Handarbeit gelüstet, gibt es natürlich auch gegen die Arbeit im Garten nichts einzuwenden.«

Der Gärtnerbursche zuckte lässig mit den Schultern.

»Ihr habt eine wunderliche Meinung von mir, Pater.«

»So, mein Junge? Nun, dann will ich dir etwas erzählen, woran ich immer denken muss, wenn ich dich sehe.«

»Was sollte das sein?«

Ich sprang auf die Bank und spitze die Ohren. Das wurde ja richtig aufregend. Melvinius hatte offensichtlich etwas herausgefunden, was der Gärtnerbursche verheimlichte. Bestimmt ein Verbrechen! Meine Schurrhaare bebten entzückt.

»Vor vierzehn Jahren, Meiko, traf ich in meiner Heimat einen jungen Mann, der dir nicht unähnlich sah. Er war fremd in meinem Land, obgleich er meine Sprache recht gut beherrschte. Ich betreute damals eine Pfarrei, und wie der Zufall es wollte, war ich der Priester, der ihn und ein junges Mädchen meiner Gemeinde traute. Beatrice Treguir heiratete den Fischer Menard Romarus. Ein Jahr nach der Hochzeit taufte ich ihren Sohn. Menard sorgte gut für sein Weib, doch sie wollte mehr als nur in einer dürftigen Fischerhütte leben. Darum verdingte Menard sich auf einem Islandfahrer. Das Geschäft war sehr einträglich – aber es war auch gefahrvoll. Und es bedeutete lange Abwesenheit von der Heimat. Beatrice war jung und hübsch. Es fand sich ein anderer Mann, mit dem sie eine Liebelei begann. Als sie entdeckte, dass sie von ihm schwanger war, ging sie zu einer Engelmacherin. Eine Fremde, die ihrem Mann aus einem fernen Land gefolgt war. Sie machte einen Fehler, und als Menard von seiner gefährlichen Fahrt zurückkam, fand er von seinem Weib nur noch das kalte Grab. Er blieb nicht mehr lange an jenem Ort, er begab sich auf weite Reisen. Ich habe ihn aus den Augen verloren.«

Meiko hatte sich während der Erzählung neben Melvinius gesetzt und schwieg lange. Da er ganz offensichtlich nichts dazu sagen wollte, fuhr der Pater fort: »Du sprichst meine Sprache sehr gut, mein Freund. Und mit dem Akzent meiner nördlichen Heimat. Aber glaube mir, wenn du hier Meiko, der Gärtnerbursche sein willst, dann wird von mir niemand etwas anderes hören, als dass du genau der bist.«

Meiko schwieg noch immer, aber sein Gesicht zeigte die vielfältigen Gefühle, die in ihm miteinander rangen. Schließlich seufzte er. Dann stellte er eine einzige Frage.

»Die Engelmacherin – es war Stella, die stumme Spanierin?«

»Ja, mein Sohn.«

Er holte tief Luft und meinte dann: »Es ist gut, dass sie fort ist.«

»Ja, mein Sohn.«

Ich musste mir kräftig die juckenden Ohren kratzen. Das war ja wirklich eine Offenbarung. Meiko war Menard, und er kannte Melvinius von früher. Ein Verbrecher war er aber wohl nicht. Und jetzt, verdammte Mäusepisse, summte mir ein ganzer Schwarm neuer Fragen im Kopf herum.

Wer war Meiko wirklich? Warum war er hergekommen? Warum spielte er den Gärtner, wenn er doch Fischer war? Und Bücher lesen konnte? Hatte er Melvinius gleich erkannt? Warum vertraute er sich ihm nicht an? Was war mit seinem Sohn passiert? Warum war er in jener Spätsommernacht auf einem prächtigen Ross reitend hier eingetroffen?

Während ich so vor mich hin dachte, bemerkte ich nicht, dass die beiden Männer aufgestanden waren und ihren Spaziergang fortgesetzt hatten.

Es ist schon lästig, dass mir jedes Mal, wenn ich ins Grübeln gerate, die Augen zufallen.

Ich fand mich einige Zeit später also alleine am Waldrand wieder, und schon zwickte mich die Abenteuerlust. Ich nahm mir vor, mir sehr genau den Rückweg zu merken und sehr, sehr achtsam zu sein. Mit diesen guten Vorsätzen drang ich in das Dickicht ein.

Ahh, diese Waldgerüche! Meine Nase ergötzte sich an modrigem Laub und feuchtem Moos, frischen Hasenknüddeln und herbstlichen Pilzen. Meine Ohren labten sich an Käfergekrabbel und Spechtgeklopfe, Waldmauspfeifen und dem Wispern trockener Blätter. Meine Pfoten berührten Spinngewebe und seidige Gräschen, meine Krallen schärften sich an borkigen Stämmen und verwittertem Holz, dass die Späne nur so flogen. Dann fand ich den Pfad. Kaum sichtbar, doch riechbar. Der Pfad einer Katze. Das war aufregend – und gefährlich! Mit äußerst wachen Sinnen folgte ich ihm ein Stück. Seltsam, keine Markierung, keine Warnung, dass hier eine Reviergrenze sei. Immer wieder sah ich mich um, konzentrierte mich auf meine Schnurrhaare und schnupperte. Es ging von nirgendwoher eine Bedrohung aus. Dennoch hielt ich inne, denn langsam richteten sich die Haare auf meinem Rücken auf. Ich wurde beobachtet. Ganz gewiss fühlte ich Augen auf mir ruhen. Mit sehr bedächtigen Bewegungen drehte ich mich um meine eigene Achse.

»Ein neugieriger, kleiner Fratz!«

Die raue, heisere Stimme kam von oben. Ich zuckte zusammen und suchte verzweifelt eine Deckung.

»Keine Angst, Katze. Dich beiße ich nicht. Es sei denn, du legst Wert darauf!«

Ich sah vorsichtig nach oben, und wenn mich das Entsetzen nicht derart gelähmt hätte, wäre ich spornstreichs davon gestürzt. Das war die größte Katze, die ich je erblickt hatte. Sie lag auf einem niedrigen Eichenast, und ihr schwarzer Schwanz baumelte zwanglos herunter.

»Bleib stehen, Fratz!«, befahl sie und machte einen Satz auf den Boden. Sie überragte mich um mehr als das Doppelte. Gelbbraun war ihr Fell, dunkler gefleckt und am Bauch heller. Besonders beeindruckte mich der breite Backenbart und die aufrechten, schwarzen Pinsel an den Ohren. Ihre Nase kam näher und näher und nahm meinen Geruch auf. Ich hielt den Atem an, bis sie mit der Musterung fertig war. Dann setzte sie sich vor mich hin, und ihre goldenen Augen funkelten. Ein bisschen legte sich die Angst in mir. Diese Riesenkatze war nicht feindlich gesonnen.

»Ich bin Mirza und lebe bei den Menschen im Kloster«, wagte ich mich vorzustellen.

»Geschmackssache, das mit den Menschen. Man ruft mich Raguna, und ich lebe hier im Wald. Ich bin die Älteste einer weitläufigen Luchsfamilie, die sich das Revier hier teilt.«

»Ich grüße dich, ehrwürdige Gevatterin Raguna.«

»Ah, gute Manieren hat der Fratz. Ich grüße dich

ebenfalls, Mirza. Nicht oft traut sich eine deiner Art in meinen Wald. Selbst die beiden graugetigerten Tunichtgute wagen sich nicht weiter vor als bis zum Bach.«

»Ich ziehe mich auch sofort wieder zurück.«

»Ach, lass nur. Gelegentlich genieße ich ein wenig Unterhaltung. Meine Familie, wie gesagt, lebt weit verstreut. Und erst vor wenigen Tagen sind zwei von ihnen ermordet worden.«

»Ermordet?«

»Von Pfeilen getroffen. Die Menschen, Mirza, sind nicht so freundlich, wie du sie vielleicht kennen gelernt hast.«

»Nein, das sind nicht alle. Einige mögen auch mich nicht. Aber warum mit Pfeilen ermordet?«

»Aus Freude am Töten. Sie nennen es Jagd, und meist trifft es Wildschweine und Rehe, Hasen und Wachteln. Die essen sie. Das ist so weit noch verständlich. Macht ja unsereins auch! Uns aber töten sie, weil auch wir sie töten könnten! Und weil sie sich gerne mit unseren Pelzen schmücken.«

»Die Mönche auch?«

»Sogar die. Aber vor allem die Gutsherren und ihre Sippschaft. Also nimm auch du dich in Acht, wenn du durch die Wälder streifst. Vor allem, wenn du Richtung Rommerskirchen gehst. Dort gibt es einen neuen Herrn, und den belustigt das Jagen und Töten mehr als alle anderen. Wende dich besser Richtung Stommeln, dort im Süden. Da lebt eine Menschenfrau, die Katzen liebt.«

»Die Dame Caroline vom Clarenhof!«

»Richtig, die Dame, und jetzt auch ein Junge, der

gerne im Wald herumstromert. Berichte mir ein bisschen von dir, Mirza.«

Die Luchsin wirkte freundlich, ich tat ihr gerne den Gefallen und erzählte von der alten Moen, die sie gekannt hatte, weil sie manchmal in Ragunas Revier Beeren und Nüsse gesammelt hatte, von Diabolo, was ihr ein wissendes Knurren entlockte, von Melvinius, meinem liebenswürdigen, aber anfälligen Menschenfreund, dem sie noch nicht begegnet war, und von Meiko, dem seltsamen Gärtner.

»Ich habe ihn beobachtet. Du hast Recht, er trägt ein Geheimnis mit sich herum. Lass deine Nase davon, wenn du meinen Rat hören willst. Menschen sind verlogen und unaufrichtig.«

»Ich werde mich bemühen, deinem Rat zu folgen, Gevatterin.«

»Dich bemühen, ja, ja. Fällt einem neugierigen Fratz wie dir schwer, denke ich mir.«

Wir verabschiedeten uns im besten Einvernehmen, und ich kam gerade rechtzeitig zu meiner abendlichen Portion gedünsteten Hühnchens.

Danach fiel ich, rechtschaffen müde, in einen tiefen, langen Schlaf.

Er brachte mich in Sachen Meiko nicht weiter. Aber ich erwachte erholt und voller Tatendrang.

Fünf Bibliotheksmäuse erledigt.

Gründliche Waschung.

Alle Tannennadeln und Moosfusseln entfernt.

Kleine Ruhepause.

Mit Melvinius durchs Gelände.

Zu meiner allergrößten Freude schloss sich uns

heute Kristin an. Sie war als Mädchen zu erkennen und trug einen Weidenkorb am Arm. Meinen Pater begrüßte sie recht schüchtern.

»Wollt Ihr in die Pilze, Jungfer Kristin?«

»Oh ja, Pater. Man sagte mir, dass dieser Wald reich an Schwämmen und Pfifferlingen ist. Es spricht doch nichts dagegen, oder? Ich meine, es ist doch Gemeindewald?«

»Es ist Klosterwald, aber ich bin sicher, unser Orden kann einen Korb Pilze entbehren.«

»Ihr seid sehr freundlich, Pater Melvinius. Ich sehe, auch Eure Katze hat tiefe Freundschaft mit Euch geschlossen.«

»Ja, Mirza ist recht anhänglich. Sie ist ein zutrauliches Tierchen. Wenn sie auch oft ihre eigenen, geheimnisvollen Wege geht, so kommt sie doch immer wieder zu mir zurück.«

»Katzen vergelten Zuneigung mit Zuneigung. Mich… äh, meinen Bruder besucht sie manchmal in der Basilika.« Kristin kicherte ein bisschen verlegen. »Meist genau dann, wenn er seine Mahlzeit einnimmt. Sagt er.«

Warum musst du lügen, Kristin?, fragte ich mich.

»Sie ist ein Leckermäulchen, das habe ich schon bemerkt. Aber das mag meine Schuld sein. Ich gebe ihr nämlich von meinem Teller auch immer ein Häppchen oder zwei.«

Kristin bückte sich und kraulte mich kurz zwischen den Ohren.

»Habt Ihr und Euer Bruder Euch in dem Häuschen in Dellenhofen eingerichtet, Jungfer Kristin?«

»Das haben wir. Es ist sehr gemütlich. Nur…«

»Gibt es Probleme? Wenn etwas in Ordnung gebracht werden muss, will ich es unserem Gärtnerburschen sagen. Er ist ein geschickter Handwerker.«

»Nein, nein, es ist nichts zu richten, was Clemens nicht auch könnte. Nur… Sagt, Pater, hat es hier in der Gegend schon oft Einbrüche gegeben?«

Melvinius blieb so plötzlich stehen, dass ich fast gegen seine Wade gestoßen wäre.

»Aber nein, Kind! Von so etwas habe ich noch nie sagen hören. Die Dorfbewohner mögen gelegentlich ausgelassen sein und die jungen Leute zu Streichen aufgelegt, wie das wohl überall auf der Welt ist. Aber die Türen der Häuser stehen immer offen, und sollte jemand etwas ausborgen, bringt er es zurück, sobald er kann.«

»Dann müssen es wohl Fremde gewesen sein…«

»Ist denn bei Euch eingebrochen worden, Jungfer?«

»Ja, Pater. Am Freitag kam ich von meinen Besorgungen zurück und fand das ganze Haus durchgewühlt.«

»Ist Euch etwas gestohlen worden?«

»Seltsamerweise nicht. Noch nicht einmal die kleine Summe Geldes und die paar Schmuckstücke, die ich in meinem Kästchen verborgen hatte. Auch wenn es gewaltsam geöffnet wurde.«

»Ein böser Streich, gewiss! Wisst Ihr jemand, der Euch Übles will?«

»Wir haben uns keine Feinde gemacht, Pater. Ich wüsste nicht, womit. Wir leben zurückgezogen und gehen unserer Arbeit nach. Clemens hier, und ich besorge den Haushalt.«

»Oder gibt es Gerüchte, dass Ihr etwas von Wert in Eurem Häuschen hütet?«

»Mein Bruder und ich haben nicht viel von Wert. Es gibt nur ein dummes Getuschel, die alte Frau, die vor uns die Kate bewohnte, habe einen Goldschatz gehegt. Aber das kann ich nicht glauben.«

»Die alte Moen war eine gute Seele. Fast vier Jahrzehnte hat sie auf dem Gut Rommerskirchen gelebt, als Amme erst, dann als Kindfrau und später als Hausbestellerin. Der alte Herr von Rommerskirchen war ihr sehr zugetan, heißt es, und er hat für sie auf ihre alten Tage die Kate im Dorf gepachtet. Kurz nachdem sie dorthin gezogen ist, ist er gestorben. Woher aber das Gerücht stammt, sie habe von ihm ein Vermögen an Gold erhalten, das kann ich auch nicht sagen. Doch, Jungfer Kristin, die Menschen reimen sich gerne solche Geschichten zusammen.«

»Ja, das tun sie wohl. Und der Mattes träumt besonders stark von dem heimlichen Schatz. Er läuft mir ständig hinterher, weil er hofft, ich wüsste, wo er sich befindet.«

»Könntet nicht auch Ihr sein Schatz sein?«

Kristin lachte hell auf.

»Sein Schatz ist das Wäschermädchen Katryn. Nein, nein, er will nicht ernsthaft mit mir tändeln. Pater Melvinius … natürlich könnte er es gewesen sein, der während unserer Abwesenheit das Häuschen durchsucht hat.«

»Das wär sicher denkbar. Euer Bruder sollte ihn am besten mal zur Rede stellen. Er muss ihm ganz deutlich klar machen, dass es bei Euch nichts zu holen gibt.«

Kristin nickte und schwieg nachdenklich ein paar Schritte lang. Dann murmelte sie: »Vielleicht hat es doch einen Schatz gegeben, Pater.«

»Wie kommt ihr plötzlich darauf, Jungfer?«

»Die Nachbarin sagt, Euer Gärtnerbursche, der Meiko, sei am Todestag der Moen im Haus gewesen. Ziemlich lange. Und er hat einen Korb hinausgetragen. Sie vermutet, er habe den Schatz geraubt.«

Melvinius schüttelte ungläubig den Kopf.

»Nein, Jungfer, das kann ich mir nicht vorstellen. Nicht unser Meiko. Er ist ein redlicher Mann.«

»Wenn Ihr es sagt. Ich kenne ihn nicht genug.«

»Er müsste sein Leben nicht als Gärtner fristen, wenn er über Gold verfügte. Nun, Kind, werde ich eine kleine Rast einlegen.«

»Und ich werde mich den Pilzen widmen. Einen schönen Tag noch, Pater Melvinius.«

»Euch auch, Jungfer, und Gottes Segen mit Euch.«

Die Nachbarin und Kristin irrten sich hier natürlich wirklich. Man mag Meiko vorhalten, was man will – aus dem Haus hat er nichts mitgenommen. Außer mir natürlich. Ich war es, die in dem Korb steckte und unbarmherzig entführt wurde.

Aber – war ich nicht auch ein Schatz?

Melvinius setzte sich wieder auf die Bank am Baumgarten, und ich folgte Kristin ein Stückchen in den Wald hinein. Sie hatte ihren Rock ein wenig geschürzt und zeigte hübsche Beine in Wollstrümpfen. Sie hatte auch einen guten Blick für Pilze und füllte ihren Korb recht bald. Ich hielt mich zwar in ihrer Nähe, ging aber meiner eigenen Erforschung von Haselmausspuren nach. Haselmäuse sind eine Delikatesse, vor allem im Spätsommer, wenn die Nüsse reifen.

Hufschlag schreckte mich auf, und ich brachte mich auf einem Baum in Sicherheit. Pferde sind zwar an sich nicht übel wollend, aber sie sind entsetzlich groß, und ob sie immer genau wissen, wohin sie ihre Hufe setzen, wage ich zu bezweifeln. Vor allem aber hatte ich von meinem Ast aus auch einen recht guten Überblick über das Geschehen.

Es war der Jüngling, der vor einigen Tagen die Dame Caroline begleitet hatte. Jehan war sein Name, erinnerte ich mich. Er entdeckte Kristin und grüßte sie sehr höflich. Sie schienen sich schon häufiger begegnet zu sein, wie ich aus ihrem fröhlichen Geplauder schließen konnte. Er war auch bald abgestiegen und suchte mit Feuereifer ebenfalls nach Pilzen.

»Seid Ihr schon einmal an der Quelle der guten Fee gewesen, Kristin? Dort gibt es besonders viele Steinpilze.«

»Nein, Jehan. Ich kenne mich hier noch nicht so gut aus. Alleine traue ich mich nicht tiefer in den Wald hinein.«

»Dann wollt Ihr Euch vielleicht meiner Führung anvertrauen. Ich habe schon viele Stunden hier verbracht. Ich kenne mich gut aus.«

»Dein Angebot nehme ich gerne an. Nur schau, für heute ist mein Korb fast gefüllt.«

»Kommt Ihr morgen wieder her?«

»Übermorgen, Jehan. Ja, ich denke in zwei, drei Tagen werde ich nochmals Pilze sammeln.«

»Dann nehmt einen größeren Korb mit!«

»Ei, und wer soll die alle essen, mein Junge?«

»Ihr ladet mich einfach dazu ein.«

»Das ist natürlich eine gute Idee.«

Kristin lachte ihn an und nahm den Korb auf. Er ergriff ihn und sagte: »Lasst mich das tragen.«

»Danke, oh, und die dort muss ich aber noch mitnehmen.« Kristin bückte sich nach einer weiteren kleinen Kolonie von Pilzen. Dabei fragte sie: »Was ist das für eine Quelle, von der du sprachst? Warum heißt sie Quelle der guten Fee?«

»Das ist eine alte Geschichte. Die Dame Caroline hat sie mir erzählt, und die hat sie von ihrer Großmutter. Die aber kannte sie schon von ihrer Urgroßmutter. Wollt Ihr sie hören?«

»Aber selbstverständlich.«

»Die Quelle heißt so, weil einst eine gute Fee dort gewohnt hat und über das Wasser wachte, sodass es nie versiegte. Die Fee war sehr schön und hatte lange, goldene Haare. Wem sie einen Trunk von Quellwasser reichte, der wurde von allen Krankheiten geheilt und lebte gesund bis ins hohe Alter. Doch sie reichte den Kelch nur demjenigen, der den Schwur tat, nie unnötiges Blut im Wald zu vergießen, weder von Mensch noch von Tier.

Am Waldrand aber lebte ein reicher Gutsbesitzer, der zwei Söhne besaß. Der jüngere liebte die Jagd und zog oft mit Pfeil und Bogen bewaffnet durch das Dickicht. Als er sich eines Tages tief in den Wald hinein gewagt hatte, traf er auf die Quelle und entdeckte die schöne Fee, die ihr Bad in dem kristallklaren Wasser nahm. Er war überwältigt von ihrem Anblick und begehrte sie mit großem Verlangen. Er trat auf sie zu und bat sie um einen Trunk des kalten Wassers, sie jedoch verweigerte ihm den Kelch, denn er trug über die Schulter geworfen das noch blutige Fell eines Luchses. Er aber war so entbrannt in seiner Leidenschaft, dass er ihr Gewalt antun wollte. Bevor er jedoch seine Hand an sie legen konnte, raschelte es in den Büschen, und sein älterer Bruder, der einen kranken Köhler besucht hatte, gebot ihm Einhalt. Der Jüngere wollte nicht auf ihn hören, und sie kämpften bis aufs Blut. Schließlich schien der Ältere überwältigt, und entsetzt von dem Brudermord floh der andere von der Stätte.

Die Fee aber hatte Erbarmen mit jenem, der ihr zur Hilfe geeilt war, und reichte ihm den Kelch mit dem heilenden Wasser. Mit seiner letzten Kraft trank der Verletzte ein paar Tropfen – und siehe, seine Wunden hörten zu bluten auf, und er genas auf der Stelle. Er war dankbar und leistete gerne den Schwur, den die Fee von ihm forderte. Auch ihm war sinnloses Töten ein Gräuel. Die Fee indes wollte sich für seinen Beistand erkenntlich zeigen. Sie tauchte in die Tiefe der Quelle und brachte einen durchscheinenden Kristall herauf. Sodann zupfte sie sich eines ihrer goldenen Haare aus und ließ es mit dem schimmernden Stein verschmelzen, wodurch er wie mit Goldfäden durchzogen aussah.

Dies sei ein Amulett, das den Träger beschütze und ihm die Kraft schenke, mit allen Widrigkeiten des Lebens fertig zu werden, erklärte sie.

Der ältere Bruder kehrte also unversehrt heim, und als der Jüngere ihn wieder sah, wuchs sein Groll gegen ihn, denn ganz offensichtlich hatte er die Gunst der Fee errungen. Doch er bezwang seinen Zorn, und zum Schein bat er den Älteren inständig um Verzeihung. Dieser glaubte ihm und zeigte ihm sogar das kostbare

Amulett. In der Nacht aber gelang es dem Jüngeren auf heimtückische Art, den Kristall zu rauben. Danach verleumdete er vor aller Welt seinen Bruder als Schänder der Herrin der Quelle. Da er das Amulett besaß und damit gefeit gegen alle Widrigkeiten war, glaubten die Menschen ihm. Der ältere Bruder hingegen wurde geächtet und musste das Land verlassen, wo er in der Fremde starb.«

»Was für eine traurige Geschichte. Und wie ungerecht.«

»Ja, es ist die Geschichte einer großen Ungerechtigkeit. Als die Fee davon erfuhr, weinte sie bittere Tränen, und das Wasser der Quelle wurde ebenso bitter wie diese Tränen. Es wird erst wieder süß fließen, wenn ihr goldenes Haar der Quelle zurückgegeben wird. Doch dies darf nicht durch eines Menschen Hand geschehen.«

»Ist das Wasser der Quelle wirklich bitter?«

»Oh ja, es schmeckt scheußlich. Ich habe es selbst probiert. Es versickert auch bald wieder im Boden. Trotzdem ist es schön an der Stelle. Ich besuche sie oft. Eine Fee habe ich aber leider da noch nicht gesehen.«

Jehan klang enttäuscht, aber Kristin strahlte eine geradezu kätzische Neugier aus.

»Wir werden den Ort gemeinsam besuchen, Jehan.«

Und ich würde mitkommen, das stand mal fest. Die Herrin der Quelle, ihr würde ich zu gerne begegnen. Aber zunächst musste ich den Weg zurück in die Bibliothek wiederfinden, um dort noch ein paar Mäusekapitel zu verschlingen.

Ein farbenfrohes Kapitel

Am folgenden Tag verzichtete ich auf einen Besuch im Wald. Stattdessen wollte ich die Obstwiesen auf der anderen Seite des Klosters erkunden. Vor allem die Apfelscheune schien mir eine Überprüfung wert zu sein. Äpfel sind ja angeblich gesund, und Mäuse sind geradezu versessen auf Äpfel. Ich hingegen bin versessen auf gesunde Mäuse. Erfreulicherweise war die Ernte inzwischen beendet, und die Menschen hatten sich aus diesem Revier verzogen, um anderweitigen Beschäftigungen nachzugehen.

Dachte ich im ersten Moment. Dann aber wurde ich eines Besseren belehrt.

In der Scheune war jemand. Irgendwo hinter den Darren hörte ich es schnaufen. Im ersten Moment wollte ich weglaufen, aber dann besiegte mich wieder einmal die Neugier. Zu dem Schnaufen gesellte sich nämlich auch ein sehr gutturales Stöhnen aus weiblicher Kehle. Unzeitgemäße Paarung, schoss mir durch den Kopf. Menschlich. Eine menschliche Paarung hatte ich noch nicht erlebt, weshalb mein Wissensdurst befriedigt werden musste. Endlich lernte ich auch diese Facette ihres Lebens kennen.

Ich kann mich praktisch lautlos bewegen, und deshalb bemerkten die beiden mich nicht. Hach, war das ulkig! Auf ein paar Decken rangelten die beiden herum, sie in einem blauen Kleid, die Röcke bis zu den Ohren hochgeschlagen, und er mit blankem Hintern, mit strampelnden, dürren Beinen, die weiße Mönchskutte um die Brust geknüllt. Es schien ihnen große Mühe zu machen, zum Ziel zu kommen – kein Wunder, bei der Stellung. Hätte er ihr kräftig in den Nacken gebissen, hätte sie wohl schon still gehalten. Aber er biss ihr vorne ins Gesicht, was geradezu idiotisch war.

Meine Erheiterung steigerte sich noch, als ich erkannte, wer der Mönch war – niemand anderes als Diakon Arnoldus gab sich hier seinen Trieben ungehemmt, wenn auch unbeholfen hin. Mit der Frau, die neulich so viele Federn auf dem Kopf getragen hatte. Johanna van Heege. Heute hatte sie keine Federn im Haar, sondern trug es ziemlich aufgelöst bis zur Taille offen, mit ein paar Strohhalmen darin.

Wenn ich mich recht erinnerte, durfte Arnoldus das ja eigentlich nicht; die Klosterregeln verboten ihm jede Lüsternheit. Aber in diesem Fall hatte ich durchaus Verständnis für ihn. Frau Johanna hatte schon bei unserer ersten Begegnung ziemlich hitzige Blicke verströmt. Jeder Kater, der etwas auf sich hält, versucht da doch zu landen. Menschenkater bestimmt auch. Keuschheit ist wahrhaftig eine äußerst alberne Erfindung.

Ich war so versunken in meine Studien, dass ich die Schritte hinter mir überhörte. Erst als eine spöttische Stimme fragte: »Und, geht es voran, Diakon?«, bemerkte ich Meiko direkt neben mir.

Huch, was hatten diese Worte für eine Wirkung! Arnoldus hob sich beinahe senkrecht von seinem Lager, und Johanna quiekte wie ein verschrecktes Ferkel auf und zog sich den Rock über das Gesicht.

Meiko packte in aller Ruhe eine Spankiste mit Äpfeln voll und ging grinsend wieder hinaus.

Irgendwie hatte er den beiden aber die Laune verdorben. Sie tuschelten noch kurz miteinander, dann ordnete Arnoldus seine Kleider und wollte aus der Scheune stürmen. Leider entdeckte er mich dabei, und nur mit knapper Not entkam ich seinem wütenden Fußtritt.

»Teufelstier! Streunerin!«, knurrte er, während ich durch das Tor flitzte. Er immer hinter mir her. Zu dumm, ich hatte die falsche Richtung eingeschlagen. Eigentlich wollte ich durch meine Schlupfklappe zu Melvinius, aber da hetzte er mich um die falsche Ecke des Klostergebäudes.

Ich unter die Hecke, er warf einen Stein.

Knapp verfehlt.

Weiterrasen, schon ziemlich außer Atem.

Am Kuhstall einen Haken schlagen, bloß jetzt nicht noch an Laus und Wanze geraten!

Wieder ein Stein, streifte meinen Schwanz!

Auf die Hütten zu, hoffend, dort einen Einschlupf zu finden.

Er an mir vorbei, das Gesicht hassverzerrt.

Dachte schon, ich wäre gerettet, und blieb mit bebenden Flanken liegen.

Da machte der Kerl den Hofhund los und hetzte ihn auf mich.

Verdammt!

Zur Meierei. Ziemlich kopflos. Der Kläffer hinter mir her.

Verdammt, verdammt, der war schnell.
Ich rang um Atem.
Das Ende kam hoffentlich schnell.
Etwas Schwarzes flog durch die Luft.
Kreischend.
Landete im Nacken des Hundes.
Der jaulte und stürzte über einen Eimer.
Menschen schrien.
Ich schaffte es mit letzter Kraft, hinter ein Butterfass zu kriechen.
Wurde ohnmächtig.

»Mirrr-zaah!«
Eine raue Zunge schrappte über meinen Kopf.
War ich noch von dieser Welt?
»Mirrr-zaah!«
Es klang so zärtlich. Und die Zunge war so feinfühlig, wie sie da über meinen Nacken glitt. Leise stieg ein Schnurren in meiner Kehle auf.
»Alles in Ordnung, Mirza?«
Ein goldenes Auge betrachtete mich fragend.
»Sieht wieder so aus«, murmelte ich. Und dann dämmerte mir die Erkenntnis »Diabolo!«
»Sicher!«
Ich war fassungslos.
»Hast du etwa ... ich meine, hast du den Hund ...?«
»Jako? Ein feiger Knochen. Man muss ihm nur deutlich die Kralle zeigen, dann kuscht er schon.«
»Oh. Mh. Danke, Diabolo.«
»Nichts zu danken. Die Luft ist jetzt rein. Du kannst ungehindert zu deinen Kuscheldecken und Hühnerbrüstchen zurückkehren.«

Ich rappelte mich auf meine Pfoten und sah mich um. Ach ja, die Meierei. Eigentlich wollte ich die Beleidigungen überhören und noch ein paar nette Worte zu Diabolo sagen, aber der hatte sich, Schwanz aufrecht, oben elegant gekrümmt, schon durch die Tür bewegt, eine schwarze Silhouette im grellen Sonnenlicht.

Ein schöner Kater.

Aber ein schwieriger Charakter.

Ich trat ins Freie und sah mich noch einmal vorsichtig um. Die Luft schien rein. Irgendwer hatte den Hofhund wieder angekettet, die arbeitenden Menschen beachteten mich nicht, und Laus und Wanze blieben zum Glück auch unsichtbar. Ich machte mich auf den Heimweg, eine längere Ruhepause zwischen Pergament und Ledereinbänden wäre jetzt ganz angebracht. Indes – ich traf vor dem Abtportal ganz in der Nähe von Melvinius' Fenster eine kleine Gruppe recht bemerkenswerter Menschen, sodass ich noch einen Moment auf dem Sims draußen verweilte, um ihnen zuzuhören. Es standen nämlich Frau Johanna, jetzt mit geordneten Röcken und sorgfältig aufgesteckten Haaren, die junge Ermine, proper und drall, neben dem Herrn von Rommerskirchen und dem hoch gewachsenen Abt Ignaz. Ermine kicherte und warf schmachtende Blicke auf den schönen Herrn Sivert. Er sah für einen Menschenmann wirklich gut aus. Seine Haare waren glänzend gebürstet und lockten sich goldblond um sein Haupt, ein ebenso blonder Bart, sauber gestutzt, umgab sein markantes Kinn. Wohlgeformte Waden steckten in feinen Strümpfen, die sicher keinem Krallenkratzer standhielten, seine kurze, weite Hose sah jedoch aus, als habe sich ein Luchs an dem Material versucht, denn der Futterstoff quoll durch viele Schlitze hindurch, genau wie es auch bei den Ärmeln seines knappen Wamses war. Eine prächtige Auswölbung zierte ihn zwischen den Beinen, was auf eine interessante männliche Ausstattung schließen ließ. Ob das echt war? Wenn, dann erklärte das Ermines verstohlen begehrliche Blicke.

»Nun, Herr Sivert, ich danke Euch noch einmal für die großherzige Spende.«

»Nichts zu danken, Vater Ignaz. Meine Mutter hat es so gewollt. Die Reliquie sollte nach ihrem Willen dem Kloster übereignet werden, doch mein Vater hat sie nach ihrem Tod noch zu ihrem Angedenken behalten.«

»Verständlich, mein Sohn, verständlich. Eure Mutter war eine gottesfürchtige Frau. Wir werden den Splitter von der Wiege Christi mit der ihm zustehenden großen Achtung behandeln und bei dem nächsten Stifterfest den Wallfahrern zur Schau stellen.«

»Eine hervorragende Idee, ehrwürdiger Vater. Möge die Reliquie die Wunder vermehren, die in Eurem Kloster schon geschehen sind.«

»Das wird sie gewiss. Und Dank auch für die beiden Bücher, die Ihr mir gestattet habt, Euch abzukaufen. Unser Bibliothecarius wird voll der Freude sein, sie in unsere Sammlung aufzunehmen.«

Sie verabschiedeten sich mit offensichtlichem gegenseitigen Wohlwollen. Frau Johanna und Jungfer Ermine rauschten mit dem Herrn von Rommerskirchen Richtung Pferdestallungen.

Ich schlüpfte durch meine Klappe und fand Pater

Melvinius mit der Brille auf der Nase über einen Folianten gebeugt. Das dicke Buch roch anders als die, zwischen denen ich gewöhnlich stöberte, und so vermutete ich stark, dass es sich um die Neuerwerbung handelte. Mein Pater war so versunken darin, er bemerkte nicht einmal mein Begrüßungsmaunzen. Also rollte ich mich an meinem Lieblingsplatz zwischen den Weltkarten zusammen, pflegte mich und anschließend der Ruhe.

Erst mit dem Sonnenuntergang erwachte ich – selbstverständlich pünktlich zu der von Melvinius servierten kleinen Mahlzeit. Er hätte sich bestimmt nicht daran erinnert, zerstreut, wie er manchmal war, wenn er sich in seine Bücher vertiefte, aber auf Yvain konnte man sich verlassen. Er mahnte seinen Herren auch an, sich die Augen nicht in dem schwindenden Licht zu verderben, und schlug ihm das Buch auf dem Pult zu.

Ich war am folgenden Tag sehr früh auf den Pfoten und entschloss mich zu einem umfangreichen Rundgang. Vor allem wollte ich wieder einmal in der Basilika vorbeischauen und die Fortschritte an Meister Clemens' und Kristins Gemälden begutachten.

Weder der Maler noch seine Schwester waren anwesend, dagegen werkelten Meiko und ein rundlicher Mönch am Chorgestühl herum.

»Pater Gerardus ist gestern bei der Komplet mit diesem Sitz zusammengebrochen, Meiko. Es war sehr unangenehm …«

»Ja, Bruder Camerarius, das kann ich mir denken. Pater Gerardus ist recht schwergewichtig.«

»Wir hatten große Mühe, ihn wieder auf die Beine zu stellen.«

»Ein sehr bedauerlicher Zwischenfall.«

»Kannst du das Gestühl richten?«

»Ich will sehen, was sich tun lässt. Doch ich fürchte, hier hat der Holzwurm seine zerstörerische Arbeit geleistet. Seht, das Holz ist ganz morsch und durchlöchert. Ich kann auf die Schnelle nur die einzelnen Teile wieder zusammenfügen, aber um es wirklich stabil zu machen, wird eine neue Lehne notwendig sein.«

»Wie bald kannst du es richten?«

»Flicken werde ich es jetzt gleich, aber das neue Holz muss ich erst schnitzen. Heute zwischen der Non und der Vesper könnte ich es wohl fertiggestellt haben. Ihr solltet bis dahin einem leichteren Bruder diesen Platz anweisen.«

»Das wird sich gewiss machen lassen. Dank dir, Meiko.«

Der weiße Mönch wehte durch den Seitenausgang zum Kreuzgang hin, und Meiko kniete sich neben das Gestühl und wühlte in seiner Werkzeugkiste herum. Ich gesellte mich zu ihm, um zu sehen, was er dort anstellte.

Er zog einen hölzernen Pfropf aus der Lehne und wollte den Sitz entfernen. Dabei entglitt seiner verstümmelten Hand eben jenes Holzstückchen, kollerte über den Steinboden und verschwand unter der Treppe zur Kanzel. Meiko gab ein zorniges Knurren von sich, aber ich war schon auf dem Sprung. Das Spielchen kannte ich. Fein, schon hatte ich den Pfropf erspäht, machte mich vorne ganz platt, schob mich unter die Stufe und angelte mit der Pfote danach. Da hatte ich ihn mit der Krallenspitze erwischt, zog ihn hervor, nahm ihn zwischen die Zähne und trug ihn, stolz auf meine Leistung, zu ihm hin. Dabei stellte sich mein dusseliger Schwanz hoch auf, als hätte er diese Meisterleistung vollbracht.

Angeber, der!

»Oh, Mirza!« Meiko lachte plötzlich auf und sah gar nicht mehr knurrig aus. »Das ist aber fein!«

Ich ließ den Pfropf fallen, und er streichelte mir – Wunder geschehen – ganz liebevoll über den Rücken. Dann wandte er sich wieder dem Chorgestühl zu und nagelte irgendetwas zusammen. Ich hingegen hatte jetzt Lust auf ein weiteres Spielchen bekommen und suchte den Stopfen des Weinkrugs, mit dem Kristin, Clemens und ich eine so fröhliche Zeit verbracht hatte. Er lag bei den Farbtöpfen hinter dem Vorhang, und ich schleppte ihn zu dem Gärtnerburschen hin.

»Was bringst du denn da an, Mirza? Einen Stopfen.«

Richtig, mein Junge. Und nun zeig, was du kannst.

Er betrachtete das Ding ziemlich irritiert. Aber plötzlich schien ihm eine Erleuchtung zu kommen. Er grinste und warf es mit Schwung durch den Raum.

Ich hinterher. Kurzes Abbremsen. Zuschnappen. Zurück!

»Heia, das macht Spaß!«, lachte Meiko und flammte den Stopfen hinter den Altar.

Kein Problem. Drüber und drauf. Zurück.

Er hatte eine verdammt gute Wurftechnik. Ich hetzte mit dem größten Vergnügen um Kanzel und Taufbecken, Säulen und Beichtstuhl.

Leider passierte uns just, als Meister Clemens die

Basilika betrat, ein kleines Missgeschick. Der Stopfen knallte auf das Brett, auf dem die Farbtiegel standen, ich sprang drauf, und die ganze Angelegenheit kam ins Rutschen.

Clemens und Meiko retteten im allerletzten Augenblick die Töpfe.

Lachend sahen sich die beiden Männer an.

»So hast du auch schon Mirzas Lieblingsspiel entdeckt, Meiko?«

»Nachdem sie mir bei der Handwerksarbeit geholfen hat. Aber nun ist Schluss, Katze. Jetzt wird ernsthaft gearbeitet.«

Das war mir recht, ich hatte Anstrengung genug gehabt.

Meiko stellte die Töpfe wieder in Reih und Glied und sah dann zur Wand auf.

»Ihr seid ein äußerst talentierter Maler, Meister Clemens. Man vermeint förmlich, durch die Säulen hindurchgehen zu können.«

»Eine Frage der Perspektive. Ich liebe es, damit zu experimentieren.«

Noch einmal lachte Meiko auf.

»Oh, und Ihr habt sogar Motive aus dem Leben mit eingebracht. Hier lugt ja Mirza unter einem Gewandsaum hervor!«

»Das war die Idee meiner Schwester. Wenn es den Mönchen nicht gefällt, werde ich es wieder übermalen.«

»Nun, Pater Melvinius wird es sicher zu schätzen wissen. Und – oh, Ihr habt ja dem heiligen Joseph, unter dessen Mantel sie sitzt, sogar des Paters Gesicht gegeben.«

»Ich – ähm – ja, das scheint so. Das ist mir gar nicht recht klar geworden.«

»Nun, es sieht ihm sehr ähnlich, und warum auch nicht? Melvinius ist ein guter und freundlicher Mann. Fast ein Heiliger. Darum lasst es nur.«

»Warten wir ab, was er selbst dazu sagt. Nun werde ich erst einmal den Putz für den Himmel auftragen.«

Meister Clemens legte seine Schürze an, und Meiko bot sich an, ihm einen Eimer Wasser zu holen. Ich hingegen bewunderte noch einmal kurz mein Konterfei und machte mich anschließend von dannen.

Es war ein wenig trüb, aber nicht regnerisch, und ich unternahm einen vorsichtigen Abstecher über die alte Mauer. Das hatte ich bisher noch nicht gewagt. Es war Diabolos Revier.

Eibenbüsche, uralt, standen hier, finster und giftig. Dazwischen steinerne Kreuze, moosig, manche von Efeu überrankt.

»Sie verscharren ihre Toten hier!«, sagte Diabolo, der wie ein Geist unter der Eibe auftauchte.

»Ach ja? Machen sie so etwas? Na ja, Aas riecht ja auch nicht gut.«

»Sie singen dazu.«

»Hm.«

Katzen singen auch, aber aus anderen Gründen. Versteh einer die Menschen.

»Aber oft kommt das nicht vor.«

»Nein?«

»Sie verscharren hier nur die, die im Kloster wohnen.«

»Und die anderen?«

»Keine Ahnung. Es gibt ja noch den Misthaufen.«

»Ja. Natürlich.«

Da sang man auch vermutlich nicht. Komisches Volk, diese Menschen.

»Du bist im Wald gewesen!«

»Was dagegen, Diabolo?«, fragte ich etwas spitz, denn seine Einschüchterungsversuche waren mir noch deutlich in Erinnerung.

»Kannst da rumstreunen, solange du willst. Aber leg dich nicht mit Raguna an.«

»*Ich* lege mich mit niemandem an.«

»Nein, du bist ja auch ein verwöhntes Schoßkätzchen …!«

Ein warnendes Grollen kroch in meiner Kehle hoch.

»Willst du mit mir kämpfen?«, fragte Diabolo grinsend.

»Willst du mich immer weiter beleidigen?«, schoss ich zurück.

»Empfindest du die Wahrheit als beleidigend?«

»Ich bin kein Schoßkätzchen!«

Mein Schwanz plusterte sich vor Empörung auf, und ich stimmte ihm ausnahmsweise mal zu.

»Puschelschwänzchen!«

»Aasfresser! Totengräber!

»Bettelprinzess!«

»Prinzessin ja, aber ich bettele nicht!«

»O doch! Du lässt dich von jedem Dahergelaufenen kraulen und bettelst um Futter!«

»Ich lasse mich nur von Menschen anfassen, die mich mit Achtung behandeln.«

»Menschen behandeln unsereins nicht mit Achtung!«

»Manche schon.«

»Du wirst deine Erfahrung noch machen!«

»Wenn du meinst!«

»Willst du mein Revier sehen?«

Das war sozusagen ein Friedensangebot, und ich schloss mich mit einem gewissen Zögern seinem Rundgang an. Mein Schwanz hatte schneller als ich sein Fell wieder geglättet, aber der war ja auch ein Opportunist. Mein Geschmack war der Friedhof nicht, zu düster, zu schattig, zu sehr mit seltsamen Schwingungen erfüllt. Doch an die obere Seite grenzten die Pferdekoppel und die Stallungen, und da wurde es lichter.

»Halte dich von den Stalljungen fern. Sie quälen Katzen zu gerne. Der Hufschmied ist soweit in Ordnung. Wenn es sehr kalt ist, kann ich bei ihm Unterschlupf finden.«

Ich nickte und versprach, das zu beherzigen. Dann sah ich eine männliche Gestalt auf die Ställe zugehen und machte mich vorsorglich ganz klein hinter einem Busch.

»Uh, und da kommt dieser widerliche Arnoldus!«

»Eine üble Ratte. Er hat ein eigenes Pferd in den Ställen stehen und reitet alle paar Tage aus. Tut immer ungeheuer wichtig.«

»Ich würde ihm gerne mal die Kralle überziehen.«

»Du gehst ihm aus dem Weg!«

Ein Befehl, nicht etwa ein Hinweis. Ich mochte diesen Ton nicht.

»Spar dir deinen Rat«, fauchte ich also zurück und hüpfte auf die Mauer zur Koppel. Für mich war das Gespräch beendet, ich befand mich wieder auf meinem eigenen Terrain.

Melvinius musste ich mehrmals maunzend und murrend auffordern, mir seine Aufmerksamkeit zu schenken. Er hatte sich tief in das neue Buch vergraben und vergaß darüber ganz den Spaziergang, den er seiner Gesundheit zuliebe unternehmen sollte. Am Nachmittag schließlich machte er sich auf den Weg. Ich verließ ihn oberhalb der Kuhställe und schlenderte noch einmal zur Basilika.

Meister Clemens stand auf seinem Gerüst und malte mit Inbrunst einen belaubten Zweig, der in den blauen Himmel ragte. Der Busch, aus dem er hervorwuchs, war lebhaft grün und sah aus, als könne man sich darunter verstecken. Die Blätter aber, die Clemens malte, waren leuchtend rot.

Ich war verdutzt.

Meiko kam kurz nach mir und beschäftigte sich mit dem Gestühl. Er hämmerte und schliff und schmirgelte und polierte und summte dabei ein wortloses Liedchen.

»Nicht ganz passend für diese heiligen Hallen!«, kam es irgendwann von Meister Clemens. »Hier singt man Psalmen und keine rauen Seemannslieder von untreuen Liebchen!«

»Ich habe meinen eigenen Psalmentext zu der Melodie, die Euch wohl mit bedenklichem Wortlaut bekannt ist!«

Meiko sammelte seine Werkzeuge zusammen und ging grinsend zu der Wand, an der Clemens die letzten Pinselstriche ausführte. Sein Grinsen wurde tiefer, als er die quietschend roten Blätter bemerkte, aber seltsamerweise sagte er nichts.«

»Fertig für heute?«

»Fertig für heute!«

Der Maler sprang vom Gerüst herunter und begann seine Werkzeuge auch sehr ordentlich zu säubern und einzuräumen.

»Nun, dann gehabt Euch wohl, Meister. Und einen Gruß an die Jungfer Kristin. Ich habe sie vorhin mit einem Korb im Wald verschwinden sehen. Es wird heute wohl eine reiche Pilzmahlzeit geben.«

»Ich hoffe es. Auch dir einen schönen Abend, Meiko.«

Der Gärtnerbursche schulterte seine Werkzeugkiste und verließ mit einem nachdenklichen Gesichtsausdruck die Basilika. Ich schlich mich zu Clemens hin, der mir zuvorkommend noch zweimal den Stopfen durch den Raum warf. Dann aber kam in der Tat Kristin mit einem Korb voller Pilze herein.

Ein Blick auf die Wand, und sie schlug die Hände vor den Mund.

»Clemens!«

»Was ist, Schwesterchen? Etwas nicht recht?«

»Du hast die Töpfe verwechselt. Die Blätter sind rot!«

»Oh! Schande!«

»Hat das jemand gesehen?«

»Meiko. Aber er hat nichts gesagt. Vielleicht glaubt er ja, das soll so sein.«

»Wie konnte denn das passieren? Ich habe dir die Farben genau in derselben Reihenfolge hingestellt wie immer!«

Ich brachte den Stopfen an, um auf mich aufmerksam zu machen.

»Ich – oh, ich weiß, was passiert ist. Wir haben heute

Morgen dieses schöne Wurfspiel gemacht, und dabei ist Mirza auf den Tisch gesprungen. Die Töpfe sind verrutscht, und Meiko und ich haben sie gerade noch vor dem Herunterfallen retten können. Dabei muss das Rot und das Grün vertauscht worden sein. Liebes, kannst du das morgen richten? Ich schabe den Putz an der Stelle ab und lege dir neuen auf.«

»Keine Sorge, ich mache das schon. Ich helfe dir am besten jetzt gleich, damit es schneller geht.«

Während sie zügig Hand in Hand arbeiteten, sagte Clemens: »Du hast dem heiligen Joseph das Gesicht von einem der Patres hier gegeben.«

»Ach, Melvinius, ja. Er ist der Bibliothecarius, und Mirza ist eigentlich seine Katze. Deshalb. Übrigens habe ich ganz vergessen, dir zu erzählen, dass wir damit prächtiges Geld verdienen können.«

»Was, wenn wir die Patres abbilden?«

»Nein, die nicht. Sondern hoch gestellte Persönlichkeiten!« Kristin kicherte leise. »Der Herr Sivert kam gestern Nachmittag hier vorbei und hat die Ähnlichkeit auch bemerkt. Er fragte, was es kostet, wenn ich ihn ebenfalls zu einem Heiligen mache.«

Ich beobachtete eine zarte Röte, die Kristins Wangen überzog, als sie von dem wohlgestalteten Herrn sprach. Etwas, das ich als menschliches Anzeichen leichter Erregung kennen gelernt hatte. Na, na!

»Ob er denn ein Heiliger ist, Kristin? Man hört einiges, das eher auf einen lockeren Lebenswandel schließen lässt.«

»Er ist ein einnehmender Mann, Clemens. Ich schätze, die Frauen mögen ihn.«

»Kristin, Kristin, nimm dein Herz in Acht. Und

pass darauf auf, ihm keine schönen Augen zu machen, wenn du hier als meine Vertreterin arbeitest. Es würde doch recht seltsam wirken!«

»Keine Bange, Clemens. So schlimm ist es nun auch wieder nicht.«

Warum lügst du, Kristin?

»Ich denke, wir sollten seine Einladung ins Herrenhaus annehmen. Er hat sie noch einmal ausgesprochen. Er sagt, wenn wir am Samstag etwa zur Terz aufbrechen und den Karrenweg durch den Wald nehmen, sind wir um die Mittagsstunde bei ihm. Er hat am Abend Gäste eingeladen und möchte uns dabei haben. Sonntag begleitet er uns dann zurück nach Dellenhofen.«

»Du möchtest dein blaues Kleid anziehen und dich aufputzen, richtig?«

»Ach Clemens …«

»Schwesterchen, ich verstehe dich doch. Wir gehen zu ihm, und du wirst wieder die hübsche Jungfer Kristin Hendrykson, die du so oft verstecken musst.«

Sie hatten die roten Blätter beseitigt und einfach blauen Himmel hinterlassen.

»Abgemacht. So, den Rest erledige ich morgen. Wir sollten uns auf den Heimweg machen, Clemens. Die Mönche kommen gleich zu ihrem Abendgebet. Und bei uns gibt es frische Steinpilze.«

Bei mir gab es Gänseklein. Und etwas zum Nachdenken. Was hatte das mit den roten Blättern zu bedeuten? Sollte Meister Clemens möglicherweise die Farben nicht unterscheiden können? Menschen haben sehr schwache Augen. Sie können kaum in der Dunkelheit sehen. War das der Grund, warum Kristin heimlich seine Arbeit übernahm? Wenn ich mich recht erinnerte, war es wohl so. Wann immer sie den Pinsel führte, entstanden grüne Gräser und grünes Laub, rote Gewänder und rosige Gesichter. Wenn Clemens arbeitete, dann malte er graue Säulen und blauen Himmel, gelbe Kleider und schwarze Schatten. Eigentlich recht geschickt von den beiden.

Das war ein Kapitel der menschlichen Natur, in dem es noch zu blättern galt.

Ein wertvolles Kapitel

Meiko hatte Pater Melvinius wieder in der Bibliothek besucht, diesmal gänzlich ohne Vorwand. Denn mich brauchte er wahrhaftig nicht mehr zu kontrollieren. Es gab definitiv keine Mäuse mehr zwischen den Büchern und Pergamenten. Weshalb ich auch immer häufiger draußen mausen musste. Und die Küche besuchen. Was ich auch diesmal tat, als Melvinius dem Gärtnerburschen unaufgefordert ein dickes Buch reichte und der buchstäblich darin versank.

Engelbert und ich tauschten am Herd wieder Klatsch aus, und ich lernte auf diese Weise noch ein wenig mehr über das Klosterleben. Nebenbei fielen auch immer ein paar Mäuse aus der Vorratskammer für mich ab. Und dann und wann ein Schälchen Milch.

Der Diakon Arnoldus, so erfuhr ich dieses Mal, betreute als Seelsorger das Anwesen von Rommerskirchen. Wie immer ein Mensch wie er sich um Seelen sorgte. Dieses Gut sei schon sehr, sehr alt und auch sehr reich, erzählte Engelbert. Schon vor Zeiten hatte einer der Herren eine eigene Kirche gebaut, damit die Angehörigen und Pächter nicht den langen Weg zur nächsten Pfarrei auf sich nehmen mussten. Das erklärte Arnoldus' häufige Abwesenheit, worüber wir beide recht glücklich waren. Engelbert wusste auch von Frau Johanna und ihrer Nichte Ermine, die auf einem kleineren Hof in der Nähe von Stommeln lebten. Meine Schilderung von der Paarung in der Apfelscheune entlockte ihm jedoch ein missbilligendes Brummen.

»Scheinheilig ist der Arnoldus.«

»Was ist scheinheilig?«

»Er tut so, als folge er den Regeln, ist streng gegenüber anderen, aber verlogen, wenn es um ihn selbst geht.«

»Diabolo und Raguna sagen, alle Menschen sind so.«

»Nein, nicht alle. Aber viele.«

Engelbert war auch der Meinung, dass die Weibchen dieser Gattung nicht der saisonbedingten Rolligkeit unterlägen, sondern je nach Bedarf gelüstig würden. Darin wollte ich ihm gerne zustimmen. Obwohl ich mir schon vorstellen konnte, dass herbst- und wintergeborene Junge auch bei ihnen schlechte Überlebenschancen hatten.

Als ich das Thema Geld und Goldschatz ansprach, konnte er mir jedoch auch nicht weiterhelfen.

Ich lernte dazu an anderer Stelle mehr, dort, wo ich es niemals erwartet hätte.

Am Nachmittag nahm ich mir die Gegend des Fischweihers und des Räucherhauses vor. Es war nämlich ein zarter Duft an meine empfindliche Nase gezogen, der darauf schließen ließ, dass die Menschen ihren Vorrat an Forellen anlegten. Es war ein hübsches Plätzchen. Der Bach aus dem Wald plätscherte leise durch die Wiesen und füllte das schilfumstandene Becken mit seinem Wasser. An der anderen Seite gab es ein niedriges Wehr, unter dem er es wieder verließ.

Auf den Pfosten des Wehrs setzte ich mich und betrachtete mein Spiegelbild einen kleinen Moment. Ich bin nicht eitel, nein, nein. Aber dennoch musste ich rasch mit den Pfoten ein paar Stäubchen aus meinen Schnurrhaaren putzen. Dann senkte ich meinen Blick tiefer in das Wasser und beobachtete die träge dahingleitenden Fische. Sie waren mir als schmackhaft in Erinnerung. Doch bevor ich mit dem Angeln begann, wollte ich noch herausfinden, was es mit dem klopfenden Geräusch auf sich hatte, das hinter dem Räucherhaus erklang.

Meiko war es, der mit der Axt Buchenscheite zerkleinerte. Ein ordentlicher Stapel war bereits an der Wand aufgeschichtet. Er hatte sein Wams und sein Hemd ausgezogen und arbeitete mit bloßem Oberkörper. Kein übler Anblick. Ich mag stramme Kater. Er hatte sogar etwas Fell auf der Brust. Nicht viel, aber blond und gekringelt. Einige vernarbte Schrammen wies er auch auf. Ein Raufer, wie es schien. Mit einem gewissen Genuss beobachtete ich also das Spiel seiner Muskeln und Sehnen unter der verschwitzten, gebräunten Haut eine gute Weile lang.

Doch meine beschauliche Bewunderung wurde jählings unterbrochen, denn vom Waldrand her kam Kristin mit hochgeschürzten Röcken angerannt. Ihre Haube hatte sie verloren, und ihr Haar flatterte in wirren Locken um ihren Kopf. Sie hechelte, stolperte und wurde von Meiko aufgefangen.

»Hoppla, Jungfer Kristin. So eifrig müsst Ihr Euch aber nicht in meine Arme stürzen!«

Sie sagte nichts, doch sie zitterte und klammerte sich an dem Gärtnerburschen fest.

»Was ist geschehen? Seid Ihr überfallen worden? Hat Euch jemand einen Tort angetan?«

»Wilde Tiere!«, keuchte sie atemlos.

Meiko hielt sie immer noch fest und musterte über ihre Schulter hinweg den Waldrand. Ich auch. Raguna lag auf dem hohen Ast einer Eiche und grinste in ihren Backenbart. Ah so! Immerhin, die beiden Menschen gaben ein hübsches Bild ab, wie sie sich so umschlungen hielten, und ich hatte den Eindruck, es sei Meiko nicht besonders unangenehm, die hübsche Kristin in den Armen zu halten. Sie aber, als sie wieder einigermaßen regelmäßig atmen konnte, machte sich ein wenig verlegen los.

»Verzeih, Meiko. Aber – da war ein Luchs. Ein riesengroßes Tier. Er kam direkt auf mich zugesprungen.«

»Ein Luchs? Hier am Waldrand? Das ist sehr ungewöhnlich. Diese Tiere sind normalerweise sehr scheu.«

Raguna war verschwunden. Natürlich. Sie mochte Menschen nicht. Aber ich glaubte nicht, dass sie Kristin töten wollte. Dahinter würde wohl etwas anderes stecken, das ich mir für später zu ergründen vornahm.

Meiko hatte sein Hemd aufgenommen und zog es sich über den Kopf.

»Und so habt Ihr Eure ganze Ausbeute an Pilzen verloren, Jungfer Kristin?«

»Nein. Nein, ich hatte noch gar nicht begonnen zu sammeln. Aber der Korb …«

»Und die Haube … Ich hole es nachher für Euch. Nun setzt Euch erst einmal eine Weile nieder, bis Ihr Euch beruhigt habt. Keine Angst, hierhin traut sich keine Katze.«

Das konnte ich nicht auf mir sitzen lassen und marschierte spornstreichs zu Kristin. Es entlockte ihr ein leises Kichern.

»Doch, Meiko.«

»Natürlich! Mirza! Sie taucht überall auf. Aber die wird Euch nichts zuleide tun.«

»Nein, ganz gewiss nicht. Meinen Gruß, du Schöne!«, sagte sie, und es war ein kleines Schnurren in ihrer Stimme. Dem konnte ich nicht widerstehen. Ich lief zu ihr und ließ mich kraulen. Es beruhigte sie.

»Euer Bruder erzählte mir, es sei Eure Idee gewesen, Mirza unter dem Gewand des Heiligen zu verstecken!«, meinte Meiko jetzt auch mit einem Lächeln.

»Sie ist so hübsch, mit diesen roten Ohren und den tiefgründigen Augen. Ich musste es einfach … äh … vorschlagen.«

Warum lügst du, Kristin?

»Soll ich Euch ein Geheimnis verraten, Jungfer Kristin?«

»Ihr kennt Geheimnisse, Meiko?«

Kristins Stimme klang beklommen.

»In dem Land, in dem ich einige Zeit gelebt habe, heißt es, Tiere mit roten Ohren stammen aus dem Feenreich.«

»Oh!«, gluckste Kristin. »Das ist hübsch! Bist du eine kleine Fee im Katzenpelz, Mirza?«

Klar. Was sonst, Mensch!

Ich schnurrte sie abgrundtief an.

Kristin fuhr fort: »Ich habe vor kurzem übrigens eine Geschichte von der Fee hier im Wald gehört, Meiko. Kennst du die auch?«

»Das über die Herrin der Quelle – ja, davon habe ich

gehört. Und – habt Ihr sie bei Euren Streifzügen durch den Wald schon getroffen?«

»Nein, leider nicht, obwohl mir der Junge, der Jehan – du weißt, der zu Besuch bei der Dame Caroline weilt – mir die Quelle gezeigt hat. Es ist ein zauberhafter Platz mit alten, moosigen Felsen und einem beinahe runden Quelltopf. Doch das Wasser schmeckt scheußlich, genau wie es das Märchen sagt.«

»Oder man hat das Märchen so erfunden, weil das Wasser bitter schmeckt, nicht wahr?«

»Vielleicht. Aber ist es nicht hübscher zu glauben, die Tränen einer Fee machten es bitter?«

»Jungfer Kristin, haltet es mit Eurem Glauben, wie Ihr es beliebt.«

»Du schätzt solche Vorstellungen nicht, merke ich. Dennoch, es ist ein schöner Platz, und was das Herz bewegt, lädt auch zum Träumen ein, Meiko!«

Meiko zog sich nun auch das Wams über und verschnürte es. Ich bemerkte, wie Kristins Blick einen Moment an seiner verstümmelten Hand hängen blieb. Er hingegen lächelte sie nachsichtig an und fragte dann: »Habt Ihr Euch mit Jehan angefreundet?«

»Jehan? Oh ja, er ist ein höflicher und sehr aufgeweckter Junge. Aber er spricht unsere Sprache recht eigentümlich, Meiko – so ein wenig wie Pater Melvinius.«

»Ach ja?«

»Meiko – und ich habe schon mehr als einmal gedacht, dass zwischen dem alten Mann und dem Jungen eine gewisse Ähnlichkeit besteht, findest du nicht auch?«

Ein scharfäugiges Jüngferchen, diese Kristin.

»Was wollt Ihr unserem guten Pater damit unterstellen, Jungfer Kristin?«

»Oh, nichts, das seine Ehre berührt. Ich dachte nur, sie könnten vielleicht miteinander verwandt sein.«

»Nicht alle Menschen, die aus einem Land kommen, in dem man die fränkische Sprache spricht, sind untereinander verwandt.«

»Nein. Nein, sicher nicht. Ihr müsst mich für töricht halten.«

»Das tue ich nicht, Jungfer Kristin. Aber Ihr wisst, wie schnell dumme Gerüchte entstehen, darum sollte man derartige Vermutungen besser für sich behalten. Ich schätze Pater Melvinius sehr.«

Kristin sah ein wenig betreten aus, und Meiko setzte sich ihr zu Füßen ins Gras.

»Ich auch. Ich werde derartige Äußerungen nicht mehr machen. Aber sag, Meiko – Clemens und ich sind morgen auf dem Gut Rommerskirchen zu Gast, und dazu müssen wir den Karrenweg durch den Wald nehmen. Ich … ich habe jetzt Angst.«

»Vor dem Herrn von Rommerskirchen?«

Kristin ließ ein kleines verdutztes Lachen hören.

»Nein, nein. Ich meine, wegen des Luchses. Wenn der hier sein Unwesen treibt …«

»Ein Luchs vermeidet die von Menschen begangenen Wege gewöhnlich. Vorhin muss etwas Ungewöhnliches vorgefallen sein. Vielleicht war er auf der Jagd, und Ihr habt seine Beute aufgestöbert. Ihr werdet gefahrlos zum Gut gelangen, vor allem am helllichten Tag.«

»Ja, vermutlich hast du Recht. Es ist wichtig für uns, weißt du. Der Herr Sivert spielt mit dem Gedanken, die Halle ausmalen zu lassen. Warst du schon mal dort, Meiko?«

»Ich? Ein Gärtnerbursche?«

Meiko sah sie treuherzig an, und ich fragte mich, warum auch er log. Kristin stellte sich offensichtlich die nämliche Frage.

»Ich weiß nicht, Meiko. Manchmal will es mir scheinen, als ob du nicht immer ein Gärtner warst.«

»Nein? Wie kommt Ihr darauf, Jungfer Kristin?«

»Du sprichst nicht so gewöhnlich wie die Knechte und Arbeiter hier. Du arbeitest noch nicht lange im Kloster, nicht wahr?«

»Seit August.«

Sie nickte, und mit einem Blitzen in den Augen, das ich nur zu gut von mir selbst kannte, fragte sie: »Wo kommst du her?«

»Oh, von hier und da, Jungfer Kristin.«

»Und wie hast du die beiden Finger verloren?«

»Ihr seid neugierig wie eine Katze!«

Wie wahr! Wie ich! Ich legte mich in meiner besten Zuhörhaltung zurecht, die Vorderpfoten gekreuzt, das Kinn darauf gestützt.

»Ja, entschuldige.«

»Wenn Ihr mir versprecht, es nicht weiterzusagen, verrate ich es Euch.«

»Ich mag neugierig sein, Meiko, aber ich klatsche nicht.«

»Eine ungewöhnliche Frau!« Er grinste sie an, und mir gefiel er, so wie er zu ihren Füßen saß und freundlich war. »Die Finger hat mir ein Fisch abgebissen!«

Kristin quietschte entsetzt auf und starrte auf den Forellenteich.

»Oh nein, keine Raubforelle. Ein größeres Tier in einem größeren Teich!«

Eine kleine Verwirrung zeichnete sich in Kristins Gesicht ab, und dann lachte sie auf.

»Ich verstehe. Du bist zur See gefahren, nicht wahr?«

»Hier und da und dann und wann.«

»Reisen! Das Meer! Oh, ich liebe das Meer!«

»Ihr kennt es?«

»Wir sind in der Nähe des Meeres aufgewachsen. Später dann aber hat mein Vater Aufträge in Antwerpen, in Brügge, in Amsterdam und schließlich in Aachen und Köln angenommen, und wir sind mit ihm gezogen.«

Nachdenklich betrachtete Meiko die junge Frau.

»Er war Maler, wie Euer Bruder?«

»Ja, Kornelius Hendrykson.«

»Meister Kornelius!«, murmelte Meiko. »Oh, dann …«

»Kanntest du meinen Vater?«

»Nein, Jungfer Kristin, die Ehre habe ich nie gehabt. Aber seine Gemälde in Antwerpen kenne ich.«

»So warst du auch dort?«

»Ein großer Hafen, mit vielen Möglichkeiten!«

»Eine reiche Stadt. Meiko, wenn du zur See gefahren bist, dann wundert es mich, dass du hier als Gärtner arbeitest. Die Seeleute haben immer gutes Geld verdient.«

»Für eine gefahrvolle Fahrt erhält man gutes Geld. Aber, Jungfer Kristin …« Er grinste wieder. »Die Zeit auf See ist hart und einsam – und an Land ist dann die Heuer schnell ausgegeben.«

»Für Wein und Bier und Frauen …«

»Nicht zu vergessen ein weiches Bett, neue Kleidung und ein warmes Essen. Die Wirte in den Hafenstädten wissen schon, wie sie einem Seemann die Münzen aus der Tasche locken können.«

»Warum hast du die Seefahrt aufgegeben?«

»Sagen wir, ich bin des Reisens müde.«

»Warum bist du gerade hierher gekommen?«

»Zufall vielleicht?«

»Wirst du hier bleiben?«

»Das wir die Zeit zeigen. Zumindest ist es ein bequemes Winterquartier! Und nun, Jungfer Kristin, werde ich Euren Korb und Eure Haube holen. Und dann zeige ich Euch, wo Ihr auf den Weiden Champignons findet.«

Er stand auf und reichte ihr die Hand, um auch ihr aufzuhelfen. Einen Moment lang betrachtete er ihre Hand und meinte dann mit einem Lächeln: »Grüne Fingernägel. Sehr ausgefallen. Werdet Ihr eine neue Mode einführen?«

»Oh. Ich habe … äh … Farbtiegel für meinen Bruder ausgewaschen.«

Warum lügst du, Kristin?

»Malt Ihr nicht, Jungfer Kristin?«

Kristins Augen irrten einen Moment verlegen umher, dann fragte sie: »Ich? Wie könnte ein Weib solche Kunstwerke schaffen wie ein Mann?«

»Ich habe festgestellt, dass Frauen zu vielem fähig sind, Jungfer Kristin. Ich habe sie Wein keltern sehen und Fische fangen, Boote steuern und Mauern hochziehen. Ich habe sie feinste Stickereien anfertigen und kunstvolle Gobelins wirken sehen. Warum sollte die

Tochter von Meister Kornelius nicht auch malen können?«

»Zeig mir, wo die Champignons wachsen, damit ich wenigstens ein Abendessen auf den Tisch bringe, Meiko. Ich habe viel zu viel Zeit vertrödelt.«

»Ist recht, Jungfer Kristin. Geduldet Euch nur einen Moment, bis ich Eure Habseligkeiten eingesammelt habe.«

Er ging mit langen Schritten zum Waldrand und hob Korb und Haube auf. Kristin aber sah ihm nachdenklich hinterher. Mich beachtete sie nicht mehr. Aber das war wohl verständlich. Die beiden hatten sich in ein Netz von Lügen verstrickt, und jeder von ihnen wusste oder ahnte das von dem anderen.

Schwierige Geschöpfe, diese Menschen.

Aber Geld – nun, das war etwas, das sie offensichtlich brauchten, um an Futter und Schutz zu kommen. Interessant. Wie sah Geld aus?

Auch diese Frage wurde mir beantwortete. Nachdem Kristin also zur großen Koppel gegangen war, um dort ihre Pilze zu sammeln, setzte sich Meiko auf den Steg, der in den Teich hinein gebaut war, und sah versonnen zum Waldrand hin. Dabei warf er unablässig ein kleines, glänzendes Scheibchen in die Höhe und fing es wieder auf. Es machte mich ganz dösig, diesem ständigen Hoch und Runter zuzusehen, und beinahe wäre ich eingenickt. Aber da fiel es ihm ganz plötzlich aus der Hand und rollte über die Holzbohlen. Sofort war ich hinterher. Das Spiel kannte ich doch! Das hatten die Moen und ich abends immer gespielt.

»Heia, Mirza. Du bist aber auch hinter allem her,

was sich bewegt. Sogar hinter einer wertlosen Kupfermünze!«

Ich versuchte, das Scheibchen in eine Ritze zu schnicken, aber es flutschte mir weg und landete in dem kurzen Gras, das hier das Ufer bewuchs.

Kupfermünze. Das war also Geld. Die Münzen von der Moen waren schöner. Sie schimmerten golden.

Meiko nahm eine weitere Münze aus seiner Tasche und warf sie hoch. Dann hielt er inne und betrachtete sie.

»Ein Hungerlohn, wahrhaftig. Dann zuckte er die Schultern, stand auf und ging, ohne mich eines Blickes zu würdigen, in seine Hütte.

Hungerlohn. Also bekam man noch nicht einmal rechtes Futter dafür.

Ich brauchte zum Glück so ein Zeug wie Geld nicht. Ich streckte endlich meine Krallen in das Wasser. Igitt, wie nass. Aber das Fischlein mundete köstlich.

Danach trieb mich meine Neugier an den Waldrand, denn es gab ja noch die Frage zu klären, warum Raguna meine Freundin Kristin so erschreckt hatte.

Ich musste der Luchsfährte nicht allzu weit folgen. Raguna lag auf einem flachen Felsen und genoss die Abendsonne, die nach einem recht trüben Tag nun doch noch ihre Strahlen durch die Wolken schickte.

»Ich grüße dich, Gevatterin!«, sagte ich höflich, und die Pinsel an ihren Ohren zuckten.

»Ah, der rotohrige Fratz. Du warst fischen?«

Das roch man natürlich.

»Unten am Teich. Nicht schlecht, der Inhalt. Solltest du auch einmal probieren.«

»Zu nah an den Menschen.«

»Aber du warst doch heute dort, Gevatterin. Ich sah dich auf dem Baum am Waldrand sitzen. Und die Kristin hast du arg in Schrecken versetzt.«

Raguna gab ein kehliges Knurren von sich, das nach Wut klang.

»Gezwungenermaßen. Man hat mich gejagt.«

»Mensch oder Tier?«

»Welches Tier würde mich wohl jagen?«, grollte sie. »Menschen, wie üblich. Der von Rommerskirchen und sein sauberer Freund, der Mönch.«

Ich wollte es kaum glauben, was sie da sagte, aber dann fiel mir Engelberts Geschwätz wieder ein. Arnoldus, der so oft auf das Gut ritt, weil er sich um die dortigen Seelen sorgte.

»Diakon Arnoldus. Natürlich. Das hätte ich mir denken können. Er ist ein Katzenhasser. Vor ihm laufe ich auch immer fort.«

»Gut so, Fratz. Aber wenn ich den einmal alleine erwische, ziehe ich ihm das Fell ab!«

»Ich wünschte, ich hätte deine Größe, Gevatterin. Das würde ich liebend gerne auch tun«, seufzte ich. »Er hat mich getreten und mit Steinen beworfen und den Hofhund auf mich gehetzt.«

»Sagte ich doch, die Menschen sind hinterhältige und üble Zeitgenossen.«

»Nicht alle, Raguna. Wirklich nicht alle. Die Kristin ist sehr lieb.«

»Grrrumpf!«

»Sie hat ein Bild von mir in der Basilika gemalt.«

»Eitler Fratz!«

Ich schaute verlegen nach meinem Schwanz, der

sich genüsslich zu einem eleganten Bogen formte. Der war eitel, nicht ich!

»Ich werd niemandem die Krallen zeigen, der mich ungestört lässt«, knurrte Raguna schließlich. »Aber ich habe achtzehn Sommer dieser Welt gesehen, und ich habe meine Erfahrungen gemacht. Du hast noch zu lernen. Auch wenn du rote Ohren hast.«

»Natürlich, Gevatterin. Das streite ich nicht ab. Aber du lebst im Wald und ich bei den Menschen. Ich komme nicht umhin, mich mit ihnen zu arrangieren.«

»Das musst du wohl.«

Wir genossen die letzten Sonnenstrahlen, die durch das Geäst fielen, und ich blinzelte in das grüne Laub hoch droben.

»Gevatterin?«

»Was liegt dir auf dem Herzen, Fratz?«

»Sie, die die Quelle hütet – kennst du sie?«

»Das Andenken an sie ist lebendig. Die Ahnen berichten von ihr, denn sie hat die Tiere des Waldes geliebt und sie vor den jagenden Menschen beschützt. Es wäre gut, wenn sie wieder zurückkäme.« Und unter Ragunas Backenbart breitete sich ein kätzisches Lächeln aus. »Rotohrige Katzen wie du, Mirrr-zaah, könnten sie möglicherweise überreden.«

Dieses wunderbare Kompliment entlockte mir ein inniges Schnurren, und die alte Luchsin stimmte mit rauer Kehle ein.

Ich war schon auf dem Heimweg und hatte den Forellenteich eben hinter mir gelassen, als zwei von den Stalljungen ebenfalls dort entlanggingen. Einer bückte sich plötzlich und stieß einen Jubelschrei aus.

»Eine Kupfermünze! Ich habe eine Münze gefunden!«

Ihm schien das kein Hungerlohn zu sein.

Über das Kapitel Geld musste ich noch etwas intensiver nachdenken.

Ein geheimnissvolles Kapitel

Einige Tage später erhielt ich weitere Unterstützung bei meinen Untersuchungen über das Geld. Es geschah auf meinem morgendlichen Spaziergang mit Pater Melvinius. Wir schlenderten – er ging gerne langsam und gemütlich, sodass ich ihm gut folgen konnte – über die Obstwiesen zu den Stallungen. Dort hielt er einen kleinen Plausch mit dem Hufschmied, einem gemütlichen Mann mit Armen, dick wie Baumstämme, während ich hinter ein paar herabgefallenen Blättern herjagte, die der Wind aufwirbelte.

Aus heiterem Himmel fiel ein schwarzer Schatten auf meinen Kopf. Erst im allerletzten Moment konnte ich dem scharfen Schnabel ausweichen. Schon zog dieses schwarz-weiße Biest wieder hoch und begann seinen nächsten Angriff. Mit einem ohrenbetäubenden Krächzen stieß die Elster auf mich herab. Ich sprang zur Seite. Sie flatterte wieder hoch. Plante einen erneuten Schnabelhieb.

Melvinius bemerkte jetzt auch meine ungemütliche Lage und kam auf mich zu gelaufen, wobei er heftig in die Hände klatschte. Das behagte dem Vogel nicht, und er stieg wieder in die Lüfte. Höhnisch krächzend hockte er dann in einem Apfelbaum und gab Beleidigungen von sich.

»Blödes Geflügel. So was wie dich verzehre ich normalerweise zum Frühstück!«, fauchte ich zurück und spurtete los. Der Apfelbaum eignete sich wunderbar zum Klettern, und schon hatte ich die Astgabel erreicht, in der die Elster ihr Nest hatte. Sie machte Anstalten, es zu verteidigen, und verlor dabei eine Anzahl schwarzer und weißer Federn. Ein wenig gerupft ließ ich sie dann aber doch entkommen, nur dem Nest versetzte ich noch einen ordentlichen Hieb. Ästchen und Moosfasern, Stoffrestchen und Lederbändchen flogen vom Baum.

Und dann sah ich es. Mitten in dem Nest glitzerte etwas. Ein wenig musste ich mit der Balance kämpfen, aber dann hatte ich das Ding im Maul. Mal sehen, was Melvinius dazu sagte.

»Sieh da, Mirza hat das Nest einer diebischen Elster geplündert. Schaut, Hufschmied, sie hat einen Goldflorin mitgebracht.«

Der Hufschmied, der ebenfalls herbeigekommen war, streckte staunend die Hand aus, um sich das goldene Scheibchen anzusehen. Und ich hatte jetzt Gewissheit. Dies war das gleiche Ding, mit dem die Moen und ich gespielt hatten.

»Da wird sich aber jemand grämen, den an die Elster verloren zu haben.«

»Wird wohl einer der Besucher gewesen sein, der sein Pferd bei Euch einstellt«, vermutete Melvinius und drehte die Münze in den Fingern, sodass sie aufblitzte.

»Wenn Ihr mich fragt, Pater, so wird es eher einer der Euren gewesen sein. Ich sah Diakon Arnoldus vor kurzem hier eifrig das Gras durchsuchen. Immerhin, es ist viel Geld. Diese Münze ist ein Viertel meines Jahreslohns wert!«

Kein Hungerlohn also, denn der Hufschmied sah wohlgenährt aus!

Die Moen hatte eine Menge davon. Aber anscheinend hatten sie ihr nichts bedeutet. Für den Stalljungen war eine kleine Kupfermünze schon von hohem Wert, Meiko jedoch achtete sie sehr gering.

»Aber Hufschmied, der Diakon wird schwerlich Goldmünzen sein Eigen nennen. Ihr wisst doch, wir haben dem persönlichen Eigentum entsagt.«

Der Schmied hob nur die Schultern.

»Wenn Ihr es sagt.«

Melvinius ging auch nicht weiter darauf ein, aber ich merkte, wie nachdenklich er plötzlich geworden war.

Ich auch. Ich dachte über die Bedeutung des Geldes nach.

Das musste so sein wie mit Mäusen. Wenn man hungrig ist, freut man sich über die kleinste, verstaubte Hausmaus. So wie sich die mageren Stalljungen über die Kupfermünze gefreut hatten. Hat man hingegen einen vollen Magen, lässt man auch schon mal eine fette Haselmaus entwischen. So, wie die Moen es mit ihren Goldtalern tat, wenn sie mit mir spielte.

Ich hatte verstanden.

Nein, ich hatte nicht verstanden.

Meiko besaß nichts, und er bekam einen Hungerlohn – der ihm gleichgültig war.

Die Moen hatte einen Goldschatz gehabt – der ihr nichts bedeutete.

Arnoldus hatte seinen Besitz aufgegeben, aber das Goldstück war ihm wichtig.

Eine Erklärung fand ich nicht, und resolut schob ich das Problem vorerst zur Seite.

Pater Melvinius hatte dem Hufschmied das Goldstück überlassen. Ihm war es wohl auch nicht wichtig. Und er forderte mich auf, ihn zur Kirche zu begleiten. Das tat ich gerne, denn nach meinen Berechnungen würde Kristin heute wieder den Pinsel schwingen.

Wir hörten sie schon leise hinter dem Vorhang summen, als wir in das Gebäude traten. Ich lockte Melvinius zu ihr hin, indem ich ihm schnurrend um die Beine strich.

»Gott zum Gruße, Meister Clemens.«

Kristin legte den Pinsel ordentlich auf dem Tiegelrand ab und sprang von dem Gerüst herunter.

»Pater Melvinius, wie schön, Euch zu sehen. Wollt Ihr das Fortschreiten der Arbeiten betrachten? Ihr habt seit der Wallfahrermesse nicht mehr vorbeigeschaut.«

»Nur zu gerne, Meister Clemens. Ich sehe, ihr habt das dritte Bild beendet. Der junge Jesus im Tempel. Eine beeindruckende Darstellung des Gebäudes. Ihr beherrscht die Kunst der Perspektive meisterlich. Und – oh – die Kunst der Porträtmalerei offensichtlich auch. Mein lieber Meister Clemens, das ist aber sehr ungebührlich.«

»Was, Pater?«

»Der heilige Joseph. Was werden meine Brüder nur von mir denken?«

»Nichts – seht Euch die Gesichter der Lehrer und Schriftgelehrten im Tempel doch einmal näher an.«

Melvinius zog seine Brille hervor und befolgte den Rat. Ich tat es auch. In den letzten Tagen hatte Kristin das Bild noch einmal übermalt, und nun fand ich den Abt neben dem Bruder Camerarius sitzen, Bruder Everard, den Gärtner, an seiner Seite knien und viele andere mehr. Was für ein kluges Mädchen, die Kristin.

Melvinius lachte leise vor sich hin.

»Ausgezeichnet getroffen. Ganz ausgezeichnet, Meister Clemens.«

Ich stupste den Pater an seine Wade und schwänzelte dann an dem Gewandsaum des heiligen Joseph vorbei.

»Aber das ist ja ganz reizend. Mirza, die Klosterkatze, habt Ihr auch nicht vergessen. Ganz lebensgetreu. Man kann ja jedes einzelne Barthaar erkennen!«

Er kniete vor der Wand nieder und verglich Bild und Original. Vor lauter Freude glättete sich sein Gesicht, und seine Augen strahlten.

Er hatte viel Ähnlichkeit mit dem Jungen Jehan. Kristin hatte Recht.

»Und was habt Ihr als Nächstes in Angriff genommen?«

»Die Beweinung Christi mit Maria von Magdala, Maria Kleopas und Maria, der Schmerzensreichen Mutter.«

»Ein zu Herzen gehendes und trauriges Sujet.«

»Darum auch die dunklen Farben und die düstere Szenerie. Karge Steine, drohende Wolkenmassen und nur ein einzelner Lichtstrahl, der den blutenden Leichnam erhellt. Seht, hier sind die Vorzeichnungen dazu.« Kristin rollte einige Bahnen Papier auseinander, auf denen mit schwarzem Stift die Figuren dargestellt waren. »Wir übertragen diese Zeichnungen auf den feuchten Putz und legen sie dann mit kalkbindender Farbe an. Damit sind sie dann unlöslich mit der Wand verbunden.«

»Und was macht Ihr, wenn Ihr Euch einmal vertan habt?«

»Wenn es ein gravierender Fehler ist, müssen wir den Putz wieder abnehmen und von neuem beginnen. Kleinere Korrekturen aber kann man später auch durch Übermalen anbringen.« Kristin kicherte plötzlich. »Mein Bruder hat neulich doch wirklich rote Blätter an den Busch gemalt. Da mussten wir den Putz an der Stelle ganz entfernen.«

Melvinius sah sie plötzlich höchst interessiert an, und in diesem Augenblick bemerkte Kristin, was sie gesagt hatte. Sie schlug entsetzt die Hand vor den Mund.

Ich hielt förmlich den Atem an, nur dieser dämliche Schwanz peitschte nervös hin und her.

»Nun, Meisterin Kristin, Ihr werdet guten Grund haben, Euch die Arbeit mit Eurem Bruder zu teilen. Glaubt mir, Euer Geheimnis ist bei mir gut aufgehoben.«

Kristin schien sich ein wenig schwach zu fühlen, und sie setzte sich auf die Bank, auf der die Tiegel standen. Ich sprang zu ihr hoch und fühlte sie zittern.

Sehr ernsthaft begann ich zu schnurren. Das beruhigt doch immer.

»Ihr seid blass, Jungfer Kristin«, stellte Pater Melvinius leise fest und legte ihr zart die Hand auf die Schulter. »Macht Euch doch keinen Kummer deshalb. Ihr habt offensichtlich ein großes Talent und leistet hervorragende Arbeit.«

»Ich … wir …«

»Ihr braucht natürlich nicht darüber zu sprechen, meine Tochter. Doch könnte es möglicherweise helfen, einen Verbündeten hier im Kloster zu haben. Wenn es Euch hilft, vertraut Euch mir an. Ich schätze Euch und Euren Bruder sehr, des könnt Ihr gewiss sein.«

Kristin sah mit großen Augen zu dem Pater auf.

»Und Mirza liebt Euch ebenfalls«, fügte er mit einem kleinen Lächeln hinzu. »Auch sie weiß, wie jede Katze, Geheimnisse zu wahren!«

»Mirrr!«, bestätigte ich seine Worte.

»Ich würde es Euch gerne erzählen, Pater. Damit Ihr versteht.«

»Nun, dann kommt mit in den Kreuzgang. Bis zur Sext haben wir ihn ganz für uns allein.«

Ich begleitete die beiden in den stillen Säulengang. Sie setzten sich auf eine der Bänke, auf die durch die steinernen Bögen das Sonnenlicht fiel. Ich rollte mich gemütlich auf Kristins Schoß zusammen, um begierig dieser Geschichte zu folgen.

»Betrachtet es als eine Art Beichte, Jungfer Kristin. Was immer Ihr mir erzählen wollt, bleibt *sub rosa*.«

»Danke, Pater Melvinius. Es ist manchmal recht anstrengend, sich zu verstellen und immer auf jedes Wort achten zu müssen.«

»Ihr lügt nicht gerne, Jungfer Kristin. Einem aufrichtigen Menschen fällt das Gaukelspiel immer schwer. Also muss Euch eine gewissen Not dazu getrieben haben, habe ich Recht?«

»Ja, Pater. Seht, unser Vater war ein großer Künstler.«

»Meister Kornelius, ich weiß.«

»Clemens und ich sind Zwillinge. Wir kamen anno 1475 zur Welt, und seit wir Stift und Pinsel in den Händen halten konnten, hat uns unser Vater unterwiesen. Es war uns nie eine Last, Pater, denn er war ein wunderbarer Lehrer. Aber es zeigte sich sehr früh, dass wir ganz unterschiedliche Talente haben. Und es zeigte sich auch, dass Clemens von Geburt an an einem fatalen Mangel litt – er kann bestimmte Farben nicht sehen. Rot und Grün erscheinen ihm beide als Grautöne. Damit ist ihm natürlich der Beruf des Malers verwehrt. Doch auf der anderen Seite hat er eine natürliche, ja beinahe übernatürliche Begabung für alles, was Perspektive, aber auch Statik und Raumgestaltung anbelangt. Sein größter Wunsch ist es, Gebäude zu entwerfen. Ich hingegen tue mich da schwer. Ich habe das Handwerk zwar erlernt, aber ich brauche viel Zeit und viele Versuche, um eine winkelgerechte Ansicht zu entwerfen. Dafür habe ich aber ein gutes Farbgefühl und kann auch recht gut aus dem Gedächtnis malen.«

»Sehr richtig. Die Gesichter habt dann Ihr gemalt, und sie sind auf das Akkurateste getroffen. Wie kommt es, dass Euer Bruder sich seinen Wunsch nicht erfüllt und als Baumeister arbeitet?«

»Er hat schon seine Lehrzeit bei verschiedenen Meistern absolviert, die alle voll des Lobes für seine Arbeit waren, doch unsere Mutter war in ihren letzten fünf Lebensjahren sehr leidend. Sie starb vor drei Jahren. Unser Vater hat seine gesamten Ersparnisse für Ärzte und Kuren ausgegeben und sogar Schulden gemacht. Er liebte sie sehr und hoffte immer, sie würde die Krankheit besiegen. Es half nicht, und wir denken, aus Gram über ihren Tod folgte er ihr ein halbes Jahr später nach.«

»Das tut mir Leid, Kristin. So habt Ihr alles verloren.«

»Unsere Eltern, unser Haus und alles Geld. Nur unser Talent – und den guten Namen Hendrykson – hatten wir noch. Es gab eine ganze Reihe freundlicher Menschen, die darauf vertrauten, Meister Clemens sei in der Lage, die Arbeit seines Vaters genauso gut durchzuführen wie er früher. Mein Bruder bekam einige gut bezahlte Aufträge. Wir konnten sie nicht ablehnen, denn wir brauchten das Geld, das wir dafür bekamen, damit wir überhaupt überleben und die Schulden abbezahlen konnten. Solange es Arbeiten waren, die wir in einem Atelier durchführen konnten, war das keine Schwierigkeit. Clemens machte die Skizzen, ich machte die Farbarbeiten. Aber dann erhielten wir erstmals das Angebot, ein Fresko in einer kleinen, privaten Kapelle zu gestalten. Es sollte eine gute Summe dafür geben. Wir überlegten uns, wie wir es bewerkstelligen konnten, ohne dass man unsere geteilte Arbeit bemerkt. Es war schließlich meine Idee. Clemens und ich sehen uns sehr ähnlich. Er ist nur wenig größer und trägt sein Gesicht glatt rasiert. Ich opferte also meine Haare, schneiderte mir Hosen und Wams und wurde zeitweise Meister Clemens.«

»Sehr nützlich, diese Ähnlichkeit!«

Melvinius schmunzelte, und Kristins Körper fühlte sich wieder etwas entspannter an. Sie kraulte sogar gcistesabwesend meinen Nacken.

»Es ging einige Male sehr gut. Während ich die Farbaufträge mache, entwirft Clemens zu Hause die Bildkompositionen und überträgt sie maßstabsgerecht auf die Kartons, die wir dann hier verwenden. Es ist sogar ein sehr praktisches Vorgehen, denn so kann ich hier sehr zügig arbeiten. Wenn Clemens an dem Fresko malt, übernimmt er immer die Bereiche, die ohne Grün oder Rot auskommen – Säulen, Himmel, Mauern, Böden und so weiter.«

»Ich verstehe die Notwendigkeit, auf diese Weise zu arbeiten, doch ich verstehe noch nicht, warum Ihr ein Geheimnis daraus macht, Jungfer Kristin.«

»Pater Melvinius, glaubt Ihr, Euer Abt hätte mir als Frau erlaubt, in Eurem Kloster zu arbeiten?«

Melvinius schwieg, und ich spürte, dass er betroffen war.

»Nein, vermutlich nicht. Es hatten sich auch andere Maler um die Ausgestaltung der Basilika beworben. Vermutlich hätte er sich für einen von ihnen entschieden.«

»Clemens und ich haben uns ein Ziel gesteckt. Wir möchten genug Geld zusammenbekommen, um ein eigenes Haus zu führen. Er kann sich dann als Baumeister Aufträge suchen, und ich glaube, er wird sehr bald mit seiner Arbeit zu Ansehen kommen.«

»Und Ihr, Kristin, welches Ziel habt Ihr Euch gesetzt?«

»Ich möchte meine Kinder malen!«, kam es sehr prompt.

Jetzt lachte Melvinius fröhlich auf, und Kristin stimmte mit ein.

»Aber es ist nur ein Wunschtraum, Pater. Zufrieden werde ich auch sein, wenn ich wenigstens meine

Katze malen kann! Ich bin nämlich schon siebenundzwanzig und eine sehr alte Jungfer.«

»Ihr werdet schon noch die Bilder Eurer Kinder malen und sicher auch die anderer Menschen. Ihr habt ein von Gott gegebenes, großes Talent, Jungfer Kristin. Und nicht alle Menschen lehnen es ab, von einer Künstlerin gemalt zu werden.«

»Nein, vermutlich nicht alle. Meiko hat so etwas Ähnliches auch einmal gesagt.«

»Habt Ihr Euch ihm anvertraut?«

»Oh nein, nein. Er meinte es ganz allgemein. Er glaubt, dass Frauen sogar Großes leisten können, weil er auf seinen Reisen viel gesehen hat. Ich möchte ihm gerne glauben.«

»Hat er Euch von seinen Reisen erzählt?«

Kristin kicherte.

»Ungefähr so viel, wie ich ihm von meinen Malkünsten erzählt habe. Er kann sehr gut über seine Vergangenheit schweigen, habe ich den Eindruck.«

»Das kann er wohl.«

»Ich frage mich, was er verbirgt…«

»Ja, das frage ich mich auch, Kristin. Und wenn ich es recht bedenke, dann vermute ich, es könnte etwas Bedrückenderes sein als das, was Ihr verheimlicht.«

»Ich werde sehr, sehr vorsichtig ihm gegenüber sein.«

»Ich glaube, das braucht Ihr nicht. Er ist kein übler Geselle. Trotz aller Geheimniskrämerei. Aber nun sagt, wie nahe seid Ihr Eurem Ziel denn inzwischen gekommen?«

»Zumindest dem eigenen Haus sind wir sehr nahe. Am Wochenende haben wir den Herrn von Rommerskirchen besucht. Er möchte seine Halle mit einem Fresko versehen lassen, und es scheint, er ist bereit, gut dafür zu zahlen. Clemens und ich müssen nur noch einen Weg finden, um so zu arbeiten, wie wir es gewohnt sind. Er hat uns nämlich für die Zeit der Arbeiten eine Wohnung auf dem Gut angeboten.«

»Und wenn Ihr ihm die Wahrheit sagt und ganz offen zu zweit das Fresko ausführt?«

»Ja – vielleicht ist es möglich. Aber Euer Diakon Arnoldus geht dort häufig aus und ein, Pater Melvinius. Wie würden wir dastehen, wenn es herauskommt, dass wir das Kloster an der Nase herumgeführt haben?«

»Ein guter Einwand. Aber, Jungfer Kristin, ich habe in meinem Leben gelernt, dass sich immer Wege finden. Sicher auch für dieses Problem. Ich werde Euch in meine Gebete einschließen und über eine Lösung nachsinnen.«

»Danke, Pater. Ihr seid sehr gütig und verständnisvoll mir gegenüber. Doch nun muss ich die Maria von Magdala fertig malen, solange der Putz noch frisch ist, und dann Mirza zu einem Stückchen Schinken einladen!«

»Was, bei Euch schlemmt sie auch?«

Kristin, du Verräterin!

»Gaaanz selten, Pater!«

Manche Lügen kann sogar ich verzeihen. Ich trottete hinter ihr her und bekam später meine Häppchen. Gaaanz kleine.

Ich musste doch wirklich noch zwei Friedhofsmäuse wegputzen.

Diabolo sparte nicht mit hämischen Äußerungen.

Nun, was Kristin und Clemens anbelangte, war ich wirklich ein Stück vorangekommen. Warum die Jungfer und Melvinius es aber als Beichte bezeichneten, dass sie ihm ihre Geheimnisse anvertraute, verstand ich nicht ganz. Um Licht in diese Angelegenheit zu bringen, suchte ich Engelbert auf, der selbstverständlich auch das erklären konnte. Es war nämlich so, dass die Menschen die Sünde eingeführt hatten. Ich bebe immer noch vor Lachen, wenn ich daran denke. Wirklich, sie fielen auch auf jeden Trick herein. Sünde entsteht nämlich ganz einfach, indem sie manche völlig natürliche Sachen verbieten. Wie Lüsternheit beispielsweise. Oder raufen, spielen, sich paaren oder sich Beleidigungen um die Ohren schlagen. An manchen Tagen verbieten sie sich sogar, Fleisch zu essen. Unter diesen Umständen ist jede Katze eine Sünderin. Aber wir brauchen ja nicht zu beichten. Das müssen die Menschen nämlich, wenn sie gegen diese Regeln verstoßen haben. Und der, der sich das anhört, verhängt dann Strafen. Nicht zu verstehen, diese Menschen. Wirklich!

Jedenfalls darf sich jeder, der sich Pater oder Diakon nennt, die Sünden der anderen anhören, sie maßregeln und ihnen – und das ist wirklich der Heuler – diese Sünden auch noch vergeben. Damit sie dann anschließend losziehen und neue begehen. Möglichst andere. Engelbert meint, das machen die Beichtiger zu ihrem Vergnügen, weil sie so in den Geheimnissen der anderen herumschnüffeln können. Das wiederum erscheint mir ein weitaus plausiblerer Grund für diese ganzen Sünden-und-Beicht-Regeln zu sein. Ich nahm mir also vor, einer ausführlichen Beichte einmal zuzuhören, denn in den Geheimnissen der Menschen schnüffelte ich auch für mein Leben gerne herum.

Es ergab sich am Samstag eine gar wunderbare Gelegenheit.

Ich wurde nicht enttäuscht.

Pater Johannes, ein rundlicher Mann mittleren Alters, hatte sich auf den hochlehnigen Stuhl, den sie als Beichtstuhl bezeichnen, hinter dem Hochalter gewuchtet und wartete auf seine Beute.

Ich hingegen zwängte mich hinter den Beichtstuhl und machte erst einmal *meine* Beute. Eine nette Veranstaltung, die mit einem leichten Mäuseimbiss begann.

Es kam die dralle Jungfer Ermine, hübsch in raschelnde Seide gekleidet, die blonden Flechten in einem mit Perlen bestickten Netz festgesteckt. Sie kniete anmutig vor dem Pater nieder und begann mit einer ziemlich sinnlosen Plauderei, die, soweit ich es beurteilen konnte, darauf hinauslief, sie habe sich der Sünde der Völlerei hingegeben, was an sich nicht zu übersehen war und eigentlich keiner Worte bedurfte. Sodann hatte sie sich der Schwatzhaftigkeit ergeben und war auch hier und jetzt in dieser Sündhaftigkeit wahrlich nicht zu bremsen. Vielleicht war es doch nicht ganz verkehrt, ein solches Übel zu verbieten.

Der Beichtiger rutschte unruhig auf seinem breiten Hinterteil herum, wie ich von unten feststellen konnte, da sie nun auch noch die bösen, bösen Gedanken im Einzelnen beschrieb, die sie gehegt hatte, als ihre Tante mit einem neuen Gewand erschien und sie die Sünde des Neides nicht unterdrücken konnte.

Es folgte eine ausführliche Beschreibung des Kleidungsstückes.

Der Beichtiger sackte immer tiefer in seinem Sitz zusammen. Er hatte wohl genau wie ich Mühe, die Augen offen zu halten.

Als sie jedoch bei der delikaten Schilderung anlangte, die ihren Aufenthalt in einem abgelegenen Teil des Gutshauses von Rommerskirchen zum Gegenstand hatte, rutschte Pater Johannes animiert wieder ein Stückchen nach vorne. Und er stellte auch Fragen. Es kam bröckchenweise heraus, dass Ermine den schönen Herrn Sivert gelüstig angesehen hatte. Na gut, das war ja nun auch mir schon aufgefallen. Aber er hatte wohl ebenso zurückgelüstert, weshalb sie nun von Ehe sprach, was den Beichtiger zum inquisitorischen Teil übergehen ließ. Ob es denn zu sündhaftem Tun gekommen sei?

War es wohl, und ich lernte eine ganze Menge über das menschliche Paarungsritual, das mit Kitzeln und Streicheln, dem als Küssen bezeichneten gegenseitigen Abschlecken und dem unzüchtigen Heben von Röcken in Zusammenhang stand. Das mit den Röcken ist typisch menschlich und war mir durch Arnoldus und Johanna schon geläufig. Wer kein Fell hat, muss sich schließlich verhüllen, und wer sich verhüllt, muss dann wieder, um sich tierisch zu verhalten, die Hüllen fallen lassen. Oder sie zumindest bis über die Ohren heben. Offensichtlich machte das Spaß. Ermine kicherte nämlich bei der Beschreibung dieser Tätigkeit. Und Pater Johannes ließ sich weitere Einzelheiten schildern.

Es wurde sehr warm unter dem Beichtstuhl.

Es war schließlich bis zur endgültigen Paarung gekommen, und Pater Johannes machte Ermine ernsteste Vorhaltungen, die sie aber mit dem Hinweis auf eine Eheschließung abwiegelte. Sie machte sich gute Hoffnung, dass es bald so weit sein würde, und dann wäre das, was sie getan hatte, ihre heilige Pflicht. Die Ehe, so wollte mir daher scheinen, diente dem Zwecke der Sünde, die dann keine mehr war.

Versteh einer die wirren Gedankengänge der Menschen. Ehrlich!

Ermine wurde ein Haufen Gebete aufgegeben, die sie zu sagen hatte, dann wurde sie von ihren Sünden losgesprochen, damit sie neue begehen konnte, und dafür durfte sie dem Pater Johannes dann den Beichtpfennig überreichen.

Dass man sich das Anhören der Sünden anderer auch noch bezahlen ließ – dieses kleine Detail zum Thema Geld fand ich dabei besonders possierlich. Menschen zahlten mit ihrem Geld demnach auch einen Sünden- und nicht nur einen Hungerlohn.

Tags darauf, am Sonntag in den späteren Nachmittagsstunden, konnte ich mein Wissen um das Wesen der Beichte noch etwas mehr vertiefen. Und hier wurde es dann wirklich sehr lehrreich. Ich saß auf dem Fenstersims und putzte mir müßig das Hinterteil. Es war nicht das Fenster von Pater Melvinius' Kammer, sondern jenes, hinter dem das Sprechzimmer des Abtes Ignaz lag. Es war nicht ganz geschlossen, und so wurde ich Zeuge des Gespräches, das darinnen stattfand. Der Abt hatte augenscheinlich den Diakon Arnoldus zu sich gebeten und ihm ein paar

Vorwürfe gemacht. Welcher Art sie waren, hatte ich leider nicht mitbekommen. Jetzt nämlich redete Arnoldus, und er legte gute Gründe dafür dar, weshalb er sich so tadelnswert benommen hatte. Ich fand es bemerkenswert, denn mit erstickter Stimme sprach er von seinem lieben und guten Freund, der ein so frommer Mensch sei, doch immer wieder den weltlichen Versuchungen erlag. Er, der seelsorgerische Diakon, versuche immer wieder, ihn auf den rechten Weg zurückzuführen, doch der Freund mit dem bedauerlichen Charakterfehler – sonst ein wirklich tief gläubiger Christ – verlange von ihm immer wieder, dass er, der Diakon, an seinen Ausschweifungen mit teilhabe.

»Er erliegt sehr leicht dem großen Verführer, gegen den sich zu wehren ihm unsagbar schwer fällt. Ich hingegen widerstehe, Vater Abt, solange es mir möglich ist. Aber um seine Seele nicht vollends auf den Pfad der Hölle abgleiten zu lassen, muss ich ihn gelegentlich auf seinen Abwegen begleiten, um Schlimmeres zu verhindern. Ich tue es ungern, Vater Abt, und mit großem Widerwillen. Ich weiß, es wirft ein schlechtes Licht auf mich, doch muss ich es als eine Art aufopferungsvollen Freundschaftsdienst ansehen.«

Der Abt grummelte etwas, das ich nicht verstehen konnte, und Arnoldus fuhr mit flehender Stimme fort: »Ihr liebt ihn doch auch, Vater Abt. Ihr seid ihm herzlich zugetan. Lasst mich weiter um ihn sorgen. Ich kenne seine Schwächen, und es wird der Tag kommen, da überwindet er diesen Makel. Er hat dem Kloster schon viel Gutes getan, Vater Abt. Und seine Mutter war beinahe eine Heilige. Seit vierzehn Jahren kenne ich ihn nun schon. Wir waren beide junge Männer, und obwohl ich nur zwei Jahre älter bin als er, hat er sich damals schon meiner Führung anvertraut. Lasst mich weiterhin die Möglichkeit nutzen, ihn zu läutern.«

Die Stimme des Abtes klang milde resigniert, aber Arnoldus bedankte sich geradezu überschwänglich. Offenbar hatte er die Einwilligung bekommen, auch weiterhin an den Ausschweifungen seines Freundes teilnehmen zu dürfen.

So viel zur Sünde. Wenn sie genehmigt wird, darf man sie begehen, wenn man sie beichtet, wird man von ihr freigesprochen.

Die Menschen waren mehr als wunderlich, aber das Kapitel Sünde war wirklich ein lächerliches.

Ein ganz übles Kapitel

Ich hatte noch einen behaglichen Gang durch die Hecken gemacht, und wie der Zufall es wollte, führte mich meine Jagd nach fetten Mäusen immer näher an Diabolos Wirkungskreise. Nicht, dass ich das bewusst so betrieben hätte. Es ergab sich irgendwie. In der Schmiede hörte ich Meiko mit dem Hufschmied plaudern, darum verzichtete ich darauf, dort einzukehren. Den haltlosen Vorwürfen einer angeblichen Pflichtvergessenheit wollte ich mich nicht wieder aussetzen. Die Pferdeställe waren jedoch ganz nah, und da ich die noch nie besucht hatte, wollte ich jetzt dieses Versäumnis nachholen. Mit lässiger Ignoranz übersah ich die warnenden Markierungen, die Diabolo am Torpfosten hinterlassen hatte und schaute mich im Dämmerlicht des Stalls um. Die großen Tiere standen in ihren Boxen und mampften Heu und Hafer aus ihren Krippen. Hin und wieder schnaubte eines oder scharrte mit den Hufen im Stroh. Es war ein beschauliches Geräusch, und auch die Ausdünstungen der Pflanzenfresser empfand ich als angenehm. Zehn dieser Tiere gehörten dem Kloster, und zugegebenermaßen sahen sie weit eleganter aus, als die stämmigen Bauernpferde, die Wagen und Ackergerät der Bauern zogen. Engelbert hatte mir anvertraut, der Abt lege großen Wert auf edle Rösser, da er häufig hohe kirchliche und weltliche Würdenträger besuchte und standesgemäß aufzutreten wünschte. Offensichtlich mussten Menschen, die Würde trugen, von der Würde anderer in Form von edlem Reitgetier beeindruckt werden. Manchmal überkam mich grenzenlose Erleichterung, dass kätzische Würde eine andere Ausprägung hat. Wir tragen sie ganz einfach in uns, nicht vor uns her.

Ich stöberte ein wenig in den Ecken herum und sah mich sehr vor, nicht zwischen die Beine der Rösser zu kommen, obwohl sie recht vorsichtig waren und mich mit gutmütigen Augen träge musterten. Ich fand eine ziemlich dreiste Maus, und da ich gesättigt war, machte ich mir den Spaß, mit ihr Haschen zu spielen.

Sie flitzte im Stroh umher, ich haute mit der Pfote darauf.

Sie versuchte zu ihrem Loch zu kommen, ich versperrte ihr den Weg.

Sie wollte in eine Krippe klettern, ich sprang darauf und funkelte sie an.

Doch, es war eine einfallsreiche Maus – und ich eine noch einfallsreichere Katze. Wir hatten viel Spaß miteinander.

Also, zumindest ich hatte Spaß mit ihr.

Leider war ich so in mein Spiel versunken, dass ich nicht bemerkte, wie die Stalltür aufging. Mir wurde die Gefahr erst klar, als mich zwei harte Hände von hinten packten und hochhoben.

»Luder!«, zischte es. »Sündige, verfluchte Höllenbrut. Ich werde dich lehren, dich im Stall herumzutreiben.«

Ich versuchte, mich herauszuwinden, aber der Griff

war bösartig fest. Als ich zu kratzen begann, traf ich nur Stoff. Ich kreischte und wurde an den Hinterbeinen gefasst.

Panik überkam mich

Mit einem ausholenden Schwung wurde ich hochgeschleudert.

Kreischen, in höchster Not!

Vor meinen Augen verschwamm alles.

Es ging im Kreis herum.

Schneller und schneller.

Der kantige Pfosten erschien vor mir.

Mein Ende …

Irgendwas krachte.

Meine Hinterbeine wurden losgelassen.

Ich flog durch den Stall.

Landete in einem Berg von Stroh.

Bekam keine Luft mehr.

»Lass ihn los, Meiko. Du machst dich nur unglücklich!«

Die rumpelige Stimme des Schmieds war das Erste, was ich wieder wahrnahm, als ich zu Bewusstsein kam.

»Ungern.«

»Meiko, er ist ein Ordensbruder!«

»Er ist weniger als eine Assel!«

Mühsam blinzelte ich in Richtung der Stimmen.

Meiko hatte Diakon Arnoldus einen Arm auf den Rücken gedreht und machte Anstalten, seinen Kopf gegen eben den kantigen Pfosten zu schlagen, den der für mich ausersehen hatte. Der Schmied stand neben den beiden Männern und redete auf den Gärtnerburschen ein.

»Er hat versucht, die Katze umzubringen. Pater Melvinius' Katze.«

»Das gibt dir nicht das Recht, jetzt ihn umzubringen.«

»Leider nein. Aber eine schöne Beule soll er sich holen!«

»Meiko!«

»Schon gut.«

Er stieß den Diakon von sich, der der Länge nach auf den Boden fiel, und trat noch einmal herzhaft nach ihm.

»Ach, Arnoldus, sollte ich Euch noch mal erwischen, wie ihr die Katze anrührt, dann gibt es mehr als einen Tritt in den Hintern.«

Arnoldus robbte unter Stöhnen von Meikos Stiefeln fort und schickte ihm einen brennenden Blick. Meiko aber schmähte ihn nur mit ätzender Stimme: »Eure hübsche weiße Kutte habt Ihr wohl auch zum Lüften ausgehängt, was? Habt Ihr einen kleinen Abstecher in die sündige Welt vor, heute Nacht?«

Dann machte er einen Schritt über ihn hinweg und kam zu mir.

Ehrlich gesagt, mir taten alle Knochen einzeln weh, und ich hätte Zeter geschrien, hätte er mich auch nur mit einer Fingerspitze berührt. Tat er aber nicht, sondern er musterte mich nur sehr gründlich.

»Du hast Glück gehabt, Mirza, dass ich dich schreien hörte. Am besten bleibst du hier erst einmal liegen. Viel ist ja nicht passiert.«

Er schob noch etwas Stroh um mich, sodass ich fast wie in einem Nest lag, und setzte sich zu mir. Arnoldus hatte inzwischen mit hektischen Bewegungen sein Pferd gesattelt und führte es aus dem Stall, ohne die beiden Männer auch nur noch einmal anzusehen. Die Wut brodelte in ihm. Meiner Erfahrung nach hatte Meiko sich einen Feind gemacht. Kein Kater liebt es, gedemütigt zu werden. Auch wenn ich diesen Rattenarsch von Arnoldus höchst ungern nur mit einem Kater verglich.

»Er wird heute Nacht nicht zurückkommen!«, erklärte der Schmied. »Unser Diakonus genießt die dauerhafte Gastfreundschaft des Herrn von Rommerskirchen. Und die Annehmlichkeiten, die ihm dort geboten werden.«

»Er muss einen großzügigen Beichtiger haben, wenn er das tut. Die Gerüchte behaupten, das Leben dort sei von häufigen Ausschweifungen geprägt.«

»Da lügen die Gerüchte nicht. Aber das soll unsere Sorge nicht sein, Meiko. Ich bin Schmied und kümmere mich um meine Esse, und du bist Gärtner, du kümmerst dich um deine Pflanzen. So ist die natürliche Ordnung.«

»Und die Katze kümmert sich um die Mäuse. Ganz richtig!«

Der Schmied wünschte eine gute Nacht und stapfte zum Tor hinaus. Meiko aber blieb noch bei mir sitzen.

»Die natürliche Ordnung, Mirza… Tja. Gegen sie zu verstoßen, hält man für eine Sünde.«

Er seufzte leise.

Ich hob neugierig meinen Kopf. Es fiel nur noch das Licht des abnehmenden Mondes durch das Stalltor, doch für mich reichte es aus, den Mann zu mustern, den ich zunächst für einen üblen Gesellen, rohen Entführer und herzlosen Grobian gehalten hatte. Es war

Sonntag, und er hatte sein Gesicht von den Bartstoppeln befreit. Die Haare hatte er ordentlich gebändigt, auch wenn sich nach der Rangelei mit dem Diakon einige Locken aus dem Zopf gelöst hatten. Nun hatte ich Muße, seine Züge erstmals in Ruhe in Augenschein zu nehmen. Wenn ich es recht bedachte, waren sie weder grob, noch trug er einen herzlosen Ausdruck. Es lag Sorge und eine gewisse Traurigkeit darin. Auch an ihm nagte etwas, genau wie an Melvinius. Wahrscheinlich das Geheimnis.

Vorsichtig versuchte ich, meine Glieder zu bewegen. Meine Hinterbeine schmerzten noch in den Gelenken, aber die Schultern und der Rücken waren so weit wieder in Ordnung. Das Stroh hatte die schlimmsten Folgen des hässlichen Wurfs verhindert. Zugegebenermaßen hatte ich es wohl Meiko zu verdanken, dass ich nicht mit eingeschlagenem Schädel auf dem Stallboden lag. Er musste dem Diakon in den Arm gefallen sein, als der mich auf diese entsetzliche Art herumschleuderte.

Zwar hatte er mich einst gegen meinen Willen entführt, aber heute hatte er mir das Leben gerettet.

Ich schnurrte ganz leise meinen Dank.

Er sah mich an.

»Besser?«

»Mau!«, sagte sich leise. Ich ließ es mir gefallen, dass er mich abtastete.

»Deine Katzenbalgerei war schlimmer. Und die hast du auch ganz gut überstanden.«

Wahrscheinlich hatte er Recht. Aber eine Katzenbalgerei versetzt einen nicht dermaßen in Angst. Das furchtbare Gefühl des Ausgeliefertseins hatte ich noch nicht ganz überwunden. Deshalb war ich ganz froh, als er mich schließlich auf den Arm nahm und mich zu Melvinius' Fenster brachte. Hier, in meiner heimischen Umgebung, würde auch das Entsetzen allmählich vergehen.

Ich war ihm auch ganz dankbar, dass er dem Pater nichts von diesem Abenteuer erzählte, denn der hätte sich nur wieder aufgeregt und ein holperndes Herz bekommen.

Melvinius bemerkte auch mein leichtes Hinken nicht, das sich schließlich nach einem ausgiebig verdösten Tag fast gelegt hatte. Er warf mir lediglich eine gewisse Faulheit vor, aber es klang nicht richtig streng aus seinem Mund.

Es herrschte dichter Nebel, als ich zwei Tage später am frühen Morgen Richtung Forellenteich aufbrach. Mir stand der Sinn nach einem Besuch bei Raguna, denn in der letzten Zeit hatte ich allzu viel mit den Menschen zu tun gehabt, und etwas kätzische Gesellschaft würde mir gut tun. Die Luchsin und ich hatten eine lockere Verabredung in der Morgen- und Abenddämmerung am Waldrand. Wir hatten uns zwar nicht mehr gesehen, seit sie Kristin so erschreckt hatte, doch die Markierungen an der hohlen Eiche, die wir beide zum Austausch von kurzen Botschaften nutzten, waren eindeutig.

Ich wollte Raguna eine Freude machen und angelte einen Fisch aus dem Teich. Nicht so sehr groß, damit ich ihn einigermaßen bequem schleppen konnte.

Sie saß auf einem abgebrochenen Baum, der von Moos und einem hängenden Efeubart überzogen war und in den wabernden Nebelschleiern wie ein buckliger, alter Mann aussah.

»Der Fratz hat mir eine Nascherei mitgebracht!«, schnurrte sie wohlwollend und verschlang die kleine Forelle mit einem Bissen. Zufrieden leckte sie sich die Lippen und lud mich ein, neben ihr ein Stückchen weiter in den Wald zu wandern.

Feuchtigkeit tropfte von den Blättern, und unsere Ballen berührten glitschiges Laub. Ein Eichhörnchen flüchtete keckernd vor uns und warf mit Bucheckern. Kreischend erhob sich ein Eichelhäher und segelte wie ein Geisterschatten zwischen den hohen Stämmen auf einen anderen Baum zu. Es roch durchdringend nach Moder und Pilzen.

Raguna hatte eine kleine Lichtung gefunden, an deren einer Seite ein alter Steinhaufen lag.

»Das sind doch Menschenspuren«, stellte ich erstaunt fest, weil Raguna Ansiedlungen strikt mied.

»Sie haben hier auch einst gelebt, aber das ist lange her. Es ist trocken unter den Steinen, und wer hier verscharrt wurde, hat seine Ruhe längst gefunden.«

Wir schlüpften in den Unterstand, putzten uns die Feuchtigkeit ab und wärmten uns gegenseitig das Fell. Ich plauderte ein wenig über die letzten Erkenntnisse, und Raguna lauschte aufmerksam. Bei Arnoldus miesem Benehmen fauchte sie wütend, über die Sünden und die Beichte hingegen lachte sie herzhaft. Dann aber wurde sie ernst und berichtete ihrerseits über die Beobachtungen, die sie in den vergangenen Tagen gemacht hatte.

»Dieser Meiko hat begonnen, im Wald umherzustreifen.«

»Geht er auf die Jagd?«

»Er scheint keine Waffen, Schlingen oder Fallen dabei zu haben. Er wandert nur umher, als suche er etwas. Aber Pilze, Nüsse oder Beeren sind es nicht. Zweimal ist er bis zum Gutshaus von Rommerskirchen gegangen. Er hat am Waldrand gestanden und das Treiben dort einige Zeit beobachtet. Er ist dann auch den beiden Geschwistern gefolgt, die von dort in das Dorf zurückkehrten, hat sich ihnen aber nicht gezeigt. Sein Gesicht war voller Grimm, und ich dachte schon, er wolle sie vielleicht überfallen.«

»Das wäre seltsam. Mir schien, er ist ihnen recht wohlgesinnt. Aber man kann sich in den Menschen ja auch täuschen. Ich werde ein Auge darauf haben.«

Raguna nickte. Ihre Meinung zu den Zweibeinern war mir hinlänglich bekannt.

»Er ist auch zum Clarenhof gewandert. Dort ist er jedoch eingekehrt und hat mit der Dame und dem Jungen den Garten aufgesucht. Sie schienen sich gut zu verstehen.« Plötzlich gab Raguna ein raukehliges Lachen von sich. »Die Dame Caroline, wie du sie nennst, besitzt einen kleinen, weißen Kater, der ihr ständig am Rocksaum hängt. Ich habe ihn mir, als er sich wirklich einmal alleine ein Stückchen vor die Mauer gewagt hat, näher angesehen. Er hat deine Augen, Fratz.«

Mein Herz machte einen Hüpfer.

»Ich habe vergangenes Jahr im Frühling in meinem ersten Wurf einen weißen Kater gehabt. Er war ein wenig schwächlich, aber durchgebracht habe ich ihn. Er ist klein geblieben. Die Moen hat ihn an eine Dame fortgegeben, die ihn im Haus halten wollte.«

»So ist es denn wohl dein Sohn.«

»Das wäre schön, Gevatterin!«

Es freute mich für den Kleinen ganz besonders, dass er weiterhin überlebt hatte. Es stand manchmal sehr auf der Kippe mit ihm.

»Sie rufen ihn Merlin.«

»Oh.«

»Ja, manche Menschen scheinen nicht ganz instinktlos zu sein.«

»Sag ich doch.«

»Der Gärtner hat ein paar Pflanzen mitgenommen, und der Junge hat ihn ein Stück des Weges begleitet.« Raguna schwieg und schien über etwas nachzusinnen. Dann meinte sie: »Sie sprachen sehr vertraut miteinander. Und die beiden bewegen sich auf dieselbe Art und Weise.«

Jetzt, da sie es sagte, fiel auch mir das auf. Mit einem Mal erschienen einige schon fast vergessene Bilder vor meinen Augen. Der Reiter, der in der Sommernacht durch Dellenhofen geritten war und einen Begleiter hatte, einen kleineren Menschen, vermutlich einen Jungen. Ich erinnerte mich auch an das seltsame Verhalten, als Jehan mit der Dame Caroline nach dem Wunder unten am Kräutergarten mit Meiko sprach. Zwischen ihnen schienen unsichtbare Fäden gesponnen zu sein.

War Jehan mit Meiko verwandt? Waren sie zusammen hier eingetroffen?

»Gevatterin, weißt du, seit wann der Junge auf dem Clarenhof weilt?«

»Seit den heißen Tagen im Sommer, aber nach der Ernte auf den Feldern.«

Das passte. Rattenschwanz und Mäusekötel, wer war Meiko? Er war weder Gärtner noch Fischer noch ein Seemann, der seine Heuer verspielt hat.

Meine Neugier schoss mir in den Schwanz, und er begann aufgeregt zu zucken.

»Den hast du nicht im Griff, was, Fratz?« Raguna patschte mit der Pfote darauf. »Solltest du besser, sonst verrät er dich eines Tages.«

»Er verrät mich ständig!«, knurrte ich, und mit meiner geballten Willenskraft unterdrückte ich seine eigensinnigen Bewegungen. Der Höflichkeit halber lauschte ich noch eine Weile Ragunas Berichten aus dem Waldleben, dann aber machte ich mich auf den Rückweg.

Am Forellenteich vorbei.

Ein spätes Frühstück.

Dann zu Meikos Hütte.

Mal sehen, was ich da so über den Geheimniskrämer herausfand.

Die Tür war nur angelehnt, ich kam ungehindert hinein. Ein einzelner Raum nur war es, aber recht ordentlich hergerichtet. Eine gemauerte Herdstelle, von der die Asche gefegt war, ein vom Feuer gedunkelter Kessel, ein paar irdene Schalen und Becher, ein Krug, ein hölzerner Eimer, beinerne Löffel und ein Messer. Alles roch ein wenig nach menschlichem Essen. An der Wand hingen an Haken ein paar Kleidungsstücke, ein dickes, wolliges hatte den Geruch nach Schaf, das Leder eines anderen mochte vom Borstenvieh stammen. Ein paar Stiefel, nicht so derb wie die, die Meiko bei der Arbeit trug, standen in der Ecke.

Ihnen haftete noch ein Hauch von Pferd an. Aha! Geritten war er also schon einmal. Das Lager war, wie auch das von Melvinius, mit getrocknetem Farn gestopft, die Decken gerade und faltenlos darüber gezogen. Leichter Menschengeruch. Ein Tisch, der wackelte, als ich auf die Platte sprang, ein Hocker, der etwas stabiler war, als ich darauf landete. Eine Truhe, deren Deckel ich leider nicht heben konnte, aber die ein mir nicht unbekanntes Aroma nach Pergament verströmte. Oberflächlich gesehen, verriet mir die Hütte wenig. Aber es gab ja noch Ritzen und Spalten, wie auch bei der Moen, und ich wusste, die Menschen nutzten sie gerne, um darin etwas zu verbergen. Ich schnüffelte also die Wände ab. Da war jedoch nichts, auch wenn sich im Gebälk und in dem lehmverschmierten Flechtwerk etliche Hohlräume befanden. Ein paar Spinnen scheuchte ich auf und naschte zwei. Ziemlich trocken, diese Gesellen. Doch unter dem Bett wurde ich fündiger. Es war mit Gurten bespannt, und aus einem der Zwischenräume ragte ein Lederzipfel hervor. Ich zerrte ein wenig daran und siehe da, ein zusammengebundenes Behältnis rutschte heraus. Ich schubste es unter dem Bett hervor und bearbeitete es mit der Pfote. Darin enthalten waren zusammengerollte dünne Blätter, die mit diesen menschlichen Krakeln versehen waren, die sie Schrift nannten und die ihnen so etwas wie eine stumme Fährte legten. Sie lasen diese Tintenspuren wie unsereins die Spuren von Mäusefüßen und die Duftmarken anderer Katzen. Das hatte ich inzwischen sehr wohl verstanden. Nicht alle indes waren dieser Form des Lesens mächtig, es schien eine besondere Gabe oder Fertigkeit zu sein. Ich schlüpfte noch einmal unter das Bett und fand an einer anderen Stelle einen Lederbeutel. Als ich an ihm zog, fiel er mit einem satten »Plopp« nach unten. Er war zwar verschnürt, aber mit meinen feinfühligen Pfoten konnte ich diese Metallscheiben darin erspüren. Geld, Münzen. Viele, schwere, mehr als ich zählen konnte. Mehr als ein Hungerlohn.

Sehr aufschlussreich.

Schritte erklangen vor der Hütte, und ich zwängte mich flugs aus der Tür.

»Ei, Mirza. Hast du deine neugierige Nase in meine Angelegenheiten gesteckt?«, hörte ich Meiko noch fragen, wollte ihm aber keine Antwort geben. Ich bin zwar neugierig, aber es ist mir peinlich, dabei entdeckt zu werden.

Spurt Richtung Meierei!

Kleine Erfrischung nach den staubtrockenen Spinnen.

Hurtig an Jako, dem Hofhund vorbei, der lautes, frustriertes Getöse anstimmte.

Etwas langsamer an der Friedhofsmauer vor der Basilika.

Eine herausfordernde Einladung von Diabolo abschnüffeln.

Noch etwas langsamer an der Mauer entlang.

Er plumpste hinter mir auf den Boden.

Dieser verfluchte Verräter von einem Schwanz schoss senkrecht in die Höhe. Keine wie auch immer geartete Willenskraft konnte ihn bändigen.

Diabolo nutzte es aus und schnupperte an meinem Hinterteil. Das durfte sonst nur die eigene Sippschaft, und ich wollte ihm schon eine verpassen, als ein Stein neben uns auf dem Boden einschlug und mir Sandkörnchen ins Gesicht spritzten.

»Verschwindet, geile Höllenbrut!«, schrie es, und der Schwarze sprang über mich hinweg, sodass ich beinahe gegen die Mauer geflogen wäre. Er gab ein scharfes Fauchen von sich, und über seinen muskulösen Nacken hinweg sah ich Arnoldus, der sich nach einem zweiten spitzen Stein bückte.

Die blanke Panik wallte in mir auf, und ich erstarrte.

Doch zum Werfen kam der Mönch nicht, denn Melvinius tauchte im Portal der Basilika auf. Der Diakon ließ den Arm sinken.

»Hoppla!«, sagte Diabolo und stupste mich an. Die Erstarrung löste sich, und wir sprangen über die Mauer, um hinter diesem Schutzwall das Geschehen zu verfolgen.

Der Pater erkundigte sich mit strenger Stimme nach Arnoldus' Vorhaben, aber der wollte ihn nach einem kurzen Gruß einfach stehen lassen und sich in Richtung Pferdeställe wenden.

Melvinius hatte plötzlich eine herrische Stimme, die mich verblüffte.

»Mein Bruder, nimm dir doch bitte die Zeit für eine Erklärung. Ich sehe dich in einem gar seltsamen Aufzug zu den Ställen gehen.«

Tatsächlich hatte der Diakon wieder einmal nicht die übliche weiße Kutte der Mönche übergezogen, sondern trug ein grünes und gelbes Seidengewand mit bauschigen Hosen, die über dem Knie endeten, ein eng anliegendes Wams mit weiten Ärmeln und einem zierlich gefältelten Kragen. Wie ich auch schon bei Siverts prächtiger Kleidung bemerkt hatte, wurde seine Männlichkeit durch einen prunkvoll bestickten Latz deutlich hervorgehoben, was vermutlich für einen Mönch, der sich der Keuschheit verpflichtet hatte, unpassend war, denn es zog die Augen der Frauen ungebührlich an.

»Ich habe weltliche Angelegenheiten zu regeln«, antwortete Arnoldus hochnäsig und wollte sich erneut abwenden.

»Man wird dich in der Welt gewiss auch in der Kutte respektieren, Bruder. Du kennst unsere Regeln. Bitte kehre um und gewande dich schicklich!«

»Ich trage die Kleidung, die ich für richtig halte – Bruder!«

Noch einmal machte Arnoldus Anstalten zu gehen, aber Melvinius' scharfe Stimme gebot ihm Einhalt.

»Diesen Anzug hast du nicht aus unserer Kleiderkammer erhalten, Arnoldus. Denn alles, was sich darin befindet, ist das Gut des Klosters. Woher stammt es?«

»Es ist ein Geschenk.«

»Mein Bruder, noch heute Morgen wurde das Kapitel fünf der Regel unseres heiligen Augustinus verlesen. Ich will es dir ins Gedächtnis zurückrufen: ›Ein Mitbruder, der von seinen Eltern oder Angehörigen Kleidungsstücke oder andere notwendige Dinge bekommen hat, darf diese nicht heimlich für sich selbst zurückbehalten. Er muss sie dem Oberen zur Verfügung stellen. Einmal gemeinsamer Besitz geworden, soll der Obere diese Dinge demjenigen Bruder geben, der sie nötig hat.‹ Ich möchte ernsthaft bezweifeln, dass unser ehrwürdiger Vater Abt dir diese Ausstattung zur Verfügung gestellt hat.«

Arnoldus war kurzzeitig von einer gewissen Verlegenheit befallen, aber dann besann er sich und giftete zurück: »Was zwischen dem Vater Ignaz und mir vereinbart wurde, geht dich nichts an, Bruder Melvinius. Du hast hier nichts zu sagen. Du bist hier nicht der Obere, auch wenn du als abgehalfterter Abt in diesem Kloster Unterschlupf gefunden und dir verschiedene Privilegien erschlichen hast.«

»Dafür magst du mich halten, Arnoldus. Doch auch wenn deine persönliche Beziehung zu Abt Ignaz eine besondere ist, so werde ich in der nächsten Kapitelversammlung dein unbotmäßiges Verhalten vortragen. Es gehört nun einmal zu meinen Privilegien, dass mein Wort dort ein besonderes Gewicht hat. Die Ordensgemeinschaft wird über diesen Vorfall befinden!«

Irgendwie schien Arnoldus jetzt doch die lodernde Wut des alten Mannes wahrzunehmen. Er machte mit erschrockenem Gesicht auf dem Absatz kehrt und rannte zum Pferdestall.

»Hoppla!«, sagte Diabolo noch mal. »Der Alte hat aber Feuer!« Er putzte mir einmal mit einem Zungenschlapp über die Ohren. »Den Rattensterz hat er vertrieben! Komm, wir gehen eine Runde um die Eibenhecke.«

»Nein, Diabolo, ich muss zu Melvinius.«

»Schoßkätzchen!«

»Und wenn! Er hat sich aufgeregt. Und dann beginnt sein Herz zu flattern.«

Diabolo zuckte mit den Schnurrhaaren und wandte sich ab. Es tat mir ja auch Leid, aber in diesem Fall riefen mich Pflicht und Verantwortung. Ich sprang über die Mauer und lief auf Melvinius zu.

»Kleine, da bist du ja. Einen weiten Spaziergang hast du gemacht.«

Er beugte sich zu mir herunter und streichelte mich mit fester Hand. Ich schnurrte beruhigend auf ihn ein. Das weiße Glühen um ihn war erloschen.

»Ich habe sie hier schon häufiger gesehen, Pater. Kommt, ich helfe Euch aufzustehen!« Meiko war ebenfalls erschienen und stützte Melvinius. »Der Diakon scheint eine ganz schöne Wut im Bauch zu haben. Jetzt peitscht er sein Pferd in den Galopp.«

»Er hat eine von Dämonen gepeinigte Seele.«

»Er ist ein niederträchtiges Schwein!«

»So kann man es auch ausdrücken«, meinte Melvinius, und seine Augen funkelten schon wieder etwas heiterer.

»Geht es Euch gut, Pater? Ihr sollt Euch doch nicht so aufregen.«

»Ja, Meiko. Es ist alles in Ordnung.«

»Womit hat er Euch verärgert?«

»Sieh dir den Gecken doch nur an!«

»Hübsch prunkvoll für einen Mönch. Er scheint über gewisse persönliche Einnahmen zu verfügen. Oder täusche ich mich da?«

Melvinius zuckte mit den Schultern.

»Er behauptet, es seien Geschenke.«

»Großzügig, sein Geber. Seidene Kleider und ein edles Pferd.«

»Ein Pferd auch?«

»So berichtete mir der Schmied. Der Braune, dem er eben so heftig die Peitsche gegeben hat, gehört nicht dem Kloster, sondern ist einzig zu seiner Verfügung im Stall eingestellt.«

Der Pater bekam wieder einen grimmigen Blick, erwiderte aber nichts darauf.

»Soll ich Euch zu Eurer Wohnung begleiten?«, fragte Meiko dann, und Melvinius nickte.

»Das darfst du gerne. Ich muss darüber nachdenken, wie ich mich verhalten soll. Mir gefällt die Art, wie sich Arnoldus aufführt, überhaupt nicht.«

Sie gingen langsam nebeneinander her, und ich folgte ihnen in gebührendem Abstand, jedoch immer so nahe, dass ich ihrer Unterhaltung lauschen konnte.

Meiko verriet dem Pater mit einem Lächeln: »Mirza hat vorhin meine Hütte durchsucht. Sie scheint mir die Entführung aus dem Dorf verziehen zu haben.«

»Sie ist ein freundliches und liebevolles Geschöpf. Aber leider ein wenig verfressen. Ich hoffe, sie ist nicht an deine Vorräte gegangen.«

Eine ungerechte Unterstellung, Melvinius! Verfressen bin ich nie, ich habe höchstens mal einen kleinen Appetit!

»Nein, nein. Ich habe wenig genug davon. Ich esse meist mit dem Gesinde.

»Heute nicht, oder täusche ich mich? Ich habe dich nicht bei den Knechten gesehen.«

»Ich war auf dem Clarenhof, um der Dame Caroline beim Stutzen der Hecken zu helfen.«

»Das war nett von dir, Meiko. Die Dame Caroline hat es nicht immer leicht.«

»Sie ist eine herzliche Frau, und ein kleines Zubrot verdiene ich mir gerne bei ihr.«

Der Hungerlohn des Klosters reizte ihn nicht, wohl

aber ein kleines Zubrot der Dame Caroline? Hatte wohl auch manchmal einen kleinen Appetit, der Meiko.

»Sie ist gutmütig und großzügig, aber nutze es nicht aus, mein Junge. Viel hat sie nicht zu geben, denke ich. Vor allem jetzt, da sie auch noch die Schwestertochter ihres Mannes und deren Nichte aufgenommen hat.«

»Johanna van Heege!« Meiko schnaubte verächtlich. »Sie und Euer sauberer Diakon tummeln sich wie die Stallkatzen in der Apfelscheune.«

»Was?«

»Hab' sie selbst dabei erwischt!«

»Oh!«

»Er ist ein bigotter Schwachkopf, Pater. Und Euer Abt täte gut daran, ihn in seine Schranken zu weisen.«

»Vater Ignaz ist mit Arnold von Bevelands Vater gut befreundet.«

»Vetternwirtschaft also.«

»Der jüngere Sohn, wie üblich. Er hatte bisher den Ruf großer Frömmigkeit aufrechterhalten. Zumindest den Oberen gegenüber, aber mir kam er schon vom ersten Tag, da ich ihm begegnete, scheinheilig vor. Dass er sich mit Frauen vergnügt, ist mir allerdings neu. Obwohl die Frau Johanna sich wirklich aufführt wie eine Katze in der Hitze. Die Dame Caroline kann einem Leid tun.«

»Wohl wahr, die Tante ist ein hitziges Weib und die Nichte ein hohlköpfiges Huhn. Aber Dame Caroline nimmt ihre familiären Verpflichtungen sehr ernst, will mir scheinen.«

»Sie sind alles, was sie an Familie noch hat, Meiko. Ihr Mann, der letzte Ritter von Stommeln, starb schon vor fast achtzehn Jahren. Er hinterließ ihr außer dem Gut kein Vermögen. Der einzige Sohn versuchte nach dem Tod des Vaters wieder zu Geld zu kommen und schloss sich einem Kauffahrer an. Dreizehn Jahre ist es jetzt her, und seit fünf Jahren hat die Mutter nichts mehr von ihm gehört.«

»Das Leben der Kauffahrer ist voller Gefahren. Dennoch besteht immer noch Hoffnung. Nachrichten können gewundene Wege gehen, Briefe vernichtet werden, Boten unzuverlässig sein …«

»Das schon. Doch nun hat sie vor zwei Monaten Kunde davon bekommen, ihr Sohn sei schon vor Jahren von Piraten verschleppt worden. Es gibt wohl kaum Hoffnung, dass er noch am Leben sein könnte. Er war etwa in deinem Alter, Meiko.«

In Melvinius Worten schwang eine unausgesprochene Frage mit, doch der Gärtnerbursche nickte nur, zeigte aber keine Regung.

Sie hatten die Abt-Pforte erreicht und sahen einander an. Ich sprang auf den Fenstersims, um sie besser beobachten zu können.

Melvinius betrachtete Meiko nachdenklich und fügte dann hinzu: »Es gibt keinen Erben für das Gut, wenn er nicht heimkehrt. So hat die Dame Caroline die beiden van Heege aufgenommen. Es heißt, Ermine wird das Anwesen als Mitgift erhalten, wenn sich denn ein standesgemäßer Ehemann findet.« Nach einem weiteren kurzen Schweigen, das Meiko wiederum nicht unterbrach, verriet der Pater dann: »Der Herr von Rommerskirchen scheint sich um sie zu bemühen.«

Seltsamerweise ließ diese Bemerkung in Meikos

Augen ein kurzes Flackern erscheinen. Es erlosch aber sofort wieder, und mit gleichgültiger Miene äußerte er: »Ihn kann man sicher als standesgemäß bezeichnen.«

»Gewiss. Und der Clarenhof wäre eine hübsche Erweiterung für sein eigenes Gut. Nun, man wird sehen.«

Wir sahen aber nichts, denn Melvinius begab sich in die Bibliothek und versank mit Freude wieder in seinen Büchern.

Und ich in den Schlaf.

Am nächsten Morgen hatte ich nicht das Bedürfnis, lange draußen zu bleiben, denn es war noch immer feucht und ein wenig regnerisch. Darum nahm ich den trockenen, bequemen Weg durch Küche und Kreuzgang zur Basilika, um mir die Fortschritte an dem Fresko anzuschauen.

Das vierte Bild näherte sich der Vollendung. Mit Genugtuung bemerkte ich, wie sich die trübe Stimmung der Natur auch in dem Gemälde widerspiegelte. Schwarze und graue Wolken bildeten den Hintergrund zwischen den Säulen, nur ein heller Strahl durchbrach sie, wie ein Blitz im Gewitter. Er beleuchtete die vier Gestalten im Vordergrund. Kristin pinselte mit Hingabe an einem Frauengewand – grün mit einem zierlichen roten Blumenmuster am Saum. Ihre Zunge schaute dabei ein wenig zwischen den Lippen hervor, ganz wie eine Katze, die sich versunken nach dem Putzen dem Wohlgefühl der Reinheit hingab. Ich beobachtete die Malerin an diesem Tag ganz unauffällig. Für eine freundschaftliche Plauderei mit Leckerbissen und Streicheln war später noch Zeit.

Meiko schlenderte in die Basilika, sehr leise, fast lautlos wie auf weichen Pfoten. Kristin bemerkte ihn nicht, ich aber spürte seine Schritte und nahm seinen Geruch wahr. Er hatte der Apfelscheune einen Besuch abgestattet.

Auch er blieb, wie ich, versonnen das Bild betrachtend stehen. Dann aber tat er etwas Ungewöhnliches.

Auf dem Bord, wo Kristin die Farbtöpfe aufgereiht hatte, tauschte er mit geschwinder Hand die beiden Tiegel mit der grünen und der roten Farbe aus. Dann machte er wieder einen Schritt zurück und lehnte sich an eine Säule.

Kristin pinselte weiter, ohne etwas bemerkt zu haben.

Meiko räusperte sich leise und meinte: »Eine düstere Szene, Meister Clemens. Doch nicht ohne Dramatik!«

»Was?… Oh… ach, Meiko, ich habe dich gar nicht gehört.«

»Ihr wart sehr versunken in Eure Kunst. Ich bewundere sie aufrichtig!«

Kristin machte einen Schritt zurück und prüfte das Gemälde mit etwas Abstand.

»Ja, ich denke, diese Licht- und Schattenwirkung ist beeindruckend.«

Sie nahm aus dem Topf mit dem roten Farbpulver eine gewisse Menge und verrührte es in einem Napf mit etwas Wasser. Dann malte sie gewissenhaft das rote Muster weiter.

Meiko wirkte befriedigt. Doch seiner Stimme war nichts anzuhören, als er weiter fragte.

»In Eurem Häuschen in Dellenhofen ist alles in

Ordnung, Meister Clemens? Pater Melvinius trug mir auf, Euch meine Hilfe anzubieten, sollte es etwas zu richten geben.«

»Nein, nein, es steht alles zum Besten, Meiko. Trotzdem danke.«

»Und es gab auch keine weiteren Belästigungen?«

Kristin wandte sich mit fragendem Blick um, und Meiko ergänzte: »Nun, es hieß, es sei bei Euch eingebrochen worden.«

»Ach das. Nein, so etwas ist nicht mehr vorgekommen.«

»Habt Ihr denn wenigstens selbst den Schatz der alten Moen gefunden?«

Er lächelte ein wenig spöttisch.

»Du glaubst auch daran?«

»Warum nicht? Sie war eine alte Frau, sparsam und fleißig. Aber nicht immer muss ein Schatz aus Gold und Münzen bestehen. Vielleicht besaß sie auch wertvolle Dokumente, die ihr einen Anspruch auf etwas bescheinigen.«

»Du hast eine lebhafte Fantasie, Gärtnerbursche. Ich… äh, meine Schwester hat sehr gründlich das Häuschen geputzt. Wenn irgendwo etwas versteckt gewesen wäre, hätten wir es bestimmt gefunden. Und es an der richtigen Stelle abgegeben. Wie es sich gehört, nicht wahr, Meiko?«

»Natürlich. Wie es ehrenwerte Leute machen.«

»Und nicht in einem Korb aus dem Haus geschafft, nicht wahr, Meiko?«

Der Gärtner sah in die blitzenden Augen und schien einen Moment lang verwirrt. Dann lachte er laut auf.

»Oh, das Dorf hat viele Augen. Ja, ja, ich habe am

Todestag der Moen einen Korb mit einem wertvollen Besitz aus dem Haus mitgehen lassen. Das kostbare Gut, mein lieber Meister, sitzt direkt hinter Euch und wartet darauf, gestreichelt zu werden.«

Ich erhob mich also – ›wertvoller Besitz‹ hatte mir geschmeichelt –, um mich Kristin zu nähern.

»Oh!«, meinte sie verdutzt. »Mirza?«

»Ich habe sie mitgenommen, damit sie nicht zur Streunerin würde. Und habe sie Pater Melvinius übergeben, damit sie in der Bibliothek die Mäuse verjagt.«

Jetzt kicherte Kristin auch und streichelte mich.

»Kleiner Schatz!«, murmelte sie mir in die Ohren.

Meiko, der das sehr weibliche Geräusch geflissentlich überhörte, sah zufrieden mit sich aus und verabschiedete sich mit den Worten: »Ich will Euch nun nicht aufhalten, Meister Clemens, es war nur ein wenig Neugierde, die mich hergetrieben hat. Doch besucht später die Apfelscheune. Wir haben frischen Apfelmost gepresst, der Euch und Eurer Schwester sicher munden wird. Nehmt einen Krug oder zwei davon mit.«

»Danke, gerne!«

Kristin nickte, tauchte den Pinsel erneut in die Farbe, und ihre Zungenspitze lugte wieder zwischen den Lippen hervor. Es war aber auch ein sehr kompliziertes Muster.

Ich sah dem Gärtner jedoch lange nach, als er aus der Basilika ging. Offensichtlich hatte er das Verwechseln der roten und grünen Farben vor einer Woche auch bemerkt und seine Schlüsse daraus gezogen. Mit Sicherheit wusste er nun, dass Meister Clemens heute von seiner Schwester vertreten wurde. Aber er hatte nichts gesagt. Erstaunlich.

Mir jedoch brauchte Kristin ja nichts vormachen, und als sie mit dem Kleid der Maria von Magdala fertig war, machten wir beide eine nette Pause. Dann verabschiedete sie sich von mir, weil sie sich wirklich einen Krug Apfelmost holen wollte, und ich mauste ein wenig in der Hecke zur Pferdekoppel.

Daher wurde ich Zeuge, wie der Herr von Rommerskirchen vorbeiritt. Wieder prachtvoll gewandet, der Mann. Er zügelte sein Pferd vor der Kirche und gab es einem der herbeieilenden Stalljungen zum Halten. Ganz als ob er hier zu Hause wäre, spazierte er in die Basilika und rief nach Meister Clemens.

Nun, der war nicht da.

Ich sah ihn wieder herauskommen. Betrübt schien er deshalb jedoch nicht zu sein, sondern er schwang sich wieder in den Sattel und nahm in geschwindem Trab die Straße nach Dellenhofen.

Ich hingegen besann mich meiner Pflichten Melvinius gegenüber und leistete ihm einige Zeit lang Gesellschaft bei seinen Studien. Dabei versuchte ich, meine Erkenntnisse zu Meiko ein wenig zu sortieren. Aber noch immer blieb mir seine Geschichte rätselhaft. Warum trieb er sich ziellos im Wald herum? Warum folgte er Kristin und Clemens? Warum suchte er das Geheimnis der beiden herauszufinden, verriet sie aber nicht? Warum besuchte er so oft die Dame Caroline? War an Melvinius' Vermutung – und die Frage hatte er ja indirekt gestellt – etwas Wahres, er könne der verschollene Sohn der Dame sein?

Dieser Mann war ein Buch mit sieben Siegeln, und ein Kapitel war verwirrender als das nächste.

Ein aufschlussreiches Kapitel

Auch Melvinius war am Fortschreiten der Malerei interessiert. Mich jedenfalls freute es, dass er am folgenden Tag wieder zur Basilika wanderte, obwohl aller Wahrscheinlichkeit nach heute Clemens die Arbeiten übernahm. Die beiden wechselten sich ja einen über den anderen Tag ab.

Daher war ich milde erstaunt, Kristin eifrig pinseln zu sehen.

Eifrig allerdings, aber der Faltenwurf, den sie gerade gestaltete, wirkte zitterig, und ihre Schürze war bekleckerter als sonst.

Als Pater Melvinius sie grüßte, fuhr sie zusammen und ließ den Pinsel fallen. Er streifte meinen Rücken, und sie schlug die Hände vor den Mund.

»Jungfer Kristin, was ist geschehen?«, fragte Melvinius sehr leise. »Ihr seht blass und übernächtigt aus.«

»Es … oh, verzeiht, Pater …«

»Legt Euer Handwerkszeug zusammen, und spaziert mit mir durch die Obstwiesen. Dort wird niemand unseren Gesprächen lauschen. Hier scheint Eure Arbeit heute sowieso nicht besonders erfolgreich zu sein.«

Kristin nickte und legte die Schürze ab.

Ich fühlte die Angst, die sie umgab. Also schlich ich auf leisen Sohlen hinter ihnen her. Erst als wir das Bienenhaus erreicht hatten, begann sie zu sprechen.

»Clemens ist gestern verunglückt.«

»Großer Gott, Kind, was ist ihm geschehen?«

»Er war gestern in unserem Haus, wie immer, wenn ich hier arbeite. Er verlässt dann sein Zimmer nicht, damit es kein Gerede gibt, und stellt die nächsten Vorzeichnungen für das Fresko her. Es ... es ist jemand ins Haus gekommen. Er hat es zunächst nicht mitbekommen, weil er vertieft in seine Arbeit war. Aber dann ist er aufgestanden und wollte zum Herd gehen. Da hat ihn jemand hinterrücks niedergeschlagen. Als ich nach Hause kam, lag er mit einer blutenden Kopfwunde vor der Feuerstelle. Ich ... ich dachte, er sei tot!«

Kristin unterdrückte ein Schluchzen, aber ihre Hände zitterten, und ich schlich mich an ihr Bein, um mich daran zu drücken.

»Heilige Mutter Maria. Wer tat das?«

»Er hat ihn nicht gesehen.«

»Demnach ist er also zumindest wieder aufgewacht.«

»Ja, ich habe mit kaltem Wasser sein Gesicht gewaschen und versucht, ihn aufzusetzen. Da kam er wieder zu sich. Aber er hatte erbärmliche Kopfschmerzen. Es flimmert ihm vor den Augen, und er muss liegen, weil ihm so schwindelig ist.«

»Ein schwerer Schlag auf den Kopf zeitigt solche Beschwerden. Aber das mag bald vorübergehen. Wir werden den Infirmarius um ein Mittel bitten.«

»Ich kann so nicht ...« Kristin wies auf ihre Männerkleidung.

»Dann werde ich mich darum kümmern, Kind. Ist sonst noch etwas geschehen?«

»Das ganze Haus wurde durchwühlt.«

»Wie schon einmal?«

Kristin nickte.

»Haben die Nachbarn nichts bemerkt?«

»Es war Markttag. Dann ist das Dorf immer wie ausgestorben. Wohl die beste Zeit, um einen Einbruch zu wagen.«

Melvinius nickte.

»Ist etwas gestohlen worden?«

»Nein... obwohl ich gestern nicht sehr gründlich nachgeschaut habe.«

»Glaubt Ihr, es war wieder der Mattes, der nach dem Schatz sucht?«

»Vielleicht. Aber... es gibt noch andere, die sich für die Habseligkeiten der Moen interessieren, Pater.«

»Und wer sollte das sein?«

»Der Gärtnerbursche Meiko. Er kam gestern in der Kirche vorbei und stellte ein paar komische Fragen. Nach wertvollen Dokumenten, die die Moen vielleicht besessen hat.«

»Dokumente? So so. Aber das beweist nichts, Jungfer Kristin.«

»Er kam mir aber von Dellenhofen entgegen, als ich gestern Abend nach Hause ging.«

»Gewiss von Dellenhofen?«

»Nun, auf der Straße, die in diese Richtung führt.«

»Ich werde ihn fragen, was er dort getan hat, Jungfer Kristin. Es mag einen ganz harmlosen Grund haben.«

»Pater, Ihr wisst selbst, dass der Gärtner ein Geheimnis hütet. Was, wenn er ein Mörder und Dieb ist?«

»Je nun ... Ihr habt sicher Recht, wir wissen nichts von ihm. Ich habe nur mein Gefühl. Und das sagt mir, er ist kein Mörder oder Dieb.«

Kristin senkte den Kopf. Sie schien in sich hineinzulauschen. Dann sah sie wieder auf.

»Nein, wahrscheinlich nicht. Mein Gefühl ... dennoch, Pater Melvinius, fragt ihn, wo er gestern war. Man weiß nie.«

»Nein, man weiß nie! Nun geht zurück an Eure Arbeit und beendet, was heute noch beendet werden muss. Ich hole eine Arznei von unserem Infirmarius und bringe sie Euch. Danach geht Ihr nach Hause und pflegt Meister Clemens. So eilig kann es mit der Fertigstellung des Gemäldes nicht sein.«

Kristin lächelte den Pater an und schien ein wenig beruhigter zu sein.

»Ihr seid gut zu mir. Pater.«

»Ihr seid ein gutes Kind, Kristin.«

Fand ich auch und drückte mich noch einmal an sie. Dann begleitete ich Melvinius zum Hospiz. Dort bog ich jedoch ab in Richtung Räucherhaus.

Das rauchende Feuer war ausgegangen, und die Fische darin kühlten langsam ab.

Die hölzerne Tür war zwar ein wenig schwer zu öffnen, aber wo ein Wille ist, findet sich auch ein Einschlupf.

Es war ein Fest!

Dann an den Waldrand. Den Bauch knapp über den Erdboden geschleift.

Für Raguna war ich wohl ein bisschen spät dran. Sie hatte eine Weile auf ihrem Stein gesessen, aber ihre Fährte verlief sich dann im Dickicht. Ich folgte ihr nicht. Sie hatte, wie jede Katze, ein Recht auf ihr Privatleben. Stattdessen streunte ich ein wenig durch das Unterholz, in der vagen Hoffnung, die Quelle zu finden, an der einst die schöne Fee saß.

Fand sie aber nicht.

Dafür entdeckte ich Jehan und Meiko.

Und das war noch ein Fest.

Denn es brachte endlich Licht in die Angelegenheit.

Jehan trug ein adrettes grünes Wams, feine Stiefel und lederne Hosen. Seine lockigen Haare waren im Nacken zusammengebunden und schimmerten wie reifer Weizen. Ein hübscher Bursche, der Kleine. Er führte wieder sein kräftiges Pferdchen am Zügel und lächelte erfreut, als der Gärtner den schmalen Wildpfad entlang schritt. Der aber hatte seine grobe Arbeitskleidung an und trug wieder einen Stoppelbart.

»Papa!«, rief Jehan glücklich. »*Mon père*!«

Aha! So war das also!

»Jehan!« Meikos Stimme klang vorwurfsvoll. »Nicht, mein Junge!«

»Hier hören uns nur die Eichhörnchen und die Füchse, Papa.«

»Nein, Jehan, hier haben auch die Bäume Ohren. Ich bin Meiko für dich.«

»Wie Ihr wünscht, Papa.«

»Jehan!«

Der Junge hatte ein spitzbübisches Lächeln im Gesicht.

»Na gut, dann will ich dir gehorchen, Bursche!«

Jetzt musste auch Meiko lachen und zauste dem Jungen die Haare.

»So respektlos darfst du nun auch wieder nicht sein. Immerhin bin ich ein ehrenwerter Klostergärtner, nicht wahr?«

Jehan schlang die Zügel des Pferdchens um einen jungen Baum, und die beiden suchten sich einen umgestürzten Baumstamm, um sich niederzulassen. Ich sprang hinter ihnen auf einen niedrigen Ast und wurde unsichtbar. Wie gesagt, ich mag nicht, wenn man meine Neugierde entdeckt. Aber neugierig war ich bis kurz vor dem Zerreißen.

»Wie steht es im Clarenhof, Junge?«

»Das hohlköpfige Huhn Ermine kam vorgestern mit roten Backen und verklärten Augen nach Hause. Sie war in Rommerskirchen.«

»Schön für sie.«

»Aber nicht für mich. Sie schnatterte in einem fort von Hochzeit.«

»Schnattern haben Hühner so an sich.«

Jehan kicherte.

»Der Arnoldus war bei uns. Dame Caroline mag ihn nicht, aber sie ist immer höflich zu ihm.«

»Sollte ich daraus schließen, dass du es nicht bist?«

»Ähm … nicht immer.«

»Was hast du angestellt, Sohn?«

»Es hingen da ein paar Hagebutten am Strauch …«

»Ach ja?«

»Die Körner sind irgendwie unter seine Kutte geraten …«

»Ach ja?«

»Während er seine Beziehung zu Frau Johanna … äh … vertiefte.«

»Ach ja?«

»Es sah später aus, als habe er die Krätze.«

»Ach ja.«

Meiko grinste.

Ich auch.

Aber dann wurde Jehan ernst.

»Wie lange willst du noch warten, Meiko? Wir sind jetzt schon sechs Wochen hier, und du hast noch nichts unternommen.«

»Jehan, erst einmal musste ich ja der Gärtnerbursche werden. Und es ist nicht so, dass ich nichts unternommen habe. Doch du weißt ja, es gibt unerwartete Schwierigkeiten.«

»Ja, die Moen.«

»Richtig, die Moen. Gott sei ihrer Seele gnädig. Sie hat just am falschen Tag die Welt verlassen. Sonst wäre es leichter für uns gewesen. Jetzt muss ich es langsamer angehen lassen. Unglücklicherweise hat man ihre Hütte an den Malermeister verpachtet.«

»Die Kristin ist eine artige Jungfer, nicht? Und sehr hübsch!«

»Das ist sie wohl. Dennoch – plaudere nicht zu viel aus, Junge.«

»Nein, ich bin vorsichtig.«

»Das bist du wohl, aber ich weiß auch, dass du ein junger Mann von schnellem Temperament bist, und wenn dich etwas bewegt, vergisst du jede Verstellung. Im Zorn wie in Zuneigung.«

Jehan senkte betroffen die Lider.

»Immerhin, Jehan, ganz untätig war ich nicht. Ich habe versucht, mit dem Advocatus meines Vaters, dem Hermann Kerpen, Kontakt aufzunehmen. Gestern. Er wohnt in Dormagen, aber unglücklicherweise ist er derzeit bei einem Treffen auf der Feste Zons und wird erst in zwei Wochen zurück erwartet.«

»Noch zwei Wochen. Ach, Papa, es dauert mich, dass Ihr unter solch ärmlichen Bedingungen leben müsst.«

Jehan sagte es sehr leise, und Meiko legte ihm tröstend den Arm um die schmalen Schultern.

»Mein Sohn, es ist eine geringe Unannehmlichkeit. Ich habe schon in viel, viel ärmlicheren Unterkünften gelebt und viel schwerer arbeiten müssen. Hier brauche ich nicht zu hungern und mich von keinem kaltherzigen Kapitän schinden zu lassen. Die Brüder sind langmütig, ich kann mir meine Zeit einteilen und mich um das kümmern, was ich für wichtig erachte. Ich für meinen Teil kann diesen Zustand noch eine Weile ertragen. Aber du bist ungeduldig. Es tut mir Leid, wenn es dir bei der Dame Caroline nicht gefällt.«

»Es gefällt mir sogar sehr gut dort. Wenn Ihr es nur aushalten könnt, so will ich auch Geduld haben, Papa.«

»Ein wenig noch. Ich verspreche dir, bis zum Christfest ist alles geregelt. So oder so.«

»Gut. Ich werde meine Zunge hüten und Euch nicht erkennen, wenn ich Euch treffe. Das ist es, was mir eigentlich am schwersten fällt.«

Meiko drückte den Jungen an sich und lächelte ihn an.

»Nimm dich dennoch in Acht. Vor allem, wenn du mit der Jungfer Kristin und dem Pater Melvinius zusammen bist.«

»Vermuten sie etwas?«

Meiko stieß ein trockenes Lachen aus.

»Ich erinnere Melvinius an einen Mann namens Menard Romarus.«

»Au weia!«

»Und Kristin hat mir entlockt, dass ich einst zur See gefahren bin.«

»Aber mir macht Ihr Vorwürfe, ich vergäße jede Vorsicht, wenn ich von Gefühlen bewegt bin.«

»Frecher Bengel!«

Jehan wich einem spielerischen Faustschlag aus und lachte.

»Wie kommt es eigentlich, dass Pater Melvinius hier im Kloster ist? Seid Ihr nicht auch sprachlos vor Staunen gewesen?«

»Doch, Junge, das war ich. Er ist seit über sechs Jahren hier. Aber es steht dem Gärtnerburschen natürlich nicht an, ihn zu fragen, warum er seine Heimat verlassen hat.«

Jehan starrte eine Weile ins Grün. Meiko schwieg ebenfalls und beobachtete ihn mit einem liebevollen Blick. Nachdem der Junge eine Weile seinen Gedanken nachgehangen hatte, erzählte er: »Sie haben damals viel getuschelt. Ich war noch zu klein, um zu verstehen, was sie meinten. Es schien etwas mit einer wirren Fantasie zu tun zu haben. Das ist das Einzige, was ich behalten habe. Es hieß, der Abbé von Beauport sei besessen und treibe sich Tag und Nacht in den Wäldern herum, um die Herrin der Quelle zu suchen. Pater Melvinius war doch Abt in Beauport, nicht wahr?«

»Ja, Melvinius de Penthièvre war Abt dieses Klosters. Er ist ein nüchterner Mann, der Pater. Ich kann ihn mir nicht als Besessenen oder geistig Verwirrten vorstellen. Aber gewiss ist etwas geschehen, das ihn bewogen hat, hierher zu kommen. Möglicherweise auch nur böse Gerüchte.«

»Oder die Herrin an der Quelle?«

»Jehan?«

»Nun, es gibt doch auch hier eine Geschichte von einer Fee, die die Quelle bewacht. Kennt Ihr sie nicht?«

»Doch, natürlich kenne ich die Mär. Ich habe auf meinen Reisen festgestellt, dass es an vielen Stellen dieser Welt solche Geschichten gibt.«

»Papa – könnte dann nicht etwas Wahres daran sein?«

Der Ast, auf dem ich saß, zitterte und bebte unter mir.

»Nein, mein Junge. Es sind Hirngespinste.«

»Sicher? Aber es gibt doch das Amulett, oder?« Meiko stieß wieder ein verächtliches Schnauben aus. Jehan aber ließ nicht locker: »Du hast mir selbst einmal erzählt, dass du es gesehen hast.«

»Das Haar Mariens, meinst du das?«

»Natürlich. Könnte es nicht das Feenhaar sein?«

»Mein Sohn, das ist purer, reiner Aberglaube.«

»Aber es heißt, es schützt seinen Träger.«

»Es ist ein hübscher Stein. Und genau so wirkungslos wie die Splitter von der Wiege Christi, die Fingerknöchelchen des Heiligen Martin oder ein noch so hübsch geschriebener Ablassbrief.«

»Ihr glaubt auch nicht an die Wirkung der Reliquien. Ich weiß. Warum eigentlich nicht? Alle anderen tun es.«

»Nicht alle, nein. Denn schau, Jehan, wenn man alle

Splitter der Wiege Christi zusammensetzen würde, die es so gibt, dann würde man in dieser Wiege einen jungen Riesen schaukeln können. Und ich kenne so viele Fingerknöchelchen Martins, dass der arme Mann mindesten sechzehn Finger an jeder Hand gehabt haben muss.«

Jehan gluckste.

»Und glaubst du wirklich, ein von Menschen verfasstes Schreiben, das die Freistellung von fünf Monaten Fegefeuer bestätigt, wird dir irgendetwas helfen, wenn deine Seele zum Himmel aufsteigt?«

»Meine Seele wird schwerlich einen Fetzen Papier mit sich führen. Da habt ihr gewiss Recht, Papa.«

»Siehst du.«

»Aber warum machen die Leute das denn?«

»Ablassbriefe kaufen? Weil man ihnen Angst macht. Und ihnen damit das Geld aus der Tasche ziehen kann.«

»Ist das nicht Betrug?«

»Doch, das ist es. Und das zu sagen ist Ketzerei. Ich handle unverantwortlich, dass ich dir solche Ideen eingebe, Jehan. Es kann dich in Gefahr bringen.«

»Nein, Papa. Ich bin wegen der Ablasszettel schon von alleine auf ähnliche Gedanken gekommen. Aber ich spreche mit niemandem darüber.«

»Das ist gut so, mein Junge.«

»Aber das Feenhaar …«

Meiko lachte leise auf.

»Na gut, das Feenhaar. Oder das Haar Mariens – was ist damit?«

»Hat das nicht Eure Mutter besessen? Die Dame Caroline meinte es.«

Ich zuckte auf meinem Ast zusammen und wäre beinahe abgestürzt. Meikos Mutter besaß ein Feenhaar? Meine Pfoten kribbelten, und mein Schwanz machte alle Anstalten, wie ein Quirl in der Hand eines Suppenkochs herumzuwirbeln. Ich gebot ihm mit aller Macht Ruhe.

»Meine Mutter hat alle möglichen Amulette und Reliquien und Ablässe gesammelt. Sie war eine leichtgläubige und törichte Person.«

Es klang bitter, was Meiko da äußerte.

»Ja, aber … auch das Haar?«

»Ja, auch das Haar.«

»Wo ist es jetzt?«

»Keine Ahnung, mein Sohn. Wahrscheinlich in ihrem Grab.«

»Nein!«

»Sag nur, du bist genauso besessen von diesem Amulett?«

Jehan druckste ein bisschen herum, dann meinte er: »Wenn es wieder der Quelle zurückgegeben wird …«

»Ich kenne die Geschichte.«

Leise und ein wenig traurig stellte Jehan fest: »Du glaubst an gar nichts, Papa.«

»Nicht an solche Dinge.«

»Auch nicht an Gott?«

»Jehan, mir hat man zu glauben befohlen, Gott sei ein Erbsen zählender Greis, der den Leuten unter die Bettdecke schaut und ihre Sünden auflistet. Er hat damit mein Vertrauen nicht gewonnen.«

»Nein, das geht auch nicht.«

»Meine Mutter sah ihn als einen Wunder wirkenden Zauberer, den man durch Bezahlung dazu bringen kann, die eigenen, selbstsüchtigen Wünsche zu erfüllen. Das war mir dann doch zu simpel.«

Jehan bekam wieder diesen gedankenschweren Blick, und wieder beobachtete Meiko ihn, während ein kleines Lächeln sich in seinen Mundwinkeln einnistete.

»Und die Seeleute glauben, ein Gebet zu ihm wird ihnen guten Wind und reichen Fang schicken. Papa, mir will scheinen, jeder glaubt an den Gott, wie er ihn selbst gerne hätte.«

Ein verblüfftes Lachen entfuhr Meiko.

»Hast du etwa häretische Schriften gelesen, mein Sohn?«

»Ich? Nein. Ich denke nur nach.«

»Es sind erstaunliche Gedanken, die du dir da machst. Gott erscheint in vielen Gestalten. Da magst du nicht ganz falsch liegen. Pater Melvinius beispielsweise glaubt an einen weisen, allwissenden Gott, der die Welt nach seinem wohl durchdachten Plan geschaffen hat, in dem alles seinen Platz hat. Diakon Arnoldus hingegen sieht in ihm den strafenden Rächer, der jeden Verstoß ahndet und dessen forschendem Auge man sich tunlichst entziehen sollte, wenn man sich seiner kleinen Sünden hingibt. Und du, mein Junge?«

Wie ein Pfeil von der Sehne schnellte Jehans Antwort von seinen Lippen.

»Er ist wie ein gerechter Vater, der seine Kinder liebt und ihnen den Unfug verzeiht, den sie dann und wann machen.«

Meiko lachte laut auf und drückte Jehan fest an sich.

»Das ist eine wunderbare Vorstellung, Jehan. Halt an ihr fest.«

»Und Ihr, mein Vater?«

»Ich glaube nichts.«

»Und ich glaube nicht, dass Er nichts ist.«

»Wie kann ein dreizehnjähriger Junge seinen leiblichen Vater nur so in die Enge treiben.«

»Entschuldigt. Ich bin nur neugierig.«

»Ich werde dir irgendwann eine Antwort geben. Aber höre, die Glocken rufen schon zur Sext, es wird Zeit für mich, meiner Arbeit nachzugehen. Und die Dame Caroline wird sich Sorgen machen, wenn du so lange ausbleibst.«

»Treffen wir uns morgen wieder?«

»Nein, mein Sohn. Es ist zu gefährlich. Warte, bis ich wieder auf den Clarenhof komme.«

»Na gut.«

Meiko nahm seinen Sohn noch einmal in die Arme, sah dann zu, wie er sein Pferdchen bestieg und es behutsam durch den Wald leitete. Er folgte ihm langsam.

Ich blieb noch einen Moment auf meinem Ast sitzen und versuchte, das Gehörte zu verdauen. Sie waren Vater und Sohn. Menschen wissen offensichtlich, wer ihre Mutter geschwängert hat, Katzen haben da so ihre Probleme. Wir kennen unsere Mutter. Aber selbst ein gemeinsamer Wurf kann von verschiedenen Katern stammen. Vielleicht ist das auch der Grund, warum uns die Vorstellung eines Gottvaters ziemlich absurd vorkommt. Meiko schien allerdings eine recht kätzische Einstellung zu haben, zumindest in dieser Angelegenheit. Hingegen – was das Feenhaar anbelangte, unterlag er gewiss einem Irrtum.

Wunder gibt es nämlich.

Nicht ständig.

Aber manchmal.

Und Feen auch!

Es begann zu nieseln. Langsam und nachdenklich kehrte ich ins Klostergebiet zurück und kam in meiner Unaufmerksamkeit tatsächlich Laus und Wanze in die Quere.

Kurzes Geplänkel, ein paar hässliche Schimpfworte.

Hastiger Rückzug meinerseits.

Schnurstracks ins Räucherhaus.

Wanze warf sich an die Tür.

Sie fiel zu und ließ sich von innen nicht mehr bewegen.

Feuchtes Holz ist eben dicker als trockenes Holz.

Ich saß zusammen mit einem Haufen toter Fische gefangen.

Rattenpisse!

Na gut, man muss das Beste aus seiner Lage machen. Erst mal war es noch einigermaßen warm, es war trocken, es roch gut, und Futter war auch greifbar. Ich war rechtschaffen müde von meinem vormittäglichen Ausflug, rollte mich also ergeben zusammen und versank in die Welt der Träume.

Später hörte ich dicke Regentropfen auf das Dach plätschern, naschte einen halben Fisch und döste bei dem angenehmen Geräusch wieder ein.

In heller Panik wachte ich auf.

Melvinius würde mich vermissen!

Er würde Angst um mich haben, und sein Herz würde holpern und stolpern.

Ich musste hier raus!

Splitter flogen vom Holz der Tür, als ich wie wild daran kratzte.

Ich schrie auch, was das Zeug hielt.

Musste eine Pause machen.

Dann ein neuer Angriff auf die Tür.

Kreischen!

Die Tür flog auf, und ich schoss an Meiko vorbei in den pladdernden Regen.

Erst da erkannte ich Melvinius, der neben ihm stand.

Halt und zurück.

Dicht an des Paters Beine schmiegen.

Er hob mich hoch.

Sein Herz polterte etwas, aber nicht zu schlimm.

Meiko machte dumme Bemerkungen.

»Habe ich Euch doch gesagt, diese Katze findet immer einen gemütlichen Unterschlupf. Ich werde ein festes Schloss an der Tür der Räucherkammer anbringen müssen, damit Ihr und Eure Brüder überhaupt noch etwas von den Fischen abbekommt!«

»Tu das. Dennoch bin ich froh, sie wieder zu haben, Meiko. Was sind schon ein paar Fische.«

»Ihr hängt sehr an ihr.«

»Ja.«

»Nun, Ihr habt sie wieder, und ich begleite Euch zurück zum Kloster. Ihr seid völlig durchnässt, Pater, und es weht ein scheußlich kühler Wind. Trocknet Euch gut ab, und lasst Euch von Yvain einen heißen Wein zubereiten. Sonst erkältet Ihr Euch.«

Melvinius lachte leise auf.

»Warum kümmerst du dich so um mein Wohlbefinden, Meiko?«

»Nennt es meine Christenpflicht!«

»Gerade diese Wort hätte ich von dir nicht erwartet.«

»Sondern?«

»Deine humanistische Ethik!«

»Pater, woher sollte ein Gärtnerbursche solche hochtrabenden Worte kennen?«

»Wenn er doch in meiner Bibliothek die Werke des Agricola und Petrarca liest ...«

Meiko hüstelte verlegen.

»Nun, ich habe nichts gesehen und werde darüber kein Wort verlieren. Aber solltest du dich einmal nach einer – sagen wir – Disputation über bestimmte Themen sehnen, wirst du bei mir ein offenes Ohr finden, Meiko.«

»Danke, Pater. Und nun ab in Wärme und Trockenheit mit Euch.«

Den ganzen Weg über war ich an Melvinius' Brust gedrückt worden, jetzt war ich froh, wieder auf meinen eigenen Pfoten zu stehen. Yvain kam sofort herbeigeeilt, um sich seines Herrn fürsorglich anzunehmen und sogar mir mein Abendmahl zu bereiten.

Es gab geräucherte Forelle.

Ich lehnte dankend ab.

Das Kapitel Fisch war für mich erst einmal beendet.

Ein verräterisches Kapitel

Alle Fürsorge und Pflege halfen nichts. Als der Morgen graute, wurde Melvinius von starken Gliederschmerzen geplagt und hatte eine laufende Nase. Ich tat, was ich konnte, um ihn zu wärmen, und rollte mich zu einem schnurrenden Kringel um seinen Kopf.

Später kam Yvain und befahl seinem Herrn, ja im Bett zu bleiben. Melvinius murrte zwar, gehorchte aber, nachdem er nur mit Mühe in seine Heimlichkeit schwanken konnte, um seine Morgentoilette vorzunehmen. Er schien erleichtert zu sein, wieder unter die warmen Decken schlüpfen zu können.

Ich machte nur einen ganz kurzen Rundgang. Nach einer verregneten Nacht, die die Wege aufgeweicht hatte und es von den Blättern tropfen ließ, war das Mausen in der Hecke zwar erfolgreich, aber machte mich nicht glücklich.

Als ich zurückkam, fand ich Meiko an Pater Melvinius' Lager vor. Mit heiserer Stimme bat er ihn gerade: »Und darum, mein Junge, kümmere dich ein wenig um die Jungfer Kristin.«

»Ihr verratet mir kein Geheimnis, Pater. Ich habe es auch schon herausgefunden. Meister Clemens ist farbenblind, nicht wahr? Sie trägt eine Verkleidung, und beide wechseln sich in der Arbeit ab. Als Zwillinge fällt ihnen das erstaunlich leicht.«

»So ist es.«

»Ich werde sehen, was ich tun kann. Macht Euch keine so großen Sorgen, Pater. Auch um die Kleine hier kümmere ich mich!«

Er fuhr mir mit fester, rauer Hand über den Rücken, was sich nicht unangenehm anfühlte. Ich sagte: »Mirrrrip!« zu ihm, um anzudeuten, wie sehr ich das schätzte. Er verstand und streichelte noch einmal.

Kein ganz ungeratener Kerl.

War das humanistische Ethik? – Ich hätte es schlichte Zuneigung genannt.

Dann aber ergab sich eine lästige Veränderung in meinen Lebensumständen.

Der Infirmarius kam vorbei, sah die Klappe am Fenster und stellte fest, dass die Zugluft schädlich für den Kranken sei. Die Klappe wurde kurze Zeit später trotz Melvinius' schwachen Protestes mit einem Brett vernagelt, und ich fand gerade noch eine Möglichkeit, durch die Tür nach draußen zu schlüpfen.

Obdachlos irrte ich nun umher.

Wenigstens hatte es aufgehört zu regnen, und meine Schnurrhaare gaben mir zu verstehen, dass uns eine Periode schönen, ruhigen Herbstwetters bevorstand.

Auf befestigten Wegen wanderte ich zur Basilika, um mit Kristin zu plaudern. Vielleicht konnte ich sie ja mit ein paar eleganten Posen davon überzeugen, noch ein weiteres Bild von mir auf die Wand zu pinseln.

Sie war dabei, Farbpulver herzustellen. Es staubte gelb, und sie hatte sich ein Tuch vor Nase und Mund gebunden. Ich kam etwas näher und wollte an dem Zeug riechen, als sie mich sah und hastig den Mörser fortzog.

»Oh, Mirza. Vorsicht. Das ist giftiges Auripigment. Daran darfst du nicht schnüffeln.«

Sie sah mich so warnend an, dass ich einen Schritt rückwärts machte. Na gut, so interessant war das auch wieder nicht. Ich beobachtete sie aus sicherer Entfernung. Die Arbeit von gestern war vollbracht, der blutende Leichnam lag zwischen den drei weinenden Frauen. Die linke von ihnen war noch unvollendet.

Kristin stellte die gefüllten Farbtöpfe in die gewohnte Reihenfolge und zog einen Eimer mit Kalk zu sich. Bei dem Blick in das Wasserschaff seufzte sie. Es war leer. Sie sah sich nach dem Krug um, als die Tür aufging und Meiko einen Eimer heranschleppte.

»Ich dachte, ich bringe Euch schon mal das Wasser, Meister Clemens.«

»Oh, danke. Ich wollte gerade zum Brunnen.«

Sie schöpfte mit der Kelle eine bestimmte Menge heraus und rührte den Kalkmörtel an, den sie morgens immer auf der Wand zu verstreichen pflegte. Auch hier nahm ihr Meiko wortlos den Spatel ab und trug die Masse sehr dünn und gleichmäßig auf.

»Hast du heute nichts anderes zu tun?«, fragte sie misstrauisch.

»Ist zu nass, um die Gartenarbeit zu machen.«

Noch immer misstrauisch, beäugte sie seine Arbeit, gab dann aber zu: »Das machst du gut.«

»Ist nicht die erste Wand, die ich tünche!«

»Schön, dann rühre ich inzwischen die Farben an.«

Mit dem Wasser vermischte sie die Farbpulver, die sie benötigte, und legte die Pinsel bereit. Als Meiko mit dem Putzauftrag fertig war, begann sie mit zügigen Strichen, die Figur zu tönen.

»Ihr arbeitet ja wie gehetzt, Meister Clemens«, bemerkte Meiko mit einem kleinen Lächeln.

»Notgedrungen. Du hast eine große Fläche mit Putz versehen. Sie muss bemalt sein, bevor sie trocken ist.«

»Warum das?«

»Weil sich die Farben mit dem Kalkmörtel verbinden und durch das Trocknen dauerhaft fixiert sind.«

»Das verlangt eine sichere und schnelle Hand!«

»Ganz richtig. Freskenmalerei ist nichts für Zauderer, die lange darüber nachdenken müssen, welche Formen und Farben gewählt werden sollen. Man muss sofort wissen, was notwendig ist.«

»Wohl auch ein Charakterzug desjenigen, der sich dieser Kunst widmet.«

Kristin lächelte vor sich hin.

»Vielleicht.«

»Nun, dann will ich Euch nicht länger stören. Ich bringe noch einen Eimer Wasser, damit Ihr einen Vorrat habt.«

Ich sah ein, dass Kristin mich an diesem Morgen nicht zur Unterhaltung brauchte, und suchte den Weg in den Kreuzgang. Ja, die Sonne war hervorgekommen, und es gab ein paar lauschige Plätzchen zwischen den Säulen, in denen man die Stille genießen und später auch dem Gesang der Mönche lauschen konnte. An den monotonen Singsang hatte ich mich inzwischen gewöhnt, und manchmal machte ich mir sogar die Mühe, den Worten zu lauschen. Heute gefiel mir der Text.

»Du lässt die Wasser in den Tälern quellen,
dass sie zwischen den Bergen dahinfließen,
dass alle Tiere des Feldes trinken
und das Wild seinen Durst lösche.«

So sangen sie, und ich sah das Bild der sprudelnden Quelle vor mir.

»Du feuchtest die Berge von oben her,
du machst das Land voll von Früchten.
Du lässt das Gras wachsen für das Vieh
und Saat zum Nutzen der Menschen.«

Mein Herz war erfüllt von der Schönheit der Bilder, denn sie sangen von ihr. Von der Schönen, die an der Quelle saß und über die Fruchtbarkeit des Landes wachte. Ich träumte ein wenig vor mich hin und schreckte leider auf, als mit Inbrunst gesungen wurde:

»Herr, wie sind deine Werke so groß und viel!
Du hast sie alle weise geordnet,
und die Erde ist voll deiner Güter!«

Wieso Herr? Was schieben sie ihrem Gott da alles unter!

Engelbert schlappte gerade zum rechten Zeitpunkt vorbei.

»Hast du das gehört?«, fragte ich.

»Natürlich. Psalmen. Singen sie doch ständig. Steht in ihrer Regel. ›Wenn ihr in Psalmen und Liedern zu Gott betet, dann sollen die Worte, die ihr aussprecht, auch in eurem Herzen lebendig sein. Haltet euch beim Singen an den Text, und singt nicht, was nicht zum Singen bestimmt ist.‹«

»Also immer dasselbe Zeug. Wie langweilig. Wer hat den Text denn vorgegeben? Auch die Regel?«

»Das Buch, das sie Bibel nennen.«

»Und die glauben alles, was da drin steht?«

»Was sonst?«

»Was wirklich ist.«

»Für die Menschen ist das wirklich.«

Engelbert mochte ja ein Orakel in Klosterregeln und Buchwissen sein, aber von den Menschen verstand er nichts. Von der Wirklichkeit auch nicht. Immerhin war er ein netter alter Fettwanst und lud mich auf ein Häppchen Geschnetzeltes ein.

Zu Pater Melvinius kam ich nun leider nicht ins Zimmer, Kristin war mit Arbeit überhäuft, Diabolo war irgendwo unterwegs, der Wald, in dem Raguna vielleicht anzutreffen war, war mir zu nass, also machte ich einen Abstecher zum Kräutergarten. Dort roch es nach dem Regen und in der wärmenden Sonne besonders köstlich.

Ich gönnte mir einen kleinen Rausch in der Katzenminze.

Dann Würzmaus.

Dann Baldrian.

Dann Schlafen.

»Habe ich mir doch gedacht, dass ich dich hier finde«, stellte Meiko fest. »Jetzt, da Melvinius im Bett liegt. Sie lassen dich nicht zu ihm rein, was?«

Er kraulte mich mit seiner verstümmelten Linken.

»Ist ein bisschen deine Schuld, du verfressene kleine Katze. Er hat dich gestern im Regen lange und verzweifelt gesucht.«

Ganz Unrecht hatte er nicht. Es war zwar weniger die Verfressenheit als die Neugier, aber meine Nachlässigkeit hatte mich in die dumme Lage gebracht, eingesperrt zu werden. Betreten sah ich zu Boden, und mein Schwanz schloss sich klugerweise meiner Meinung an und hing schlaff nach unten.

»Man könnte meinen, du verstehst mich, Mirza. Du siehst ja richtiggehend betroffen aus.«

»Mau.«

»Keine Angst, er kommt schon wieder auf die Beine. Es ist nur eine Erkältung, und er wird ausgezeichnet gepflegt. Wenn du möchtest, kannst du die Nacht in meiner Hütte verbringen. Draußen wird es jetzt schon recht kühl. Aber nicht wieder die Briefe und Geldbörsen unter dem Bett hervorzerren. Davon braucht niemand etwas zu wissen!«

»Mau.«

Nett vorgebrachten Bitten leiste ich natürlich Folgc. In der Regel.

Ich blieb auf der Decke liegen, die er für mich vor dem Herd ausgebreitete hatte. Es war nicht ungemütlich.

Meine Schnurrhaare hatten mich nicht getrogen, der nächste Tag wurde sonnig, nachdem sich der Nebel verzogen hatte. Meiko wühlte im Kräutergarten, schnitt Büschel ab und band sie zusammen, um sie in der Sonne zu trocknen, ganz, wie die Moen es auch getan hatte. Andere vertrocknete Pflanzen grub er aus und warf sie auf einen Haufen.

Ich grub auch ein bisschen.

Aus Verdauungsgründen.

Er hatte den Boden herrlich aufgelockert!

Dann ein kurzer Besuch in der Meierei.

Ein Stückchen Käse lag herrenlos herum.

Nicht lange.

Als die Sonne ihren Höchststand erreicht hatte, wandte ich meine Schritte gen Waldrand. Ein rotes Eichhörnchen lud zum Spiel ein. Nicht, dass ich Eichhörnchen gerne fresse, sie haben so fusselige Schwänze. Aber sie können klettern, und das ist eine gute Übung. Außerdem haben sie einen wunderbar ordinären Wortschatz. Dieses hier schimpfte in allen Tonlagen, während es mich weiter und weiter in den Wald lockte. Ich lernte viel dazu. Die stumme Stella, die wieder sprechen gelernt hatte, war ein Waisenkind dagegen.

Später ruhte ich auf einem bequemen Ast aus und beobachtete von dort oben das Waldgeschehen. Ein Fuchs schnürte vorüber und warf mir einen fragenden Blick zu. Ich hatte kein Interesse an einer Auseinandersetzung und sah geflissentlich weg. Ein paar Waldtauben gurrten auf dem Nachbarbaum, ein junges Wildschwein stöberte mit seiner Nase nach verborgenen Pilzen unter dem Humus und grunzte befriedigt, als es fündig wurde. Es roch nicht besonders frisch. Es entfernte sich im Schweinsgalopp, als Menschenstimmen zu hören waren. Ich spitzte die Ohren.

Kristin, ein Korb mit Pilzen am Arm. Und der Herr von Rommerskirchen. Eine Armbrust über der Schulter.

»Schrecklich, Jungfer. Man kann den Menschen nicht mehr trauen. Wenn Ihr Wohnung bei uns nehmt, wird so ein heimtückischer Überfall nicht vorkommen, das verspreche ich Euch.

»Im Augenblick kann ich Euch nichts zusagen, Herr. Clemens geht es noch nicht besonders gut.«

»Ich verstehe. Er kann vermutlich deshalb in der Basilika nicht weiterarbeiten, und die Fertigstellung verzögert sich.«

Jetzt kamen sie näher, und das Erste, was mir auffiel, war Kristins hochrotes Gesicht. Ihr war offensichtlich gerade klar geworden, dass sie sich böse verplappert hatte.

»Er wird sich bemühen, so schnell wie möglich wieder auf die Beine zu kommen. Er ist sehr pflichtbewusst«, murmelte sie.

Sie blieben unter meinem Baum stehen, und der schöne Sivert hob mit einer Hand Kristins Kinn an.

»Jungfer Kristin, Ihr habt so hübsche rote Wangen. Warum habt Ihr gerade gelogen?«

»Ich … ich habe nicht gelogen.«

»Doch, doch. Soll ich raten? Ihr sucht eine Ausrede, um nicht auf das Gut ziehen zu müssen, nicht wahr?«

»Aber Herr, ich …«

»Gefällt Euch der Gedanke nicht, mit mir unter einem Dach zu wohnen?«

»Das hat damit nichts zu tun.«

Kristin wand sich unbehaglich. Sivert kam noch ein wenig näher.

»Ist Euer Bruder so streng mit Euch? Ihr habt keinen Freund, obwohl Ihr eine so schöne Frau seid, Kristin! Und ich hatte vergangene Woche das Gefühl, Ihr wäret einer kleinen Aufmerksamkeit gegenüber nicht unempfindlich.«

»Herr, den Eindruck wollte ich nicht erwecken.«

»Ihr tatet es aber«, schnurrte Sivert und legte Kristin den Arm um die Hüften.

»Bitte, lasst mich los!«

»Aber warum denn, schöne Kristin? Ihr findet mich doch hoffentlich nicht abstoßend?«

»Herr ...!«

Er beugte sich vor, um mit seinem Mund ihre Lippen zu berühren. Das kannte ich inzwischen, so fing das mit der Paarung an. Aber Kristin war diesem Kater nicht geneigt. Ich fragte mich, warum sie ihn nicht kräftig anfauchte und ihm eins überzog. Sie machte sich lediglich ganz steif in seinen Armen, was das völlig falsche Zeichen war.

»Ihr wollt Euch ein wenig zieren, mein Täubchen?« Sivert packte fester zu und benagte sie noch einmal. Der Korb fiel zu Boden.

Ich spürte eine Veränderung hinter mir. Da war ein Mensch.

Vorsichtig drehte ich mich um und entdeckte zu meinem Erstaunen Meiko, der sich fast so lautlos wie eine Katze angeschlichen hatte. Er hielt sich verborgen hinter einem Baum und verbreitete ungewöhnlich zornige Schwingungen. Das war mehr, als die Kater erzeugten, wenn sie um ein Weibchen balgten. Außerdem vermied er es sorgfältig, sich bemerkbar zu machen. Er schien nachzudenken. Dann bückte er sich und hob zwei Tannenzapfen auf. Den einen warf er nicht weit auf ein Brombeergestrüpp. Es raschelte leise.

Sivert reagierte prompt. Er entfernte seine Lippen von Kristins Mund und lauschte. Da machte Meiko etwas höchst Seltsames, was mich tief beeindruckte.

Er grunzte nämlich wie eine wütende Wildsau. Ich dachte immer, Menschen seien der Tiersprache nicht mächtig. Aber er war ziemlich überzeugend, und die Beleidigung zeugte wahrlich von schweinischer Delikatesse. Dann warf er den zweiten Tannenzapfen. Sivert stieß Kristin von sich und riss sich die Armbrust vom Rücken.

Kristin aber, plötzlich befreit, drehte sich um und rannte los. Sie folgte dem ausgetretenen Pfad, während Sivert ihr verblüfft nachschaute.

Meiko hingegen entfernte sich so lautlos, wie er gekommen war.

Ich folgte ihm ebenfalls lautlos.

Wir holten Kristin am Waldrand ein, wo sie keuchend an einen Stamm lehnte. Längere, schnelle Läufe taten weder Mensch noch Katze gut.

Meiko hingegen schien sein zügiger Schritt nicht anzustrengen, er trat auf sie zu und fragte lässig: »Wieder von einem Luchs gejagt worden, Jungfer Kristin?«

Sie schreckte zusammen und starrte ihn an.

»Ihr seid völlig außer Atem. Es muss ein großes Tier gewesen sein. Ein gefährlicher Kater, Jungfer Kristin?«

»Meiko …«

»Immer zur Stelle, um bedrängte Jungfrauen zu retten.«

»Du spottest.«

»Ein wenig.«

»Was … was hast du gesehen?«

»Den Herrn von Rommerskirchen, Jungfer Kristin. Ihr scheint Euch sehr nahe gekommen zu sein. Ein heimliches Stelldichein im Wald?«

»Es ist ganz anders, als du denkst.«

»Natürlich. Das ist es immer, nicht wahr? Hat Euer Besuch auf dem Gut zu dem gewünschten Erfolg geführt?«

»Ja. Ja, sicher.«

»Den Ihr heute im Wald auskosten wolltet?«

»Meiko, was denkst du von mir?«

»Dass Ihr eine gutgläubige Jungfer seid.«

»Ich sagte doch schon, es ist… Ach, was muss ich mich vor dir rechtfertigen!«

»Richtig, das müsst Ihr nicht. Aber ich will Euch dennoch eine kleine Warnung mitgeben. Der Herr von Rommerskirchen strebt die Ehe mit Ermine van Heege an. Sie wird den Clarenhof zur Mitgift bekommen. Ich fürchte, selbst wenn die Gefühle des Herren Sivert für Euch feuriger sein könnten als für die junge Frau, habt Ihr doch weniger für ihn zu bieten.«

»Ich habe genug für jeden Junker zu bieten!«

Kristin reckte trotzig das Kinn hoch.

»Sicher habt Ihr das. Aber dennoch seid Ihr für einen reichen Gutsherren von der Art des derzeitigen Herrn von Rommerskirchen keine standesgemäße Partie.«

»Meine Familie ist standesgemäß für jeden Gutsherren, und ich habe sogar schon den Antrag eines Adligen abgelehnt.«

»Er war siebenundachtzig, tatterig und senil, nehme ich an. Sonst hättet Ihr mit Freuden zugesagt!«

»Du bist ein missgünstiger Stiesel, Meiko. Was willst du mir eigentlich für Vorschriften machen?«

Sie wollte sich umdrehen und fortgehen, aber er hielt sie am Arm fest.

»Ich wollte Euch nicht böse machen, Kristin.«

Seine Stimme klang plötzlich sehr sanft. »Ich will Euch nur vor einem Fehler bewahren.«

»Ich kann auf mich selbst aufpassen.«

»Ja?«

Er hatte eine geschickte Art, der Gärtnerbursche. Ehe Kristin es sich versah, hatte er sie an sich gezogen, und diesmal sah das Berühren ihrer Lippen sehr zart aus. Es mochte wohl an ihrer Verblüffung gelegen haben, dass sie sich diesmal nicht steif machte, sondern sich nach einer kurzen Weile sogar ein wenig an ihn schmiegte. Aber dann ließ er sie wieder los, schob sie eine Armlänge von sich und meinte mit einem glitzernden Lächeln in seinen Augen: »Schlecht aufgepasst, Jungfer Kristin!«

»Du! Oh, du widerlicher…«

»Dieb, Räuber, Pirat?«

Sie schnaufte, machte sich los und schritt hoch erhobenen Hauptes von dannen.

Meiko folgte ihr nicht, aber seine Blicke blieben an ihrer anmutigen Figur hängen, bis sie die Mauer erreicht hatte und durch das Tor auf die Straße nach Dellenhofen trat.

Dann drehte er sich um und wäre mir fast auf den Schwanz getreten. Ich gab ein warnendes Kreischen von mir.

»Mirza. Du bist aber auch wirklich überall!«

»Mau!«

»Na, hoffen wir, dass die Kristin sich nicht zu viel Hoffnung auf den Sivert gemacht hat. Es wäre schade um ihr Herz, gerade an ihm zu zerbrechen.«

Er riss ein paar Blätter von einem Haselbusch ab und zerfetzte sie mit den Fingern.

»Ich muss meine Angelegenheiten klären, Mirza. Und es scheint, als müsste ich sie schneller klären, als mir lieb ist. Das mit dem Einbruch und dem Überfall auf Clemens will mir nicht gefallen. Was wäre geschehen, wenn Kristin an jenem Tag im Haus gewesen wäre?«

Eine gute Frage, Meiko, dachte ich bei mir. Wer hatte eingebrochen? Wer hatte Clemens niedergeschlagen? Und warum?

Meiko stapfte zu seiner Hütte zurück und rupfte weitere vertrocknete Pflanzen aus. Er wirkte wütend. Der Haufen wurde ziemlich groß.

Wut empfinde ich als unangenehm, darum empfahl ich mich.

Gegen Abend war Meikos Wut dann verflogen, und als ich in der Dämmerung bei ihm vorbeischaute, saß er beim Essen. Er gab mir ein Stück von seiner Fleischpastete ab, die fast noch besser schmeckte als Würzmaus aus dem Kräutergarten. Er hatte mir auch einen Korb für die Decke besorgt, in den ich mich recht gemütlich kuscheln konnte. Es war zwar nicht ganz so behaglich wie in Melvinius' Bett, aber ich wollte nicht klagen.

Meine Sahne bekam ich morgens auch.

Sonntags war immer viel los in der Basilika. Die Bewohner der umliegenden Höfe und Dörfer kamen in ihren guten Kleidern und ziemlich sauber gewaschen zur Messe, eine Angelegenheit, die mit viel Gesang und Weihrauch verbunden war. Anschließend gab es viel Getratsche und Getuschel. Ich hielt mich von derartigen Aufläufen fern, zu leicht wurde man getreten oder in Ecken gedrängt, in die man nicht wollte. Doch ganz konnte ich mir die Sache natürlich nicht entgehen lassen, darum setzte ich mich auf mein Lieblingsplätzchen im Kreuzgang und sonnte mich.

Und dort traf mich die Offenbarung.

Diakon Arnoldus und Johanna van Heege hatten sich von der Menge getrennt und wanderten traulich Seite an Seite durch den Säulengang. Sie sprachen leise miteinander, was auf Heimlichkeiten schließen ließ. Ich verschmolz mit den Schatten und stellte meine Ohren auf.

»Der Junge ist sein Sohn, Arnold. Stell dir das nur vor.«

»Sein Sohn? Er hat einen Sohn? Das ist ja entsetzlich!«

»Du sagst es. Einen Sohn und Erben.«

»Wie habt ihr es herausgefunden?«

»Ermine hat mitbekommen, wie Jehan mit der Dame Caroline über seinen Vater sprach. Er hat sehr schöne kindliche Gefühle, der Bengel. Ihm tut Papa Leid, weil er hier als schmuddeliger Gärtnerbursche arbeiten muss, statt in Samt und Seide im Herrenhaus zu residieren. Aber ich denke, der Junge tut sich nur selber Leid. Meinhard hat anscheinend ein ziemliches Vermögen erworben.«

»Herr im Himmel, was denn sonst noch? Verdammt, wir dachten, er sei tot, irgendwann auf seinen abenteuerlichen Fahrten ersoffen, vom Hai gefressen oder von den Heiden aufgespießt. Und dann taucht er hier wieder auf und spielt uns diese Komödie vor! Warum nur?«

»Er wird seine Gründe haben. Wäre es nicht denkbar, dass er einen hinterhältigen Weg sucht, sich das Gut anzueignen?«

»Einen hinterhältigen, ja. Das erklärt die Verkleidung, Johanna. Denn der gerade Weg ist ihm ja zum Glück gründlich verbaut.«

»Er bleibt es doch hoffentlich. Bisher hat niemand angezweifelt, dass Sivert der rechtmäßige Herr des Gutes ist.«

»Dennoch, Vorsicht ist geboten. Sivert nannte Meinhard schon immer einen verschlagen Heimtücker. Er wird ihm mit Sicherheit Ärger machen.«

Ich hätte vor Aufregung fast angefangen zu hecheln wie ein abgehetzter Köter. Meiko war nicht nur Menard, der Fischer, sondern auch Meinhard, ein reicher Mann. Und es verband ihn etwas mit Sivert von Rommerskirchen. Mäusesteiß und Rattenhintern – das war allerhand. Der Katzenhasser Arnoldus hatte sich offensichtlich auf Siverts Seite geschlagen. Da ich dem jedmögliche Boshaftigkeit zutraute, gab ich mir gewaltige Mühe, zu verstehen, was er weiter zu sagen hatte.

»Es wäre auch ein Ärgernis für Ermine. Sivert wird sich bald erklären, habe ich den Eindruck.«

Arnoldus gab ein hässliches Lachen von sich.

»Wenn nichts daraus wird, hättest du keinen Anspruch mehr auf Wohnung im Herrenhaus von Rommerskirchen.«

Johanna giftete zurück: »Deine bequeme Stelle könnte auch in Gefahr geraten. Keine Jagden, keine Gelage, keine nächtlichen Kartenspiele, keine gefüllte Börse ...«

»Wir müssen nachdenken, Johanna.«

»Und zwar schleunigst. Bevor er etwas in die Wege leitet. Oder glaubst du, er hat schon etwas unternommen?«

»Er hat sich mit dem Maler und seiner Schwester angefreundet, scheint es.«

»Das ist uninteressant.«

»Ist es nicht, denn die bewohnen jetzt das Haus seiner alten Kinderfrau, der Moen. Sivert hatte seit einiger Zeit den Verdacht, dass sie seit dem Tod seines Vaters irgendetwas zu verbergen hatte. Es ging, nachdem sie gestorben war, das Gemunkel los, sie habe einen Schatz besessen. Welcher Art der auch immer war.«

»Die Moen ist tot. Sie hat Meinhard nichts mehr übergeben oder verraten können.«

»Vielleicht. Vielleicht aber doch. Briefe, Dokumente, was weiß ich, was sie sich unter den Nagel gerissen hat. Mit Siverts Vater hat sie mehr verbunden, als schicklich sein kann.«

»Man sollte ihn aus dem Weg schaffen!«, knurrte Johanna vor sich hin.

»Das wäre das Bequemste, da stimme ich dir zu. Aber ein Mann wie Meinhard, der sechzehn Jahre zur See gefahren ist und überlebt hat, wird sich als ein zäher Brocken erweisen.«

Die beiden standen nebeneinander, und es umgab sie eine Wolke brütenden Hasses. Mir stellten sich die Rückenhaare auf.

»Man könnte ihn vergiften«, flüsterte Johanna. »Wenn er schon mit diesem Malergesindel zusammen ist, kann man den Verdacht auf sie lenken. Einige dieser Farbpulver sind geradezu tödlich giftig!«

Stimmt, hatte Kristin mich vorgestern nicht selbst vor dem gelben Auripigment gewarnt? – Dieses Rattenhirn von einem Weib, diese Johanna.

Arnoldus hingegen grunzte nur unwillig.

»Gift! Warum denken Frauen nur immer an Gift?«

»Wenn dir was Besseres einfällt…«

In diesem Moment öffnete sich die Tür zur Kirche, ein Schwall Weihrauchduft durchzog den Kreuzgang, und der Abt, gefolgt von zwei Mönchen, betrat den Säulengang. Arnoldus und Johanna fuhren auseinander und gaben sich den Anschein tiefster Kontemplation.

Abt Ignaz nickte den beiden zu und schritt, die Hände in den Kuttenärmeln verborgen, schweigend an ihnen vorbei. Seine Trabanten folgten ihm auf die nämliche Weise.

»Gehen wir, Johanna. Hier wird es jetzt zu belebt.«

»Ja, denken wir in Ruhe nach. Sprich du mit Sivert. Aber halte mich auf dem Laufenden.«

Die beiden gingen in die Kirche zurück. Ich wäre ihnen gerne gefolgt, aber es kamen nun in der Tat mehr und mehr Mönche in den Kreuzgang. Darum blieb ich lieber noch ein wenig unsichtbar im Schatten hocken und wartete, bis sich die Menschen verlaufen hatten. Dann nahm ich den Weg durch die Küche, aber ich hatte weder Appetit noch Lust auf einen Schwatz mit Engelbert. Ich suchte mir einen stillen Platz in der Hecke zu den Obstwiesen und ordnete meine Gedanken.

Meiko war Meinhard – und anscheinend auch eine Weile in einem anderen Land mit anderer Zunge der Islandfischer Menard Romarus gewesen. In jener Zeit und in diesem Land musste er seinen Sohn Jehan gezeugt haben.

Jetzt war er hergekommen und beanspruchte offensichtlich das Revier von Sivert, dem Herrn von Rommerskirchen. In meiner kätzischen Welt würde das zu herben Auseinandersetzungen führen. Die aber hatte Meinhard bisher vermieden. Ja, wenn ich es recht bedachte, er hatte sich sogar am Tag zuvor sehr peinlich bemüht, dem Sivert nicht unter die Augen zu kommen, als er ihn mit Kristin im Wald überrascht hatte. Wahrscheinlich wartete er auf den rechten Augenblick, um ihn zum Kampf zu stellen. Sehr klug. Einerseits. Sehr unklug andererseits, da der Sivert offensichtlich eine Art Gefolgschaft um sich versammelt hatte, die ihm treu ergeben war. Ganz übel war die Tatsache, dass ausgerechnet der Diakon Arnoldus dazu gehörte.

Der aber war offenbar völlig skrupellos. Genau wie diese Johanna. Unseresgleichen trägt zwar seine Kämpfe aus, wir verpassen uns Schrammen, rupfen uns das Fell aus und zerfetzen uns gegenseitig auch schon mal die Ohren. Aber umbringen würden wir Katzen uns untereinander nie. Nur in ganz seltenen Fällen, bei jenen, die einen Schaden im Gehirn haben oder die tollwütig wurden, gibt es echte Mörder. Solche wurden wirklich gefährlich.

Angst kroch mir durchs Gebein.

Und meine Befürchtungen sollten sich bewahrheiten, denn es folgte ein höchst unerfreuliches Kapitel.

Ein bebildertes Kapitel

Einen halben Tag lang tigerte ich auf den Obstwiesen auf und ab und wälzte Gedanken. Seit ich hier im Kloster weilte, hatte sich mein Leben ziemlich gewandelt. Früher war es einfacher gewesen. Ich hatte ein festgelegtes Gebiet, in dem ich auf kätzische Weise nach dem Rechten sah, spielte gelegentlich mit der alten Moen, weil das Spaß machte, zog meine Jungen groß und sehnte mich hin und wieder nach einem Kater.

Hier lebte ich nun sehr viel enger mit den Menschen zusammen und fand seltsamerweise ein neues Verhältnis zu ihnen. Ich erinnerte mich meines Traumes, in dem meine vier Kinder aufgetaucht waren, die nun ihrer eigenen Wege gingen. Der kleine, weiße Kater lebte bei der Dame Caroline, und er hatte mich in jenem Traumgesicht an Melvinius erinnert. Deshalb kümmerte ich mich um den alten, weisen Mann in besonderem Maße. Jetzt aber schlich sich mir der Gedanke in den Kopf, auch andere meiner Kleinen könnten eine gewisse Ähnlichkeit mit den Menschen hier im Kloster haben. Beispielsweise die beiden gleich gefleckten Kätzchen. Sie ähnelten Clemens und Kristin. Freundliche, gewandte Gesellinnen, denen stets der Schalk im Nacken saß. Solche Verwechselspiele wie die Zwillinge hatten sie auch gerne getrieben. Der getigerte Kater hingegen war ein abenteuerlustiger Raufer. Immer versuchte er, um den Vorrang zu kämpfen. Selbst als alle noch blind vor sich hin tapsten, drängte er sich zu den Nuckelstellen an meinen Zitzen vor. Zum Glück hatte er einen großen, ansehnlichen Herrschaftsbereich gefunden, in dem er trotz seiner Jugend schon jetzt als Revierfürst regierte. Wenn ich an ihn dachte, dann fiel mir Meiko ein. Auch er war ein Raufer, voller Kratzer und Schrammen von seinen Kämpfen. Auch er hatte sich sein eigenes Revier gesucht, auch er hatte eine bestimmte Art, sich Respekt zu verschaffen.

Ich sorgte mich um alle meine Kinder, welcher Farbe und welchen Charakters auch immer sie waren. Doch sie waren fort, und neue waren mir bisher nicht vergönnt. Aber irgendwie schienen die Menschen inzwischen ihre Rollen übernommen zu haben, denn nicht nur für Melvinius empfand ich mütterliche Fürsorge, auch für Clemens und Kristin. Aber, um ehrlich zu sein, bei Meiko ging es über die mütterliche Fürsorge hinaus. Er hatte eine raue Schale und ein herrschsüchtiges Wesen. Aber seinen Sohn liebte er zärtlich, um den Pater war er besorgt und den Zwillingen war er zugeneigt, Kristin vielleicht mehr als Clemens.

Zu mir war er eigentlich auch ganz nett.

Er hatte zwar mein Leben grundlegend und gegen meinen Willen verändert.

Was ich im Nachhinein als beachtliche Leistung wertete, denn ich hatte schließlich einen sehr eigenen Willen.

Er hatte mir aber auch das Leben gerettet.

Eigentlich war er zu mir sogar sehr nett.

Und ein recht ansehnlicher Menschenkater war er auch.

Ich wollte nicht, dass der tollwütige Arnoldus oder Johanna ihn umbrachten.

Als ich mit meinen Überlegungen so weit gekommen war, legte ich mich auf der Mauer an der Pferdekoppel in die Sonne, das Kinn auf die verschränkten Pfoten gestützt, und gönnte mit eine Verschnaufpause.

Denken ist so anstrengend.

Dösen so erholsam.

Ich erwachte, weil eine späte Hummel mit penetrantem Gebrumm um mein Ohr sauste, und blinzelte nach oben. Lange hatte ich nicht geschlummert, die Sonne war nur ein kleines Stück weiter gewandert. Aber das Nickerchen hatte den erwünschten Erfolg. Mir war etwas klar geworden.

Ich brauchte Rat.

Gewöhnlich lege ich ja großen Wert auf meine Unabhängigkeit, aber manchmal muss man einfach bei anderen zusätzliche Erkundigungen einholen und Meinungen erfragen. In diesem Fall ging es um menschliches Verhalten. Obwohl ich Raguna als die Weiseste unter den Katzen schätzte, war sie doch nicht die Richtige in diesem Fall. Sie kümmerte sich um das Waldleben, nicht um das der Menschen. Engelbert kannte zwar gewisse Kuriositäten aus dem Kloster- und Küchenleben, aber war doch ein wenig wirklichkeitsfremd. Wanze und Laus waren schlichtweg dumm. Aber Diabolo, auch wenn er die Menschen zumeist mied, war ein erfahrener Kater und trotz seines fehlenden Auges von großer Scharfsichtigkeit. Ihn wollte ich daher um Rat fragen.

Ich trabte also zu seinem Friedhof und nahm seine Witterung auf. Er war in der Nähe, irgendwo hinter den steinernen Kreuzen, dort wo die ersten Tannen des Waldes dunkel aufragten. Sehr vorsichtig und leise näherte ich mich der Stelle, wo ich ihn vermutete. Richtig, auf einem moosigen Stein, der aus der Mauer gebrochen war, spielten Sonnenstrahlen auf schimmerndem schwarzen Fell und entlockten ihm blaue Glanzlichter. Diabolo schien sich sicher zu fühlen, denn seine Vorderpfoten waren lang ausgestreckt, sein Schwanz hing entspannt nach unten, und seine Augen waren geschlossen. Ein Ohr zuckte ganz leicht, als ich mich neben ihm niederließ, doch er blinzelte nicht. Auch nicht, als ich mich einfach nicht zurückhalten konnte, das schöne, sonnenwarme Fell zwischen Stirn und Nacken mit meiner Zunge zu bürsten. Man konnte nicht eigentlich von Schnurren sprechen, aber ein leichtes Vibrieren ging doch durch seinen Körper. Ich bürstete mit Hingabe weiter. Er schmeckte gut. Sauber, männlich, ein klein wenig harzig von seinem Lager unter den Nadelhölzern.

»Was willst du, Mirrr-zaah?«, brummte er nach einer Weile.

»Deinen Rat.«

»Mrrrrrr.«

Das bernsteinfarbene Auge öffnete sich und musterte mich, wie es schien, mit einem gewissen Wohlgefallen. Dann riss er sein Maul auf und präsentierte mir gähnend sein wahrhaft mörderisches Gebiss. Geschmeidig vollführte er sein Strecken und Recken, und ich bewunderte das Muskelspiel unter seinem glatten Pelz. Ein prachtvoller Kater.

»Sonne oder Schatten?«, fragte er.

»Sonne!«

Ich folgte ihm auf eine erhöhte Stelle auf der Umfassungsmauer in der Nähe der uralten, knorrigen Eibe. Ein guter Ort zur Beratung. Wir setzten uns nebeneinander, und ich gab ihm eine Zusammenfassung meiner Beobachtungen und Gedanken, die er sich schweigend anhörte. Er schwieg auch anschließend noch eine ganze Weile, während er sich einige kleine Borkenstückchen aus der Tatze knabberte. Endlich sprach er. Was er erzählte, kam völlig unerwartet.

»Vor vier Jahren war es. Ich hatte Sheena kennen gelernt, eine schöne, schlanke rote Kätzin. Der Schmied hatte sie eines Tages mitgebracht. Sie war eine gute Mauserin. Wir freundeten uns an. Sie bekam im späten Mai vier Junge, alle schwarz. Aber sie machte einen Fehler – sie brachte die Kleinen in den Pferdestall, bettete sie ausgerechnet in die Krippe von Arnoldus' Gaul. Das Pferd kümmerte sich um die Kätzchen nicht. Aber der verdammte Mönch. Er bekam einen Wutanfall. Er warf die Jungen eins nach dem anderen an die Wand. Sheena und ich wollten ihm Einhalt gebieten. Meine Sheena trat er so, dass sie sich das Genick brach. Ich verlor mein Auge bei dem Kampf.«

Ich krümmte mich zusammen, als hätte ich den Tritt bekommen. Das war schlimm, schlimmer, als ich gedacht hatte. Diabolos Abneigung den Menschen gegenüber wurde mir damit wesentlich erklärbarer.

»Du wolltest einen Rat, Mirza. Reicht der dir?«

Ich fuhr mir mit der Pfote über die Augen.

»Nein, Diabolo. Ich weiß, Arnoldus ist gefährlich,

er hasst uns, aus Gründen, die sogar die Menschen eigenartig finden. Aber er hasst auch die Menschen, für die ich Zuneigung empfinde. Ich werde sie beschützen, wie auch Sheena versucht hat, ihre Kinder zu beschützen.«

»Warum fragst du mich dann um Rat?«

»Weil du die, die hier leben, schon länger beobachtest. Ich suche nach Möglichkeiten... Wir können nicht gegen einen Tollwütigen kämpfen. Aber wir sind klüger als sie. Meinst du nicht auch?«

Diabolo erlaubte sich ein kurzes, böses Grinsen.

»Das sind wir.«

Dann versank er wieder in Nachdenken. Aber so, wie seine Schnurrhaare zitterten, waren gewisse Gefühle mit im Spiel. Schließlich gab er mir einen Rat.

»Wir müssen sie dazu bringen, gegeneinander zu kämpfen. Sie können es, und sie tun es. Selbst Melvinius hat ja neulich Arnoldus angefaucht. Und Meiko ist ein guter Raufer.«

»Wohl wahr. Er hat einmal den Mattes aufs Kreuz gelegt. Außerdem trägt er einige Narben. Arnoldus vermutet, er sei zäh. Darum wollen sie ihn ja heimlich vergiften. Was immer das heißt.«

»Ja... Gift. Das verwenden die Schlangen. Sie kämpfen nicht, sie töten hinterhältig.« Diabolo rieb sich heftig die Ohren. »Mirza, du hast gelernt, dich mit einigen von ihnen zu verständigen, scheint mir. Hören sie auf dich?«

»Manchmal. Sie sind häufig sehr schwer von Begriff, denn sie können ja nur in Worten miteinander reden.«

»Versuche Meiko zu warnen. Mehr kannst du nicht tun.«

Frustrierend, aber richtig.

Ich grübelte noch lange an diesem Tag, und es ermüdete mich unsäglich.

Aber am nächsten Morgen hatte ich eine Idee.

Sie war wirklich gut.

Meiko hatte sich schon von seinem Lager erhoben und sich draußen aus dem Brunnen einen Eimer Wasser geholt, um sich zu waschen. Manchmal könnten einem die Menschen richtig Leid tun. Kaltes, nasses Wasser gießen sie sich über den nackten Leib. Kein Wunder, dass manche das verabscheuen und dann so streng riechen.

Nun ja, ich gönnte mir eine gründliche Bürstenwäsche mit Massage und machte mich dann an die Arbeit. Das Ledertäschchen, in dem sich die Briefe befanden, die Meiko so wichtig waren, steckte wieder unter der Bespannung des Bettes. Ich zupfte und zerrte so lange daran herum, bis es vor mir lag. Ich bekam mit ein wenig Krallenarbeit eine der zusammengerollten Seiten heraus. Dann wartete ich, bis Meiko wieder in die Hütte kam und präsentierte ihm stolz mein Werk.

»Mirza, schon wieder! Gib den Brief her!«, forderte er ungehalten.

O nein. Den nicht!

Ich spurtete los, die Rolle im Maul.

Wenn ich will, kann ich sehr schnell sein. Schneller als ein Mensch, um das klarzustellen.

Meiko raste hinter mir her.

Ich sprang über den Zaun.

Er auch. Mäusemist!

Ich bin schnell, aber leider nicht ausdauernd.

Also rauf auf das Dach der Meierei.

Meiko brüllte hinter mir her.

Aber er kam nicht rauf!

Ich verschnaufte ein wenig. Dann weiter.

An Jako vorbei. Der tobte.

Auf das Backhaus. War zum Glück noch nicht angeheizt.

Meiko schon! Er schnaufte.

Und verlegte sich aufs Locken. Hörte sich gut an, aber ich musste hart bleiben. Als ich genug Luft hatte, machte ich mich an den letzten, schwierigsten Teil. Die lange Strecke über den schrecklich leeren Platz vor der Kirche.

Meiko hatte mich vor der Kirchentür eingeholt. Ich ließ die Briefrolle fallen und kratzte auffordernd an der schweren Tür, die an diesem frühen Morgen noch geschlossen war.

»Mirza, der Maler ist noch nicht da.«

Er hob das Schreiben auf und verstaute es in seinem Wams.

Ich kratzte weiter.

»Melvinius ist auch nicht da drin. Die Laudes ist eben erst zu Ende.«

Ich verlegte mich aufs Jammern. Wenn ich will, kann das ziemlich herzerweichend klingen.

»Heilige Mutter Gottes, was ist nur in dich gefahren?«

Aber Meiko war wirklich nicht ganz unsensibel. Er schüttelte noch einmal den Kopf und meinte dann: »Na, dann sollst du deinen Willen haben. Mal sehen, was du da drin anzustellen wünschst.«

Er zog die Tür einen Spalt weit auf, ich warf ihm einen auffordernden Blick zu und schlüpfte hinein. Er folgte mir leise.

Mein Ziel waren die Farbtöpfe.

»Riechen die so gut wie Katzenminze und Baldrian, dass du dich unbedingt daran berauschen musst?«, fragte er, als ich vorsichtig die Tiegel abschnupperte. Dann hatte ich den mit dem gelben Zeug gefunden, das angeblich so giftig war, und schob ihn vorsichtig an den Rand des Bords.

»Mirza!« Meiko griff zu, damit es nicht herunterfiel. »Vorsicht, verdammt! Das Zeug ist gefährlich!«

Ich machte einen Buckel, sträubte mein Rückenfell und gab ein warnendes Fauchen von mir. So hätte ich meinen Kindern demonstriert, dass sie Pfoten und Nasen davon lassen mussten.

Meiko jedoch verstand mich nicht, sondern betrachtete mich mit einem verwirrten Blick.

»Versteh einer die Katzen!«, murrte er und verließ die Kirche.

Ich trottete missmutig hinter ihm her und stieß an der Friedhofsmauer auf Diabolo, der das Geschehen offensichtlich beobachtet hatte.

»Klappt nicht«, knurrte ich ihn an.

»Menschen sind eben blöd.«

»Sind sie nicht!«

»Warum hat er dich denn nicht verstanden?«

»Vielleicht bin ich zu blöd.«

»Auch möglich. Aber dann halt du dich besser von ihnen fern!«

Diabolo war wirklich keine Hilfe, so muffelig, wie er war. Ich streunte zum Bienenhaus und nahm dann

Kurs auf Melvinius' Fenster. Vielleicht war es inzwischen wieder offen.

Noch eine Enttäuschung.

Der ganze Tag war eine Enttäuschung, denn es kamen auch weder Kristin noch Clemens vorbei, und Raguna hatte eine größere Revierrunde unternommen. Die Tür zum Räucherhaus war verriegelt, und das Schloss trug die Spuren von Meiko. Einzig der Sonnenschein war angenehm, und ich bereitete mir in dem Haufen aus den vertrockneten Kräutern und Blättern neben Meikos Hütte ein weiches Nest, um darin dem Müßiggang zu frönen. Zu einem Kringel geformt, versank ich tief darin, und gegen das helle Licht legte sich netterweise mein Schwanz über meine Augen. Manchmal ist er ja doch ganz nützlich, der Schlawiner.

Mich weckten vorsichtige Schritte und ein strenger Geruch nach Pferd. Mit der Pfote scheuchte ich die Schwanzspitze davon und blinzelte. Rattenkacke – das war Arnoldus! Ich bemühte mich, gleichzeitig unsichtbar und aufmerksam zu sein. Was wollte der Diakon an Meikos Hütte? Er selbst war nicht hier, ich hatte ihn seit dem Morgen nicht mehr gesehen, und weder hörte noch roch ich im Augenblick seine Anwesenheit.

Arnoldus musste sich davon erst überzeugen, und er tat es mit Umsicht und Heimlichkeit. Er schlich mit hochgezogenen Schultern um die Hütte herum, schaute dabei immer wieder misstrauisch um sich. Mir fiel auch auf, dass er seine weiße Kutte nicht trug, sondern einfache braune Hosen und ein dunkles Wams. Jetzt verschwand er um die Ecke, und ich erhob mich von meinem Lager, um ihm zu folgen. Tief an den Boden gedrückt und immer im Schatten des Hauses, beobachtete ich, wie er langsam die Tür aufzog, um in das Innere zu spähen. Dann trat er ein.

»Mirrr-zaah!«, grollte es neben mir, und ich zuckte zusammen.

Diabolo!

»Er hat was vor«, warnte ich ihn leise.

»Ich weiß. Er kam im gestreckten Galopp angeritten und hat sich dann glcich hier herbegeben.«

»Ich würde gerne einen Blick hineinwerfen.«

»Lass es, Mirza. Dein Pelz ist zu auffällig.«

Da hatte er wohl recht. Also beschränkte ich mich aufs Lauschen. Ein Klappern verriet mir, dass er sich an der Herdstelle zu schaffen machte. Es scharrte und schurrte danach ein wenig, und Arnoldus schnaufte, als bewege er etwas Schweres. Ob er wohl Meikos kostbare Briefe suchte? Das Schlimme an der Neugier ist, dass sie einen nicht still sitzen lässt. Ich konnte nicht anders, ich sprang auf den schmalen Sims der Fensteröffnung und schaute hinein.

Arnoldus hatte das Bett von der Wand gerückt und durchwühlte jetzt die Lage getrockneten Farns, die sich unter der Decke befand. Noch heute Morgen hatten sich das Lederbeutelchen mit den Briefen und das andere mit den Münzen darin befunden.

Jetzt war beides fort, wie es schien, denn Arnoldus gab ein mürrisches Knurren von sich. Aus einem Beutel an seinem Gürtel zog er dann einen langen Streifen Leinwand hervor, der nach Pech roch. Er befestigte ihn unter dem Farn an den Ledergurten des Bettes, kratzte etwas Lehm aus der Wand, sodass ein Loch zwischen den Balken sichtbar wurde, und schob das andere Ende dort hindurch. Anschließend schob er das Bett wieder an die Wand und richtete mit kundiger Hand das Lager her. Das trockene Farnkraut knisterte leise. Als er fertig war, sah es genauso ordentlich aus, wie Meiko es gerichtet hatte. Arnoldus sah sich noch einmal um, lugte vorsichtig aus der Tür, trat ins Freie und schlich um das Haus. Ich konnte mich gerade noch zwischen den Salbeibüschen vor ihm in Sicherheit bringen. Diabolo saß schon auf dem Dach und beobachtete ihn, während ich mich im Kräuterbeet versteckt hielt. Nach einer ganzen Weile verschwand er endlich.

»Was hat er gemacht?«, bestürmte ich Diabolo.

»Die trockenen Äste und Kräuter durchgewühlt. Keine Ahnung, was das sollte. Wahrscheinlich hat er etwas versteckt. Menschen verscharren auch gelegentlich Dinge, die sie verbergen wollen.«

»Na, dann schauen wir doch mal nach, was er vergraben hat!«

Wir nahmen uns des Haufens an, in dem ich zuvor so köstlich geschlummert hatte, fanden aber nichts als das andere Ende des nach Pech riechenden Stoffstreifens.

Sehr seltsam, wirklich. Weder Diabolo noch ich konnten uns einen Reim darauf machen.

»Versuch deinen Menschen auf seinen Besuch aufmerksam zu machen. Vielleicht weiß er ja, was das sollte. Lautere Absichten hat der Arnoldus ganz gewiss damit nicht verfolgt.«

»Richtig. Ich hoffe, ich habe damit mehr Glück als heute Morgen.«

Hatte ich aber nicht.

Da ich allerdings im Augenblick nichts weiter unternehmen konnte und der Schatten des Hauses inzwischen auf den Kräuterhaufen fiel, suchte ich mir nach dem Vertilgen von zwei unvorsichtigen Mäusen ein neues, ruhiges Plätzchen, um mir die Herbstsonne auf den Pelz scheinen zu lassen. Mich zog der kleine Bach an, der den Forellenteich speiste und auf der anderen Seite durch die schwarzerdigen Gärten zum Kräutergarten floss. Ich folgte seinem Lauf ein Stück aufwärts und fand einen geeigneten flachen Stein, auf dem sich Sonnenkringel malten. Ich bildete ebenfalls einen Kringel darauf, eine meiner bevorzugten Schlafhaltungen.

Ein feines Wispern und das unbehagliche Gefühl, eindringlich beobachtet zu werden, weckten mich auf. Sofort spannte ich meine Muskeln an, um nötigenfalls unverzüglich die Flucht anzutreten.

Es erwies sich als überflüssig, und nur mein Schwanz zuckte noch einmal in leiser Panik auf. Aber der verstand ja sowieso nie etwas.

Es war Kristin, die ganz nahe bei mir im Gras saß und sich mit Farbstiften und einem Karton beschäftigte. Eben bewegte sich ihre rechte Hand flink über das Papier, dann hob sie wieder die Augen und sah zu mir hin.

»Ah, Mirza, aufgewacht? Fein, dann sehe ich deine Augen auch richtig. Was bist du für eine hübsche Katze!«

Das hört man immer gerne, und ich schenkte ihr ein beifälliges Zwinkern. Den Schatten, der über sie fiel, bemerkte sie nur einen Lidschlag später als ich.

»Vollendet, Jungfer Kristin. Eine höchst lebendige Darstellung dieses possierlichen Tierchens.«

»Meiko!«

»Genau der«, antwortete er mit einem kleinen Lachen und setzte sich mit gekreuzten Beinen neben sie ins Gras. »Ich dachte mir schon, dass Ihr ein sehr talentiertes junges Weib seid. Womit zeichnet Ihr das? Es trifft die Farben sehr genau.«

Kristin schien noch ein wenig misstrauisch zu sein, aber dann gab sie doch Auskunft.

»Weiße Kreide, schwarze Kohle und Rötel. Ich mache damit gelegentlich Skizzen für meinen Bruder.«

»Und zu Eurem eigenen Vergnügen, wie ich sehe.«

»Ich… ich wollte Pater Melvinius damit eine Freude bereiten.«

»Das werdet Ihr ganz bestimmt. Eine wunderbare Idee, Jungfer Kristin.«

Er sah auf den Karton und wieder zu mir hin, und mich packte die Neugier. Gemächlich, um sie nicht zu deutlich zu zeigen, schlenderte ich zu den beiden Menschen hin und beäugte ebenfalls das Bild.

Ah, es war hinreißend. Vollendet, wahrhaftig. Ein Meisterwerk! Ich – ganz wie ich lebte. Mit roten Ohren und schwarzem Schwanz, weiß dazwischen mit einigen Flecken. In elegantester Ruhehaltung. Kristin verdiente Lob, und ich rieb mich an ihrem Bein.

»Gefällt es dir, Mirza?«

»Mau! Mirrrip!«

Sie kraulte mich, und ich schnurrte beglückt.

Meiko kraulte mich auch, und in meinem Fell trafen sich Kristins und seine Finger. Es gab kleine Funken zwischen ihnen, die mir ein leises Kribbeln verursachten.

Kristin zog die Hand fort.

Schade.

»Ein verschmustes Geschöpf, diese Mirza. Ich mag Katzen sehr, Jungfer Kristin.«

»Ach ja?«

»Oh ja. Und einige von ihnen scheinen mich auch zu mögen. Wir hatten mal einen prächtigen Schiffskater, der seine Wohnung in meiner Koje nahm. Wir teilten viele stürmische Nächte miteinander. Er wärmte mich nicht nur, sondern war auch ein guter Zuhörer und lauschte mit Hingabe meinen hochfliegenden Plänen und Träumen. Ich fühlte mich von ihm immer sehr ernst genommen.«

Auf Kristins Gesicht entstand ein zögerndes Lächeln, und ihre Zurückhaltung wich allmählich ihrer Wissbegier.

»Katzen auf Schiffen? Ist das nicht sehr ungewöhnlich?«

»Nein, sogar durchaus üblich.«

Kristin sah verwundert drein.

»Aber warum?«

»Jungfer Kristin, ein Schiff, das lange unterwegs ist, hat Proviant dabei. Zwieback, Mehl, Käse, Fleisch… Und die Seeleute teilen nicht gerne mit den Mäusen und Ratten. Darum erfreut sich die Schiffskatze großer Beliebtheit und hat einiges zu tun. Denn auch die Fracht ist durch die Nager gefährdet. Sie knabbern Säcke an, Stoffballen und Leder. Mir hat eine Ratte einmal einen halben Stiefel aufgefressen. Bevor Kasimir bei mir einzog.«

»Kasimir?«

»So nannte ich den Kater. Er war ein strammer Kerl, und wenn wir einen Hafen anliefen, dann hatte auch er immer Landgang. Er nutzte es weidlich aus, wie es schien, aber irgendwie merkte er sich immer, wann wir wieder ausliefen, und war pünktlich zur Stelle. Nicht selten allerdings mit Schrammen und Kratzern von seinen Balgereien. Ganz wie wir Männer auch!«

»Aber er hatte nie einen Kater, wie Ihr Männer?«

Meiko lachte.

»Nein, aber einmal brachte er eine Katze mit.«

»Oh!«

»Im Hafen von Ankara – oder Angora, wie man es auch nennt – war es, und sie war ein ungewöhnliches Tier mit einem langen, seidigen Fell. Vielleicht war es einem Serail entwichen, denn es war sehr verwöhnt und anhänglich. Kasimir kümmerte sich um die Kätzin und brachte ihr Mäuse mit. Sie selbst zu fangen, dazu schien sie sich zu fein zu sein. Aber sie schmeichelte sich beim Schiffskoch ein.«

»Das Überleben hat sie dann wohl doch gelernt!«

»Katzen sind sehr anpassungsfähig. Aber auch ich konnte ihr nicht widerstehen. Vor allem nicht, als sie ihre Jungen zu mir in die Koje brachte.«

»Ach Herrje! Was hast du damit gemacht?«

»Nun, gewöhnlich hätten wir sie über Bord geworfen …«

»Nein!«

»Doch, Jungfer Kristin. Das geht nicht anders. Drei der Kleinen waren Weibchen, und die können schon innerhalb ihres ersten Lebensjahres wieder Junge haben. Rechnen könnt Ihr doch, nicht wahr?«

Kristin nickte beklommen. Ich verstand sie, aber ich verstand auch Meiko. Unsere Jungen überlebten nie alle. Nicht, wenn wir sie in unwirtlicher Umgebung aufziehen mussten. Ich hatte mit meinem ersten Wurf das Glück gehabt, dass die Moen mich und die Kleinen im Haus duldete und zufütterte. Den schwächlichen weißen Kater hätte ich ansonsten gleich verloren, wahrscheinlich auch noch ein, zwei weitere. Raubvögel holen sich die unbeholfenen Kätzchen, manche verunglücken oder werden krank und sterben. Wenn eine Katzenmutter zu wenig Milch hat oder zu wenig Beute machen kann, verhungern sie auch einfach. Vor allem, wenn sie im Herbst geboren wurden, war das oft der Fall, denn der Winter war keine gute Zeit, um aufzuwachsen. Ich trauerte meinen Stoppelkätzchen natürlich noch nach, aber sie hatten einen schnellen Tod durch Ertrinken und nicht den langsamen durch Verhungern.

»Aber du sagst, gewöhnlich hättet ihr sie über Bord geworfen. Diese nicht?«

»Nein, diese nicht. Sie waren so ungewöhnlich und sehr schön. Zwei waren rot, wie ihr Vater, zwei grauweiß wie die Mutter, aber alle hatten ihr langes, wuscheliges Fell. Ich verkaufte sie zu einem hohen Preis im nächsten Hafen. Vermutlich geht es ihnen heute prächtig!«

»Und die Mutter?«

»Schenkte ich einer guten Freundin.«

»Du hast eine gute Freundin?«

Es war ein wenig Schelmerei in Kristins Blick, den sie ihm unter ihren Wimpern her zuwarf.

»Wie jeder Seemann hatte auch ich in jedem Hafen eine Freundin, Jungfer Kristin.«

»Viele Häfen?«

»Sehr viele!«

»Ach, die Ärmsten.«

»Nicht so schlimm, wie Ihr glaubt. Seeleute sind lange unterwegs, bis sie denselben Hafen wieder anlaufen. Die Freundinnen trösten sich mit vielen Seemännern.«

Unter Kristins Häubchen hatten sich einige Locken hervorgestohlen, und Meiko wickelte eines davon um seinen Zeigefinger.

»Fast die gleiche Farbe wie Mirzas Ohren«, murmelte er. Kristin wich ein wenig zurück, aber dabei zog sich nur die Haarsträhne ein bisschen länger aus der Kopfbedeckung. »Habt Ihr auch schon einmal ein Bild von Euch selbst gezeichnet?«

»So eitel bin ich nicht.«

»Nein?«

»Nein. Was sollte ich denn mit einem Bild von mir anfangen?«

»Ihr könntet es mir schenken, Jungfer Kristin.«

Sie zupfte an der Locke, die er fest hielt.«

»Was wolltest du wohl damit, Meiko?«

»In meiner Hütte aufhängen. Es würde ihr Glanz verleihen, und ich bin ein großer Kunstliebhaber.«

»Ich bin keine Künstlerin.«

»Wer weiß? Aber auf jeden Fall seid Ihr schön.«

Kristin errötete sehr nett, und ich ruckelte mich im Moos zurecht, um diese anmutige kleine Balzerei richtig zu genießen.

»Bestimmt nicht so sehr wie Eure vielen Freundinnen!«

»Nein, so schön seid Ihr nicht.« Er löste seinen Finger aus der Locke und strich ihr damit über die Wange. »Ihr mögt eine Künstlerin sein, aber es ist nichts Künstliches an Euch. Ihr tragt Eure wahren Farben, und die sind leuchtend und rein.«

»Du verstehst dich auf gefällige Artigkeiten, Gärtnerbursche!«

»Man schnappt so das eine oder andere auf, edle Jungfer!«

»Von rauen Seemännern?«

»Eher von Sirenen und Meerjungfrauen.«

»Hast du welche getroffen?«

»Natürlich. Sie sind sehr kühl und meist ein bisschen glitschig und riechen nach Fisch. Ihr hingegen duftet nach Lavendel«, murmelte Meiko und beschnupperte Kristins Hals. Ganz wie ein höflicher Kater, befand ich. Richtig gut machte er das. Jetzt müsste er ihr noch über die Stirn lecken.

Er machte so etwas Ähnliches.

»Und Eure Lippen sind zwar feucht, aber nicht kühl. Viel angenehmer als die der Meerjungfrauen.«

»Das war nicht recht, Meiko!«

»Das war nur Mundraub, Jungfer. Ich bin ein armer, gestrandeter Seemann und habe in diesem Hafen gar keine Freundin. Ich bitte um Mitleid.«

»Nein, nein, nein. Ich bin ganz und gar herzlos rastlosen Streunern gegenüber.«

»Ja, das habe ich gemerkt!«

Kristin packte fahrig ihr Stifte in den Korb und stand auf.

»Wie schade. Aber vielleicht ändert Ihr Eure Meinung ja im Laufe der Zeit.«

Meiko erhob sich auch und machte eine höfliche Verbeugung vor Kristin.

»Mach dir nicht zu viel Hoffnung darauf!«

»Nicht zu viel, aber ein bisschen?«

»Aber wirklich nur ein ganz kleines bisschen!«

Lachend schwenkte Kristin ihre Röcke und ging beschwingten Schrittes durch die Gärten in Richtung Straße.

»Ich sollte mir noch nicht mal ein bisschen Hoffnung machen, Mirza. Und ihr auch nicht. Es war nicht besonders klug von mir.«

Ich war da anderer Meinung, aber wie konnte ich mit ihm darüber disputieren?

»Ein paar Stunden harter Arbeit werden mir jetzt ganz gut tun.«

Mit einem Rückenzauseln verließ er mich.

Ich nahm es ihm nicht übel, dass er mir dabei das sorgsam geglättete Fell durcheinander brachte, denn dieses ansprechend bebilderte Kapitel hatte mir wirklich Freude bereitet.

Ein brandgefährliches Kapitel

Als Meiko in der Dämmerung mit einem großen Korb am Arm in seine Hütte trat, wirkte er müde und erschöpft. Aus einem Krug, der in dem Korb war, goss er sich ein Getränk in einen Becher. Von einem knusprigen Brot schnitt er einige Scheiben ab und legte dazu eine Wurst auf ein Holzbrett, die einen überaus verlockenden Duft verströmte. Ich machte mich bemerkbar.

»Ach ja, die Mirza. Wie immer, wenn es irgendwo Futter gibt, bist du zur Stelle.«

»Mau!«, bestätigte ich und setzte mich graziös zu seinen Füßen auf.

»Nun, dann koste mal!«

Er schnitt ein Scheibchen von der Wurst ab und reichte es mir mit den Fingerspitzen.

Hinreißend.

Ich konnte nur schmatzen.

Ich bekam noch ein Stück.

Und noch eins.

Wirklich ein guter Mann, dieser Meiko, Menard, Meinhard.

»Morgen kannst du Melvinius wieder wegen der Leckerchen um den Bart gehen, Mirza. Es geht ihm viel besser. Heute hat er schon wieder in der Bibliothek gesessen, und er hat mich gebeten, morgen früh die Verkleidung vor der Klappe an seinem Fenster zu entfernen.«

»Mirrrip«, erklärte ich erfreut und rieb meinen Kopf an Meikos Bein.

»Das scheint dich zu freuen, Mirza? Sag, verstehst du mich etwa wirklich?«

»Mau!«

»Ich bilde mir das vermutlich nur ein. Aber als Gesprächspartnerin und Gesellschafterin bist du ganz einfach umwerfend.«

Mehr als alle diese Schmeicheleien überzeugte mich ein weiteres Zipfelchen Wurst.

Meiko aß sein Brot, ich putzte mich mit Hingabe.

Darüber fiel mir Arnoldus' seltsames Verhalten wieder ein, und geduldig, wie ich nun mal mit den Menschen war, machte ich mich an die Arbeit, Meiko auf die Veränderung an seinem Bett aufmerksam zu machen. Ich kroch unter das hölzerne Gestell und kratzte an dem Gurt, an dem das stinkende Band befestigt war.

»Du brauchst dich gar nicht anzustrengen, Mirza, die Briefe und der Geldbeutel sind bei der Dame Caroline. Hier scheinen sie ja nicht sicher genug zu sein! Vor allem nicht vor vorwitzigen Katzenpfoten!«

Strohkopf!

Ich kratzte weiter und brachte etwas Farn von der besagten Stelle mit. Vielleicht roch er ja, das da etwas nicht stimmte.

»Ich weiß, du kannst wunderbar Sachen herumtragen.« Lobend tätschelte er mir den Kopf.

Dummbeutel!

Ich sprang auf sein Bett und wühlte die Decken zur

Seite, wo Arnoldus das Band durch die Wand geschoben hatte.

»Mirza, ich habe dir deinen eigenen Korb hingestellt, wühl darin herum, nicht in meinem Bett.«

Erbsenhirn!

Noch einmal scharrte ich in dem Farn, bekam aber nur einen Rüffel, mit dem er mich erheischte, mein Geschäft doch bitte vor der Türe zu verrichten.

Ich gab es auf. Ungern, aber mir fiel einfach nichts mehr ein. Schmollend zog ich mich in den empfohlenen Korb zurück und beobachtete diesen begriffsstutzigen Menschen noch eine Weile.

Meiko zog Stiefel, Wams und Hosen aus und hängte auch das Hemd an den Haken an der Wand. Mein Groll schmolz dahin wie das Wachs der Kerze, denn in deren Licht durfte ich noch einmal seine bloße Haut und das bisschen Fell betrachten, das er trug. Es breitete sich über seiner Brust aus und verschwand dann in einem schmalen Streifen unter der Bruche, die er um die Hüften gewickelt trug. Der Rücken war ganz haarlos, hatte aber ein paar helle, wulstige Streifen. Auf dem rechten Oberarm allerdings trug er eine dunkle Zeichnung. Drei miteinander verbundene Spiralen waren es, und das war sicher keine natürliche Hautzeichnung. Er löste auch den Zopf seines Kopffells und bürstete die Locken kräftig aus. Es wirkte fast kätzisch, und ich schnurrte beifällig. Dann flocht er die Haare wieder, warf sich noch etwas kaltes, nasses Wasser auf die Haut, wischte sich die Zähne mit einem rauen Lappen ab und kroch unter die Decken.

Da ich mein Schmollen bei dem Anblick dieses ansehnlichen Menschenkaters jetzt gänzlich vergessen hatte, stieg ich aus meinem Korb und sprang zu ihm ins Bett. Melvinius hatte ja auch nichts dagegen. Und ich wollte einfach mal ausprobieren, wie es sich auf Meikos breitem Brustkorb lag.

Er lachte und legte seinen Arm um mich.

»Ich hätte zwar lieber ein anderes Kätzchen im Bett, Mirza, aber für den Augenblick ist es mit dir auch ganz nett.«

Ich schnurrte ihn an.

Welches Kätzchen meinte er wohl? Schlief er gerne mit anderen zusammen? Ich könnte es verstehen. Als ich noch klein war und mit meinem Wurf zusammen lebte, da haben wir auch immer ganz eng aneinander gekuschelt geschlafen. Das ist wundervoll heimelig, so Nase in Pelz, Pfoten und Schwänze umeinander gewickelt zu liegen.

Selig entschlummerte ich.

Unselig erwachte ich.

Es roch.

Kräutergeruch, aber nicht wie in der Sonne.

Alarmiert hob ich den Kopf.

Meikos Brust unter mir hob und senkte sich gleichmäßig. Er hatte noch nichts bemerkt. Aber ich! Aufmerksam schnüffelte ich. Der Geruch drang unter dem Bett nach oben. Und es knisterte leise. Nicht nur Geruch stieg auf, auch eine atemberaubende Wolke.

Rauch.

Feuer!

Mit einem Satz stand ich auf den Pfoten, mein Buckel wölbte sich, und ich schrie.

»Mirza!«

Empört setzte sich Meiko auf und fing an zu husten.

Ich sprang vom Bett und rannte zur Tür.

Meiko sprang ebenfalls aus dem Bett und raste zur Tür.

Rüttelte daran.

Sie blieb verschlossen.

Er sprang zum Fensterladen.

Auch verschlossen.

Ich tobte.

Meiko goss den Wasserkrug über dem Bett aus.

Es qualmte.

Der Raum war jetzt voller Rauch, und er wurde heiß. Rote Feuerzungen fraßen sich durch die Bretter an der Bettseite. Mein Körbchen ging in Flammen auf.

Panik kroch in mir hoch, und ich erstarrte. Ich konnte nur noch beobachten.

Meiko hatte den Hocker in der Hand, und seine Muskeln spannten sich an, als er mit ihm auf die Wand einschlug.

Lehmbrocken und Holzstückchen flogen umher. Er holte noch einmal aus. Zwischen zwei Balken klaffe nun ein Loch. Er packte mich und warf mich nach draußen. Benommen kam ich auf dem harten Boden auf. Noch einmal krachte es an der Mauer, dann zwängte sich Meiko hindurch. Hustend und keuchend blieb er neben mir sitzen. Über seinen Arm und seine Brust floss Blut aus zahlreichen Abschürfungen, seine Haare hingen wild um seine Schultern, seine Haut war überall rußgeschwärzt. Dann nahm er mich auf und lief auf die Gärten zu. Gerade noch rechtzeitig hatte er uns beide aus dem Gefahrenbereich gebracht. Er setzte mich mit einem Schnaufen ab. Leider hatte ich seinen vielen Kratzern noch einige auf der Schulter hinzugefügt. Wirklich aus Versehen, denn vor Feuer hatte ich richtige Angst.

Das Dach des Hauses stürzte mit einem Krachen nach unten, hell loderten die Flammen auf.

Irgendwo auf dem Klostergelände wurden Rufe laut. Einige von den Knechten kamen gelaufen. Jemand schrie nach Eimern.

Meiko tat etwas Unerwartetes. Er machte sich unsichtbar. So wie ich es auch zu tun pflegte, wenn ich keine Aufmerksamkeit auf mich ziehen wollte. Er hockte sich beinahe reglos zwischen die hohen Büschel von Rainfarn und Schafgarbe und schaffte es recht gut, im Dunkel außerhalb des Feuerscheins mit der Umgebung zu verschmelzen. Ich tat es ihm gleich.

Auch im Kloster schien man jetzt aufmerksam geworden zu sein. In einigen Fenstern wurde es hell. Der Bruder Gärtner kam in wehendem Hemd herbeigelaufen, und auch Diakon Arnoldus, vollständig mit seiner weißen Kutte bekleidet, erschien am Ort des Unglücks.

Der Gärtnermönch rief nach Meiko, und es schwang Angst in seiner Stimme mit.

»Bruder Everard, es sieht schlecht aus!« Voller falschem Bedauern erklang Arnoldus' Stimme. »Wenn er vom Feuer überrascht wurde … Diese Hütte bestand ja nur aus altem, morschem Holz.«

Man schleppte Eimer für Eimer Wasser aus dem nahen Bächlein herbei und goss es auf den qualmenden Haufen, der einst Meikos Behausung war. Schließlich waren die Flammen erloschen, und Everard stocherte mit einen Stecken in der Asche und den verkohlten Trümmern herum. Arnoldus beteiligte sich halbherzig daran.

»Gib es auf, Bruder. Wir werden ihm jetzt sowieso nicht mehr helfen können. Komm mit, wir wollen die Stätte des Schreckens verlassen. Morgen bei Tageslicht werden wir die sterblichen Reste des Burschen ausgraben lassen. Er soll doch ein christliches Begräbnis erhalten.«

Arnoldus begleitete den alten Gärtner zum Kloster, und auch die Knechte zogen sich in ihre Unterkünfte zurück.

Meiko neben mir zitterte in der Kälte. Aber erst, als endgültig Ruhe eingekehrt war, erlaubte er sich, aufzustehen. Er schwankte ein wenig, als er zum Bach ging. Dort an dem zertrampelten Ufer wäre er beinahe ausgerutscht. Aber er schaffte es, sich Ruß und Asche, Blut und Schweiß abzuwaschen. Dann stapfte er, nackt und bloß wie er war, zur Meierei. Als er wieder herauskam, hatte er einen kurzen, halb zerrissenen Kittel an, der nach Käse roch. Dann schlug er den Weg zum Kloster ein, was mich wunderte. Immerhin blieb ich ihm auf den Fersen.

So ein richtiger Strohkopf war er eigentlich nicht. Er klopfte nämlich leise an Pater Melvinius' Fenster. Ich wusste, der alte Mann hatte einen leichten Schlaf, und wirklich, nach einigen Versuchen hörten wir ihn fragen, wer da unbedingt stören müsse. Ich kratzte mit meinen rußverschmierten Pfoten an der verschlossenen Klappe, und Meiko bat in der fremden Sprache um Einlass.

Melvinius erschien kurz darauf an der Abtpforte und forderte Meiko auf, hineinzukommen. Ich nichts wie hinterher.

»*Mon Dieu*, was ist geschehen?«

»Meine Hütte ist abgebrannt, *mon Père*. Und – wie ich vermute – nicht ganz zufällig.«

Melvinius, der einen warmen Umhang über seinem Hemd trug, legte diesen um Meikos Schultern und griff nach seiner Kutte.

»Setz dich, mein Junge. Wie überaus günstig, dass mich Yvain noch immer für krank hält und mit mehr Stärkung versorgt, als ich bewältigen kann. Trink diesen Rotwein.«

»Danke.«

»Oh, und hier ist ja auch Mirza. Meine Liebe, lauerst du etwa des Nachts vor meinem Fenster und bist jetzt heimlich mit reingeschlüpft?«

Melvinius hob mich hoch und drückte mich an sich. Ich freute mich, dass es ihm wieder gut ging, und vergrub meine – vermutlich ebenfalls rußverschmierte – Nase in seinem weichen Bart.

»Sie schlief in meinem Bett. Mirza hat mich gerettet. Sie roch das Feuer und schrie.«

»Brave Katze. Wunderbare Katze. Großartige Mirza. Ein so kluges Tier, nicht wahr, Menard?«

»Vermutlich sogar klüger, als ich dachte. Sie hat sich heute Abend, als ich nach Hause kam, sehr eigenwillig verhalten. Ich werde den Verdacht nicht los, dass sie etwas gesehen oder gerochen hat, was sie irritierte, was ich aber nicht wahrnehmen konnte. Katzen haben sehr feine Sinne.«

»Ganz richtig. Was hat sie gemacht?«

Melvinius setzte mich vorsichtig ab und füllte einen Teller aus dem Milchkrug.

Das tat gut nach dem ganzen Rauch und den hässlichen Gerüchen. Ich schlappte ihn in großer Geschwindigkeit leer, begann meine Ganzkörperreinigung und hörte nur mit einem Ohr zu, wie Meiko das Geschehen der letzten Stunden schilderte.

»Du vermutest, unter deinem Bett sei das Feuer ausgebrochen? Dazu hätte aber jemand in die Hütte kommen müssen. Kann es nicht doch von alleine geschehen sein? Ein vergessener Funke vom Herd, ein glimmendes Nachtlicht, eine Kerze, die nicht ganz verlöscht war?«

»Pater Melvinius, wer in einem so dürftigen Holzschuppen haust wie ich, ist gewohnheitsmäßig mit Feuer sehr vorsichtig.«

»Brandstiftung.«

»Ich bin mir fast sicher. Ich weiß nur nicht, wie.«

»Und warum?«

»Fragt mich nicht.«

»Menard – wenn nicht *ich* fragen darf, wer sonst?«

Meiko stützte das Gesicht in die Hände.

»Menard, du verbirgst etwas, aus Gründen, die dir gewiss wichtig sind. Aber wenn es Brandstiftung war, dann hast du dir hier einen Feind gemacht. Oder es verfolgt dich einer, den du dir an anderer Stelle gemacht hast. Das war kein Schabernack, mein Junge.«

»Nein. Das war es nicht.«

»Willst du dich mir nicht anvertrauen, Menard?«

»Ich will Euch nicht darin verwickeln, *mon Père*. Es ist zu kompliziert.«

»Indem du heute herkamst, Junge, hast du mich schon hineingezogen. Und bitte glaube nicht, ich sei dir deshalb böse. Oder liegt es daran, dass ich deines Vertrauens nicht mehr würdig bin?«

»Aber nein! Warum sollte ich?«

Meiko sah den Pater mit aufrichtigem Erstaunen an.

»Weil auch ich dunkle Flecken in meiner Vergangenheit habe. Du wirst gewiss Gerüchte gehört haben.«

»Pater Melvinius – Eure Vergangenheit ist Eure Sache. Die meine gehört mir.«

»Nicht ganz, mein Junge, nicht ganz. Ich trage an großer Schuld, die dich betrifft.«

»Ich will davon nichts hören. Und Ihr fragt mich nicht weiter. Ich bitte nur um eines. Kann ich den Rest der Nacht hier bei Euch verbringen? Noch glaubt man, ich sei in den Flammen umgekommen. Möglicherweise verrät sich der Täter, wenn ich ungesehen das Geschehen verfolgen kann.«

»Ungesehen bleibst du gewiss hier in meinen Räumen. Ich verfolge das Geschehen. Doch du wirst mit ein paar Decken auf dem Boden Vorlieb nehmen müssen. Morgen früh sehen wir weiter.«

Wir richteten uns also für den Rest der Nacht ein, Meiko in zwei Decken gewickelt, Melvinius in seinem Bett und ich zu seinen Füßen. Er bedachte mich mit einem freundlichen Zwinkern und schlummerte ein.

Doch ruhig wurde die Nacht nicht.

Mit dem ersten grauen Morgendämmer stöhnte Meiko laut auf, und Melvinius fuhr aus dem Schlaf. Ich sprang erschrocken vom Bett.

»Was ist, Junge?«

Der Pater rüttelte Meiko an der Schulter, und er stöhnte noch einmal auf.

»Wach auf, Menard. Wach auf!«

»Was … oh, Ihr seid es?«

»Ein Alb drückte dich, wie es scheint.«

Meiko rieb sich die Augen und schüttelte sich dann.

»Was verfolgt dich in deinen Träumen?«

»Die Fahrten nach Island.« Meiko fuhr sich durch die Haare. Er sah wüst und wild aus, aber auf eine ganz sonderbare Weise auch verletzlich. Ich krabbelte zu ihm hin und schmiegte mich an seine zerkratze, bloße Brust. Er legte den Arm um mich und erzählte dann mit etwas festerer Stimme: »Ihr müsst wissen, es war die schlimmste Zeit, die ich je durchgemacht habe. Nie habe ich mehr Angst ausgestanden, als auf diesen kleinen Schiffen, die in der eisigen See, von Stürmen gebeutelt, zum Fischfang ausfuhren.«

»Es sind nur die härtesten Männer zu diesen Fahrten aufgebrochen. Ich weiß. Du warst noch sehr jung.«

»Gerade einundzwanzig und nicht sehr erfahren.« Meiko schüttelte den Kopf. »Es war die Hölle.«

»Dennoch bist du zwei Sommer hinausgefahren.«

»Ich hatte noch lange danach böse Träume, in denen ich immer wieder in meiner engen, klammen Koje aufwachte, mit zerschundenen Gliedern, durchgefroren, hungrig… Ich dachte, ich hätte es überwunden, aber dieser Geruch von Pech und Teer hat es wohl wieder wachgerufen.«

»Pech?«

»Ja, es riecht hier…« Er zog prüfend die Luft ein. »Nein, *mon Père,* es riecht hier nicht nach Pech. Wie seltsam!«

Es roch hier auch nicht nach Pech. Nach Pech hatte es in der Hütte gerochen. Ich machte mich bemerkbar, indem ich in vielerlei Lauten versuchte, es ihm zu erklären.

»Mirza, was plapperst du da? Meiko, die Katze hat auch etwas bemerkt, würde ich meinen. Du sprachst von ihrem ungewöhnlichen Verhalten am Abend.«

Sehr langsam und sehr leise sprach Meiko die Worte aus: »Katzen haben sehr feine Sinne, natürlich! Es hat in meinem Bett nach Pech gerochen!«

Vielleicht hatte er mich ja diesmal verstanden.

Er fuhr erklärend fort: »Pechgetränkte Schnüre werden zum Kalfatern auf den Schiffen verwendet, pechgetränkter Stoff zu Fackeln gewickelt. Daher mein Traum von der Islandfahrt. Jemand hat eine pechgetränkte Zündschnur in die Hütte gelegt und sie bequem von außen angezündet. Er hat meine Tür und den Laden von außen irgendwie verschlossen und gehofft, von mir bliebe nur ein Häufchen Asche übrig.«

Richtig, Meiko. Überhaupt kein Erbsenhirn!

»Nun kennst du das Wie – hast du eine Erklärung, warum?«

Ich wusste, Meiko, der Meinhard hieß, hatte eine. Aber er schien nicht bereit zu sein, Melvinius mehr von sich zu offenbaren als seine Identität als Fischer. Der Pater aber zeigte sich hartnäckig.

»Menard, du bist im Jahre 1491, nachdem dein Weib gestorben war, von Paimpol fortgegangen. Und hier tauchst du 1502 wieder auf. Elf Jahre habe ich geglaubt, dich nie wieder zu sehen. Es scheint mir mehr als ein Zufall zu sein, dass Menard, der Islandfahrer, den Gärtnerburschen Meiko im Kloster Knechtsteden spielt.«

»Belasst es dabei, Pater Melvinius.«

»Was ist mit deinem Sohn, Junge? Lebt er noch?«

Meiko seufzte auf und hob resigniert die Schultern.

»Natürlich. Jehan ist derzeit bei der Dame Caroline im Stommeln zu Besuch.«

»Dachte ich es mir doch. Er fiel mir in ihrer Begleitung bei der Messe auf, und ich hatte schon fast die Vermutung, es könne Jehan sein. Er ist zu einem hübschen Jungen herangewachsen.«

»Einem klugen, warmherzigen, wenn auch sehr temperamentvollen Jungen. Ja, ich bin stolz auf ihn.«

»Hast du bedacht, das jener, der dir nach dem Leben trachtet, auch das seine gefährden kann?«

»Wir halten unsere Beziehung zueinander geheim.«

»Er ist nur ein Junge, Menard!«

»Ihr habt Recht. Ich werde noch heute früh zum Clarenhof aufbrechen. Könnt Ihr mir irgendwelche Kleider besorgen?«

»Yvain wird das tun. Bleib eine Weile dort, Menard. Ich will für dich hier beobachten, ob sich etwas Verdächtiges ergibt.«

»Haltet auch ein Auge auf die beiden Hendryksons. Mir ist nicht wohl wegen des Überfalls auf Clemens.«

»Glaubst du, es hat etwas mit dem Feuer zu tun? Gibt es denn eine Verbindung zwischen euch?«

»Pater Melvinius – ich fürchte, ja. Aber es bleibt mir im Moment keine Zeit, Euch wirklich alles zu erklären. Ich würde gerne vor Tagesanbruch aufbrechen. Es sollten mich so wenig Menschen wie möglich sehen.«

»Ich hole meinen Diener.«

Meiko streckte sich und seufzte dabei leise. Er sah müde aus und voller Sorgen. Ich rieb meinen Kopf an seiner Brust, und er streichelte mich geistesabwesend. In diesem Moment hätte ich alles dafür gegeben, mich mit ihm in seiner eigenen Sprache verständigen zu können. Die Hilflosigkeit machte mich ganz krank.

Yvain, den offensichtlich nichts erschüttern konnte, brachte Kleider und Stiefel und auch eine weite Kutte. Meiko nickte beifällig und verwandelte sich in einen hoch gewachsenen Prämonstratenser-Bruder. Melvinius ließ ihn leise aus dem Gebäude und setzte sich dann zu mir auf seine Bettstatt. Yvain hatte netterweise auch das Holzbrett vor meiner Fensterklappe entfernt, und ich streckte einmal kurz den Kopf hinaus, um Meiko nachzusehen. Er schritt zügig aus und war alsbald meinen Blicken entschwunden. Ich hoffte, wirklich nur meinen.

»Mirza, wer ist unser junger Freund?«, fragte Melvinius. »Ich habe den Verdacht, er stammt hier aus dieser Gegend. Er kennt offensichtlich die Dame Caroline gut genug, um ihr seinen Sohn anzuvertrauen. Er ist ein gebildeter und belesener Mann von ausgezeichneten Manieren. Er ist weder als Fischer noch als Gärtner geboren, sondern ein Mann von Stand. Dennoch hat er die rauen und harten Seiten des Lebens kennen gelernt. Verschwiegen war er schon damals, als er in meiner Heimat eintraf. Er habe Schiffbruch erlitten, hat er damals berichtet. Ein niederländischer Kauffahrer war im Sturm auf eine unserer gefährlichen Klippen gelaufen und mit Mann und Maus untergegangen. Ihn hatte es an die Küste gespült, mehr tot als lebend. Die Fischer haben ihn in unser Hospiz gebracht. Wir haben nie herausgefunden, was er auf dem Schiff gemacht hat. War er Matrose oder Passagier, Händler oder Kapitän? Er behauptete, sich an nichts erinnern zu können, konnte aber genug unserer Sprache, um sich verständlich zu machen. Er blieb, nachdem er Beatrice kennen gelernt hatte. Und ging ohne Abschied fort, als sie gestorben war. Hat ihn das so sehr erschüttert? Ach, Mirza, ich wünschte, er würde sich mir anvertrauen. Denn auch ich möchte ihm meine Schuld gestehen. Mein Versagen, meine Nachlässigkeit, meine Verantwortungslosigkeit, die Beatrice dazu brachte, die Engelmacherin Stella aufzusuchen. Auch meine Schuld an Stellas Unglück. Das Leid, das ich über sie alle gebracht habe, Mirza, hat mir lange Zeit den Verstand geraubt. Und mich letztendlich hierher geführt. Nun sind sie mir alle wieder begegnet – Menard, sein Sohn und die Spanierin.«

Melvinius' Augen waren dunkle Brunnen voll Schmerz und Verzweiflung.

Ich hatte eine plötzliche Erkenntnis.

Ganz blöd waren die Menschen wirklich nicht. Meinem gepeinigten Pater konnte nur eine Beichte wirklich helfen. Eine, die er Meiko gegenüber ablegen musste, denn er war der Einzige, der ihm, so es ihm denn möglich war, vergeben konnte.

Ich hingegen konnte ihm nur wenig geben. »Alles wird gut, alles ist friedlich, alles kommt in die rechte Ordnung«, schnurrte ich auf seinem Schoß. Nach einer Weile hob sich die schwarze Wolke um ihn ein bisschen.

Wir dösten gemeinsam ein.

Am Nachmittag überprüfte ich die Bibliothek, fand drei neue Mäuse und stillte an ihnen meinen Bildungshunger. Dann verabschiedete ich mich von Melvinius und machte meine Runde. Selbstverständlich wählte ich als Erstes den Weg zur Hütte am Kräutergarten. Man hatte das verkohlte Holz fortgeräumt, aber der Boden war noch geschwärzt, und es roch ausgesprochen widerlich. Der Kräutergarten hatte auch gelitten, war zertrampelt und matschig. Ich verließ die Stätte des Schreckens und schlenderte am Bachlauf entlang. In den Nutzgärten ernteten zwei Männer Kohlköpfe. Sie beachteten mich nicht. Am Forellenteich stand das Räucherhaus offen, war aber seines Inhaltes beraubt. Schade eigentlich. Inzwischen war der Appetit auf Fisch bei mir zurückgekehrt. Vielleicht sollte ich mir einen frischen aus dem Wasser angeln?

Doch dann wurde ich abgelenkt. Hinter dem Teich nämlich, wo das Bächlein in einer kleinen Gumpe gestaut war, schwangen Katryn und ihre Freundin große Wäschestücke. Sie schnatterten und kicherten unablässig dabei. Das Wort Rommerskirchen drang dabei plötzlich an mein Ohr, und ich spitzte es sogleich.

»Die Elli haben sie wieder gefragt, ob sie am Wochenende einspringen kann. Es kommen Gäste. Aber der Elli ihre Muhme liegt auf den Tod krank, und darum kann sie nicht fort. Ich hab nachgefragt, gestern. Zwei brauchen sie noch. Kommst du mit?«

»Katryn! Meinst du das ernst?«

»Sicher. Das Ännchen war ja das letzte Mal dabei und hat sich ihre Goldstücke verdient. Jetzt sind wir dran.«

»Du bist eine wirkliche Freundin, Katryn! Ob wir auch blaue Röcke bekommen?«

»Weiß nicht. Es ist kein Ball, nur eine Jagd und hinterher ein Essen. Ich zieh jedenfalls mein Sonntagskleid an.«

»Ja… Ich habe neue Bänder… blaue und rote. Ich leih dir die blauen!«

»Oh, danke.«

»Aber was wird dein Mattes dazu sagen, wenn du die Nacht dort bleibst?«

»Der Mattes braucht das Maul nicht mehr aufzumachen. Der hat sich schon wieder an die Kristin rangemacht. Jetzt gräbt er ihr den Garten um. Gaaanz langsam. Und mit gaaanz großen Augen.«

»Und sie? Die Kristin?«

»Verhätschelt ihren Bruder. Der ist doch niedergeschlagen worden. Will nur hoffen, dass das nicht der Mattes war, der Trottel.«

»Gut, dann gehen wir am Samstag nach Rommerskirchen. Ach, und ich will sehen, ob ich noch etwas Kamille bekomme, die macht die Haare so schön glänzend. Aber hier im Kräutergarten wird's wohl nichts mehr geben.«

»Gott ja, nach dem Unglück!«

Katryn hielt im Schrubben inne und wischte sich mit dem Unterarm eine Strähne aus dem Gesicht. »Gott ja. Der Gärtnerbursch. Ich darf gar nicht dran denken. Nichts haben sie mehr von ihm gefunden. Nur Asche ist übrig geblieben. Er war so ein prächtiges Mannsbild.«

»Ja«, seufzte auch ihre Freundin. »Ja, das ist eine Schande.«

Beide blickten in Richtung Kräutergarten.

»Vielleicht war er gar nicht im Haus, Katryn.«

»Wo sollte er denn sonst gewesen sein? Wenn er nicht drin war, dann wäre er jetzt hier.«

»Das stimmt auch wieder. Richtig schade drum. Obwohl er sich nicht viel aus uns machte, was?«

»Auch keinen Erfolg gehabt?«

»Miteinander geschwatzt haben wir. Aber zum Tändeln war er nicht aufgelegt. Na ja, wir haben jetzt ein Wochenende vor uns. Da wird sich schon was ergeben.«

»Meinst du, der Herr Sivert schaut solche wie uns an?«

»Mag sein. Elli sagte, er habe nicht nur Augen für die feinen Damen. Der hat auch ganz gern mal was Handfestes.« Plötzlich kicherte Katryn wieder auf. »Wir werden wohl auch einen der heiligen Herrn hier aus dem Kloster antreffen.«

»Ich weiß. Der Diakon Arnoldus liest in der Kirche vom Herrenhaus die Messe.«

»Nicht nur das. Es heißt, er kümmert sich nicht nur um die Seelen der Gläubigen, sondern auch um die Leiber. Vor allem die weiblichen.«

»Waaas?«

»Ja, ja, ein scheinheiliges Pack, die Pfaffen. Ist schon komisch, wenn du mich fragst. Denn andererseits ist der Sivert, der doch ein ziemlich lustiger Vogel ist, ziemlich fromm.«

»Wie kommst du darauf?«

»Das Ännchen ist letztes Mal ein wenig durch das Haus geschlichen. Wollt sich mal die schönen Zimmer ansehen. Da hat sie das Schlafgemach des Herrn gefunden. Riesiges Pfostenbett, ganz mit seidenen Laken und Pelzdecken und Samtpolstern … mhhhh!

Richtig ein Sündenpfuhl, hat sie gesagt. Trotzdem hat er in einer Ecke so einen Altar stehen. Mit einem Marienbild und Kerzen und allem. Und einer ganz kostbaren Reliquie. Einen Kristall mit einem Haar Mariens darin. Stell dir das mal vor!«

Mir zog ein wildes Kribbeln über den Rücken, und ich fühlte, wie meine Haare sich aufstellten. Das Feenhaar. Es war in Rommerskirchen. Nicht im Grab der Mutter.

Das war eine Neuigkeit.

Ob es wohl eine Möglichkeit gab …

Die Wäschermädchen plapperten und schwatzten weiter, aber mich trieb das Gehörte nun um. Noch war alles recht durcheinander in meinen Gedanken, aber irgendwo begann sich ein Fädchen zu rühren, und wie eine Spinne geduldig ihr feines Netzwerk spann, wirkte es ein Muster in meine Gedanken. Es war da, das merkte ich, aber erkennen konnte ich es noch nicht. In einem solchen Fall hat eine Katze ein wunderbares Mittel zur Erkenntnis – einen ausgiebigen Schlummer!

Ich suchte mir einen sonnenwarmen, weichen und gut versteckten Platz am Waldrand und begann mit der Planung eines ausgesprochen abenteuerlichen Kapitels.

Es dauerte dann doch bis zum nächsten Tag, bis ich so weit war, die richtigen Schlüsse zu ziehen und die entsprechenden Entscheidungen zu treffen.

Meiko war noch immer abwesend, und es wurde allgemein angenommen, er sei bei dem Brand umgekommen. Melvinius trug eine entsprechend trauervolle Miene und murmelte etwas von Begräbnis.

Meister Clemens, der sich von seiner Verletzung erholt hatte, tauchte wieder in der Kirche auf, um das letzte Bild von seinen Entwürfen auf die verbleibende freie Wandfläche zu übertragen. Ich besuchte ihn und fand auch ihn recht betroffen von Meikos Unfall. Offensichtlich hatte sich die Neuigkeit in Windeseile verbreitet. Wir widmeten uns nur ganz kurz dem Stopfenspiel, und nach einem Scheibchen Braten und etwas Quark, den ich von des Meisters Fingern lecken durfte, verabschiedete ich mich aus der Basilika. Auf meinem Weg durch den Kreuzgang warf ich noch einen Blick in die Küche und wechselte ein paar Worte mit Engelbert. Von ihm erfuhr ich, Diakon Arnoldus habe das Kloster verlassen, angeblich, um in Rommerskirchen die festliche Messe vor der Herbstjagd vorzubereiten. Wenn man Katryn glauben durfte, ging es ihm aber sicher nicht nur um den Gottesdienst, sondern auch um den Minnedienst. Immerhin, ich war froh, dass er fort war. Sonst hätte ich mich gegebenenfalls doch zu einer unüberlegten Tat hinreißen lassen.

Wieder draußen, prüfte ich die Witterung. Noch war das Wetter ruhig und sonnig, aber meine Schnurrhaare wussten von kommenden Änderungen. Zwei, höchstens drei Tage noch würde es angenehm bleiben. Aber so war das nun mal in dieser Jahreszeit. In dem Wind, der aufgekommen war, lag schon eine gewisse scharfe Kälte. Darum kehrte ich in den Kreuzgang zurück, wo es noch immer angenehm warm war, und in bester Denkpose – gekreuzte Vorderpfoten, Schwanz diszipliniert um mich herum drapiert – nahm ich an einer Stelle Platz, an der ich sehen, aber nicht gesehen werden konnte.

Ich widmete mich dem Gespinst, das sich aus meinem Wissen, Denken und Fühlen entwickelt hatte.

Meiko stellte für Sivert, Arnoldus, Johanna und wahrscheinlich auch Ermine eine gewisse Bedrohung dar, weil die Möglichkeit bestand, dass er seinen Revieranspruch geltend machen könnte. Er hatte es bislang nicht getan, sondern sich als unterwürfiger Außenseiter gebärdet.

Melvinius hatte erkannt, dass er sich verstellte, wusste aber nicht, warum.

Die Dame Caroline und Jehan wussten es.

Ich noch nicht.

Aber die Gedankenspinne hatte ihr Werk getan.

Die alte Moen hatte lange Jahre auf dem Gut Rommerskirchen gelebt, und sie hatte tatsächlich etwas besessen, das Meinhard beim Durchsetzen seines Anspruchs helfen würde. Ob es ein Schatz, Münzen oder gar diese Dinge, die er als Dokumente bezeichnet hatte, waren, blieb mir natürlich verborgen. Diese Feinheiten des menschlichen Lebens waren mir gänzlich fremd. Nichtsdestotrotz nannte die Moen zumindest zahlreiche Goldstücke ihr Eigen. Mehr als acht, weil – so weit konnte ich ja zählen. Viel mehr als acht! Und sie hatte eine Kassette, die unter den Dielen am Kamin versteckt war. Meiko wusste, dass sie etwas für ihn haben musste, denn damals, bevor er mich entführte, hatte er die Kate sorgfältig durchsucht, aber nichts gefunden.

Mattes' Muhme hatte die Kate ebenfalls vergeblich durchstöbert.

Kristin hatte die Kate geputzt und auch nichts entdeckt.

Jemand war eingebrochen und hatte alles durchgewühlt, war aber nicht fündig geworden.

Ein zweites Mal war dabei sogar Clemens niedergeschlagen worden und das Häuschen – vermutlich erfolglos – durchsucht worden.

Denn nun grub der Mattes den Garten um.

Sicherlich suchte er noch immer den Schatz.

Mir stellte sich als Nächstes die Frage, woher Meiko die Moen wohl kannte. Hatte er einst auch auf Rommerskirchen gelebt? Anzunehmen.

Als Gärtner? Als Knecht?

Bestimmt nicht. Denn er hatte, wie Melvinius sagte, gute Manieren, war belesen und gebildet.

Hatte er dann freiwillig sein Heim verlassen?

Es gab nur eine Erklärung, die ich dafür finden konnte. Kater, vor allem verliebte, wandern oft weite Strecken, um ihre passende Liebste zu finden. Meiko hatte die seine in dem fremden Land gefunden und einen Sohn mit ihr gezeugt. Aber ein Kater wäre spätestens nach vollbrachter Tat wieder in sein Stammgebiet zurückgekehrt. Meiko hatte das nicht getan. Noch nicht einmal nach dem Tod dieser Beatrice. Wie Melvinius schon richtig feststellte, war er stattdessen weitere elf Jahre durch die Welt gereist.

Warum wollte er sein Revier gerade jetzt zurückhaben? Offensichtlich hatte er in der Zwischenzeit zwar ein schweres Leben gehabt, aber er war nicht verhungert. Obwohl er ein paar Kratzer abbekommen hatte. Aber wenn das, was ich inzwischen von Geld verstand, stimmte, dann hatte er dabei mehr als einen Hungerlohn verdient.

Hatte er sich womöglich nicht nach Hause getraut?

Dann war er nicht ausgezogen, um ein Weib zu finden.

Es gab nur eine weitere Möglichkeit, die dazu führte, dass eine Katze ihr Heim verließ – wenn sie nicht gerade so wie ich einfach entführt wurde –, und das passierte, wenn man von einem Stärkeren vertrieben wurde.

Hatte ihn damals Sivert aus seinem Revier gebissen, sodass er sich ein anderes suchen musste?

Während ich grübelte, stimmten die Mönche in der Basilika wieder ihren Singsang an, und Wortfetzen drangen an meine Ohren.

»Gott der Rache, Herr, Gott der Rache, erscheine.
Erhebe dich, Richter der Erde,
vergelte den Stolzen ihr Tun.
Wie lange sollen die Frevler, o Herr,
wie lange sollen die Frevler frohlocken?
Sie fließen über vor frechen Reden;
es prahlen die Übeltäter.«

Deftig, was die da von ihrem Gottvater verlangten.

Verlangte es Meiko nach Rache?

Oder Gerechtigkeit?

Von Sivert wusste ich bisher wenig. Er war ein gut aussehender Mann, etwas jünger als Meiko, und wurde von den Frauen umworben. Wie jeder aufrechte Kater nahm er sich, was ihm angeboten wurde. Er war gut Freund mit dem Abt des Klosters, offenbar, weil er häufig Beute hier ablieferte. Nicht Mäuse, sondern Bücher und Reliquien hatte er vorbeigebracht. Mit Arnoldus verband ihn auch eine enge Freundschaft, was nicht besonders für ihn sprach.

Er jagte die Tiere des Waldes.

Raguna schätzte das überhaupt nicht.
Er besaß das Feenhaar, das ihn schützte.
Das wiederum behagte mir definitiv nicht.
Ich kam zu meinem letzten Schluss. Arnoldus hatte Sivert von Meikos Hiersein unterrichtet, denn er war nach dem Gespräch mit Johanna im Kreuzgang nach Rommerskirchen geeilt und vorgestern zurückgekommen. Er hatte daraufhin einen hinterhältigen Mordanschlag auf Meiko verübt, und das gewiss mit Billigung, wenn nicht sogar auf Anweisung des dortigen Herren. Denn auf das Gift, wie Johanna es vorgeschlagen hatte, hatte er ja verzichtet.
Warum wollte Sivert Meikos Tod?
Mir blieb nur eine einzige Möglichkeit, es herauszufinden.
Ich musste nach Rommerskirchen.
Irgendjemand musste Meiko doch helfen.
»Wer steht für mich auf gegen die Ruchlosen,
wer tritt für mich ein gegen die Übeltäter?«, sangen die Mönche.
Eine gute Frage.
Mir ging als Antwort der Kristall mit dem Feenhaar nicht aus dem Sinn.

Raguna lag auf ihrem Lieblingsast einer alten Eiche. Ich erkannte als Erstes ihren Schwanz, der nach unten baumelte, und grüßte sie höflich.
»Na, Fratz. Die Feuersbrunst überstanden?«
»Knapp, Gevatterin. Knapp.«
»Schlimme Sache, so ein Feuer. Ich hasse es.«
Sie bequemte sich von ihrem Ast herunter und baute sich vor mir auf. Ein beeindruckendes Tier, so

ein Luchs. Doch ich schaute nicht nur wegen ihrer Größe voller Achtung zu ihr auf.

»Dein Mensch ist auf dem Clarenhof und hält sich versteckt.«

»Danke.«

Ich war erleichtert. Meiko hatte es also geschafft und ging bestimmt auch Johanna und Ermine aus dem Weg. Schon wegen deren Geschnatter.

»Deine Ohren glühen förmlich, Mirza. Du hast etwas vor!«

»Ja, Gevatterin. Ich habe etwas vor. Und ich brauche dazu deine Hilfe.«

»So so.«

»Du kennst den Weg nach Rommerskirchen.«

»Ja, ja.«

»Ich muss etwas über den Herrn dort herausfinden.«

»So so!«

»Er besitzt den Feenstein!«

Damit hatte ich Raguna denn doch überrascht. Ihre goldenen Augen wurden zu Schlitzen, und die Büschel auf ihren Ohren zuckten.

»In der Tat?«

»Es heißt, er befinde sich im Schlafgemach des Herrn.«

Raguna grollte, und es hörte sich wahrhaft erschreckend an.

»Durch den tiefsten Wald und über unwegsames Gestein werde ich dich führen, aber nicht in das Zimmer dieses Menschen.«

»Nein, Raguna. Dahin nicht. Das ist meine Aufgabe.«

»Und dann?«

»Ihn von dort wegtragen.«

Sie grollte noch mal, aber diesmal bebte der Bart wie in kaum gebändigter Heiterkeit.

»Scheint ein kluger Fratz zu sein, unsere Mirza. Willst du den Mann seines Schutzes berauben?«

»Genau. Denn er war es, der den Brand legen ließ und Meiko damit umbringen wollte.«

Raguna ließ sich neben mir nieder, sodass wir fast auf gleicher Höhe miteinander reden konnten. Offensichtlich war sie von meiner Idee angetan.

»Was willst du mit dem Kristall anfangen?«

»Ihn zur Quelle bringen. Wenn du mich führst.«

»Gewiss.«

Ich atmete erleichtert auf.

Trotzdem – es würde nicht leicht werden, und ich musste Raguna warnen.

»Ich würde gerne bald aufbrechen, Gevatterin. Aber es könnte gefährlich werden.«

»Sicher. Es wird Sturm geben.«

»Nicht nur das. Es werden sich Gäste in Rommerskirchen versammeln. Sie wollen auf die Jagd gehen.«

»Dann werden wir doppelt vorsichtig sein. Wir brechen in der Abenddämmerung auf!«

»In der Morgendämmerung. Ich muss noch versuchen, Pater Melvinius zu beruhigen. Er macht sich Sorgen um mich, wenn ich längere Zeit fort bin.«

»Du wirst mehrere Tage fort sein. Das kannst du doch einem Menschen nicht erklären.«

»Mir wird schon etwas einfallen.«

»Mrrrmpf. Immer diese Rücksichtnahme auf Menschen! Also gut, Morgendämmerung. Hier!«

»Danke, Gevatterin.«

Ich verabschiedete mich, und als ich einige Schritte gegangen war, hörte ich sie noch mal brummeln: »Mutiger Fratz, der!«

Eigentlich wollte ich zurück zur Bibliothek, um zu versuchen, mich Melvinius verständlich zu machen, aber dann hörte ich, als ich am Kräutergarten vorbei schlich, ein leises Seufzen. Ein weibliches, wohlgemerkt. Es reizte meine Wissbegier.

Zu meiner Überraschung fand ich Kristin, nett in Rock, Schürze und Häubchen, auf der Mauer an den Rosenbüschen sitzen. Sie starrte auf den verkohlten Fleck, der einst Meikos Hütte gewesen war, und wirkte genauso traurig wie die verblühten Rosen.

Ich hüpfte hoch zu ihr und drängte mich an ihre Seite.

»Oh, Mirza. Ist es nicht entsetzlich?«

Nicht so entsetzlich, wie sie glaubte, aber schlimm genug.

Wir dachten beide eine Weile an Meiko, während sie mich sanft streichelte. Das machte sie wirklich schön.

»Jungfer Kristin, was bringt Euch hier an diese Stelle des Unglücks?« Pater Melvinius war auf seinem täglichen Spaziergang ebenfalls zum Kräutergarten gekommen und hatte Kristin die Hand väterlich auf die Schulter gelegt. »Ihr habt sicher gehört, was geschehen ist.«

»Ja, Pater. Und es dauert mich unsäglich.«

»Meiko war ein guter Mann. Ihr mochtet ihn?«

Kristin nickte wortlos, und ihr tropften plötzlich Tränen aus den Augen.

»Ihr mochtet ihn sehr, nicht wahr?«

Sie schniefte und nickte noch einmal.

»Er hat Eure Verkleidung durchschaut, wisst Ihr. Und er hat sich bemüht, Euch und Eurem Bruder zur Seite zu stehen.«

»Hat er das? Er hat nie etwas verlauten lassen.«

»Nein, er war ein sehr verschwiegener Mann.«

Kristin schluchzte noch einmal auf.

»Er hat Euer Herz berührt?«

Noch ein Nicken. Dann flüsterte sie heiser: »Zu Anfang nicht so sehr, aber dann ... Ich fand ihn rau, aber er als er mir von seinen Reisen erzählte, tat er mir plötzlich Leid. Er schien einsam zu sein.« Sie wischte sich mit dem Schürzenzipfel die Nässe von den Wangen und blickte zu Melvinius auf, der noch immer dicht neben ihr stand. »Pater, wer war er?«

»Ein viel gereister Mann. Mehr weiß ich auch nicht, Kind.«

»Und hier, an diesem friedlich Ort, wo er seine gefahrvollen Reisen beendete, traf er sein Schicksal. Wie entsetzlich.«

Melvinius breitete die dunkle Kukulle, die er über seinem weißen Gewand trug, auf dem Mäuerchen aus und setzte sich neben Kristin. Ich sprang auf ihre Knie.

»Ich habe ihn vor langen Jahren getroffen. Dort, wo ich herstamme, weit im Norden Frankreichs. Damals stand er am Beginn seiner Reisen. Er fuhr auf Fischfang bis nach Island. Das ist zwar eine ertragreiche, aber auch sehr gefährliche Arbeit und wurde nur von ganz verwegenen Männern gewagt.«

»Also stimmt es, er war ein Fischer!«

»Zu jener Zeit. Zwei Jahre blieb er dort. Was danach und davor war, entzieht sich meiner Kenntnis. Aber Ihr, Kristin, seid ein vernünftiges Weib und keine Klatschbase. Darum will ich Euch anvertrauen, dass er einen Sohn hat.«

Kristin zuckte zusammen und sah den Pater mit großen Augen an. Aber ich bekam Achtung vor ihrem Verstand und ihrem Blick.

»Jehan, nicht wahr?«

»Ja, Jehan.«

»Und Ihr, Pater? Was ist Jehan für Euch?«

Unter Melvinius' weißem Bart breitete sich ein feines Lächeln aus.

»Liebe Kristin, die Frage geht zu weit!«

»Oh!«

Sie senkte den Blick, in dem mindestens so viel Neugier lauerte wie in meinem. Ich senkte meinen nicht. Ich dachte ja gar nicht daran. Ich dachte mir etwas ganz, ganz anderes!

Kristin aber zog auch einen Schluss.

»Ach Gott, der arme Junge. Weiß er es schon?«

»Die Dame Caroline kümmert sich um ihn, Jungfer Kristin.«

»Es wird ihm schrecklich weh tun. Er ist ein feinfühliger Knabe. Ich bin ihm ein paarmal im Wald begegnet, und wir haben uns wunderbar unterhalten. Er hat mir eines der hier überlieferten Märchen erzählt. Das tun Jungen in seinem Alter nicht sehr oft.«

»Ein Märchen?«

»Von einer Fee, die die Quelle im Wald bewacht. Er hat mich einmal dorthin geführt.« Sie seufzte noch einmal leise. »Es ist ein schöner Platz, aber eine Fee gibt es leider dort nicht. Wir waren beide sehr enttäuscht.«

Melvinius sah aus, als habe er einen fernen Donner gehört. Ich spürte, wie er um Fassung rang, und kletterte eilig auf seinen Schoß, um sein polterndes Herz zu beruhigen. Er hatte sich bewundernswert im Griff, seine Stimme verriet seinen inneren Aufruhr nicht.

»Es gibt eine Quelle, über die eine Fee wachen soll? Mögt Ihr mir die Geschichte ebenfalls erzählen, Jungfer Kristin?«

»Gerne, Pater. Hört!«

Sie berichtete mit ihrer hübschen Stimme von der goldhaarigen Fee, die das wundertätige Haar ihrem Retter schenkte, der aber von seinem Bruder verraten worden war.

»So berichtete Jehan, aber ich habe noch eine weitere Ausführung dazu gehört. Nicht nur das Wasser der Quelle ist bitter geworden, sondern auch die Fee hat sich von ihr entfernt, und die Heilkraft des Wassers ist versiegt. Denn als die Herrin der Quelle erfuhr, dass der falsche Bruder nun durch ihr Haar geschützt war, entsandte sie ihren Geliebten, einen schönen, silberhaarigen Feenprinzen, um den Kristall zurückzuholen. Der Feenprinz war ein gütiger und weiser Mann, der seine Macht nicht ausspielen wollte, denn damit hätte er die Menschen erschreckt. Also nahm er für diesen Auftrag die Gestalt eines Sterblichen an und besuchte den Bruder, um mit ihm zu verhandeln. Der aber fühlte sich sicher und stark und forderte ihn zum Streit heraus. Sie rangen miteinander. Der Verräter kämpfte nicht nach den Regeln, und er erschlug hinterrücks den Feenprinzen. Zwar sind die Unsterblichen vor dem Tode sicher, doch da er Menschengestalt angenommen hatte, war er nun dazu verdammt, in dieser Welt zu bleiben. Das Feenreich blieb ihm verschlossen, und jede Erinnerung daran war aus seinem Gedächtnis verbannt. Seine Seele irrt seither suchend umher und findet gelegentlich ein Heim in dem Körper eines Menschen. Die Herrin der Quelle aber, als sie von dem feigen Mord erfuhr, verließ ihren Platz in dieser Welt, um in ihrem eigenen Reich um ihren Liebsten zu trauern. Seither ist nicht nur das Wasser bitter, sondern heilt auch nicht mehr die Gebrechlichen und Siechen.«

»Mirza, Mirza«, murmelte Melvinius, hob mich an seine Schulter und drückte mich an sich. »Mirza, du zitterst ja!«

Kräftig streichelte seine Hand über meinen Rücken und meine bebenden Flanken. Ganz langsam ließ die Erregung in mir nach.

»Pater, habt Ihr mir nicht einmal erzählt, Tiere mit roten Ohren stammten aus dem Feenreich?«

Oh, Kristin, du hellsichtiges Mädchen.

»So sagt man in meiner Heimat. Es ist ein Märchen, wie das Eure. Und, Jungfer Kristin, wie in allen Märchen verbirgt sich auch darin immer ein Körnchen Wahrheit. Wer weiß, vielleicht gab es vor langen Zeiten wirklich noch Feen in unserer Welt. Die Schlechtigkeit der Menschen mag sie – wie in dieser Mär – jedoch vertrieben haben.«

Auch Kristin kraulte mich jetzt zwischen den Ohren.

»Tatsache ist auf jeden Fall, dass Mirza eine ganz ungewöhnliche und sehr kluge Katze ist.«

»Das ist wohl wahr. Woher habt Ihr diese Ergänzung von Jehans Geschichte, Jungfer Kristin?«

»Oh, die Druitgin, unten im Dorf, hat sie mir erzählt, als ich letzthin bei ihr war.«

Durch Melvinius ging ein Ruck.

»Ihr wart bei der Druitgin?«, fragte er unerwartet scharf.

»Ja, man sagte mir, sie kenne sich mit Kräutern aus.«

»Jungfer Kristin – geht nicht zur Druitgin. Ich bitte Euch herzlich. Wenn Ihr Rat braucht … also, wenn Ihr ein Problem habt, kommt zu mir. Ihr könnt mir vertrauen. Jungfer Kristin. Ich werde Euch helfen.«

»Ja, aber, Pater …«

»Sie ist keine gute Frau, die Druitgin!«

Kristin sah ihn verwundert an, und auch ich merkte, wie er plötzlich die Lider senkte, als könne er ihren Blick nicht ertragen.

»Oh, Pater. Ich verstehe. Eine Frau wie die Druitgin, die die Wirkung der Pflanzen, Wurzeln und Pilze kennt, weiß nicht nur um deren heilende Kräfte, sondern auch um ihre schädlichen. Sie verabreicht nicht nur schmerzstillende und wundheilende Mittel, sondern auch solche, die Träume spenden oder den Tod bringen. Oder solche, die die Frucht des Leibes abgehen lassen. Habt Ihr befürchtet, ich sei aus diesem Grund bei ihr gewesen?«

Melvinius nickte beschämt.

»Ich habe ein Mittel gebraucht, das Clemens die Kopfschmerzen erleichtert. Weidenrindenpulver hat sie mir gegeben. Es hat geholfen und war nicht schädlich.«

»Verzeiht, Jungfer Kristin. Ich wollte Eure Ehre

nicht infrage stellen. Nur – ich habe einmal einen Fehler begangen … Er hängt mir nach. Könnt Ihr mir vergeben?«

»Aber Pater Melvinius, ich bin nicht so empfindlich. Es hätte ja leicht sein können, nicht wahr? Ich bin ein leichtfertiges Weib, das in Männerkleidung die Arbeit seines Bruders verrichtet und in Frauenkleidern recht freimütig durch die Gegend läuft. Ich habe mich sogar schon in Gefahr gebracht. Der Herr von Rommerskirchen hat mich alleine im Wald beim Pilzesammeln erwischt und hätte mir fast Gewalt angetan, wäre nicht ein Wildschwein … Oh! Nein, das war vermutlich kein echtes Schwein, wenn ich's mir recht überlege. Meiko war damals ein wenig zu schnell an meiner Seite. Ich glaube fast, er hat mich vor Schlimmerem bewahrt.« Kristins Blick fiel wieder auf die Brandstätte. »Und nun ist er tot!«, flüsterte sie tonlos.

»Nicht immer bedeutet der Tod, den man vermutet, das Ende des Lebens, Jungfer. Aber von manchen, die ein Geheimnis zu wahren haben, glaubt man besser, sie seien dahingegangen wie die Asche im Wind.« Melvinius' Augen glitzerten, und Kristin starrte ihn fassungslos an.

»Pater?«

»Bewahrt die Erinnerung an ihn, Jungfer Kristin. Bewahrt sie gut. Ihr habt ihn lieb gewonnen, den einsamen Wanderer.«

»Ich fürchte, ja.«

»Gebt ihm ein Heim in Eurem Herzen.«

Melvinius hob mich von seiner Schulter und setzte mich auf Kristins Schoß.

»Mirza, schnurre!«

Ich tat es.

»Mirza hat vor einiger Zeit mein Herz, das sich sehr ungebärdig in meiner Brust benahm, durch ihr Schurren geheilt. Es ist eine gute Kur, auch bei Herzeleid, Kristin.«

»Alles wird gut, Kristin, alles ist gut. Nur noch ein Weilchen, Kristin, dann ist alles wieder gut«, schnurrte ich und spürte den Schmerz, der diese junge Frau umklammert hielt. Er löste sich ein wenig, und ein Hoffnungskeim begann in ihr zu wachsen. Aber mein Pelz wurde nass von Tränen.

Wieder musste der Schürzenzipfel herhalten, und mit verschwollenen Augen schnupfte Kristin noch einmal auf.

»Danke, Mirza. Danke, Pater Melvinius. Ihr seid sehr gut zu mir.«

»Ihr seid ja auch ein gutes Kind, Kristin!«

Fand ich auch. Aber nun machten die beiden Anstalten, sich zu trennen, und ich hatte noch eine eigene Angelegenheit zu erledigen. Der Moment war außergewöhnlich günstig. Ich sprang also auf und raste so schnell ich konnte zum Waldrand. Dort machte ich kehrt, hetzte zurück, sprang auf Melvinius' Schoß und legte ihm maunzend meine Pfote auf sein Herz.

»Nanu, was ist denn in dich gefahren, Kätzchen. Hat dich eine Biene gestochen?«

Falsch, mein lieber Freund, falsch!

Ich absolvierte die Übung noch einmal.

»Was für ein seltsames Benehmen!«, wunderte sich auch Kristin. »Will sie spielen?«

»Ich weiß nicht. Die ganze Zeit war sie so friedlich.«

»Wir haben in der Kirche – ähmm – also richtig ist das sicher nicht, aber wir haben so ein kleines Spielchen mit Stopfenwerfen eingeführt.« Kristin kicherte ein wenig verlegen. »Sie holt so gerne Sachen zurück, die man irgendwo hinwirft.«

»Ungewöhnlich für eine Katze. Aber sie ist ja auch ein gescheites Tier.«

Kristin warf einen kleinen Tannenzapfen.

Ich ignorierte ihn.

»Das war es wohl doch nicht.«

Ich rannte wieder los, kam zurück, Pfote aufs Herz, maunzen.

»Aber, Pater, wenn mich nicht alles täuscht, will sie uns etwas klar machen.«

»Aber was, Jungfer Kristin?«

»Sie läuft weg und kommt zurück. Sie weiß offensichtlich um Eure Herzbeschwerden. Vielleicht will sie eine Weile im Wald stöbern und zurückkommen. Und Ihr sollt Euch keine Sorgen machen, damit Euer Herz nicht stolpert.«

»Kann eine Katze so weit denken?«

»Eine Feenkatze, Pater Melvinius?«

»Mau!«, stimmte ich zu.

»Ich habe mich schon oft gefragt, was Tiere alles verstehen, wenn man auf sie eingeht. Und was sie einem mitteilen können. Möglich, dass Ihr Recht habt, Jungfer Kristin.«

»Vielleicht vermisst auch sie den Meiko. Außerdem – Katzen lieben es manchmal, für eine Zeit auf Wanderschaft zu gehen. Aber sie kommen gerne dorthin zurück, wo es ihnen gut geht. Gebt ihr also eine Weile Urlaub, und sorgt Euch nicht. Sie wird zu Euch heimkehren.«

»Ist es das, was du wünschst, Mirza?«

»Mau! Mirrrip!«

»Nun, dann lauf, Kleine, wann immer du möchtest.«

Jetzt mochte ich noch nicht, aber ich war froh, die Erlaubnis zu haben.

Melvinius und Kristin standen auf und verabschiedeten sich voneinander. Ich ging ein wenig meiner Wege. Wieder hatte ich etwas erfahren, das mein Innerstes angerührt hatte, und unter der Katzenminze nickte ich ein, um meine Seele schweifen zu lassen.

Morgen in der Frühe würde eines der aufregendsten Kapitel meines Lebens beginnen.

Ein aufregendes Kapitel

Pünktlich zur Morgendämmerung fand ich mich an Ragunas Lieblingseiche ein. Dort wartete aber nicht nur die Luchsin, sondern auch ein schwarzer Schatten, der mich aus einem goldenen Auge herausfordernd anfunkelte.

»Diabolo, was machst du denn hier?«

»Ich gehe mit Raguna zum Gutshof. Du bleibst hier und passt auf deine Menschen auf.«

»Spinner!«

»Er hat Recht. Du bist das wilde Leben nicht gewöhnt!«

»Unsinn, ich habe bis zum Sommer durchaus ein wildes Leben geführt.«

»Bei der Moen war das Leben nicht wild.«

»Und du kennst den Wald nicht!«

»Und du, Diabolo, weißt nicht, wonach du suchen musst.«

»Doch. Raguna hat es mir erklärt.«

»Ich gehe nach Rommerskirchen. Ich habe Melvinius verständlich gemacht, dass ich einige Tage fernbleibe. Versucht, mich zu hindern.«

»Oh ja!«

Diabolo baute sich drohend vor mir auf. Buckel rund, Rückenhaare gesträubt, Schnurrhaare und Ohren angelegt.

»Spar dir die Gebärdensprache, du Angeber.«

Ich bekam einen Schlag mit der weichen Pfote auf die Nase, der mich zurücktaumeln ließ. Fauchend sprang ich ihn über seine blinde Seite an. Das hatte er nicht so schnell erwartet und fiel um. Wir gerieten ins Rangeln. Gerechterweise muss ich zugeben, dass er seine Krallen bedeckt hielt. Ich meine, nicht immer. Ein paar schwarze Flusen tanzten im Morgenlicht.

»Schluss!«, grollte Raguna, und ihre Tatze – alle Krallen ausgefahren, drückte sich in meinen Nacken.

Urgs.

Ich weiß, wann ich aufgeben muss.

»Diabolo, sie kommt mit. Sie hat mehr Biss, als ich dachte.«

»Sie ist ein Schoßkätzchen!«

»Das dich ordentlich zerrauft hat, Junge.«

»War aber nett.«

Ich war drauf und dran, ihn noch mal anzuspringen, aber Raguna verstärkte den Druck in meinem Nacken, und meine Nase lag im Waldboden.

Maulfaul trottete ich hinter Raguna und Diabolo her, die sich bestens zu verstehen schienen. Über meinen Ohren lag eine schwarze Wolke. War es nicht meine geniale Idee, den Sivert auszuspähen? War es nicht meine überragende Eingebung, den Feenstein zu suchen und zu entwenden? Hatte ich nicht das Wunder vollbracht, Melvinius von meiner Abwesenheit in Kenntnis zu setzen?

»Sie grollt uns, Diabolo«, stellte Raguna mit einem Blick über die Schulter fest. »Aber sie hält Schritt.«

»Verwöhnte Samtpfote. Wird schon bald aufgeben.«

Ich verkniff es mir, ihn in den Schwanz zu kneifen.

Der Weg war natürlich nicht sonderlich beschwerlich. Meine Pfoten hielten das mit Leichtigkeit aus. Der Waldboden war bedeckt mit altem Laub und braunen, federnden Nadeln und angenehm zu beschreiten. Die Sonne war noch nicht aufgegangen, aber es herrschte selbst hier, tief unter dem Blätterdach, schon ein ausreichendes Dämmerlicht. Frühaufsteher huschten hier und da zwischen den Wurzeln herum, und ich konnte es nicht unterlassen, eine nussig mundende Haselmaus zu verschlingen.

Man zieh mich der Trödelei.

Diabolo zernagte einen Siebenschläfer.

Raguna brauchte einen Hasen.

Wir zockelten weiter, viel zu langsam, wie mir schien. Raguna blieb immer wieder stehen und nahm Witterung auf.

»Hier gibt es Menschen. Ich will ihnen nicht in die Quere kommen«, knurrte sie, als sie mein leises Murren wahrnahm.

Sicher gab es Menschen. Sie hatten Hölzer zu hohen Stapeln aufgerichtet, mit Grassoden bedeckt und angezündet, sodass es darunter gloste. Es roch durchdringend nach Harz. Derzeit schienen die Pechsieder aber noch in ihren einsamen Hütten unter den Bäumen zu schlafen. Wir machten einen Bogen darum.

Wir machten auch einen Bogen um die hohlen Baumstämme, in denen die Bienenvölker wohnten und die die Zeitler hin und wieder ausräucherten, um an Wachs und Honig zu kommen.

Wir gingen auch der Wildschweinfährte aus dem

Weg, nicht jedoch den großäugigen Rehen. Die gingen Raguna aus dem Weg. Ziemlich hurtig.

Erste Sonnenstrahlen flimmerten durch das Laub, als der Weg anstieg. Wir kletterten über bemoosten Fels. Irgendwann ließ das Moos zu wünschen übrig, und ich musste sehr achtsam meine Pfoten auf das harte, spitze Gestein setzen. Oben angekommen, setzte sich Diabolo aufrecht hin und gab sich den Anschein, die Umgebung kritisch zu betrachten. Aber ich sah, wie er sich heimlich einen blutigen Ballen leckte.

»Raguna, es wird sehr hell. Wollen wir nicht eine Rast einlegen und einen netten Schlummer in der Sonne halten?«, fragte ich daher.

»Ich dachte, du hast es eilig, Fratz«, knurrte sie mich an.

Ich erlaubte mir einen Seitenblick auf Diabolo.

Die Luchsin reckte sich einmal sehr lang, und das Fell glänzte bernsteinfarben auf.

»Aber im Grunde hast du Recht, es ist ein angenehmer Platz, um eine Pause einzulegen.«

Diabolo widersprach halbherzig, aber dann legten wir drei uns doch gemütlich auf den sonnenwarmen Fels und genossen das gemeinsame Dösen. Es geht wirklich nichts über ein Schläferchen mit Fellkontakt.

Den Abstieg nahmen wir in Angriff, als die Schatten schon länger wurden, und erreichten, als es dunkel zu werden begann, einen kleinen Teich. Die Hälfte des Weges nach Rommerskirchen hatten wir bewältigt, und hier, so meinte Raguna, war ein prächtiges Jagdgebiet für uns. Sie wies auf die gründelnden

Enten hin, und ich betrachtete mit einem gewissen Appetit jene, die über die stille Wasserfläche zu gleiten schienen. Die Luchsin verschwand, ein protestierendes Quaken ertönte, und kurz darauf brachte sie einen der Vögel an. Mit geübter Tatzen- und Zahnarbeit rupfte sie den Balg, dass die Federn flogen, dann überließ sie Diabolo und mir den Fang. Für sich selbst holte sie eine zweite Ente aus dem Teich.

Die Klosterküche hatte mich verwöhnt gemacht. Würzige Soßen, herzhafte Würste, geräucherte Forellen, in Mandelmilch gesottene, zarte Hühnchen, alles das hatte ich inzwischen gekostet. Aber rohe, fangfrische Entenbrust – das war es!

In seltener Eintracht schmatzten Diabolo und ich, bis uns schier der Bauch platzen wollte. Anschließend Verdauungsschlaf.

In der Nacht wachte ich vom verlorenen Schrei eines Käuzchens auf. Raguna hockte wieder auf einem dicken Ast, Diabolo sah ich nicht. Doch ich spürte seine Gegenwart irgendwo in der Nähe. Es schien alles sehr friedlich zu sein, und mir ging durch den Kopf, dass die Wanderung so gefährlich wohl nicht sein könne. Katzen haben nicht viele Feinde. Unser Leben wird nur bedroht, wenn wir noch sehr jung sind. Dann holt die Kleinen schon mal ein Raubvogel oder der Fuchs.

»Hüte dich vor Übermut, Mirza!«, kam es leise warnend von Raguna.

»Gevatterin?«

»Ich las deine Gedanken. Sie standen dir deutlich im Gesicht.«

»Ja, aber es ist doch wirklich alles sehr ruhig!«

»Diabolo hält Wache.«

»Oh.«

Ein grumpeliges Lachen kam von dem Ast über mir. »So, wie auch du über ihn wachst.«

»Oh.«

Raguna besaß wirklich sehr scharfsichtige Luchsaugen.

»Morgen wird es gefährlicher, wir nähern uns dem Menschenrevier. Also – sei nicht übermütig!«

Als sich der Himmel grau färbte, brachen wir wieder auf. Am Vormittag führte uns der Weg noch durch den tiefen Wald, die hellen Mittagsstunden verbrachten wir dösend unter raschelnden Farnwedeln und brachen später am Tag zum letzten Teil der Wanderung auf. Raguna hatte Recht, die Spuren menschlicher Anwesenheit mehrten sich nun. Es gab ausgetretene Wege, frisch gefällte Bäume, heruntergeschnittene Kopfbuchen, Schlingfallen und schließlich eine Herde Hausschweine, die sich an Eicheln und Bucheckern labten und von einem schmutzigen Bengel beaufsichtigt wurden. Dann schwanden die hohen Bäume, Strauchwerk und Büsche bildeten den Waldrand, und wir schauten über weite Äcker. In der Ferne ragte der Kirchturm von Rommerskirchen auf.

»Das ist keine Landschaft für mich«, stellte Raguna fest. »Zu offen, kein Schutz.«

»Trotzdem, ich muss dort hin.«

»Ich weiß. Bleiben wir nahe den Hecken.«

Ein Hirte mit seinen zwei Hunden trieb seine Herde Schafe Richtung Wald, und auf den Feldern arbeiteten Männer, die mit schweren Gäulen den Boden umpflügten. Auf den Weiden standen Kühe, Gänse schnatterten an einem aufgestauten Teich, der mit grünen Wasserlinsen bedeckt war, vereinzelte Häuschen und Katen standen inmitten von umzäunten Gemüsegärten. Als wir näher an das Herrenhaus kamen, fanden wir eine Pferdeweide vor, auf der sich ein paar prächtige Tiere tummelten. Auch das von Diakon Arnoldus, wie Diabolo bemerkte.

Raguna war immer unruhiger geworden, je mehr wir uns der Ansiedlung näherten. Erleichtert schnaufte sie auf, als sie ein kleines Birkengehölz fand, das sich hinter dem Gutshof erstreckte.

»Ich werde hier auf euch warten. Geht ihr zu den Menschen, euch kennen sie von Gestalt her. Aber seid vorsichtig. Es wird Hunde geben. Ich habe ihren Geruch schon wahrgenommen.«

Diabolo fügte hinzu: »Es wird auch Stallkatzen geben und vermutlich auch Schoßkätzchen.« Er feixte mich an. »Vor denen musst du dich besonders in Acht nehmen, Mirza!«

»Ach ja? Den letzten Zusammenstoß hattest *du* mit so einem sanften Schmusepelzchen, wenn ich mich recht erinnere. Es hat dich einige Büschel Fell gekostet!«

Wir betrachteten gemeinsam die Ansiedlung. Es gab eine Reihe Gebäude, die sich um einen Hof gruppierten, Ställe, Scheunen, Wirtschafts- und Wohnhäuser und eine kleine Kirche. Das war das eigentliche Gut Rommerskirchen. Als wir es vorsichtig umgangen hatten, fragte Diabolo: »Und, du schlaue Menschenkennerin, wo finden wir nun den Sivert mit seinem Feenstein?«

»Hier nicht. Zumindest glaube ich es nicht. Hier gibt es nur Menschen, die arbeiten, und Tiere. Er aber roch nicht nach Schweiß und Dung. Ich glaube, wir sollten es dort drüben versuchen.«

Eine Wolke zarten Rosenduftes hatte mich nämlich angeweht. Nicht dass Sivert von Blütenduft umgeben war, aber anders als die Knechte und Stallburschen roch er denn doch.

Wir fanden einen Garten, an dessen einer Seite sich ein weiteres, sehr großes, imposantes Haus anschloss. Es war fast so gewaltig wie das Kloster. Der Garten hingegen erschien mir wild und vernachlässigt, so als ob schon lange niemand darin mehr gewerkelt hatte. Meiko hielt sein Revier besser in Ordnung. Dennoch, uns konnte es nur von Nutzen sein, dass die Wege überwuchert und die Rosen auf den Beeten ungestutzt alles überrankten. Unter stacheligen Trieben, Blattwerk und letzten duftenden Blüten bewegten wir uns unbemerkt voran.

Einmal aber musste ich anhalten. Für einen winzigen Moment glaubte ich, das Ziel meines wundersamen Sehnens erreicht zu haben, doch dann erkannte ich schnell und mit Bedauern, dass ich wieder einmal genarrt worden war. In einer Grotte über einem kleinen, ausgetrockneten Brunnen wachte eine schlanke Frauengestalt, die einen Kelch in Händen hielt. Leider, leider wurde mir nur allzu schnell bewusst, dass auch sie wieder nur ein Abbild aus Stein war. Feuchte braune Blätter klebten auf ihren Locken, Moos und Flechten überzogen ihre Beine, und in dem Kelch hatte ein Vogel seinen Nistplatz eingerichtet. Dennoch, mir kam plötzlich der Garten seltsam bekannt vor. Und aus den Nebeln meiner Erinnerung stiegen Bilder von einer weißen, rot und schwarz gefleckten Katze auf, die mich hier in dieser Grotte sanft geputzt und liebevoll beschnurrt hatte. Mutter? Sollte ich etwa den Ort meiner Geburt wiedergefunden haben? Hatte die Moen mich einst von Rommerskirchen mitgenommen?

Doch selbst wenn es so war, es lag alles so lange zurück und verschwamm wieder in den Nebeln. Es war vermutlich auch nicht besonders wichtig.

Mit einem Seufzen wandte ich mich ab und folgte eilig Diabolo, der die Grotte nicht einmal bemerkt hatte.

Der Garten ging in einen kiesbestreuten Platz über, und wir hielten inne, um zu beratschlagen.

»Du meinst, hier lebt er?«

»Ja, Diabolo, hier.«

»Mh. Du kennst dich mit menschlichen Behausungen aus. Ich nicht. Wie kommt man da ungesehen rein?«

»Durch die Öffnungen – Türen, Fenster, Klappen. Es ist nicht ganz ungefährlich, weil man manche nicht aufbekommt, wenn sie einmal zufallen.«

Diabolo sah aus, als sei ihm diese Vorstellung überaus unangenehm. Darum dachte ich mir, mein Vorschlag müsse ihm eingängig sein.

»Teilen wir uns die Arbeit. Ich durchsuche das Haus, und du beobachtest, was sich hier draußen tut. Wir treffen uns in der Dunkelheit wieder hier unter den Büschen.«

»Mh.«

»Ich weiß schon, was ich tue!«

»Mh.«

»Doch!«

»Mh.«

»Diabolo?!«

»Du könntest eingesperrt werden, Mirza.«

»Du könntest vom Hofhund gebissen werden.«

»Ach, hör auf zu argumentieren!«

»Natürlich. Also, ich gehe rein. Du beobachtest Hof und Garten.«

»Ich hasse es, wenn man mir Vorschriften macht!«

»Ich auch.«

»Ich schaue mich auf dem Gutshof um.«

»Wenn du willst.«

Er drehte sich um und stakste davon. Sein Schwanz drückte höchstes Missfallen aus. Meiner benahm sich mustergültig.

Ich betrachtete noch einmal gründlich das Terrain. Über die weite Kiesfläche mochte auch ich nicht laufen, zumal derzeit keines der Fenster offen stand. Aber der Garten zog sich rechts am Haus noch etwas weiter, und ich schlich mich in diese Richtung. Eine dichte Buchsbaumhecke, schon lange nicht mehr geschnitten, war ein wenig schwer zu durchdringen, dann stand ich in einem Kräuter- und Gemüsegarten, der bei weitem ordentlicher wirkte als die Rosenwildnis. Es gab auch einen weiteren Eingang. Er war einladend geöffnet. Aus den Gerüchen, die mir daraus entgegenquollen, schloss ich, er müsse in die Küche führen. Ich musste schlucken. Meine letzte Mahlzeit war schon geraume Zeit her. Vielleicht konnte man hier das Nützliche mit dem Angenehmen verbinden.

Frauen unterhielten sich, dem Klang ihrer Stimmen

nach aufgebracht. Meine Ohren drehten sich nach vorne, als ich mich näherte. Auf der Türschwelle blieb ich sitzen.

Die Küche war groß, doch nicht so weiträumig wie die des Klosters. Ein gewaltiger Kamin mit einem erhöhten Herdstein bildete den Mittelpunkt, Borde an den Wänden standen voller Geschirr, Kupferpfannen und Töpfe. Säcke mit Mehl, Graupen und Erbsen lehnten an der Wand, Fässchen und Fässer waren an der anderen Seite aufgereiht. Von der Decke hingen Schinken und Bündel von Würsten. Darunter saßen an einem Tisch voll Schneidbrettern und Schüsseln zwei Frauen, eine davon ungemein rund, die andere dünner, aber wahrlich auch nicht ausgezehrt. Sie rupften Hühner.

»Eine Lotterwirtschaft, sage ich dir. Keine Sitte, kein Benehmen. Elspet hier, Elspet da, nie ein Wort des Dankes. Sogar um den Lohn muss ich jedes Mal nachfragen. Morgen kommen wieder Gäste, die fressen wie die Heuschrecken die Kammern leer. Ich soll das alles richten.«

»Hast du keine Hilfen verlangt?«

»Habe ich. Aber was bringt er mir da an? Dralle Wäschermädchen, die zu blöd sind, eine Platte Fleisch aufzuschneiden. Die kichern und giggeln den ganzen Tag und spielen sich vor den Männern auf. Dorfflittchen sind es, die nur darauf warten, ins Heu gezerrt zu werden. Mir helfen, Base Ines? Das tun die nicht.«

Die mit Ines angeredete Frau hatte mit begierlichen Augen zugehört, versuchte aber jetzt so etwas wie Trost zu spenden.

»Du hast doch früher für viel größere Gesellschaften gekocht. Es wird schon gehen. Ich bin ja auch noch da.«

»Ja, Base, dem lieben Gott sei Dank, dass du gerade Zeit hast. Ich bin nicht mehr die Jüngste, Ines. Und früher war es leichter. Da gab es genaue Anweisungen, und die Einkäufe hat die Herrin überwacht. Sie war zwar für meinen Geschmack ein wenig zu fromm und sittenstreng, aber wenigstens hat sie darauf geachtet, dass der Herr Sivert und seine Kumpane sich schicklich benahmen. Solche wie die Katryn oder die Elli wären ihr nicht ins Haus gekommen. Und als die Herrin, Gott hab sie selig, von uns ging, hat der alte Gutsherr die Moen zur Hausbestellerin ernannt, und unter der war es ganz recht. Sie hatte eine praktische Ader und verschwendete nicht so viel Zeit aufs Beten und Büßen. Trotzdem hat der junge Herr immer auf sie gehört. Zumindest, solange der Gutsherr noch lebte. Aber seit zwei Jahren …«

»Es wird erzählt, es soll bald wieder eine neue Herrin geben. Um die Ermine van Heege, die Großnichte der Dame Caroline von Stommeln, soll der Sivert freien.«

»Sagt man. Aber – die Ermine ist ein hohlköpfiges Puttchen mit mehr Haaren als Verstand, wenn du weißt, was ich meine. Die als Herrin hier …«

»Sie bringt aber reiche Mitgift.«

»Sicher. Und wenn der Herr Sivert nicht aufpasst, ist die Schlinge schneller zugezogen als er dachte.«

»Wie das?«

»Hat sie vor zwei Wochen schon mal flachgelegt.«

»Ernsthaft?«

»*Ich* muss doch jetzt auch noch die Kammern aufräumen.«

Ich musste mich mal wieder über die Menschen wundern. Der Herr Sivert schien wirklich ein potenter Kater zu sein. Und sehr wenig wählerisch. Ich traute mich ein wenig näher in die Küche, denn zwischen den Mehlsäcken spielten die Mäuse. Die beiden Klatschbasen bemerkten mich nicht. Mit einem Ohr hörte ich weiter zu, das andere drehte sich in Richtung Beute.

»Kommt die Ermine morgen auch dazu?«

»Aber nein, Ines. Das wird eine reine Männergesellschaft. Auf die Jagd wollen sie gehen. Ein feiner Trupp kommt da zusammen. Zwei Junker aus der Nachbarschaft, einer davon ein Saufaus ohnegleichen, der andere ein Vielfraß, ein Zöllner von Zons, bestechlich wie die Sünde, und ein Pfeffersack von Dormagen, der die Leute bescheißt. Der Domgraf ist schon hier, und auch der Diakon vom Kloster drüben in Knechtsteden.«

»Was, Domherr und Diakon?«

Elspet zuckte mit den Schultern.

»Gerade sie kommen nicht nur wegen der Jagdfreuden. Gerade für die holt der Herr Sivert ja die Dirnen ins Haus.«

Ines schien begeistert von dieser Neuigkeit und wollte Einzelheiten; ich zerlegte eine Maus in ihre Einzelteile. Die Galle mag ich nämlich nicht, die spuckte ich sorgfältig aus. Die Mäuse waren aber von guter Qualität. Ziemlich fett, sozusagen. Ich naschte noch eine und legte die dritte der Elspet leblos vor die Füße. Irgendwann musste ich mich doch auch mal ins Gespräch bringen. Sorgfältig reinigte ich mir Gesicht und Pfoten.

»Ei, da hast du aber eine fleißige Katze, Elspet!«, lobte mich Ines, und ich blieb in vorsichtiger Entfernung vor den beiden sitzen.

Elspet musterte den kleinen Kadaver und dann mich.

»Die kenn ich zwar noch nicht, aber sie hat ihre Pflichten wohl verstanden. Früher gab es hier im Haus auch Katzen. Die Moen liebte sie. Es waren immer welche um sie, und besonders kümmerte sie sich um eine dreifarbige, wie diese hier. Die ist uralt geworden, und kurz bevor sie nach Dellenhofen zog, hatte sie noch einen letzten Wurf. Dann starb sie. Ich weiß gar nicht, was mit den Kätzchen geworden ist. Aber sie haben vermutlich nicht lange überlebt. Denn die Hunde von dem Herrn Sivert jagen alles, was sich bewegt. Und jetzt bringt er die Biester sogar mit in die Stuben, da ziehen die Katzen es wohl vor, in den Ställen zu bleiben. Und ich hab die Mäuse in den Mehlsäcken!«

Es gab eine gefleckte Katze, so so. Mochte meine Erinnerung möglicherweise doch stimmen? Nun, dann sollte ich der Moen wohl noch dankbarer sein, weil sie mich vor den Hunden in Sicherheit gebracht hatte. Ich rieb meinen Kopf an dem Knie der Köchin und sah sie fragend an. Vielleicht erzählte sie noch mehr.

Elspet war zwar eine umgängliche Person, stellte ich mit Genugtuung fest, aber meine Fragen beantwortete sie nicht. Dafür wuchtete sie sich von ihrem Sitz hoch und schenkte mir eine Schüssel Milch ein.

Auch recht!

Genussvolles Schlabbern.

Kleines Räkeln.

Aufforderung, auf den weichen, wohl gepolsterten Schoß zu springen, angenommen.

Ohren gespitzt.

Die Hühner waren fertig gerupft, und Elspets Hände blieben müßig. Ihr Mundwerk jedoch nicht. Sie war eine sprudelnde Quelle für mich.

»Tja, also ich seh noch nicht so recht, wie es hier weitergehen soll. Aber ich werd wohl versuchen müssen, das Beste draus zu machen. So lange, wie es hält.«

»Was will das wohl heißen?«

»Na ja, ich hab ja nicht viel Ahnung davon, wie man ein Gut führt. Aber der Herr Sivert scheint's auch nicht. Die Pächter und Hübner klagen, er presse zu viel aus ihnen heraus und lasse die Scheuer und Zäune verrotten. Ich sehe immer nur, dass der die Sachen aus dem Haus wegbringt. Vor allem die Bibliothek hat schon Lücken. Der alte Herr hat seine Bücher geliebt, aber er verkauft sie jetzt an den Abt vom Kloster.«

»Bringt denn das was? Ich meine – Bücher?«

»Scheint so. Für ein paar Fässer Wein reicht es allemal.«

Ines richtete sich plötzlich auf und wischte sich über die Stirn.

»Also Elspet – ich habe letzthin ein seltsames Gerücht gehört. Hör mal, da hat jemand, ich weiß nicht mehr genau wer, gesagt, der älteste Sohn solle wieder zurückgekommen sein.«

»Was? Kann nicht sein, Base Ines. Kann nicht sein. Das wüsste ich doch. Und selbst wenn, was soll das nützen? Der Gutsherr hat ihn enterbt. Der Herr Sivert würde ihn hochkant von der Schwelle werfen. Die

Brüder konnten sich schon damals nicht ausstehen. Nicht, dass ich Partei nehmen würde. Die standen sich einander in nichts nach. Der ältere hat auf seine Mutter herabgesehen und sie geschmäht, wann immer sie aufeinander trafen. Und mit dem Vater hat er beständig im Streit gelegen. Darum hat er ihn ja auch des Hauses verwiesen.«

Mein Schwanz fing an, nervös zu zucken. Ich hatte eine Erleuchtung.

Es war mir nicht vergönnt, sie zu genießen, denn im Gang vor der Küche polterte es, und eine barsche Stimme forderte: »Alte, wo bleibt das Essen?«

Ich war aus der Küche, bevor der Diakon Arnoldus eintreten konnte.

Aus sicherem Abstand hörte ich die Köchin keifen und den Arnoldus herumnörgeln, dann knallte die Tür, und die Frauen brummten unwillig vor sich hin.

Ich schlich mich wieder näher.

»Sie spielen oben Karten und saufen. Ist egal, was wir ihnen auftischen. Schneid ihnen ein paar Scheiben Schinken ab, und leg dem Diakon die Wurst dazu, die er gefordert hat.«

Elspet klatschte ein Stück Butter in eine Schale und ratschte mit dem breiten Messer durch das Brot, als wolle sie dem Arnoldus eigenhändig den Kopf absäbeln. Er hatte sich auch hier keine Freunde gemacht. Die Frauen packten das Futter in Körbe und auf Platten, und Elspet machte sich daran, es zu den Männern zu bringen. Ich nutzte die Gelegenheit und huschte an ihren Röcken vorbei durch die Küchentür, die Treppe hinauf und in den Raum, wo sich die drei Männer befanden. Es war leichtsinnig, ich weiß, aber zum Glück waren die Zimmer in diesem Haus ganz anders eingerichtet als die kargen Räume von Melvinius. Hier hingen Wandbehänge bis zum Boden, faltenreiche Vorhänge an den Fenstern, und über den Tisch waren Decken geworfen. Es gelang mir, mich in der Nähe eines Fensters zu verstecken. Erfreulicherweise war es offen, und so hatte ich auch gleich einen Fluchtweg gefunden. Einladend nickten mir die Äste eines Kastanienbaumes zu. Als ich den Arnoldus sah, wäre ich am liebsten gleich nach draußen gesprungen.

Überhaupt, alle drei Männer machten auf mich einen abstoßenden Eindruck. Der Sivert, den ich immer nur in prachtvoller Gewandung gesehen hatte, trug zwar eine gelb-rote Seidenhose, aber darüber nur ein weißes, fleckiges Hemd, sein Bart hing ihm über die Lippen, und die sonst so glänzend gebürsteten Locken wirkten verfilzt und fettig, wie bei einem alten Kater, der keine Lust mehr hatte, sich zu putzen. Der Diakon hatte seine Kutte wieder nicht an, sondern speckige Lederhosen und ein halb geöffnetes Wams. Sein Gesicht war mit dunklen Stoppeln bedeckt. Der dritte Mann war ein Fettwanst mit glänzend rotem Gesicht und gierigen, wasserhellen Augen. Das musste der Domgraf sein. Sie hatten Karaffen und Gläser auf dem Tisch stehen und hielten bunte Karten in den Händen, die sie weglegten, als Elspet ihnen die Speisen hinstellte.

Der Domgraf langte sofort zu und stopfte sich grunzend Schinkenscheiben in den Mund. Ich hatte Schweine schon manierlicher fressen sehen.

»Geht nichts über einen ordentlichen Lappen Fleisch!«, mampfte er und spülte das Zeug mit großen

Schlucken aus seinem Becher hinunter. »Was jagen wir morgen?«

»Wir gehen auf die Sauhatz!«

»Ah!«, rülpste er. »Guuut.«

»Sivert hat zwei neue Saupacker unter seinen Hunden, wird Zeit, dass er uns mal zeigt, wie gut die arbeiten.«

»Verdammt gut, Arnoldus. Sie sind scharf und schnell. Aber gefährlich. Einen der Hundejungen haben sie halb zu Tode gebissen.«

»Sollen besser Acht geben, die Lümmel. Muss meine auch immer zur Aufmerksamkeit prügeln.«

Arnoldus schmierte sich fingerdick Butter auf sein Brot und grinste anzüglich.

»Und nach der Jagd geht die Sauhatz hier weiter, was, Sivert?«

»Hab' euch zwei pralle Bachen besorgt. Passt darum auf, dass ihr euren Sauspieß nicht unterwegs verliert.«

Dröhnendes Gelächter erfüllte den Raum, und ich hatte Mühe, die Bilder, die mir bei diesen Worten durch den Kopf schossen, auszublenden. Ob die Katryn und ihre Freundin, wenn sie wüssten, was die Männer von ihnen hielten, noch mit so freudiger Erwartung herkommen würden?

»Und wem wirst du deinen Spieß in den Leib jagen, Sivert?«

»Der hat doch seine Ermine, Arnoldus. Der bleibt jetzt keusch bis zur Hochzeit!«

Wieder lachten sie schmierig auf.

»Was ist mit der niedlichen Schwester des Malermeisters?«

»Die ziert sich. Aber ich werde schon auf meine Kosten kommen. He, der Krug ist leer!«

Er goss sich den letzten Tropfen in seinen Becher und stand schwankend auf. »Kommt, wir gehen in den Keller und zapfen uns einen vom Besten ab!«

Arnoldus war sofort auf den Beinen, zwar auch nicht mehr ganz sicher, aber der Domgraf langte noch einmal zum Schinken und schmatzte lautstark.

»Bringt einen Krug für mich mit, muss meine Kräfte schonen!«

»Fresssack!«, meinte Sivert und stach ihm mit dem Finger in den dicken Bauch. Aber die beiden zogen ab, und der Fette schloss die Augen, um sich einem kurzen Nickerchen hinzugeben.

Das war meine Gelegenheit. Ich hatte genug gesehen und gehört, um mir ein ausreichendes Bild zu machen. Doch bevor ich der Verlockung der Kastanie nachgab, huschte ich noch einmal an den Tisch und schnappte mir die Wurst. Mit ihr im Maul trat ich die Flucht an.

Diabolo wartete schon im Rosengarten auf mich. Sein ganzer Körper drückte Missbilligung aus.

»Was bringst du denn da an?«, blaffte er ungehalten.

»Eine Wurst. Ist ziemlich lecker, weißt du?«

»Menschenfraß!«

»Du willst nicht?«

»Nein!«

»Gut. Mir wird sie schmecken. Sie war nämlich für Arnoldus bestimmt.«

»Ach ja?«

Ein Grinsen ließ Diabolos Barthaare erzittern. Ein

schneller Hieb mit der Tatze, und ein Fetzen Wurst war schon in seinem Maul verschwunden.

Ich musste mich beeilen, meinen gerechten Anteil zu ergattern. Dann putzten wir uns das Fett von Pfoten und Lippen, und ich berichtete, was ich gehört und gesehen hatte.

»Saupacker nennen sie sie. Das passt. Ich habe den Hundezwinger gefunden. Verdammt, die können sogar mir Angst machen, die Biester. Unser alter Jako ist ein Schoßhündchen dagegen. Hetzhunde, Spürhunde und Totbeißer haben sie. Einige von ihnen können es wahrlich mit einem wilden Keiler aufnehmen. Komm bloß denen nicht in die Quere, Mirza.«

»Habe ich nicht vor. Sie werden morgen allesamt in den Wald ziehen. Das ist für mich die Gelegenheit, das Haus zu erkunden.«

Und ich gedachte dabei, dem geheimnisvollen Kapitel über den Herrn von Rommerskirchen noch einige interessante Absätze hinzuzufügen.

Es kamen am frühen Morgen weitere Menschen zum Herrenhaus, Diabolo und ich hielten uns bedeckt. Dann aber waren sie mit lauten Rufen zur Sauhatz aufgebrochen, die kläffende Meute mit ihnen. Ich hoffte nur, Raguna würde hoch in einem Baum in Sicherheit sitzen.

Diabolo war sichtlich damit einverstanden, mir das Durchsuchen des Hausinneren zu überlassen. Die Vorstellung, in einem von Menschen bewohnten Bau eingeschlossen zu sein, machte ihn schaudern. Er wollte Raguna im Birkenhain aufsuchen und dann wieder seinen Posten im Gutshof einnehmen.

Es war ein grauer Tag, und die Luft war kühl und feucht geworden. Dennoch stand die Tür zur Küche offen, denn drinnen wurde gesotten und gebraten. Katryn und ihre Freundin waren bereits eingetroffen und schnippelten Gemüse, Ines walkte Teig, und Elspet steckte die Hühner auf einen langen Spieß. Dampf stieg aus den Kesseln auf, und Suppen blubberten über dem Feuer. Man beachtete mich nicht, ich musste aber aufpassen, dass mich nicht ein unbedachter Tritt mit den schweren Holzschuhen traf. Ich nutzte die erste Gelegenheit, der Küche zu entkommen, und huschte hinter Ines her, die in den Vorratskeller eilte. Ihr folgte ich jedoch nicht, sondern nahm den Weg in die herrschaftlichen Gemächer. Insbesondere der Schlafraum des Herrn Sivert zog mich an. Es gestaltete sich nicht ganz einfach. Es gab Gänge und Treppen, Durchbrüche und Erker, aber unseligerweise auch geschlossene Türen. Zwar half mir meine feine Nase, die Räume herauszufinden, die Sivert am häufigsten benutzte, aber es gelang mir nicht, sie zu betreten. Also lungerte ich einige Zeit in den Gängen herum, bis ein schlampiger Diener mit ein paar Kleidungsstücken über dem Arm endlich die passende Tür öffnete.

Es war Siverts Schlafgemach. Es roch nach ihm, und die schmuddeligen Kleider vom Vorabend lagen zusammengeknüllt auf dem Boden. Sie rochen nicht gut, und ich war froh, dass der Diener sie aufnahm. Unbemerkt gelang es mir, unter das Bett zu schlüpfen und ihn von dort aus zu beobachten, wie er in dem Raum herumwirtschaftete. Ich kannte ja nur Yvain, Melvinius' Leibdiener, und wenn ich diesen hier so betrachtete, kam mir der Gedanke, er könne seinen Herrn wohl nicht sonderlich schätzen. Er verrichtete seine Arbeit nachlässig, stopfte die frischen Gewänder lieblos in eine Truhe und stieß ein zerrissenes Hemd mit dem Fuß einfach unter das Bett, wo sich auch schon ein aufgeplatzter Handschuh, ein paar Tonscherben, ein abgenagter Hühnerknochen und ein dünner Strumpf mit Frauengeruch befanden. Darüber hinaus gab es jede Menge Wollmäuse. Mit Mühe unterdrückte ich ein Niesen.

Endlich leerte der Mann die Schüssel mit dem Waschwasser und den Nachttopf mit Schwung aus dem Fenster und verließ den Raum. Die Tür zog er hinter sich zu.

Ich war gefangen.

Mäusekötel!

Immerhin schien aber das Haus nun sehr ruhig, und mir war es möglich, mich in aller Muße umzusehen. Das Bett wirkte gewaltig. Ein Vergleich mit Meikos schmaler Pritsche kam mir in den Sinn, und auch Melvinius' Lager war bei weitem schlichter. Dieses hier hatte vier hohe Pfosten, über die sich blauer Samt wie ein Himmel spannte, und ein mit üppigen Schnitzereien versehenes Kopfteil. Ich sprang versuchsweise mal auf die Polster und fand sie weich und nachgiebig. Als ich mit der Kralle hineinstach, zog sich ein Fädchen heraus. Das war ein Spiel, das mich einige Zeit gefangen hielt. Danach unterzog ich den Rest des Raumes einer gründlichen Untersuchung. Es gab eine mit Stoff bespannte Abtrennung, hinter der sich eine übel riechende Angelegenheit befand, die die Menschen zu Befriedigung ihrer Notdurft benutzten. Statt die Auswürfe säuberlich zu vergraben, ließen sie sie in einen Topf fallen, der, wenn er nicht gereinigt wurde, schlichtweg stank. Ich wandte mich mit Ekel von dieser Ecke ab. Es gab zwei Truhen mit Kleidung, ein paar ausgetretene Stiefel lehnten müde an der Wand, ein Gestell mit Wasserkrug und Schüssel, beides leer, stand daneben. Ein leichter Katzengeruch traf mich, und gewarnt richteten sich meine Schurrhaare nach hinten. Sollte sich hier trotz der Hunde doch noch eine Katze aufhalten? Ich sog die Luft ein und suchte die Quelle des Geruchs. Beinahe wäre ich die Pfosten des Bettes hinaufgeflüchtet, als ich ihrer ansichtig wurde. Da lag ein gigantischer Luchs neben dem Kamin. Gelbbraun mit dunklen Tupfen. Nur konnte ich bei näherem Hinsehen weder Backenbart noch Pinselohren entdecken. Eigentlich auch keinen Schwanz. Sehr vorsichtig näherte ich mich dem reglosen Tier.

Und blieb entsetzt davor stehen.

Das war kein einzelner Luchs, das war ein ganzes Rudel.

Mindestens acht unterschiedliche Fellzeichnungen und -farben konnte ich erkennen.

Kein einziger bewegte sich.

Sie waren alle tot.

Nur noch Pelze, zu einer Decke zusammengenäht und über einen Sessel geworfen.

Es schauderte mich.

Ich dachte an Raguna.

Ihre Vettern, Schwestern, Kinder …

Ich fühlte namenlosen Zorn in mir aufsteigen.

Es brauchte eine ganze Weile, bis ich wieder ruhig wurde und mich auf meine Aufgabe besann. Mit wachen Sinnen durchstöberte ich das Zimmer weiter und traf auf eine wunderliche Sammlung von Gegenständen, die auf einem zierlich geschnitzten Ecktischchen angeordnet waren, und davor ein mit rotem Samt gepolstertes Bänkchen. Auf dem Tisch stand eine Frauenfigur, ähnlich wie die Pieta in der Basilika, aber viel kleiner. Zwei halb heruntergebrannte Kerzen flankierten sie, und ein kleines Buch lag zugeschlagen davor. Das alles war nicht besonders bemerkenswert, dennoch merkte ich, wie meine Rückenhaare anfingen, sich aufzurichten. Ganz langsam trat ich näher.

Es war in dem Samtbeutel.

Ich war mir ganz sicher, dass es sich in dem Samtbeutelchen befand.

Vorsichtig streckte ich die Pfote danach aus und berührte es.

Ich begann zu zittern.

Zog die Pfote wieder zurück.

Ja, es war in dem Beutel. Es strahlte förmlich. Wie unter Zwang griff ich noch einmal zu. Es war nicht schwierig, das kleine Säckchen aufzuzupfen. Heraus glitt ein sechseckiger Kristall, knapp so lang wie meine Vorderpfote. Durchscheinend und schimmernd lag er vor mir auf dem Samt. Darin eingeschlossen befand sich ein feiner, goldener Faden.

Das Haar einer Fee.

Ergriffen saß ich davor und berührte den Stein ganz zart mit meiner Pfote.

Das Gefühl überwältigte mich, und die Erinnerung, lange verschlossen tief im Innersten meiner Seele, drängte sich wieder in mein Bewusstsein.

Vor Jahr und Tag war es, vor langer, langer Zeit, so lange her, dass ich es nicht bemessen konnte. Doch es war der nämliche Ort. Hier in diesem Zimmer schlief jener Mann, der die Fee einst vor den Übergriffen seines Bruders gerettet hatte und dafür eines ihrer Haare, eingeschlossen in einen wasserklaren Kristall, erhalten hatte. Ich lebte bei ihm, seit er ein kleiner Junge war. Ich durfte in seinem Bett schlummern, wurde gestreichelt und bekam aus seinen Händen kleine Häppchen. Vor allem aber vertraute er mir seine Freuden und Sorgen an. Auch noch, als er erwachsen war. Oft ergötzten wir uns an kleinen Spielchen. Darum hatte ich auch in jener Nacht den schimmernden Stein unter seinem Kopfpolster hervorgeholt und ihn auf dem glatten Boden hin und her geschubst. Direkt in die Hände seines Bruders, der leise in den Raum des Schlafenden gekommen war, um sich genau dieses Steins zu bemächtigen. Ich folgte ihm und versuchte, ihn zurückzuholen, doch er trat mich, sodass ich gegen die Wand prallte und mir das Genick brach.

Als ich wieder zu mir kam, befand ich mich in einer anderen Welt. Dort, auf goldenen Wiesen, unter blühenden Bäumen und an sprudelnden Bächlein fand ich jene schöne, sanftäugige Frau, die weinend an einer Quelle saß. Ich spürte ihr Leid und näherte mich ihr, weil es mich dazu drängte, ihr Trost zu spenden. Sie bemerkte mich und lächelte mir unter Tränen zu, als ich ihr schnurrend um die Beine strich. Als ich vor ihr saß und sie fragend ansah, nahm sie mich hoch auf ihre Arme und berichtete mir von dem schrecklichen Schicksal, das ihrem Geliebten widerfahren war. Und als sie mir von dem guten und dem bösen Bruder berichtete und ihrem Haar, das in die falschen Hände geraten war, bedrückte mich die Schuld, die ich an ihrem Leid hatte. Ich brachte es aber nie über mich, ihr von meiner unbedachten Handlung zu berichten, doch meine Gegenwart schien ihre Pein leichter zu machen, und von jenem Tag an verbrachten wir unsere Zeit gemeinsam. Sie liebte es, Kräuter und Blumen zu sammeln und sie in das Wasser der Quelle zu legen, wo sie ihre heilenden Kräfte entfalteten. Doch diese Quelle sprudelte jetzt nur noch im Feenreich und schenkte dort Linderung und Vergessen jenen, die dort hinfanden und davon tranken. Auf der anderen Seite der Welt, so erklärte sie, sei das Wasser bitter von ihren Tränen. Und sie wolle dorthin erst wieder zurückkehren, wenn das Unrecht wieder gutgemacht worden sei, das ihr und ihrem Liebsten angetan wurde.

Ich rührte nie einen Tropfen von dem Wasser an, das Heilung und Vergessen schenkte, denn ich wollte mein Wissen behalten. Lange blieb ich bei ihr, denn uns verband allmählich eine innige Freundschaft. Aber ich sah ein, dass ich ihr in jener anderen Welt nicht helfen konnte, und so beschloss ich, zurückzukehren in das irdische Leben, um dort vielleicht die Spur des Kristalls wieder aufzunehmen. Sie bemerkte, dass ich Abschied nehmen wollte, und eines Tages nahm sie mich in den Arm. Sie flüsterte mir viele zärtliche Worte in die Ohren und gab mich schließlich frei.

»Ich fühle, du willst mich verlassen, kleine Freundin. Nun, dann geh, Mirza, geh in die Welt der Sterblichen. Dort wirst du stark und gesund geboren werden und dich von der Last erholen, die du hier auf dich genommen hast. Wer weiß, vielleicht triffst du sogar meinen Prinzen, der in der irdischen Sphäre gefangen gehalten wird. Zwar ist es üblich, dass alle sterblichen Wesen, Mensch oder Tier, wenn sie geboren werden, die Zeit vergessen, die sie in unserem schönen Land verbracht haben. Doch du hast viel auf dich genommen, um mir Trost zu spenden, du bist mir eine solche Freude gewesen, dass ich dir die Erinnerung an unsere gemeinsame Zeit schenke. Es wird dich allerdings immer eine leise Sehnsucht nach mir begleiten. Aber zum Zeichen, dass du ein Heim bei mir im Feenreich hast, wirst du auch in jener Welt rote Ohren tragen.«

So nahm ich Abschied von meiner Freundin und trat in mein neues Leben. Ich fand wahrhaftig Heilung von der Bürde der Traurigkeit und war nicht unzufrieden. Doch nie, nie hätte ich erwartet, hier ihre Spuren wiederzufinden.

War es Zufall?

Gab es eine wundersame Wendung des Geschicks, dass es mir womöglich vergönnt war, die Wunden zu heilen, die meiner Herrin durch Verrat und Heimtücke und mein unbedachtes Handeln geschlagen worden waren?

Der glitzernde Kristall lag vor mir. Ich musste ihn nur zur Quelle bringen. Denn dass er sich noch immer in den falschen Händen befand, war offensichtlich.

Ich lag lange dort vor dem kleinen Eckaltar, in mein Sinnen versunken, und die Zeit verstrich unbemerkt. Meiner Umgebung wurde ich erst wieder gewahr, als ich auf dem Gang vor dem Zimmer Schritte und Stimmen hörte. Das schrille Kichern einer Frau schreckte mich derart auf, dass ich schnellstmöglich Zuflucht unter dem Bett suchte.

Man öffnete die Tür, und hinein kamen Sivert und Katryn. Beide hatten gerötete Gesichter und waren dabei, sich gegenseitig die Kleider vom Leib zu reißen. Es krachte und knarrte, als sie auf das Bett fielen, und dann gab es weiteres Gekicher, Stöhnen und Geschrei, sowie bald darauf ein brünstiges Röcheln von Sivert.

Danach war Ruhe.

Das stimmte mich bedenklich, und vorsichtig krabbelte ich an den Rand des Bettes, um nach oben zu schielen. Die beiden Menschen lagen nebeneinander, offenbar vollkommen erschöpft von ihrer Paarung. Sivert begann zu schnarchen. Katryn erwachte wohl von diesem sägenden Geräusch, denn sie räkelte sich ein wenig und setzte sich dann langsam auf. Offensichtlich war auch ihr eine gute Portion Neugier innewohnend, denn sie ließ ihre Augen flink durch den Raum gleiten. Dann stand sie vorsichtig auf und streifte sich das dünne Hemd über, das sie unter ihrem Gewand getragen hatte. Es war an den Schultern zerrissen und verhüllte kaum ihren üppigen Busen. Auf leisen Sohlen strich sie im Raum umher, hob Truhendeckel hoch und lugte hinter Vorhänge, dann betrachtet sie lange ein Gemälde, das an der Wand hing. Ich hatte es auch schon bemerkt, aber nicht besonders attraktiv gefunden. Eine Frau in düsterer Kleidung war darauf abgebildet, die streng unter ihrer festen, weißen Haube und dem schwarzen Schleier auf den Betrachter blickte. In der Hand hielt sie ein zusammengerolltes Papier, und um den Hals trug sie ein schlichtes hölzernes Kreuz. Dann fand Katryn den Altar und das von mir aus dem Beutel hervorgeholte Amulett. Immerhin war sie achtsam genug, es mit großer Vorsicht zu behandeln. Sie hielt es mit den Fingern gegen das Licht, das durch das Fenster fiel, und bewunderte die goldenen Fäden darin.

»Verdammt, was machst du da?«

Sivert war wach geworden und fuhr seine Gespielin in harschem Ton an.

Katryn legte den Stein unverzüglich hin und kehrte mit einem leisen, gluckernden Lachen zum Bett zurück.

»Aufgewacht von den Toten?«

»Und ganz lebendig!«

Sivert schien nicht weiter ungehalten, und wieder knarrte die Bettstatt über mir. Das Gebalge war diesmal von längerer Dauer, aber schließlich stand Katryn auf und goss einen Becher Wein aus einem Krug ein. Sie brachte ihn zum Bett und deutete dann auf das Gemälde.

»Wer ist die strenge Dame dort auf dem Bild, Herr? Ich habe nicht den Eindruck, dass sie unser Tun billigt.«

»Das ist Magdalena von Rommerskirchen, meine Mutter. Nein, ganz sicher würde sie es nicht billigen. Sie war fromm und sittenrein.«

»Warum habt Ihr das Bild dann hier aufgehängt?«

»Um an das Sündige meines Treibens erinnert zu werden.«

»Ihr seid komisch, Herr!«

»Findest du?«

Es klang seltsam gefährlich, und Katryn vertiefte

das Thema klugerweise nicht. Stattdessen deutete sie auf den Feenstein, der noch immer schimmernd auf dem Samt lag.

»Das ist ein wunderschönes Amulett, das Ihr da habt, Herr!«

»Was?«

»Dieser Stein mit den goldenen Fäden.«

Er richtete sich auf und spähte zu dem Altar in der Ecke.

»Musst du denn überall deine Finger reinstecken!«

»Es lag aber offen da, Herr, ich habe nichts angerührt! Ach kommt, Herr, seid nicht so grantig mit mir. Noch eben konntet Ihr sehr, sehr nett sein.«

Katryn schmiegte sich an ihn und strich mit kundigen Händen über seinen bloßen Körper. Er hingegen griff zum Weinbecher, leerte ihn mit einem Zug und wälzte sich wieder auf seinem Lager herum.

»Das Amulett ist mir heilig«, knurrte er. »Du berührst es nie wieder, verstanden?«

»Ganz bestimmt nicht. Ich berühre sowieso lieber Euch!«

Er ließ sich etwas besänftigen und beantwortete nach einer Weile sogar ihre Frage nach dem Talisman.

»Meine Mutter hat es vor Jahren von einem Reliquienhändler erstanden. Es ist ein Haar Mariens, das in den Kristall eingeschlossen ist. Es heißt, es beschütze den Träger vor aller Unbill. Sie hat es mir am Tage ihres Todes gegeben.«

»Und, hat es Euch beschützt?«

»Bisher ist mir noch keine Unbill widerfahren, mit der ich nicht fertig geworden wäre!«

Ich stellte fest, das Siverts Lachen siegessicher

klang, und mein Schwanz peitschte in zornigem Aufruhr.

Zwei haarige Beine erschienen über der Bettkante, und Sivert sprang von seinem Lager. Er wandte sich an den Altar, steckte den Kristall wieder zurück in den Samtbeutel und zog das Bändchen zusammen.

»Genug der Tändeleien, Dirne. Jetzt sieh zu, dass du wieder in die Küche kommst und uns zu einem vernünftigen Essen verhilfst.«

Er gab Katryn einen kräftigen Schlag auf den bloßen Hintern, und sie quiekte auf. Dann raffte er seine Kleider zusammen und zog sich an.

Jetzt oder nie war mein Augenblick gekommen. Wenn sie das Zimmer verließen, musste es mir gelingen, den Samtbeutel zu schnappen und mit ihnen durch die Tür zu entwischen. Ohne es zu wollen, half mir die Katryn dabei, denn sie zog ihre Gewänder in der Nähe des Altärchens an und brauchte einige Zeit, um das Mieder darüber festzuschnüren, sodass ich mich hinter den Rockfalten verstecken konnte. Das Beutelchen war schnell ergriffen, und als die beiden zur Tür hinausgingen, schaffte ich es gerade noch, hindurchzuschlüpfen, ohne mir den Schwanz einzuklemmen. Zum Glück war es recht dunkel im Gang, und ich konnte unbemerkt in einer Nische warten, bis sie verschwunden waren. Vorsichtig witternd, immer nach Verstecken Ausschau haltend, schlich ich den Gang entlang bis zur Stiege. Unten waren viele Stimmen zu hören, rau, und manche auch schon trunken. Elspet kreuzte meinen Weg mit Platten voll duftendem Braten, und mir wäre beinahe der Samtbeutel aus dem Maul gefallen, so sehr überschwemmte mich der gierige Speichel. Ich konnte mit Not ihren Holzpantinen ausweichen und huschte in die Küche. Hier duftete es aus den Kesseln, brutzelte es an Spießen und in Pfannen, blubberte es in Töpfen und tropfte es von Schneidbrettern.

Ach, ich wäre so gerne geblieben! Doch der Moment war günstig, Katryn öffnete die Tür zum Garten, und ich nichts wie raus!

Es war Abend geworden, feuchter Nebel hatte sich über das Land gesenkt und ein kühler Wind ließ das Grau zwischen den Sträuchern wabern. Diabolo hatte sich zu einer Kugel zusammengerollt, um sich so warm wie möglich zu halten. Doch er hob seinen Kopf, als ich mich näherte.

»Wurde auch Zeit!«, murrte er.

»Ging nicht früher. Aber ich hab ihn!«

»Den Stein? Mh.«

Vermutlich durfte ich das als ein »Gut gemacht« deuten, denn er stand auf und wies mit der Nase zum Birkengehölz.

»Gehen wir zu Raguna. Es gibt Verschiedenes zu berichten.«

»Könnte ich mir nicht vorher noch eine Maus schnappen? Ich habe seit heute Morgen keinen Bissen zu mir genommen.«

»Was, mitten im Menschenbau und keine Wurst erjagt?«

»War in Siverts Zimmer eingesperrt. Da gab es nur Wollmäuse und Spinnen.«

»Wie grässlich!«

Er ließ mich einfach stehen, und ich legte sorgsam den Beutel ab. Doch bevor ich die Umgebung nach einem viel versprechenden Mauseloch absuchen konnte, kam er schon mit einem prächtigen Exemplar angetrabt.

»Hab vorhin ein Nest gefunden. Sind gut genährt hier, die Pelzchen!«

Ohne weitere Kommentare verschlang ich die Beute.

Ich war hungrig.

Er brachte mir noch eine zweite.

Ging auch runter wie Butter.

Dann fühlte ich mich kräftig genug, die Luchsin in ihrem Versteck aufzusuchen.

Raguna war selbst für meine geübten Augen kaum zu finden. Ihr Fell machte sie in dem gelbbraunen Herbstlaub der Birkenäste wahrhaft unsichtbar. Sie kam gemächlich nach unten geklettert und setzte sich zu uns. Ich legte den Feenstein zwischen uns.

»So hast du also erreicht, was du dir vorgenommen hast, Mirza mit den roten Ohren!«

»Ja, Gevatterin. Bisher ist alles gut gegangen.«

»Bei dir, und das ist ein Segen. Denn wir haben Dinge erfahren …«

»Was ist geschehen?«

Raguna ruckelte sich mit dem Hinterteil im Laub zurecht und begann etwas umschweifig zu berichten.

»Sie zogen in der Früh aus mit diesen entsetzlichen Hunden, und mich trieb es ebenfalls zum Gutshof. Dort traf ich Diabolo. Wir suchten uns ein Versteck, um das Geschehen zu verfolgen. Der Sivert und sein sauberer Freund Arnoldus kamen früher als die anderen zurück, offensichtlich, um sich vor ihnen mit den Weibsleut zu vergnügen. Sie unterhielten sich über den gelungenen Anschlag im Kloster und schienen Häme darüber zu empfinden, dass der Gärtnerbursche in den Flammen umgekommen ist. Ich hasse Feuer!« Raguna schüttelte sich, und ich stellte fest, dieser Hass bezog durchaus auch jene ein, die für das Feuer verantwortlich waren. »Sie beschlossen dann, es sei nun an der Zeit, auch den Jungen verschwinden zu lassen.«

»Den Jungen? Du meinst Jehan?«

»Rrrrrichtig!«, grollte Raguna. »Den Jungen. Ich werde das nicht zulassen! Ich liebe die Menschen nicht, das wisst ihr. Aber dieser Menschenwelpe ist in Ordnung. Er hat mir vor einiger Zeit das Leben gerettet.«

Ich war verblüfft und fragte: »Wie das?«

»Sivert war auf der Jagd. Mit einem seiner Hunde und diesem Gerät, das über weite Entfernungen töten kann. Ich hielt meinen Mittagsschlaf, war unaufmerksam.« Die Luchsin knurrte, als könne sie sich das selbst nicht verzeihen. »Der Hund stöberte mich auf und hetzte mich zu einer Lichtung. Ich konnte dem Bolzen nur knapp ausweichen, den der Mann auf mich abschoss. Der Kläffer kam näher, ein Tier, größer als ich. Der Kampf wäre grausam geworden. Er schnitt mir den Weg ab, und ich konnte nur noch zum Waldrand fliehen. Dort, auf dem offenen Feld hätte mich der Jäger wiederum treffen können, wenn nicht der Junge auf seinem Pferd aufgetaucht wäre. Er kam dem Köter in die Quere und lenkte ihn für kurze Zeit ab. Das reichte mir, um im Dickicht zu verschwinden und mich tiefer in den Wald zu flüchten. Hoch auf den Bäumen war ich vor dem Hund sicher. Ich fürchte allerdings, ich habe dabei die Frau aufgeschreckt, die dort Pilze sammeln wollte.«

Ich erinnerte mich an Kristin, die am Räucherhaus völlig aufgelöst in Meikos Arme gestürzt war, und nickte.

»Wie wollen sie Jehan verschwinden lassen?«

»Sie haben einen Plan, den ich nicht ganz verstanden habe. Aber du wirst damit etwas anfangen können, Fratz! Du kennst die Menschen besser als ich. Sie entschieden, Arnoldus solle einer Ermine eine Botschaft übergeben, die sie zu einem Stelldichein mit Sivert am Finkenpütz bittet. Jehan soll ihr den Weg dahin zeigen.«

»Ermine lebt auf dem Clarenhof, wie Jehan. Sie soll die neue Herrin von Rommerskirchen werden. Sivert tändelt auch mit ihr herum.«

»Ah so. Wenn sie dort ankommen, werden sie den Jungen von ihr trennen, in den Wald locken und die Hundemeute auf ihn hetzen. Es wird wohl nicht viel von ihm übrig bleiben.«

Mir wollte es vorkommen, als ob meine roten Ohren zu glühen anfingen, eine solche Wut packte mich.

»Ruhig, Mirrr-zaah, ruhig!«, schnurrte Diabolo. »Noch haben sie ihn nicht.«

»Und sie werden ihn auch nicht kriegen!«, fauchte ich.

»Was willst du tun?«

Das war eine gute Frage. Ich musste darüber nachdenken. Diabolo und Raguna ließen mir Zeit, während ich mich mit Mühe beruhigte, um meine Gedanken zu ordnen. Es gelang mir schließlich, und mit einiger Erleichterung wurde mir klar, dass wir uns gar nicht derartige Sorgen machen mussten.

»Meiko ist bei Jehan auf dem Clarenhof. Er weiß

von der Gefahr, die auch dem Jungen droht. Er wird ihn ganz bestimmt nicht alleine mit Ermine in den Wald gehen lassen.«

»Hoffen wir das. Was willst du nun tun, da du den Feenstein erbeutet hast, Mirza?«

»Du hast mir versprochen, mich zur Quelle der Herrin zu führen, Gevatterin. Dort will ich ihn in das Wasser werfen.«

»Gut denn. Wir brechen im Morgengrauen auf. Aber«, Raguna hob witternd die Nase, »es wird Sturm geben. Heftigen Sturm. Sehr bald.«

Ich hatte es befürchtet. Aber bleiben konnten wir hier in Rommerskirchen mit all den Menschen und Hunden auch nicht.

»Wir brechen in der Morgendämmerung auf!«

Und dann würde in einer anderen Welt endlich eine Wunde geheilt werden und ein leidvolles Kapitel aus alter Zeit ein glückliches Ende finden.

Dachte ich Dummkopf.

Ein windiges Kapitel

Auch an diesem Morgen herrschte dichter Nebel, als wir aufbrachen. Feine Tröpfchen hingen an den allmählich sich gelb, rot und braun verfärbenden Blättern der Heckensträucher und nässten uns das Fell, als wir darunter zum Waldrand wanderten. Es war ungewöhnlich windstill, und dennoch trug die feuchte Luft Gerüche und Laute aus weiter Entfernung zu uns hin. Zum Glück war nichts darunter, das bedrohlicher klang als das Muhen einer Kuh, das verschlafene Schnattern einer Gans und das Rascheln des Geästes, in dem die Vögel erwachten. Dennoch waren wir drei froh, als uns der schützende Wald umgab. Ich trug zwischen meinen Zähnen das Beutelchen mit dem Feenstein, und wenn es auch nicht viel schwerer war als ein zwei Wochen altes Kätzchen, so war es doch lästig, denn es trocknete mir Zunge und Rachen aus, mit halb geöffnetem Maul zu laufen. Immer wieder musste ich es ablegen, um etwas Speichel zu sammeln. Wir kamen nicht so schnell voran wie auf dem Hinweg, und als die Helligkeit zunahm, war ich froh, als Raguna eine kleine Anhöhe für die Rast wählte.

Nach dem Verzehr dreier unvorsichtiger, herbstlich fetter Wühlmäuse sank ich in einen verdienten Schlaf, das Beutelchen unter meinem Bauch wohl verwahrt.

Ich erwachte, weil etwas an meinen Ohren zerrte

und mein Fell zerzauste. Blinzelnd lauschte ich dem heftigen Rauschen über mir und sah die Blätter in der Luft tanzen. Der Wind, den wir erwartet hatten, fegte durch den Wald.

»Machen wir, dass wir weiter kommen. Und haltet Ausschau nach einer Höhle, es wird noch stärker!«, mahnte Raguna.

Sie hatte nicht Unrecht. Der Weg, der sich jetzt sehr abschüssig gestaltete, wurde immer beschwerlicher, denn nicht nur Laub wurde von den Bäumen gefetzt, auch Tannenzapfen und Zweige prasselten herunter. Zwar hatte der Wind den Nebel vertrieben, aber es wurde früh dunkel, denn den Himmel bedeckten eilig dahinziehende, düstere Wolken. Einmal packte die Luchsin eine ungemein heftige Böe, und sie strauchelte. Ich hingegen hatte alle Mühe, mein Beutelchen im Griff zu behalten. Als uns ein hässlicher, kalter Regenschauer erwischte, war ich froh, dass Diabolo mir einen Schubs gab und mich in eine Erdhöhle unter den Wurzeln eines Baumes beförderte. Raguna drängte sich hinzu, und gemeinsam lauschten wir dem Heulen und Prasseln draußen.

Die Höhle schien einst einem Dachs gehört zu haben, schwach lag noch der Geruch von ihm über der Streu am Boden und drang aus den Gängen, die weiter hinten im Dunkeln tiefer in das Erdreich führten. Der einstige Bewohner jedoch schien ausgezogen zu sein. Wir arrangierten uns nach und nach und fanden genügend Platz, um gemütlich die stürmische Nacht zu verbringen. Doch kaum hatte ich die Augen geschlossen, plumpste ein nasses Fellbündel auf mich.

»Igitt!«, stieß ich hervor und versuchte es loszuwerden.

»Oh, ungebetene Gäste in meiner Unterkunft!«, fauchte es, und ein stämmiger Waldkater stieß mich und Diabolo zur Seite, um Raum für sich zu schaffen. Diabolo funkelte ihn erzürnt an, aber Raguna brummelte: »Nur bis der Sturm vorbei ist, Silvester.«

»Schon gut, schon gut, Rrrraguna!«, brummte auch der Kater und begann, sich die Nässe aus den langen Haaren seines graubraunen Pelzes zu lecken. Um ihn ja nicht unhöflich anzustarren, musterte ich ihn unter halb geschlossenen Lidern vorsichtig. Ein Prachtkater, größer als Diabolo, muskulöser und ungeheuer männlich. Schade, dass ich gerade nicht in Stimmung war.

»Mhrrrr!«, schnurrte er, als er meiner gewahr wurde. »Eine gefleckte Kätzin. Niedlich!«

»Das ist Mirza, der andere ist Diabolo. Ich habe sie zu den Menschen auf dem Gut geführt, sie hatten dort etwas zu erledigen«, erklärte Raguna.

Der Ton in Silvesters Kehle wurde drohender.

»Eure Frrreunde?«

»Nein, unsere Feinde!«, beeilte ich mich zu erklären.

»Gut. Sie haben gestern die Hunde in den Wald getrieben. Wegen der Wildschweine ist es mir egal. Aber sie haben einen Vetter von mir erwischt.«

»Das tut mir Leid.«

»Die Deinen sind entkommen, Rrrraguna.«

»Ich konnte sie warnen.«

Er hatte sein Fell trocken gebürstet und legte sich zwischen Diabolo und mich. Ich spürte feindselige

Schwingungen von dem Schwarzen ausgehen, konnte aber nichts weiter unternehmen, denn ich wurde von dem Waldkater an die Wand der Höhle gedrängt. Er beschnüffelte mich ausgiebig. Ehrlich gesagt, es gefiel mir.

Über uns knarrte die Eiche, und geräuschvoll peitschten die Äste im Sturm. Irgendwo im Wald fiel donnernd ein Baum zu Boden. Der Regen war in Graupel oder Hagel übergegangen und trommelte auf das alte Laub auf dem Boden. In der Höhle war es jetzt zwar eng, aber es war warm und trocken, und so dösten wir dann trotz des Unwetters wieder ein.

Es schien nicht recht hell werden zu wollen am nächsten Morgen. Immerhin, die Niederschläge hatten aufgehört, wenngleich der Sturm in kaum verminderter Stärke tobte. Silvester verschwand grußlos, und ich empfand ein leises Bedauern. Doch mein Appetit war größer. Viel Beute fanden wir nicht in dem nassen Boden. Hätte Raguna uns nicht eine Wachtel mitgebracht, wäre unser Imbiss sehr mager ausgefallen.

»Wollen wir weiterziehen?«, fragte ich, nachdem ich gründlich Morgentoilette gemacht hatte.

Diabolo und Raguna hielten ihre Nasen in den Wind, und ich schloss mich ihrem Urteil an.

»Ein Stück. Der Regen wird wieder einsetzen.«

Es war noch anstrengender als am Tag zuvor. Der matschige Boden, das unablässige Tröpfeln von den Blättern, die wechselnden Böen machten uns misslaunig. Als mir dreimal hintereinander der Beutel aus den Zähnen gerutscht war, nahm Diabolo ihn mir wortlos ab. Ich wollte es nicht zulassen, aber ein Pfotenhieb auf die Nase galt mir als Argument genug. An einem reißenden Wildbach wurden wir wiederum aufgehalten. Raguna schüttelte ungehalten den Kopf.

»Der Regen hat ihn anschwellen lassen. Ich schaffe es mit einem Sprung, aber es wird schwierig für euch, da durchzukommen.«

Wir brauchten lange, bis wir eine Möglichkeit fanden, ihn zu überqueren. Ein umgestürzter Baum, der sich über den Bachlauf gelegt hatte, gab uns endlich die Gelegenheit. Dann setzte der heftige Regen wieder ein, und diesmal gab es keine trockene Höhle. So gut es ging, rückten wir im dichten Unterholz zusammen und wärmten uns gegenseitig.

»Wo liegt die Quelle eigentlich?«, fragte ich Raguna.

»Von hier nördlich des Sonnenaufgangs. Dort steigt ein kleiner Hügel an. Auf ihm stehen die aufrechten Steine eines uralten Menschengrabes.«

»Ist es noch weit bis dorthin?«

»Bei gutem Wetter könnten wir bis zum Abend dort sein. Aber so … Der Sturm wird heute Nacht nachlassen, der Regen wohl auch. Du wirst schon noch bis morgen warten müssen.«

Ich schickte mich drein und hoffte auf den nächsten Tag.

Doch es kam alles ganz anders.

Der Regen und der Sturm hatten wie erwartet ihr Wüten eingestellt, wir erreichten in der Mitte des Tages ebenes Gelände und kamen ein wenig zügiger voran. Doch als wir uns zu einer Rast niederließen, durchbrach plötzlich wildes Hundegekläff die Stille des Waldes.

»Weg hier!«, rief Diabolo und hetzte los. Auch Raguna brachte sich mit weiten Sprüngen in Sicherheit. Ich aber, mit dem Beutelchen im Maul, konnte ihnen nicht in gleicher Weise folgen.

Das Bellen kam näher, und schon hörte ich die Meute durch das Gesträuch brechen.

Ein Baum musste meine Rettung sein.

Kaum einer hatte hier niedrig hängende Äste.

Rattenkacke!

Eine schlanke Birke war der einzige Baum, auf den ich gelangen konnte.

Ich sprang.

Kletterte auf schwankenden Zweigen nach oben.

Klammerte mich verzweifelt fest.

Das Beutelchen fiel nach unten.

Die Hunde umtanzten den Baum und verbellten mich.

Mächtige Hunde mit mörderischen Fängen, aus denen der Geifer troff.

Ein Mann tauchte hinter ihnen auf, die Armbrust schussbereit.

»Verdammt, ihr sollt keine Katzen jagen!«, blaffte er die Köter an und gab ihnen ein paar kurze Befehle.

Winselnd ließen sie von mir ab und stürmten in eine andere Richtung.

Gerade zur rechten Zeit. Eine letzte Windböe erfasste die schwankende Birke, und ich wurde zu Boden geschleudert.

Natürlich kam ich auf den Pfoten auf, aber dennoch war ich einen Moment verwirrt.

»Der Feenstein!«, schoss es mir durch den Kopf. »Wo ist der Feenstein?«

Er musste irgendwo unter dem Baum liegen. Doch die Hunde und der Mann hatten den Boden zertrampelt. Es kostete mich viel Zeit und Geduld, bis ich das Beutelchen endlich unter dem feuchten, modrigen Laub ausgegraben hatte.

Nun hatte ich zwar meine Beute wieder, aber von Raguna und Diabolo keine Spur. Ihre Witterung aufzunehmen war wegen des nassen Bodens kaum möglich. Wie sollte ich so die Quelle finden? Ich fühlte mich nicht besonders glücklich und sehr alleine. Und in der Ferne bellten immer noch die Hunde.

Nördlich des Sonnenaufgangs, hatte Raguna gesagt, läge die Quelle. Es gab wohl keine andere Möglichkeit, ich musste es ohne sie versuchen. Also machte ich mich auf die Pfoten, wobei ich ständig auf die Geräusche achtete, die die blutrünstige Meute von sich gab. Sie schienen sich aber glücklicherweise zu entfernen.

Es wurde immer morastiger, je weiter sich das Gelände absenkte, und als die Nacht kam, fand ich ein Dornengestrüpp, in dem ich mich einigermaßen sicher fühlte. Aber mein Pelz wurde arg gezaust.

Auch die Morgendämmerung brachte mich nicht auf die Fährte meiner beiden Begleiter. Fuchs, Hase und Igel traf ich, musste mir das empörte Keckern eines Eichhörnchens gefallen lassen, das raue Krächzen eines Eichelhähers und das monotone Unken einer Kröte. In der sumpfigen Niederung wurden meine weißen Pfoten und mein Bauch schlammig, und ich wagte nicht einmal daran zu denken, welchen Aufwand ich haben würde, das alles wieder zu reinigen.

Meine höchste Aufmerksamkeit galt dem Feenstein zwischen meinen Zähnen, denn ihn hier im Schlamm zu verlieren wäre entsetzlich. Um einigermaßen trittfeste Stellen zu finden, musste ich mehrmals die Richtung wechseln, und allmählich gewann ich den Eindruck, mich ständig im Kreis zu bewegen. Irgendwann ruhte ich aus, hungrig und erschöpft. Aber nicht lange. Ich versuchte, die richtige Richtung zu finden, und machte mich wieder auf den Weg. Immerhin, das Wetter besserte sich, und manchmal malten sogar die Sonnenstrahlen ein paar wärmende Kringel auf den Boden.

Und so fand ich ihn. In einer Lache Sonnengold.

Verschmiert von Schlamm und verkrustetem Blut, die blonden Haare verklebt und die Kleider zerrissen. Er hatte die Augen geschlossen, und mein erster Gedanke war: »Sie haben ihn erwischt!«

Vorsichtig legte ich den Feenstein neben Jehan und roch an seiner Nase.

Da war noch Atem. Welch ein Glück! Aber wie viel Leben war noch in ihm?

Vorsichtig leckte ich an seiner Wange. Sehr weiche Haut hatte der Junge noch.

»Mh?«, hörte ich ihn leise stöhnen. »Papa?«

Ich tat das, was am besten hilft in solchen Momenten. Ich schnurrte.

Ganz langsam hob sich ein verklebtes Lid, und mit einem Auge blinzelte Jehan mich an. Erst schien er mich nicht recht wahrnehmen zu können, doch dann wischte er langsam mit seiner schmutzigen Hand über seine Augen.

»Katze?«, krächzte er. »Eine Katze?«

»Mau!«, bestätigte ich ihm diese geistige Höchstleistung der Erkenntnis.

»Wo bin ich?«

Ich hätte es ihm gerne gesagt, aber das lag nun mal leider nicht in meiner Macht. Also drückte ich ihm tröstend meinen Kopf an den Arm.

In dem Augenblick fielen so verschiedene Mosaiksteinchen an die richtigen Plätze, und ich erkannte, was geschehen war.

Offensichtlich hatte Sivert seinen Plan in die Tat umsetzen und mit Ermine den Jungen in den Wald locken können. Die Hunde, die uns gestern begegnet waren, hatten ihn gejagt, nicht Wildschweine. Aber er war entkommen. Verletzt, erschöpft und verwirrt.

Unter leisem Stöhnen richtete Jehan sich auf.

»Katze?«, fragte er noch einmal. »Katze? Eine zutrauliche Katze? Eine Hauskatze?«

»Mau!«

»Wohnst du hier in der Nähe?«

»Mirrrip!«

Er besah mich eine Weile verwundert, streckte dann vorsichtig die Hand nach mir aus und berührte mich. Ich zuckte nicht zurück, auch wenn er sehr, sehr schmutzig war.

»Kätzchen, führ mich dorthin, wo du zu Hause bist. Ich habe mich verirrt!«

»Mau!«

Er kam langsam und ganz offensichtlich unter Schmerzen auf die Beine und blickte sich um. Ich nahm mein Beutelchen auf und machte einige Schritte in die Richtung, in der das Kloster liegen musste. Die Quelle würde warten müssen.

Es fiel Jehan noch viel schwerer als mir, sich durch den Sumpf zu kämpfen. Immer wieder sackte er in dem Matsch ein, und zweimal fiel er auf die Knie. Mir wäre auch beinahe der Feenstein entglitten. Doch das eben noch vermiedene Missgeschick brachte mich auf einen Gedanken.

Der Träger des Amulettes war geschützt und hatte die Kraft, mit aller Unbill fertig zu werden. So hieß es in der Mär, und so hatte Sivert es behauptet.

Wenn einer Kraft brauchte, um mit den Unbillen des Schicksals fertig zu werden, dann dieser Junge. Ich setzte mich vor ihn hin und starrte ihn auffordernd an.

»Kätzchen?«

Mit vollem Mund spricht es sich nicht gut, aber so etwas wie ein gedämpftes »Mrrr!« bekam ich doch heraus.

»Was schleppst du denn da mit dir herum? Eine Maus?«

Zumindest beugte er sich neugierig vor.

»Ein Beutelchen, du kleine Diebin?«

Ich traute mich nicht, es auf den Boden zu legen, aber als er die Hand ausstreckte, ließ ich es hineinfallen. Er zog das Band auf und fand den Kristall. Unter all dem Schmuddel leuchtete sein zerschrammtes Gesicht plötzlich auf wie die Morgensonne über den Bergen.

»Ja, geschehen denn wirklich Wunder? Sind Märchen denn wahr? Kätzchen, Kätzchen, ist das das Haar der Fee?«

»Mau! Mirrrip!«

Und wirklich, es schien Jehan eine neue Kraft zu

schenken. Einen Augenblick noch bewunderte er den schimmernden Stein, dann steckte er ihn zurück in den Beutel und sah mich an.

»Ich trage ihn eine Weile für dich, Kätzchen. Oder was immer du bist! Wenn wir dein Heim gefunden haben, gebe ich ihn dir zurück. Versprochen!«

»Mau!«

Noch einmal bückte Jehan sich, nahm einen knorrigen Ast auf und stützte sich beim Gehen darauf. Ich lief immer einige Schritte vorweg, und nun folgte er mir mit festerem Tritt. Zum Glück konnte ich mich auf mein Heimfindevermögen verlassen. In welcher Richtung das Kloster lag, war mir die ganze Zeit über bewusst gewesen. Der Boden wurde auch besser, und wenn wir auch immer mal wieder eine Pause einlegen mussten, so hatten wir doch bei Anbruch der Dunkelheit die Klostergärten erreicht.

»Hier ist dein Heim, kleine Katze? Das hätte ich nicht gedacht! Was für ein Glück für mich!«

Aber ich dachte an Arnoldus und setzte meine Führung unverdrossen fort, schlug auch dann, beharrlich kleine Locklaute ausstoßend, den Weg zu den Obstwiesen ein, als er sich zur Pforte wandte.

»Nicht hinein?«

Ich lief zurück zu ihm und maunzte so herrisch wie nur möglich. Kinder verstehen klare Worte einer Mutter, und gehorsam trottete er hinter mir her zur Apfelscheune.

Es duftete darin nach Stroh und reifen Früchten, und mit Heißhunger fiel Jehan über die Äpfel her. Ich zeigte ihm auch die Ecke, wo hinter den Darren ein paar Lumpen lagen, die die Stallburschen hin und wieder benutzten, um heimlich ein Schläfchen zu halten. Er ließ sich hineinfallen, streichelte mich noch einmal und rollte sich erschöpft zusammen. Aus seiner Hand fiel das Beutelchen.

Ich nahm es auf und schleppte es müde die letzten Schritte bis zu Melvinius' Fenster. Eine letzte Anstrengung kostete es mich noch, dann war ich in der Kammer und fiel, schlammig und zerzaust wie ich war, mitsamt dem Feenstein auf die schönen, weichen, sauberen Decken seines Bettes.

Das abenteuerlichste Kapitel meines Lebens schien damit beendet zu sein.

Ein enthüllendes Kapitel

Irgendwann bemerkte ich, wie mich jemand mit einem feuchten Lappen putzte. Sehr sanft und geduldig, fast wie die raue Bürstenzunge meiner Mutter. Aber ich war zu erschöpft, um auch nur das leiseste Schnurren von mir zu geben. Ich schlief wieder ein.

Als ich das nächste Mal erwachte, waren es Stimmen, die mich aus der Traumwelt holten. Vertraute Stimmen.

Melvinius und Meiko.

»Sie hat sich die ganze Nacht nicht gerührt, Meiko. Ich fürchte, sie ist ernstlich krank.«

Wieder berührten mich Hände, diesmal sehr kundig und einfühlsam.

»Sie hat aber keine Verletzungen, Pater. Nur mager ist sie geworden. Wahrscheinlich ist sie weit umhergestreunt und einfach nur erschöpft.«

»Aber müsste sie dann nicht wenigstens hungrig sein?«

»Müsste sie. Mirza, Mirza, was hältst du von diesem schönen Futter?«

Viel, aber es war so anstrengend, die Augen zu öffnen. Obwohl das gesottene Hühnerfleisch verlockend duftete.

»Mirza, meine Liebe, ein paar Häppchen. Du musst an die Kleinen denken!«

Ach ja, die Kleinen!

»Die Kleinen?«

»Pater Melvinius, Mirza ist nur noch Fell und Knochen, aber ein rundes Bäuchlein hat sie noch. Ich fürchte, wir haben Nachwuchs zu erwarten.«

»Oh! Mh, ja, sie wurde rollig, bald nachdem du sie hergebracht hast.«

»Pech, dass sie damals entwischt ist. Stoppelkätzchen kommen selten durch.«

Meine Augen gingen auf.

Diese Stoppelkätzchen würde mir keiner nehmen.

Es war gar nicht so schwer, sich über den Teller zu beugen.

Nach ein paar Bissen fühlte ich mich schon wesentlich besser.

Als der Teller leer war, hatte ich auch noch die Kraft, die Sahneschüssel auszulecken.

Und mich – wenigstens ein bisschen – zu putzen.

»Na also!«, stellte Meiko fest. Er sah gut aus, der Gärtnerbursche. Er trug ein neues Wams aus weichem, rehbraunem Leder, ein weites, fleckenlos weißes Hemd, glatt anliegende dunkle Lederhosen und neue Stiefel. Sein Gesicht war sauber rasiert, seine Haare waren glänzend gebürstet und ordentlich mit einem schwarzen Samtband zurückgebunden. Wie ein Edelmann, wenn auch in ländlicher Tracht, so wirkte er.

»Und was ist das hier?«, fragte er dann. »Hast du eine tote Maus mitgebracht?«

»Irgendeinen Stofffetzen hatte sie bei sich, als sie kam. Sie hat ihn nicht losgelassen, mich sogar im Schlaf angefaucht, als ich ihn ihr fortnehmen wollte.«

Ich saß auf dem Beutelchen, und als Meiko danach griff, rückte ich zur Seite, damit er ihn an sich nehmen konnte. Irgendwas sagte mir, er habe ein Recht dazu.

»Das ist schmutziger Samt. Seltsam – wo mag sie das her haben? Oh, es ist etwas darin!«

Meiko entknotete die Bänder, und der Feenstein glitt in seine Hand.

»Allmächtiger!«, war sein einziger Kommentar.

Melvinius trat näher hinzu und betrachtete den Kristall ebenfalls.

»Darf ich?«

»Nehmt ihn, Pater.«

Der alte Mann hob den Stein hoch und hielt ihn gegen das Licht, das durch das Fenster fiel. Seine Augen verdunkelten sich, und ein Beben ging durch ihn hindurch. Ich hatte große Furcht, sein Herz würde wieder zu holpern anfangen, doch ganz im Gegenteil. Es schien, als ob er plötzlich jünger wurde. Seine Haltung straffte sich, sein Gesicht leuchtete, und ein strahlendes Lächeln glitt über seine Züge.

»Ein goldenes Haar in einem Kristall«, flüsterte er ergriffen.

»Man sagt, es sei eines der Haare Mariens. Diese Amulett hat sich vor vielen Jahren meine Mutter von einem Reliquien-Krämer andrehen lassen.«

»Meiko?«

Meiko zuckte mit den Schultern.

»Mögen die Götter wissen, wo Mirza das gefunden hat. Ich dachte, es sei entweder abhanden gekommen oder mit meiner Mutter ins Grab gewandert.«

Melvinius legte es in seine Hand zurück und schüttelte den Kopf.

»Deine Mutter lebte also hier in der Nähe?«

»Ja, Pater. Es scheint, ich muss Euch alles erklären.«

Er kam nicht dazu, denn Yvain polterte in den Raum, ganz gegen seine sonstige gelassene Art.

»*Mon Père,* da ist die Dame Caroline, die Euch und Meiko unbedingt sprechen will. Sie ist sehr aufgeregt.«

Meiko legte den Feenstein wieder zu mir ins Bett, um mit dem Pater den Raum zu verlassen. Ich schob den Kristall vorsichtshalber unter die Decke und folgte den beiden.

An der Pforte wartete die Dame Caroline. Sie trug ein schlichtes, graues Gewand, und ihre sonst so sorgfältig aufgesteckten Haare wirkten zerzaust.

»Meiko, ist Jehan bei dir?«, platzte sie heraus, als sie die beiden Männer sah.

»Nein, Dame Caroline. Ich glaubte ihn bei Euch in Sicherheit! Ich habe ihn seit vergangener Woche, als ich Euch verließ, nicht mehr gesehen."

»Er ist gestern, nach dem Sturm, mit Ermine zu einem Ausritt aufgebrochen und bisher nicht zurückgekommen. Das dumme Huhn behauptet, er habe sie im Wald einfach stehen lassen, um einem Wiesel oder so etwas nachzujagen. Sie ist ziemlich maulig alleine zurückgekommen.«

»Das ist eigentlich nicht seine Art, Dame Caroline.«

»Nein, ich weiß. Und ich kann mir auch nicht vorstellen, dass er sich verirrt hat. Er kennt sich recht gut in der Umgebung aus.«

»Es herrschte Sturm. Es hat viel Windbruch gegeben. Möglicherweise hat ihn ein herunterfallender Ast getroffen.«

In Meikos Stimme klang tiefe Besorgnis mit.

»Daran habe ich auch schon gedacht. Als sein Pferd spät abends reiterlos zurückkehrte, habe ich meine Leute schon ausgeschickt, um ihn zu suchen.«

»Ich werde mich ebenfalls sofort… Mirza? Mirza, was soll das?«

Ich musste mich bemerkbar machen. Drastisch. Ich sprang an seinem Bein hoch und biss in seinen Schenkel. Nicht fest, wohlgemerkt. Nur ein Zwicken. Dazu maunzte ich in allen Tonlagen, die mir zur Verfügung standen. Er schüttelte mich ab und starrte mich finster an.

»Bist du tollwütig geworden?«

»Nein, Meiko. Ich vermute etwas anderes. Mirza hat außergewöhnliche Fähigkeiten, und wenn sie sich wunderlich benimmt, so habe ich gelernt, dann will sie uns etwas mitteilen. Du hast es doch selbst schon erlebt!«

Mein kluger Freund Melvinius!

»Stimmt. Aber ein wenig verrückt klingt das schon.«

»Möglich. Doch ich fange an, den verrückten Dingen Wert beizumessen. Mirza, meine Kleine, was willst du uns sagen?«

»Mirrrip!«, antwortete ich ihm und setzte mich Richtung Apfelscheune in Bewegung.

»Meiko, Pater, was soll das?«

»Dame Caroline, was immer mit Jehan geschehen ist, wird die wenigen Augenblicke auch noch warten können«, beschied Melvinius die sorgengebeugte Frau.

Sie schüttelte verständnislos den Kopf und folgte den beiden Männern.

Jehan lag zusammengerollt wie eine junge Katze in den Lumpen, einen Haufen Apfelgehäuse neben sich. Er schlief tief und genauso erschlagen wie auch ich noch kurz zuvor.

»Heilige Mutter Gottes!«, stieß die Dame Caroline aus und bekreuzigte sich. Melvinius hob mich hoch und drückte mich an sich. Was er mir ins Ohr flüsterte, gebe ich besser nicht weiter. Es machte mich fast eitel. Meiko hingegen kniete neben seinem schmuddeligen Sohn nieder und streichelte sein Gesicht.

»Papa!«

»Mein Junge, wie kommst du denn hierher?«

Jehan schien sich recht schnell zurechtzufinden, nachdem er schließlich aufgewacht war.

»Oh, da ist ja die gefleckte Katze. Ich bin ihr gefolgt. Sie war im Wald.«

»Mirza? Sie ist Melvinius' Mäusejägerin, die eigentlich ihre Aufgabe in der Bibliothek hat. Es scheint, Pater, Ihr habt wieder einmal Recht gehabt.«

Meiko half dem Jungen, sich aufzurichten. Jehan stöhnte.

»Hast du Schmerzen? Bist du verletzt?«

»Alles scheint mir weh zu tun!«, jammerte Jehan und lehnte sich an die Schulter seines Vaters.

»Bring ihn in die Infirmerie, Bruder Aldwin wird sich um ihn kümmern. Und ein paar Happen zu essen werden dem Jungen sicher auch weiterhelfen. Später kann er uns dann erzählen, was geschehen ist.«

»Ja, Papa. Ich habe solchen Hunger!«

Meiko lachte leise auf.

»Dann kann es dir so ganz furchtbar schlecht nicht gehen. Komm, ich trage dich zur Krankenstube.«

Ich ließ mich von Melvinius tragen und fand es höchst angenehm. Denn noch war ich etwas wackelig auf den Beinen. Allerdings hörte ich es leise vom Balken der Apfelscheune spotten: »Verwöhntes Schmusekätzchen!«

»Lumpiger Streuner!«, fauchte ich zurück und war höllisch erleichtert, Diabolos goldäugiges Grinsen zu sehen. Er zwinkerte mir zu und verschwand im Schatten. Die beiden Menschen hatten ihn nicht bemerkt.

»Dame Caroline, ich denke, Eure Ängste sind nun beseitigt. Aber… es will mir scheinen, als ob hier verschiedene Dinge in Gang gekommen sind, die eine gewisse Gefahr darstellen. Für Meiko und für Jehan. Schweigt also am besten darüber, dass Ihr den Jungen hier gesehen habt. Lasst Eure Leute weitersuchen.«

Die Dame schien mir recht klug und besonnen zu sein, jetzt, nachdem sie Jehan in Sicherheit wusste.

»Ja, die beiden sind in Gefahr, Pater Melvinius. Ich weiß es, und es macht mich betrübt, ihnen nicht helfen zu können. Immerhin – ich werde meine Leute noch bis heute Abend ausschicken und dann bekannt geben, ich hätte erfahren, er habe bei einem der Pächter Unterschlupf gesucht und dort geholfen, die… äh… Sturmschäden zu beseitigen. Das ist glaubhaft, denn Jehan ist ein überaus hilfsbereiter und anstelliger kleiner Kerl. Ich habe ihn sehr in mein Herz geschlossen.«

»Eine gute Idee, Dame Caroline.«

Die Dame kraulte mich sehr kundig zwischen den

Ohren, und ihre Stimme glich beinahe einem kätzischen Mutterlaut.

»Auch ich habe einen kleinen, weißen Kater, der mir sehr klug vorkommt. Er hat genauso weise Augen wie Eure Mirza, Pater Melvinius. Ich habe ihn Merlin getauft. Pflegt sie gut, sie sieht ein wenig mager aus.«

»Ich habe in der Küche schon doppelte Portionen bestellt«, meinte Melvinius, und ein glückliches Lachen tief in seiner Brust ließ mich zufrieden aufmaunzen.

In Melvinius' Schlafkammer wartete tatsächlich schon Yvain mit etwas klein geschnittenem Fleisch, sehr bekömmlich und delikat mit ein paar Flöckchen Butter angereichert. Das Bettzeug war glatt gestrichen und eine frische, saubere Decke darüber gebreitet. Der Feenstein lag auf dem Tischchen vor der Gebetsbank. Ich machte es mir auf dem Lager gemütlich, futterte und beobachtete dabei, wie der Pater den Kristall lange in den Händen hielt. Sein Gesicht trug einen eigenartigen, träumerischen Ausdruck, als versuche auch er sich an etwas zu erinnern, das sich ihm aber dennoch immer wieder entzog.

Dann kam Meiko wieder zu ihm und setzte sich unaufgefordert auf den Schemel am Fenster. Melvinius legte den Stein zu mir und nahm in seinem Sessel Platz.

»Jehan ist erschöpft und zerkratzt, er hat sich den Fuß verrenkt und etliche blaue Flecken davon getragen. Doch nichts ist bedrohlich, meint der Infirmarius. Zwei, drei Tage Ruhe und stärkende Mahlzeiten werden schnelle Genesung bringen. Fragen habe ich ihm noch nicht gestellt.«

»Gut so, das können wir später noch immer tun. Erzähle mir nun von dir, Meiko. Oder Menard. Oder wie sonst noch?«

»Meinhard von Rommerskirchen, Pater.«

»So so!«

»Es ist eine lange Geschichte.«

»Dann wollen wir uns derweil mit einem Becher Wein stärken!«

Melvinius goss ihnen ein und lächelte den einstigen Gärtnerburschen gütig an. Der berichtete, und ich lauschte genauso intensiv wie Melvinius seinen Worten.

»Ich wurde vor fünfunddreißig Jahren hier geboren, als der erste Sohn des Gutsherrn Sintram von Rommerskirchen und seinem ehelich angetrauten Weib Magdalena. Zwei Jahre nach mir kam mein Bruder Sivert zur Welt. Ihr seid ihm begegnet.«

»Richtig, dem jetzigen Herrn des Anwesens.«

»Bis zu meinem sechzehnten Lebensjahr lebte ich auf dem Gut und wurde als Erbe erzogen. Mein Vater sorgte für gute Lehrer, aber ich wurde auch früh in die Verwaltung mit einbezogen, und er sah auch darauf, dass ich etwas vom Handwerk verstand. Mir machte alles Freude, wenngleich ich aber auch mit jugendlichem Eifer meinem Vater oft Verdruss bereitete. Er war ein Mann der Traditionen, mich dagegen begeisterten neue Ideen. Wir stritten oft, und ich fand ihn halsstarrig und nannte ihn verknöchert. Sivert war lange nicht so eifrig im Lernen, aber er passte sich besser an. Ihm lag nichts an Fortschritten oder Veränderungen. Was man ihm auftrug, erledigte er mehr oder weniger gründlich. Vor allem meiner Mutter wusste er zu gefallen, denn er hatte eine gewandte Art, ihr zu schmeicheln. Mir gelang das nie, denn so arg es klingen mag, meine Mutter schien mir, je älter ich wurde, immer fremder zu werden. Sie war eine überaus fromme Frau, die auf das Genaueste die Gebote der Kirche achtete. Sie besuchte, so oft sie konnte, die Messe, kniete täglich lange Zeit in unserer kleinen Kirche und hielt streng die Fastentage ein. Mindestens einmal im Jahr unternahm sie eine Wallfahrt zu einer der Stätten, an denen irgendwelche Heilige angeblich Wunder wirkten.«

»Wunder, an die du nicht glaubtest.«

»Nein, Pater. Ich glaube nicht an die Heilkräfte schmutziger Quellen und abgegriffener Holzfiguren. Auch alte Knochen und Holzsplitter dubiosester Herkunft entlocken mir keine Ehrfurcht, und seien sie vom Kreuz Jesu selbst. Genauso wenig wie ich daran glaube, durch einen Ablassbrief vom Fegefeuer verschont oder durch Zahlungen an geldgierige Priester von meinen Sünden befreit zu werden. Verzeiht, Pater, wenn ich Euch damit beleidige.«

»Deine Worte sind schroff, Meinhard, aber sie beleidigen mich nicht. Ich bin zu alt geworden und habe zu viel gesehen, um nicht zu wissen, dass im Namen der Kirche manch einer Schindluder mit dem Glauben treibt. Geld wird nie eine Sünde tilgen. Aufrichtige Reue vielleicht. Aber nicht Münzen oder andere Opfer. Und ich gebe dir auch Recht darin, dass die Verehrung von Reliquien einige seltsame Blüten treibt. Doch vergiss nicht, das einfache Volk verlangt greifbare Beweise des Göttlichen, und die rein geistige Natur unseres Schöpfers ist für es schwer zu verstehen.«

»Möglich, Pater. Aber meine leichtgläubige Mutter war eine gebildete Frau; sie hätte es besser wissen können. Dennoch hing sie mit abergläubischer Inbrunst an allen möglichen Fetzchen und Zettelchen, Splittern und Knöchelchen, die man ihr für schweres Gold andrehte. Ich versuchte, mit ihr darüber zu reden, und es gab schlimme Auseinandersetzungen, in denen ich sie mit harten Worten schmähte. Bei einer unserer Streitereien warf ich eines Tages einen der von ihr so geliebten Ablassbriefe in den Kamin. Wenn der Zettel schon in einem schlichten Holzfeuer verbrennt, versuchte ich ihr klar zu machen, wie soll er sie dann im Höllenfeuer schützen?

Sivert war Zeuge der Szene – und auch der entsetzlichen Prügel, die ich danach von meinem Vater bezog. Dennoch, zwei Monate später kam meine Mutter mit von Ehrfurcht durchdrungener Miene mit einem Splitterchen von der Wiege Christi von einer ihrer zahllosen Pilgerfahrten an. Ich konnte meine Zunge nicht zähmen und machte mich haltlos darüber lustig. Es setzte weitere Prügel. Sie schmerzten meinem Leib, doch sie festigten nur meinen Standpunkt. Kurz darauf tauchte auf dem Gut ein Reliquien-Krämer mit jenem Stein dort auf, und sie erwarb ihn. Ich durchwühlte heimlich den Packen des Mannes und fand etliche Hundeknochen, die in hübsche, aber billig vergoldete Holzkästchen gepackt waren und wahlweise als Finger des heiligen Johannes, Martins oder Petrus bezeichnet waren. Mehrere Phiolen mit Tränen der

Jungfrau Maria und Beutelchen mit Erde aus dem heiligen Land führte er auch mit sich.

Ich schilderte am Abend meine Funde und nannte den Mann einen Betrüger. Meine Mutter machte eine entsetzliche Szene, und ich nahm ihr dieses Amulett fort, von dem sie behauptete, es schütze seinen Träger. Ich fand den Kristall erstaunlich hübsch, das war aber auch alles. Sie beklagte sich bei meinem Vater über meinen Unglauben und mein unkindliches Verhalten, und er, der aus Prinzip immer auf der Seite meiner Mutter stand, weil er der Meinung war, Kinder hätten ihren Eltern bedingungslos zu gehorchen, verlangte von mir, ihr den Stein zurückzugeben. Ich wusste, er verabscheute im Grunde selbst diesen ganzen Aberglauben ebenso wie ich, und letztlich war ich das Streiten leid und wollte gehorchen. Das Beutelchen hatte ich in meinem Zimmer auf den Kaminsims gelegt. Doch dort war es nicht mehr. Meinen Worten schenkte weder meine Mutter noch mein Vater Glauben, denn Sivert hatte ihnen, während ich es suchte, berichtet, ich habe das Amulett genau wie den Ablassbrief ins Feuer geworfen, wo es in tausend Stücke zersprungen sei. Die Auseinandersetzung zwischen meinem Vater und mir nahm eine derartige Form an, dass ich tags darauf grußlos und ohne Bedauern das Haus verließ.«

Meiko nahm einen tiefen Schluck von seinem Wein, und ich spürte, wie er sich der aufgewühlten Gefühle von damals zu stellen versuchte. Melvinius hingegen schwieg nachdenklich und meinte dann: »Eine schwierige Ausgangssituation für einen sechzehnjährigen Jungen. Doch du hast sie offensichtlich gemeistert.«

»Ich hatte schon oft davon geträumt, die Welt zu bereisen, die Pflicht als Erbe des Gutes hatte mich jedoch davon abgehalten, diesen Wünschen mehr Raum als nötig zu geben. Doch nun fand ich einen fahrenden Händler, der mich als Gehilfen mitnahm. Ich konnte schreiben und rechnen und hatte Manieren, was ihm nützlich erschien. Sein Weg führte ihn nach Antwerpen, dem großen Handelshafen. Mich lockte die Seefahrt, und als Schiffsjunge ging ich an Bord eines Mittelmeerfahrers. Der Kapitän war ein ungewöhnlich gutmütiger Mann und nahm mich, der ich lernwillig war, in seine Obhut. Zwei Jahre fuhr ich mit ihm und lernte das Handwerk des Seefahrers, dann ereilte uns das Unglück.«

»Vor Paimpol, an der bretonischen Küste.«

»Wo ich in der Abtei von Beauport, in der ich von meinen Verletzungen genas, Melvin de Penthièvre kennen lernte.«

»Dem du aber nur als Menard Romarus bekannt warst!«

»Richtig. Ich hatte alle Fäden zu meiner Vergangenheit gekappt. Ich fand Beatrice, wie Ihr wisst, heiratete sie in Eurem Beisein, und Jehan, mein Sohn, kam zur Welt. Beatrice starb, Jehan fand ein neues Zuhause bei einer angesehenen Familie, und ich versuchte, auch diesen Teil meiner Vergangenheit auszulöschen. Ich brach nach Brest auf, und von dort begab ich mich wieder auf Mittelmeerfahrt. Mein kleines Kapital aus der Fischerei war der Beginn – ein Pfeffersack hier, eine Kiste Safran da, ein paar Ballen Seide, ein paar weiche Pelze… Ich scheine ein Händchen für das Geldmachen zu haben. Mein Vermögen wuchs stetig.«

Melvinius schien aufrichtig erstaunt zu sein.

»Ich hatte dich für einen armen Burschen gehalten.«

»Nun, eigentlich bin ich derzeit ein ziemlich reicher Bursche.«

»Was natürlich vollkommen erklärt, weshalb du eine Arbeit als Gärtner im Kloster angenommen hast.«

Meiko grinste.

»Eben. Ich kann es mir leisten, für einen Hungerlohn zu arbeiten.«

»Wirst du mir deine wahren Beweggründe nennen, Meinhard. Oder soll ich besser meine Fragen hinunterschlucken?«

»Ihr werdet schnell genug Vermutungen anstellen, Pater. Euer Verstand ist so geartet.«

»Je nun, das ist er wohl. Hat dein Vater dich enterbt und deinen Bruder zu seinem Nachfolger ernannt?«

»Das tat er.«

»Und jetzt bist du hergekommen, um dein Recht einzufordern?«

»Es gibt nichts zu fordern. Die Sache ist komplizierter. Versteht, Pater, ich war nicht ständig auf See, meine wachsenden Geschäfte musste ich auch immer mal wieder an Land verfolgen. Nach den ersten fünf anstrengenden Jahren versöhnte ich mich mit einem Teil meiner Vergangenheit, und einige Male habe ich Jehan in St. Brieuc besucht. Es machte mir Freude, sein Aufwachsen zu beobachten, und wir lernten uns in den Monaten, die wir gemeinsam verbrachten, recht gut kennen. Der Junge hat einen glücklichen Charakter und fand sich mit seinem abenteuerlustigen Vater recht gut ab. Ich entdeckte vieles an ihm, in dem er mir glich, und das freute mich aufrichtig. Doch unser Verhältnis gab mir auch in anderer Beziehung zu denken. Vater und Sohn sollten nicht in Feindschaft miteinander leben, erkannte ich nach und nach. Darum schrieb ich meinem Vater einen langen Brief, in dem ich ihm über mein Fortkommen berichtete, aber auch meine Gefühle für ihn darlegte. Ich gab ihm an, dass ich mich im Winter des Jahres 1500 in Antwerpen aufhalten würde, um ihm eine Möglichkeit zu geben, wieder mit mir in Kontakt zu treten.«

»Eine kluge Tat, mein Junge, die Bewunderung verdient.«

»Ach nein, Pater. Es war mir, ehrlich gesagt, sogar ein Bedürfnis. Ich hoffte, in meinem Haus in der Stadt einen Brief oder eine Botschaft von ihm vorzufinden. Doch er war es selbst, der die beschwerliche Reise aufgenommen hatte, um mich dort aufzusuchen.«

Meiko schwieg, aber in seinem Gesicht zuckte es. Melvinius schenkte ihm Wein nach.

»Es wird euch beide sehr bewegt haben.«

»Ja, das tat es. Wir begruben unseren Zwist in jenen Tagen, und ich fand die Zuneigung wieder, die zwischen meinem Vater und mir in meinen jungen Jahren geherrscht hatte. Aber nicht nur ich hatte vieles wieder gutzumachen, auch er gestand mir seine Fehler ein. Meine Mutter war im Jahr zuvor gestorben, und er gab zu, sie habe auch ihm mit ihrem immer krankhafter werdenden Aberglauben und ihrer Höllenfurcht das Leben schwer gemacht. Er berichtete mir auch von meinem Bruder. Nachdem ich das Haus verlassen hatte, war mein Vater so zornig geworden, dass er sein Testament zu Siverts Gunsten geändert und ihn zu seinem Erben eingesetzt hatte. Damit verbunden war aber auch die Pflicht, das Gut zu führen. Mein Vater war nicht recht glücklich damit, wie Sivert diese Aufgabe anging. Er fragte mich schließlich eines Abends, kurz vor seiner Abreise, ob ich zurückkommen wolle, um als rechtmäßiger Herr auf Rommerskirchen zu leben. Meine erste Reaktion war Ablehnung. Vater verstand es, denn er sah, wie unabhängig ich geworden war. Allerdings machte er eine kleine Bemerkung, die mich nachdenklich stimmte. Er sprach von seinem Enkel Jehan, den er gerne sehen würde. In jener Nacht träumte ich von den Wäldern meiner Jugend, von den fruchtbaren Äckern, den vollen Scheuern, dem friedlichen Bimmeln der Glocke unserer kleinen Kirche, und als ich erwachte, wusste ich, meine Zeit als unsteter Wanderer war vorüber. Ich wollte nach Hause, ich wollte Jehan, meinem Sohn, die Wurzeln seiner Familie zeigen.

Im Frühjahr, als die Wege und Flüsse wieder befahrbar wurden, reiste mein Vater zurück. Ich hatte ihm versprochen, dass die Fahrt, die jetzt noch geplant war, meine letzte sein würde. Danach wollte ich Jehan holen und mit ihm nach Rommerskirchen zurückkehren. Er hingegen hatte vor, das Testament zu ändern, sodass ich wieder sein anerkannter Nachfolger würde.

Indes – ich ging auf eine erfolgreiche Handelsfahrt, für meinen Vater aber verlief die Reise zurück nicht glücklich. Er erkrankte und kam zu Tode geschwächt in Rommerskirchen an. Es blieb ihm noch die Zeit, sein Haus so zu bestellen, wie er es sich gewünscht hatte, dann starb er.«

»Ich weiß. Im Sommer des Jahres 1501. Ich nahm an seiner Beerdigung teil. Seltsam, obwohl ich damals schon fünf Jahre in diesem Kloster weilte, habe ich ihn außer an den hohen Feiertagen, an denen er die Basilika besuchte, nie getroffen. Ich habe mich in meiner Bibliothek wohl sehr von der Welt abgeschlossen.«

Melvinius sagte es mit Bedauern in der Stimme.

»Eigentlich schade, Pater, denn Ihr hättet Euch gut mit ihm verstanden. Auch er liebte die Bücher. Einige, die er während seines Aufenthaltes in Antwerpen erstanden hat, sind übrigens hier in Eurer Bibliothek gelandet.«

»Daher dein ungewöhnliches Interesse an Pergamenten und Folianten!«

»Verräterisch bei einem ungehobelten Gärtnerburschen wie mir, nicht wahr?« Meiko langte zu mir hinüber und kraulte mich liebevoll. »Es jammerte mich, diese Bücher von Mäusen angenagt zu sehen, darum habe ich Euch diese Katze angeschleppt. Sie hat nicht nur diese Aufgabe gut erfüllt, nicht wahr?«

»Nein, Mirza ist uns beiden weit mehr wert als nur als Mäusefängerin, nicht wahr? Sie ist uns eine echte Freundin geworden. Ist es dein Bruder, der die Bücher eures Vaters verkauft?«

Meiko nickte, und sein Gesicht zeigte einen Anflug von Grimm.

»Sivert war schon als Junge kein Freund des Lesens. Er ging lieber auf die Jagd oder zum Fischen.«

»Du hast ihn bisher noch nicht aufgesucht, will mir scheinen.«

»Nein. Ich kam her, um zunächst einmal die Lage zu prüfen. Ihr müsst wissen, Pater Melvinius, ich erhielt einen Brief von meinem Vater, den er kurz vor seinem Tod an mich gesandt hat. Und dieses Schreiben machte mich misstrauisch. Er teilte mir darin mit, er habe sehr wohl das Testament geändert, doch er war zu schwach und außerdem bettlägerig, um es unserem Advokaten zu überbringen. Einem Boten aber wollte er es aus verschiedenen Gründen nicht anvertrauen. So kam er auf die Idee, die Moen einzuweihen. Sie war meine ehemalige Amme und Kinderfrau und hatte nach dem Tod meiner Mutter die Führung des Haushaltes übernommen. Sie pflegte meinen kranken Vater, den sie sehr achtete, hingebungsvoll. Er schätzte sie ebenfalls und dankte ihr ihre Treue, indem er für sie nicht nur auf Lebzeiten das Häuschen in Dellenhofen pachtete, sondern ihr auch eine reiche Summe Geldes gab. Ihr vertraute er auch die Kassette mit den Dokumenten an, die seinen letzten Willen und verschiedene andere wichtige Urkunden, den Besitz betreffend, beinhalteten.«

»Die alte Moen! Deshalb hast du sie besucht?«

»Ja, deshalb. Und musste entdecken, dass sie just entschlafen war. Was ich nicht fand, waren die Dokumente. Es machte die Sache ein wenig kompliziert!«

»So kann man das wohl ausdrücken. Sivert lässt keinen Zweifel daran, dass er der rechtmäßige Erbe und Herr von Rommerskirchen ist.«

»Er wusste zunächst nichts von dem Treffen in Antwerpen. Mein Vater hat mit ihm nicht darüber gesprochen. Auch das ist etwas, was mich in dem Schreiben bedenklich gestimmt hat. Er drückt es zwar nicht in deutlichen Worten aus, doch es geht daraus hervor, dass Sivert sich zu einem lasterhaften jungen Mann entwickelt hat. Mein Vater traute ihm nicht mehr, seit er Kenntnis von verschiedenen Vorfällen während seiner Abwesenheit bekommen hatte. Doch ans Krankenlager gefesselt, hatte er wenig Möglichkeiten, noch auf seinen jüngeren Sohn Einfluss zu nehmen. Ich wollte auch das zunächst noch überprüfen. Es scheint leider seine Richtigkeit zu haben, Pater. Sivert lässt das Gut verwahrlosen, er verkauft Bücher und Wertgegenstände, um seine Gelage zu finanzieren, gibt sich mit zweifelhaften Gesellen ab, spielt und hurt herum. Ich habe allerdings den Verdacht, dass er etwas von dem Gesinnungswandel unseres Vaters erfahren hat. Möglicherweise hat er, bevor er starb, selbst noch etwas in dieser Richtung verlauten lassen. Oder es gab Lauscher in der Dienerschaft. Denn nach meinem Besuch wurde mehrmals das Haus der Moen durchsucht. Erinnert Euch an den Einbruch und den Überfall auf Meister Clemens.«

»Großer Gott, natürlich. Du sprachst neulich schon von einem Zusammenhang, aber dazu wollte mir ganz und gar nichts einfallen.«

»Ja, Pater Melvinius, Sivert oder ein Helfer haben dort nicht etwa nach dem sagenhaften Schatz der Moen gesucht, sondern nach den Dokumenten, die beweisen, dass ich das Gut geerbt habe.«

»Weiß denn dein Bruder, dass du wieder hier bist?«

»Er hat es bis vor kurzem nicht gewusst. Doch er musste annehmen, dass ich heimkommen würde, nachdem er Kenntnis davon erhielt, dass ich mich mit unserem Vater wieder versöhnt hatte. Deshalb ist es für ihn dringend notwendig, die Beweise verschwinden zu lassen. Nun, sie sind verschwunden. Und ich habe bislang nichts in der Hand, um meinen Anspruch zu beweisen.«

»Der Brief deines Vaters?«

»Vielleicht hilft er. Ich wollte mit unserem Advokaten darüber sprechen, aber der ist derzeit auf Reisen. Sowie er zurück ist, suche ich ihn auf.«

»Sei vorsichtig, Meinhard. Es sieht mir ganz so aus, als ob dein Bruder nicht nur die Dokumente, sondern auch dich vernichten möchte.«

»Ja, der Brand des Gärtnerhäuschens könnte darauf hindeuten. Er muss Freunde hier im Kloster haben.«

»Natürlich! Wie blind bin ich denn gewesen!« Melvinius raufte sich den Bart. »Diakon Arnoldus ist als Seelsorger für Rommerskirchen zuständig.«

»Arnoldus. Der Katzenhasser. Ein heuchlerischer Geselle! Warum nicht? Ich sollte ihn mir mal vornehmen!«

»Er ist am letzten Mittwoch zum Gut geritten und noch nicht wieder zurückgekommen.«

»Sehr gut, Pater. Dann muss er noch annehmen, ich sei in den Flammen umgekommen.«

Meiko versank in Nachdenken.

Ich auch.

Das meiste von dem, was ich jetzt gehört hatte, hatte ich mir schon selbst zusammengereimt. Als die Elspet von dem älteren Bruder sprach, war mir klar geworden, es müsse sich dabei um Meiko handeln.

Arnoldus' Rolle in dem üblen Spiel war mir auch bekannt, aber darüber hinaus wusste ich noch etwas. Doch wie ich dieses Wissen Meiko übermitteln sollte, das warf große Probleme auf.

Ich schlummerte darüber ein.

Nur einmal, als es schon dunkel war, schlüpfte ich aus Verdauungsgründen nach draußen und strich eine ganz kleine Runde durch die Obstwiesen.

Diabolo saß unter einer Hecke, was mich verwunderte, denn so weit reichte sein Revier gewöhnlich nicht. Es beschlich mich der Verdacht, er könne sich meinetwegen hier aufhalten. Irgendwie fühlte ich mich geschmeichelt.

»Na, Kuschelkätzchen, wieder ins weiche Lager zurückgekehrt?«

Ich drehte hochnäsig die Ohren nach vorne, aber dieses dumme Anhängsel hinten an mir stieg schon wieder steil in die Höhe und bildete einen höchst einladenden Kringel.

»Du riechst schon wieder ganz nach Mensch«, stellte der Schwarze nach kurzer Prüfung fest.

»Pfft!«

»Hast du die Quelle gefunden?«

Na gut, ich musste ja auch selbst herausfinden, wie es meinen beiden Begleitern ergangen war.

»Nein. Ich fand stattdessen Jehan und habe ihn hergeführt. Die Hunde, du verstehst!«

»Ja, wir haben es uns gedacht. Es war einer von Siverts Männern, der sie leitete. Raguna hat einen von den Kötern getötet. Danach gab es einige Verwirrung.«

»Deshalb ist der Junge ihnen entkommen. Gut so.«

»Ein Leben für ein Leben. Ragunas Prinzip.«

»Ist sie unverletzt?«

»Bis auf ein paar Kratzer. Und du?«

»Noch müde.«

»Bist dünn geworden, Mirrr-zaah!«, meinte Diabolo und bürstete mir die Stelle zwischen den Ohren, an die ich beim besten Willen nicht selbst mit der Zunge drankam. Es war überaus angenehm, und ich schnurrte ein bisschen.

»Sie haben das Gärtnerhäuschen wieder aufgebaut, aber Meiko wohnt jetzt im Gästehaus des Klosters. Er hat sich fein rausgeputzt, der Gärtner.«

»Er ist der eigentliche Herr von Rommerskirchen. Dieser Sivert hat seinen Bruder aus dem Revier verbissen, aber jetzt holt er es sich wieder.«

»Hoffentlich ist er ein guter Kämpfer. Du weißt ja, die Hunde und die Armbrust … Es wird keine ehrliche Auseinandersetzung werden, wenn die beiden aufeinander treffen!«

»Nein, Sivert ist hinterhältig.«

»Und ein Totbeißer. Krank, würde ich sagen.«

»Wohl wahr.«

»Ich halte mein Auge offen. Wenn sich etwas tut, hörst du von mir. Aber jetzt schlaf dich aus, Mirrr-zaah.«

Wenn er wollte, konnte Diabolo ungeheuer nett sein.

Ich kehrte auf Melvinius' Bett zurück, und der Pater ließ mich ein wenig unter die Decke schlüpfen. Es war schön kuschelig. Aber nicht zu vergleichen mit einem Schlaf zusammen mit atmenden, weichen Katzenfellen.

Doch auch wenn dieses anstrengende Kapitel damit erst einmal beendet war, würde es gewiss noch eine Fortsetzung haben.

Ein peinliches Kapitel

Am Morgen fühlte ich mich ausgeruht und voller Energie. Die Bibliothek musste noch einmal nach Mäusen durchsucht werden, aber hier war nichts mehr zu holen. Also war ich dankbar für das Hackfleisch in sahniger Sauce. Bald nach meinem Mahl trat Meiko mit einem grimmigen Ausdruck in die Bibliothek, wo ich mit Melvinius in einem schön gemalten Buch stöberte. Der Geruch der Farben erinnerte mich an Kristin, und ich hoffte, bald wieder kräftig genug zu sein, um der Basilika einen Besuch abstatten zu können.

»Du hast schlechte Neuigkeiten, Meinhard?«

Melvinius hob fragend den Blick zu dem Eintretenden.

»Ich habe meinen Sohn in der Infirmerie besucht und mich mit ihm unterhalten. Er ist zutiefst zerknirscht, denn er fühlt sich schuldig an dem, was geschehen ist. Ich habe versucht, ihn zu beruhigen. Mich selbst beruhigt das Vorgefallene allerdings überhaupt nicht.«

»Was ist vorgefallen?«

»Offensichtlich hat sich Jehan der dummen Ermine gegenüber verplappert, wodurch sie und ihre Tante den Schluss ziehen konnten, ich müsse sein Vater und vermutlich der verlorene Sohn von Rommerskirchen sein. Durch sie hat Sivert von meinem Hiersein erfahren. Es erschüttert mich noch immer, dass mein eigener Bruder mir und Jehan nach dem Leben trachtet. Denn, wisst Ihr, Jehan hat sich nicht im Wald verirrt oder ist von einem herabstürzenden Ast verletzt worden – Sivert hat seine Hundemeute auf ihn gehetzt. Er ist nur durch geradezu unglaubliches Glück den Saupackern entronnen. Ich muss unbedingt etwas unternehmen, um ihn zu schützen.«

»Zunächst seid ihr beide hier im Kloster sicher, denke ich.«

»Solange Arnoldus nicht zurück ist, ja.«

»Um den Diakon werde ich mich persönlich kümmern!«

Melvinius, den ich bisher nur als sanften Mann erlebt hatte, legte eine stählerne Härte in seine Stimme, die dem Arnoldus nichts Gutes verhieß. Meiko schien genauso beeindruckt davon wie ich. Er nickte zustimmend.

»Ich würde zu gerne noch einmal das Haus von Clemens und Kristin durchsuchen. Die Moen war eine praktisch veranlagte Frau. Wenn sie die Kassette von meinem Vater erhalten hatte und gewarnt wurde, ein Unbefugter könne sie womöglich an sich nehmen, dann wird sie einen sicheren Aufbewahrungsort dafür gefunden haben. Doch gewiss nicht weit außerhalb des Hauses, denn sie wusste ja, ich würde kommen und die Dokumente benötigen.«

»Du könntest es den Hendryksons erklären.«

»Nur ungern. Ich möchte sie nicht zu Mitwissern machen und möglicherweise dadurch in Gefahr bringen. Es ist schon schlimm genug, dass Clemens überfallen wurde, aber Sivert hat sich auch schon an Kristin herangemacht.«

»Ich glaube, darüber musst du dir keine großen Sorgen machen. Die Jungfer war sehr betrübt, als sie von dem Brand erfuhr…«

Meiko – ich weiß nicht, für mich war er noch immer Meiko und nicht Meinhard – ging zum Fenster und starrte hinaus. Melvinius betrachtete ihn nachdenklich.

»Du magst sie?«

Meiko hob die Schultern.

»Sie ist eine feine junge Frau.«

»Ich bin kein feiner junger Mann.«

»Vielleicht denkt sie da anders.«

Meiko drehte sich um und grinste Melvinius plötzlich an. Er sah sehr verwegen und männlich aus und erinnerte mich ein wenig an Diabolo.

»Wollt Ihr Euch als Kuppler betätigen, Pater?«

»Aber mitnichten. Ich habe nur so gewisse Schwingungen gespürt.«

»Schon gut, schon gut. Ja, ich mag die Malerin. Ich bewundere sie, wie sie das Problem ihres Bruders bewältigt und auch ihr eigenes Leben meistert. Aber im Moment, Pater, kann ich ihr wenig bieten und erst recht keine Hilfe leisten. Herzensangelegenheiten werden für mich noch eine Weile warten müssen.«

Melvinius nickte und fragte dann: »Wie willst du also vorgehen?«

»Als ich herkam, hatte ich eigentlich vor, mit den Dokumenten zu Sivert zu gehen und mit ihm zu verhandeln. Das Gut bedeutet ihm weniger als mir, und ich hätte ihm eine großzügige Abfindung gezahlt, mit der er seine eigenen Pläne, welcherart auch immer, verwirklichen könnte. Selbstverständlich hätte ich ihm auch das lebenslange Wohnrecht im Herrenhaus eingeräumt.«

»Eine vernünftige Lösung. Doch wenn man sein jetziges Verhalten in Betracht zieht, vielleicht nicht mehr die wünschenswerteste.«

»Richtig. Dennoch, Pater, ich werde an diesem Plan fest halten, sowie ich beweiskräftige Unterlagen habe. Wenn ich ihn des versuchten Mordes anklage, wird es schwer fallen, das zu beweisen. Mit ihm kämpfen aber kann und will ich nicht. Wenn er mit Geld zufrieden ist, will ich alles vergessen. Allerdings werde ich es ihm zur Auflage machen, die Gegend zu verlassen. Nun, wir werden sehen. Sowie Jehan wieder munter ist, werde ich den Advokaten Hermann Kerpen in Dormagen aufsuchen und mich mit ihm beraten. Vielleicht kann er mir einen Hinweis geben, was die Moen mit den Dokumenten gemacht hat. Oh, warum musste die gute Alte nur zu dieser Unzeit ihr Leben aushauchen!«

Für uns alle hieß es im Augenblick also abzuwarten. Jehan erholte sich, wie ich von Melvinius erfuhr, und ich kam auch recht schnell wieder zu Kräften, dank der köstlichen und nahrhaften Speisen, die mir, selbstverständlich im Einklang mit den Klosterregeln, von der Abtsküche an meinem Lager serviert wurden. Mein Fell wurde wieder glatt, denn ich pflegte es mit Hingabe. Mein Flanken füllten sich gefällig, und mein Bäuchlein rundete sich zufrieden stellend über dem, was ich zu tragen hatte. Meine Spaziergänge wurden länger, aber ich blieb immer an Melvinius' Seite. Wir besuchten am Montag sogar schon den Kräutergarten, und ich bewunderte die neue Hütte, die dort entstanden war. Meiko hingegen wohnte dort wirklich nicht mehr. Er verbrachte seine Zeit hauptsächlich bei Jehan in der Infirmerie.

Ich traf Meiko jedoch am kommenden Tag in den Gärten am Forellenteich, und er wurzelte wie früher in den Beeten herum. Irgendwo hatte er grobe Kleider aufgetrieben, und seine Stiefel und Hände waren wie früher erdverschmiert.

»Na, Mirza, wieder munter?«, begrüßte er mich freundlich, als ich mich neben den Zwiebeln niederließ, die er in die Erde stecken wollte.

»Mau!«, bestätigte ich ihm und beäugte das Zeug kritisch. Es war noch immer matschig hier, aber der Brandgeruch war weitgehend verflogen.

»Kleines Spielchen gefällig?«

Meiko hob eine der Zwiebeln auf und warf sie ein Stück weit in die Landschaft. Ich schlenderte hinterher und holte sie ihm zurück.

»Du lässt es langsam angehen, was? Ist wohl auch besser so.«

Er lächelte mich an, und ich fand ihn wirklich ziemlich nett. Deshalb gestattete ich ihm auch, mich mit seinen schmutzigen Fingern zu kraulen, und warf mich sogar auf den Boden, damit er an meinen Bauch herankam. Es fühlte sich ungeheuer gut an. So als ob schon ein paar Kleine sich um meine Zitzen drängelten. Ach, bald!

Aber dann kam mir eine Idee.

Was für eine Art Kämpfer war Meiko eigentlich?

Ich schnappte mir mit den Vorderpfoten seine Hand

und hielt sie fest. Gleichzeitig strampelte ich zur Aufforderung ein paarmal kräftig mit den hinteren Pfoten gegen seinen Arm.

Er verstand.

»Willst du raufen?«, grinste er.

»Mau!«

Er versuchte, seinen Arm wegzuziehen.

Ich hielt mich fest.

Er hob mich daran hoch.

Ich ließ ihn kurz los, duckte mich in Positur und funkelte ihn an. Er hielt meinem Blick stand.

Ich forderte ihn heraus.

Lockend hielt er den Arm hin.

Ich sprang!

Ins Leere.

Ging ihn von hinten an.

Packte ihn.

Strampelte.

Wurde auf den Rücken gedreht.

Ließ los und sprang erneut.

Biss in den Ärmel.

»Au!«, sagte er und versuchte freizukommen.

Ich trampelte vor Freude und klammerte mich mit den Krallen fest. Nagte an seinem Daumen.

Er musste sich niederbeugen.

Ha! Gewonnen!

Ich ließ ihn los.

Er stand auf.

Ich an sein Bein. Festkrallen.

Er lachte.

Wir rauften ganz wunderbar, und die paar Kratzer, die er dabei aus Versehen abbekam, schienen ihn nicht weiter zu stören. Er kämpfte gut, mit ordentlichem Blickkontakt, schnellen Reaktionen und richtig eingesetzter Kraft. Er bemerkte sogar vor mir, dass mir die Puste ausging, und hielt plötzlich still, senkte langsam die Lider über seinen graugrünen Augen und sagte mit ruhiger Stimme. »Aus, Mirza!«

Ich war allerdings ein wenig zu sehr in Schwung gekommen und wollte eine letzte Niederlage, da tat er etwas ganz Unerwartetes. Er sah mir gerade in die Augen und fauchte mich kurz an.

So wie Mama es gemacht hatte, wenn wir Kinder lästig wurden.

Na gut, ich ließ ihn los und ging auf Abstand.

»Fein, Mirza. Aber jetzt werde ich erst einmal die Wunden versorgen, die du mir gerissen hast.«

Er betrachtete seine Hände und Unterarme, die mit blutigen Schrammen geziert waren. Plötzlich tat es mir Leid, dass ich mich so vergessen hatte. Darum begleitete ich ihn zum Bach, der in den Forellenteich mündete, und sah zu, wie er sich in dem kalten, klaren Wasser wusch.

Bedauerlicherweise war es nicht die Quelle der schönen Fee. Dort hätten sich jetzt die Wunden sofort geschlossen.

Was mich daran erinnerte, dass ich noch eine Aufgabe vor mir hatte.

Der Kristall lag derzeit, in ein neues, sauberes Lederbeutelchen gehüllt, auf Melvinius' Betpult. Noch hielt ich mich nicht für kräftig genug, den langen Weg zur Quelle zu machen, aber in wenigen Tagen war ich gewiss so weit.

Meiko rollte gerade die Ärmel wieder nach unten,

als wir gedämpften Hufschlag auf dem Weg aus dem Wald hörten. Er richtete sich wachsam auf. Meine Ohren auch.

»Ei, wer kommt denn da?«

Arnoldus, mein Lieber, schnurrte ich, und verspürte eine gewisse Vorfreude. Sie wurde durch die nachfolgenden Ereignisse durch nichts getrübt.

Meiko trat dem Diakon in den Weg.

Arnoldus wäre fast vom Pferd gefallen, als er ihn erkannte. Das arme Tier wurde so heftig zurückgerissen, dass es stieg und laut aufwieherte.

»Lange nicht gesehen, Diakon. Habt Ihr Euren Aufenthalt bei meinem Bruder genossen? Ihr seht ein wenig angeschlagen aus? Eine lange Nacht? Ein heftiges Gelage? Zu viel auf mein vorzeitiges Ableben getrunken?«

»M... Meinhard?«

»Der nämliche. Hier unter dem Namen Meiko der Gärtner bekannt. Ihr solltet Euer Pferd besser im Zaum halten, gleich rutscht Ihr aus dem Sattel!«

Arnoldus versuchte sich zu fangen, aber Meiko war schon neben das Tier getreten und hielt es am Zaumzeug fest.

»Steigt lieber langsam ab, alter Freund. Ich möchte ein paar Worte mit Euch wechseln.«

Aber Arnoldus dachte nicht daran. Er schlug stattdessen mit der Reitpeitsche nach Meiko, der sich jedoch flink aus seiner Reichweite bewegte. Der scharfe Schlag traf das arme Pferd, das erneut auf die Hinterhand stieg und dann ausbrach.

Ich empfand keinerlei Bedauern darüber, dass Arnoldus das Gleichgewicht verlor, aus dem Sattel rutschte und Staub fraß. Meiko war mit wenigen Schritten bei ihm, packte ihn am Kragen seines Wamses und zerrte ihn auf die Beine. Mit ein paar herzhaften Knüffen schob er den halb benommenen Diakon zum Räucherhaus, schubste ihn hinein und verriegelte die Tür.

»Sollen wir das Feuer entzünden und ihn eine Weile auf kleiner Flamme garen?«, fragte er mich mit einem Schmunzeln. Ich rieb zustimmend meinen Kopf an seinem Bein. Obwohl vermutlich auch geräucherter Arnoldus keine richtige Delikatesse war.

»Wahrscheinlich brauchen wir ein Feuer gar nicht, Mirza. Der wird schon so im eigenen Saft schmoren. Dass ich wieder von den Toten auferstanden bin, macht ihm sicher genug Sorgen. Hörst du, wie er randaliert?«

Wirklich tobte es an der Tür, aber der Riegel war solide und das Holz fest zusammengefügt.

»Begleitest du mich zu Melvinius? Hopp, komm hoch, ich trage dich!«

Meiko beugte sich einladend vor, ich hüpfte auf seinen Rücken und legte mich dann gemütlich um seine Schultern. Das war eine sehr angemessene Reithaltung.

Melvinius fanden wir wie gewöhnlich zwischen seinen Büchern in der Bibliothek. Zwei weitere Brüder waren bei ihm und disputierten in gedämpfter Lautstärke über einige kontroverse Themen. Sie verstummten, als wir eintraten. Melvinius aber erhob sich und entschuldigte sich bei den beiden Mönchen. Er schob Meiko in sein Zimmer nebenan.

»Probleme, Meinhard?«

»Arnoldus ist eben zurückgekommen.«

»Er hat dich gesehen?«

»Er hat eine Geistererscheinung gehabt. Derzeit verdaut er die Erfahrung im Räucherhaus.«

Vorsichtig ließ Meiko mich von seiner Schulter klettern.

»Ich hoffe, er hat Mirza nichts zuleide getan.«

»Die Katze hat er, glaube ich, überhaupt nicht wahrgenommen.«

Melvinius dachte einen Augenblick nach und meinte dann: »Wir sollten uns gemeinsam mit ihm unterhalten, Meinhard. Aber noch nicht sofort. Gegen Abend erst. Es wird ihn gewiss etwas läutern, eine Weile darauf warten zu müssen, bis ihn jemand befreit.«

»Wollt Ihr Abt Ignaz informieren?«

»Der Vater Abt ist – wie soll ich sagen – ein beschäftigter Mann.«

»Aha.«

»Die Verwaltung und Leitung des Klosters liegen ihm sehr am Herzen.«

»Die Vermehrung des Vermögens und des Ansehens in der Welt …«

»Er pflegt die Beziehungen zu hohen Herren, was naturgemäß sein Interesse an den kleinlichen Sorgen der Brüder etwas in den Hintergrund treten lässt.«

»Er pflegt außerdem die Beziehung zu dem derzeitigen Herrn von Rommerskirchen, der ihm kostbare Bücher zu Schleuderpreisen verkauft«, knurrte Meiko. »Ihr haltet ihn für voreingenommen.«

»Ich möchte ihn nicht mit Dingen belasten, die ihn zu ungeschickten Entscheidungen zwingen könnten.«

»Ihr seid ein kluger Mann, Pater Melvinius.«

»Ich genieße gewisse Privilegien, und ich denke, wir werden eine der Büßerzellen für den Diakon vorbereiten können. Yvain wird das mit dem Camerarius richten.«

»Ein guter Vorschlag.«

»Wir befreien den armen Sünder, wenn die Sonne untergegangen ist. Während der Komplet. Wir wollen es ihm ersparen, dass andere seine Schande zu Gesicht bekommen.«

»Ich werde Euch begleiten.«

»Du und Yvain, natürlich. Einen festen Lederriemen solltest du auch bei der Hand haben, glaube ich.«

Mir gefielen Melvinius' Vorschläge ganz ausgezeichnet, und ich beschloss, nicht nur an dem abendlichen Gespräch teilzunehmen, sondern ihnen auch meine eigene Unterstützung zu gewähren. Nach kurzem Überlegen fiel mir sogar noch ein weiterer Beitrag zu Arnoldus' Wohlbefinden ein.

Ich machte mich auf den Weg, nachdem Meiko das Kloster wieder verlassen hatte. Mein Ziel war der Friedhof. Unter der alten Eibe ruhte Diabolo.

»Mirrr-zaah!«, schnurrte er, als ich ihn sachte mit meiner Nase an der seinen berührte. »So freundlich heute?«

»Mir war danach.«

»Ach ja?« Diabolo erhob sich, und sein goldenes Auge glitzerte. »Ist aber sehr unzeitgemäß!«

»Ich bin nicht rollig!«, fauchte ich ihn an.

»Nein, pampig!«

»Ich kann auch wieder gehen.«

Patsch, knallte mir eine Pfote ins Genick und brachte mich nach unten.

»Bleib, Mirrr-zaah!«

»Kann ja kaum anders«, grollte ich.

Der Druck ließ nach, und die raue Zunge bürstete das aufgebrachte Fell in meinem Nacken wieder glatt. Es besänftigte mich sehr.

»Arnoldus' Gaul kam reiterlos in den Stall. Man machte sich Sorgen.«

»Ah ja.«

»Aber wohl nicht zu viele. Gute Freunde hat der Diakon auch hier nicht.«

»Nicht im Kloster, nein.«

»Wo ist er?«

»In Räucherhaus.« Ich berichtete Diabolo von Meikos Vorgehen und dem geplanten Verhör. »Ich möchte dich dabei haben, Diabolo!«

»In einem engen, geschlossenen Raum? Mit dem Katzenhasser zusammen? Bist du wahnsinnig?«

»Nein. Ich denke, wir könnten seine Pein noch ein wenig erhöhen. Und in Meikos und Melvinius' Gegenwart wird er nicht wagen, uns etwas zuleide zu tun.«

»Mh. Vielleicht.«

»Kommst du?«

»Mal sehen.«

»Nach Sonnenuntergang. Am Forellenteich.«

»Vielleicht.«

Ich hielt in Melvinius' Bett einen angenehmen Schlummer und erwachte pünktlich, als die Glocke zur Komplet rief. Meiko, Yvain und Melvinius waren bereit, den Diakon zu holen, und ich schloss mich den drei Männern an. Der Pater hatte seinen Stock dabei, auf den er sich gelegentlich stützte, und eine Lampe, Meiko trug ein paar Lederriemen über die Schulter geworfen, und an Yvains Gürtel klingelte ein Schlüsselbund. Kurz vor dem Räucherhaus entdeckte ich Diabolo, der sich hinter dem Holzstapel bedeckt hielt. Ich zwinkerte ihm erfreut zu.

Es war ruhig geworden in der Hütte, aber Arnoldus war noch darin. Ich roch ihn. Ich roch auch Angst. Das war befriedigend.

Melvinius schob den kräftigen Riegel beiseite und leuchtete in das dunkle Innere.

»Diakon Arnoldus?«

In seiner Stimme schwang unschuldige Überraschung.

»Pater Melvinius! Gott sei es gedankt. Ein übler Streich war das, mich hier einzusperren!«

»Wohl wahr, mein Lieber. Komm heraus!«

Gebückt zwängte sich der Diakon aus der Öffnung und wurde, gerade als er im Freien stand, durch Meiko von hinten an den Armen gepackt. Bevor er überhaupt einen Laut der Überraschung von sich geben konnte, hatte Yvain ihm schon geschickt mit den Lederriemen die Hände auf dem Rücken gefesselt.

»Was soll das?«, keuchte Arnoldus fassungslos.

»Eine kleine Sicherheitsmaßnahme. Wir werden uns jetzt unterhalten, Diakon!«

Mir wollte es scheinen, als verwende Melvinius den Titel Diakon in purem Spott.

Unter Protesten ließ er sich zum Klostergebäude führen. Sie betraten es allerdings weder durch die

Hauptpforte noch durch das Abtportal, sondern durch einen Nebeneingang. Ich fühlte Diabolo dicht hinter mir. An der Schwelle zögerte er einen Augenblick, dann schlüpfte er mit hinein.

Melvinius schob Arnoldus in eine karge, kleine Zelle, Meiko folgte, und Yvain nahm an der Tür draußen Aufstellung. Auf sein Gesicht trat ein breites Grinsen, als er Diabolo und mich beobachtete.

Es war dunkel in dem Raum, denn das Fenster hoch oben war klein und ließ kaum das blasse Mondlicht ein. Meiko stieß Arnoldus auf die Knie und blieb dicht hinter ihm stehen. Melvinius nahm auf dem Schemel Platz und stellte die Lampe mit der Kerze auf den rohen Tisch, sodass Arnoldus' Gesicht in dem flackernden Schein zu erkennen war. Diabolo hielt sich in der Nähe der Tür und blieb unbemerkt, ich hingegen näherte mich Melvinius' Kutte, um zunächst auch hinter den Falten verborgen zu bleiben.

»Du warst lange fort, Arnoldus.«

»Was soll das Ganze? Was hat dieser Gärtnerbursche hier zu suchen?«

»Der Gärtnerbursche, ist, wie du sehr gut weißt, Meinhard von Rommerskirchen. Und ich habe guten Grund dafür, ihn zu diesem Gespräch mit hinzuzuziehen.«

»Ich habe nichts zu sagen.«

»Doch. Gewisse Klosterregeln, Diakon Arnoldus, sehen vor, dass die Ordensangehörigen die einheitliche Tracht tragen. Ich mahnte dich vor kurzem schon einmal, und in der Kapitelversammlung hast du Besserung gelobt. Es nimmt mich doch etwas Wunder, dich schon wieder in weltlicher Kleidung anzutreffen.«

»Ist das der Grund, mich derart erniedrigend zu behandeln?«

»Unter anderem. Gib mir Antwort.«

»Ich gebe nur dem Vater Abt Antworten. Du bist nicht mein Beichtiger, Pater Melvinius!«, giftete Arnoldus.

»Arnoldus, ich bin dein Bruder in diesem Orden. Ich habe dich bei einem Fehler entdeckt. Wie du weißt, heißt es in unserer Regel: ›Folgt der Ordnung gewissenhaft und treu beim Aufdecken, Verhindern, Ans-Licht-Bringen, Beweisen und Bestrafen der Sünden, und zwar mit Liebe gegenüber den betreffenden Menschen, aber mit Abkehr von ihren Fehlern.‹ Sieh meine Frage also als brüderlichen Hinweis auf dein falsches Verhalten.«

»Das ist kein falsches Verhalten. Ich habe meine Aufgaben in der Welt zu verrichten, und zum Reiten taugt die Kutte nicht.«

»Beim Reiten behindert dich aber nicht die Tonsur, und auch die hast du schon lange nicht mehr schneiden lassen, Arnoldus.«

»Es ergab sich keine Gelegenheit.«

»Es gibt niemanden in Rommerskirchen, der sich auf das Barbieren versteht?«

»Ein hochwohlgeborener Pater wie du hat natürlich das Privileg eines eigenen Leibdieners. Nicht ich!«

»Du hättest sicher den Gutsherrn bitten können, einen seiner Diener dafür Sorge tragen zu lassen.«

»Herrgott, wen interessiert das schon?«, begehrte Arnoldus auf und zerrte an seinen Fesseln. »Halte deine Predigt, und lass mich gehen.«

»Ich halte dir die Predigt, wenn sie auf offene Ohren

trifft. Du warst also seit vergangener Woche im Herrenhaus. Das verstehe ich doch richtig?«

»Ja, und? Ich verrichte in der dortigen Kirche den Gottesdienst.«

»Täglich? Ich erinnere mich, du bist in den Monaten zuvor nur an Sonn- und Feiertagen dort tätig geworden. Nun aber verbringst du Wochen dort, und die Messe wirst du wohl nicht ohne dein geistliches Gewand lesen, Diakon Arnoldus.«

Arnoldus knirschte leise mit den Zähnen.

»Deine Kutte und das Messgewand befinden sich hier in deiner Kammer«, stellte Melvinius lakonisch fest. »Nun, wie dem auch sei, du bis alleine zum Herrenhaus geritten, und auch das nimmt mich Wunder, denn unsere Regel schreibt vor, dass wir das Haus nur in Begleitung anderer Brüder verlassen. Auch auf diesen Verstoß muss ich dich aufmerksam machen.«

»Vater Ignaz hat es gebilligt.«

»Deine Abwesenheit von zwei Wochen?«

Arnoldus wand sich etwas.

Ich fand, es war an der Zeit, die Befragung etwas zu verschärfen, und erhob mich, um mich in Arnoldus' Blickfeld zu bewegen. Er erstarrte.

»Schaff diese Katze hier heraus!«, fuhr er auf, als ich ihn mit kaltem Blick anstarrte.

»Ach nein, Mirza begleitet mich ständig, sie stört mich nicht.«

»Deine seltsame Anhänglichkeit an dieses Teufelstier könnte man dir auch anlasten, Pater Melvinius.«

»Gewiss nicht. Du müsstest sonst auch dem heiligen Franziskus seine Liebe zu den Tieren anlasten.

Und nun berichte – was hat dich so lange in Rommerskirchen fest gehalten?«

»Meine seelsorgerische Arbeit!«, kam es trotzig von dem Diakon, der versuchte, möglichst weit von mir abzurücken.

»Ist der Herr Sivert ein solcher Sünder, dass du vierzehn Tage darauf verwenden musstest, ihn zu läutern?«

Ich sah, wie Meiko hinter seinem Rücken ein Grinsen zu unterdrücken versuchte.

»Er lebt nicht alleine dort.«

»Sünder allesamt? Fanden sie dich in weltlicher Kleidung vertrauenswürdiger als im Ordensgewand?«

Arnoldus schwieg verstockt.

»Oder haben sie ihre Sünden bei der Jagd und bei den Feiern und Gelagen offener gebeichtet?«

»Ich habe Verpflichtungen gegenüber dem Gutsherrn«, knurrte Arnoldus.

Diabolo sprang auf den Tisch neben die Lampe und starrte Arnoldus ebenso eindringlich an wie ich. Der Diakon saß nun zwischen uns beiden und versuchte, nach hinten auszuweichen. Da aber stand Meiko unerschütterlich. Melvinius gönnte dem schwarzen Kater einen leicht überraschten Blick, sagte aber nichts zu seinem Erscheinen, sondern fauchte Arnoldus an:

»Etwa auch solche, der jungen Ermine auf dem Clarenhof Einladungen zu einem heimlichen Treffen zu überstellen, Diakon Arnoldus?«

Ich roch wieder die Angst. Diabolo zwinkerte mir zu und gab mir mit erhobener Tatze und gespreizten Krallen zu verstehen, auf welche Weise er die Frage gerne vertieft hätte. Ich schüttelte kaum merklich den Kopf.

»Jehan hat uns davon berichtet, Arnoldus …«

Die Züge des Diakons erstarrten. Offensichtlich war er davon ausgegangen, auch dieser Anschlag sei geglückt.

Mich juckte es plötzlich hinter dem Ohr, und mit der Hinterpfote kratzte ich mich flink dort im Fell. Ein paar der feinen Härchen tanzten im Lichtschein auf und ab, und Arnoldus nieste.

»Wie lange kennst du Sivert von Rommerskirchen schon, Arnoldus?«, wollte Melvinius jetzt wissen.

»Was hat das denn für eine Bedeutung?«

»Beantworte meine Frage!«

Mich juckte es nochmals, und wieder flogen einige meiner Härchen durch die Luft.

Arnoldus nieste zweimal.

Diabolo grinste diabolisch und kratzte sich ebenfalls.

Das Niesen setzte sich fort.

Manchmal, wenn ich feinen Staub in die Nase bekam, musste ich auch niesen. Der Diakon schien sehr empfindlich auf Katzenhaare zu reagieren, und lustvoll fetzte ich mir mit den Krallen durch den Pelz, dass die Haare meiner feinen, wärmenden Unterwolle nur so flogen.

Der Schleim floss ihm aus der Nase, die Augen tränten ihm, und ein donnerndes Niesen folgte dem anderen.

»Katzen raus!«, röchelte er.

Melvinius sah zu mir, dann zu Diabolo und wieder zurück zu Arnoldus.

»Seit wann kennst du Sivert von Rommerskirchen?«

»Katzen ...!«

»Lass es gut sein, Mirza!«, flüsterte Melvinius. »Er wird jetzt antworten.«

Er tat es. Wir erfuhren also unter Schnoddern und Schniefen, welche Beziehung zwischen den beiden Männern bestand. Arnoldus, jüngster Sohn eines Landjunkers, hatte keine große Wahl gehabt, er war für die Kirchenlaufbahn bestimmt. Über ein paar Beziehungen seines Vaters gelang es ihm, in dem Prämonstratenserorden aufgenommen zu werden und hier sogar die erste Weihe zu erlangen. Sivert lernte er kennen, als ihn der Bruder, der noch vor vierzehn Jahren die kleine Gemeinde von Rommerskirchen betreute, dorthin mitnahm. Die beiden jungen Männer, Arnold war zwanzig, Sivert achtzehn, freundeten sich bald an. Siverts Mutter unterstützte die Freundschaft ihres Sohnes mit dem Ordensbruder. Doch wie Arnold sagte, war es Sivert, der ihn immer wieder verführte, an seinen heimlichen Ausschweifungen teilzunehmen. Widerwillig habe er sich an den Trinkereien beteiligt, an den Würfel- und Kartenspielen, an den Hahnenkämpfen und auch den Tändeleien mit den Mägden. Es wurde sogar noch schlimmer, als Magdalene von Rommerskirchen starb. Zwar habe der alte Herr dann und wann, wenn er Sivert erwischte, versucht, seinem Treiben Einhalt zu gebieten, aber es hatte nicht viel genutzt. Auch er, Arnold, habe immer wieder mahnend darauf hingewiesen, wie sündig sein Lebenswandel sei, und versucht, ihn auf den rechten Weg zu bringen.

An dieser Stelle gab Meiko ein trockenes Lachen von sich.

»Mein Bruder mag ein sittenloser Mensch sein, aber um jemanden zu einem sündigen Leben zu verführen, braucht es zwei. Ihr, Diakon, seid zu keinem Zeitpunkt gezwungen gewesen, Euch an seinen zweifelhaften Lustbarkeiten zu beteiligen. Und – wenn ich es recht bedenke – in der Apfelscheune habt Ihr Euch höchstselbst und ohne seinen Ansporn mit Frau Johanna vergnügt.«

»Er hat mich auf den Weg geführt. Er hat das Laster in mir geweckt. Ich wollte das nicht. Aber ich wurde abhängig von den Freuden des Leibes«, jammerte Arnoldus.

»Du bist ein schwacher, rückgratloser Mensch. Du hättest einen jeden deiner Brüder um Hilfe und Führung bitten können. Vierzehn Jahre lang hast du aber geschwiegen und deine Aufenthalte auf dem Gut genossen.« Melvinius' Stimme war kalt und streng. »Und ich fürchte, du hast dich noch zu mehr als Hurerei, Glücksspiel und hemmungslosem Saufen hinreißen lassen. Du hast Geld von ihm angenommen, reiche Kleidung und ein prächtiges Pferd, nicht wahr?«

Arnoldus setzte wieder eine verstockte Miene auf, und ich kratzte ein wenig an meinem Fell.

Das Niesen setzte prompt wieder ein.

Melvinius strich mir über den Rücken, und ich verhielt mich ruhig.

»Wann habt Ihr erfahren, dass ich zurück bin, Arnoldus?«, wollte Meiko jetzt wissen. Der Diakon druckste ein bisschen herum, aber Diabolo näherte sich ihm in außerordentlich drohender Haltung, und zitternd, mit laufender Nase und tränenden Augen, gab er zu, von Johanna die Zusammenhänge erfahren zu haben.

Er gestand auch, sofort Sivert benachrichtigt und von ihm den Auftrag erhalten zu haben, die Hütte in Brand zu setzen.«

»Mord«, stellte Melvinius fest. »Gemeiner, hinterhältiger Mord.«

Arnoldus war zusammengebrochen und schluchzte jetzt haltlos.

»Was hattet ihr mit meinem Sohn vor?«, fragte Meiko mit ausdrucksloser Stimme.

»Die Hunde …«

Stammelnd kamen diese Machenschaften ans Licht.

»Wer von euch hat Meister Clemens niedergeschlagen?«

Auch hier wusste Arnoldus zu antworten, jetzt, da jedes Leugnen sinnlos schien.

Wie er sagte, glaubte Sivert, seine ehemalige Kinderfrau und spätere Hausbestellerin habe von seinem Vater eine große Summe Geldes erhalten, die er für sich beanspruchte. Außerdem vermisste er Besitzurkunden und Familiendokumente. Er vermutete, sein Vater habe sie kurz vor seinem Tod der Moen anvertraut. Er hatte sie zu Lebzeiten einmal aufgesucht und befragt, aber die Alte habe sich unwissend gestellt. Als sie tot war, wollte er das Haus durchsuchen, aber da waren die Hendryksons schon eingezogen. An jenem Nachmittag dann wähnte er die Kate leer, da Meister Clemens in der Basilika arbeitete. Aber er hatte sich getäuscht. Der Maler sei dort gewesen, und so hatte er ihn bewusstlos schlagen müssen, bevor er das Haus durchsuchte.

Meiko schüttelte nur ungehalten den Kopf. Ich verstand, er wollte nicht über Kristins und Clemens' Doppelrolle sprechen.

»Hat er etwas gefunden?«

»Nein. Nichts.«

Ich war versucht, den Druck noch einmal zu verstärken, aber Melvinius fing meine Hinterpfote sachte ab. Schade eigentlich, aber er glaubte ihm wohl.

»Wer hat das erste Mal bei den Hendryksons eingebrochen? Ebenfalls er? Oder du, Arnoldus?«

»Ich nicht. Nein, davon weiß ich nichts.«

»An dem Freitag nach dem Wallfahrtswochenende.«

»Ich weiß nichts. Nein, ich weiß nichts!«

Diabolo strich an seinen Knien entlang und fauchte ihn an. Entsetzt rutschte Arnoldus nach hinten und wurde von Meiko mit einem kräftigen Griff fest gehalten.

»Ehrlich nicht. Ich hasse diese Tiere, schafft sie weg!«

»Warum hasst du Katzen so, Arnoldus?«

»Katzen?«, spuckte er voll Abscheu. »Das sind Geschöpfe des Teufels! Sie haben sich hier nicht auf geweihtem Grund herumzutreiben!«

Mit Erstaunen nahm ich wahr, wie sich um Melvinius eine helle Flamme bildete und er förmlich zu wachsen schien. Arnoldus bemerkte es aber anscheinend nicht, sonst wäre er jetzt vorsichtiger geworden.

Mit trügerisch sanfter Stimme fragte mein Pater den Diakon: »Was haben sie dir getan, mein Bruder?«

Arnoldus' Stimme war ein bösartiges Zischen.

»Sie sind das Sinnbild der Sünde! Sie geben sich schamlos unter Gottes hellem Himmel der Unzucht hin. Sie sind verlogen und hinterhältig, ihr Blick wollüstig und voller Geilheit. Ihre Leiber weich wie Frauenleiber, ihre Krallen so scharf wie die der Weiber, und in ihren Augen spiegeln sich die Dämonen der Hölle.«

Melvinius war jetzt von einer weiß glühenden Aura umgeben, und seine Worte schnitten wie Geißelhiebe durch die Luft.

»Du stellst die Schöpfung Gottes infrage, Arnoldus? Diese Tiere hat Er in seiner Allwissenheit und Gnade geschaffen, und wie allen Tieren unter der Sonne hat er ihnen die Unschuld mitgegeben. Wenn du sie als das Sinnbild der Sünde und insbesondere der Wollust betrachtest, dann muss ich mich ernsthaft fragen, Diakon Arnoldus, welche Bilder dein krankes Hirn dir vorgaukelt!«

»Sie sind Geschöpfe der Sünde. Triebhaft wie die Weiber.« In Arnoldus' Augen funkelte Panik. »Sie lassen einem Mann keine Ruhe. Sie vernichten mich!«

»Es sind sanfte, kluge Wesen.«

»Sie sind Streuner. Wie meine Mutter! Meine Mutter war unmoralisch wie eine streunende Katze. Sie hat sich mit jedem in den Scheunen und im Heu gebalgt. Sie ist schuld, dass ich meinen leiblichen Vater nicht kenne. Sie ist schuld, dass ihr Ehemann mir nichts als Verachtung entgegenbrachte. Er hat mich ins Kloster verbannt, weil sie nichts als eine streunende Katze war. Er hat es immer wieder gesagt. Immer. Immer …«

Arnoldus war vornüber gesunken und heulte Rotz und Wasser. Diabolo schlich auf leisen Sohlen aus dem Raum, und ich folgte ihm.

Unter der Hecke setzten wir uns zusammen und genossen die kühle Nachtluft. Der Himmel war klar geworden, und eine Mondsichel rundete sich zwischen den Sternen. Fern rief ein Käuzchen seinen Jagdruf, und die welken Blätter der Haselbüsche raschelten leise.

»Mag sein, Mirrr-zaah, dass du Recht hast, nicht alle Menschen kann man mit ihm gleichsetzen.«

»Nein, kann man nicht.«

»Ich würde trotzdem nicht mit ihnen leben wollen. Nicht so eng, wie du es tust.«

»Ich weiß.«

»Aber…« Diabolo schnupperte an meinem Hals, und die Geräusche in seiner Kehle klangen sehr zärtlich. »Ich könnte mir vorstellen, hier häufiger vorbeizukommen.«

Ich rieb auch meine Nase an seinem Hals und leckte ihm ein paarmal über die Ohren.

»Vor allem im Frühjahr, Mirrr-zaah«, schnurrte er, und mich durchrieselte eine wunderliche Vorfreude.

Noch lange blieben wir einfach in traulichem Schweigen nebeneinander sitzen, bis ich schließlich bemerkte, dass in Melvinius' Zimmer das Licht anging. Mit einer leichten Berührung seiner Nase mit der meinen verabschiedete ich mich von Diabolo.

»Ein Tor, ein schwachköpfiger Narr, der sein Leben vergeudet. Er hat keinen Anstand, er hat keine Zucht. Sittenlos und verderbt lässt er sich von anderen missbrauchen.«

Pater Melvinius war ungewöhnlich erregt, und Meiko reichte ihm einen Becher Wein, während ich mich zu ihm auf den Schoß setzte. Das beruhigte ihn noch immer am besten.

»Ich stimme Euch zu, Pater. Er ist nicht unschuldig. Menschen wie er bedürfen strengerer Anleitung als die, die er hier unter milden Gelehrten und scharfsinnigen Philosophen findet.«

»Und eigennützigen Machthabern. Ich werde versuchen, mit dem Abt darüber zu reden. Es gibt auch bei uns Möglichkeiten, schwarze Schafe zu disziplinieren. Mehr Sorgen macht mir derzeit dein Bruder, Meinhard.«

»Natürlich. Das Bild, das Arnoldus malte, übertraf meine Befürchtungen. Ich frage mich, wie viel Sivert wirklich von mir weiß. Und ich frage mich, wozu er noch in der Lage ist. Im Augenblick scheint er noch zu glauben, Jehan und mich aus dem Weg geräumt zu haben. Doch es wird nicht lange dauern, bis die Kunde von unserem Überleben auch an seine Ohren dringt. Gleich morgen früh mache ich mich auf den Weg zu dem Advokaten. Ich gebe Jehan in Eure Obhut.«

»Ich werde auf ihn achten, als sei er mein eigen Fleisch und Blut, Meinhard. Das verspreche ich dir.«

»Haltet Arnoldus so lange wie möglich hier fest.«

»Auch darauf will ich Acht haben.«

»Und du, Mirza, achtest auf unseren Pater!«

»Mau!«, versicherte ich ihm und fiel in Schlummer.

Ein recht bitteres Kapitel hatte so ein Ende gefunden.

Ein Kapitel voller Entdeckungen

Am Mittwochnachmittag fühlte ich mich voller Tatendrang und war bereit, den Plan auszuführen, den ich mir in den langen Mußestunden während meiner Erholung zurechtgelegt hatte.

Es war wieder trocken und einigermaßen sonnig geworden, wenn es auch recht kalt um die Ecken wehte. Mir machte es wenig aus, denn mein Fell war dicht geworden in den Tagen, in denen ich unterwegs gewesen war, und die feine Unterwolle mitsamt dem hübschen kleinen Fettpölsterchen, das ich mir zugelegt hatte, wärmte mich ausreichend. Ich wanderte zur Basilika, bereit, Meister Clemens oder Kristin einen Besuch abzustatten.

Hinter dem Vorhang wurde gewerkelt. Mit der Nase hob ich den Saum und betrachtete den Fortgang der Malerei. Nun war auch das fünfte und letzte Bild begonnen, in dem die Maria auf dichten Wolken, getragen von geflügelten Kleinkindern, gen Himmel gehoben wurde. Na, ob das alles so seine Richtigkeit hatte? Weder flatternde Menschenwelpen noch aufsteigende Wolkenkissen waren mir je begegnet. Aber sollten die Menschen ihre Träume vom Fliegen behalten. Es pinselte Meister Clemens an der Darstellung eines blitzblauen Himmelsgewölbes oben auf seinem Gerüst und summte dabei nicht gerade musikalisch vor sich hin. Ich untersuchte den Deckelkorb, in dem er seine Utensilien und seine Esswaren zu transportieren pflegte. Schade, er hatte wohl schon sein Mahl zu sich genommen, und es war Schinken dabei gewesen. Ein paar Krümel Brot befanden sich noch unten am Boden, aber die reizten meinen feinen Gaumen nicht. Das Leinentuch, in dem die Sachen eingewickelt waren, duftete noch angenehm fettig, und ich rollte mich darunter im Korb zusammen, um die Zeit zu verdösen.

Nicht sehr viel später warf Meister Clemens nachlässig ein paar leere Tiegel auf mich, klappte die Deckel zu und nahm den Korb auf. Mein Gewicht schien ihn zum Glück nicht zu stören, und so schonte ich meine Pfoten auf dem Weg nach Dellenhofen, was mir aufgrund der kleinen Belastung in meinem Bauch ganz recht war.

»Ich bin zurück, Kristin!«, rief Clemens, als das Geschaukel aufhörte und der Korb auf dem Boden abgesetzt wurde.

»Schön, dass du da bist. Ich habe frisches Brot gebacken und ein Hasenschwarz gekocht.« Ich hörte Kristin kichern. »Ganz ländlich und deftig. Der Mattes hat mir den Hasen gebracht.«

Ich wand mich aus dem Lappen und zwischen den Tiegeln hervor, um den Korbdeckel aufzustoßen. Hasenschwarz hatte ich noch nie gekostet – einen jungen Hasen aber hatte ich in guter Erinnerung.

»Clemens, der Korb wackelt!«

»Bitte? Oh!«

Der Deckel hob sich, und ich wurde von zwei Paar braunen Augen verdutzt gemustert.

»Mirza!«

Kristin lachte auf, und Clemens stimmte ein.

»Oh weh, bist du im Korb eingeschlafen, Faulpelzchen? Da siehst du, was man davon hat, wenn man sein Lager nicht vorsichtig wählt!«

Würdevoll stieg ich aus dem Behältnis und sah mich um. Das war zwar noch die Hütte der alten Moen, aber sie sah jetzt ganz anders aus als damals. Ein bunter Flickenteppich lag auf den Dielen, Tisch und Bank waren verrückt, ein neues Bord an der Wand angebracht, auf dem Teller und Becher standen. Neue, kupferne Töpfe blinkten neben dem Kamin, und zwei gepolsterte Sessel standen am Fenster. Geblieben waren die Vase, jetzt gefüllt mit leuchtenden Herbstblumen, und ein paar duftende Kräutersträuße, die von der Decke hingen. Mir gefiel es, und ich schnupperte die Ecken ab. Sie waren ganz sauber, ohne Staub und Spinnenweben.

»Was machen wir mit ihr? Pater Melvinius wird sich Sorgen um sie machen.«

Kristin beruhigte ihren Bruder: »Ich glaube, keine allzu großen. Sie ist recht selbstständig, die hübsche Mirza. Ich bringe sie morgen früh im Korb wieder zurück. Wir wollen die Tür schließen, damit sie uns nicht fortläuft.«

»Das wird das Beste sein. Dann tisch mal dein ländliches Gericht auf. Und vergiss nicht, unseren Gast zu bewirten.«

Hasenschwarz schmeckte nicht schlecht, aber es war ein scharfes Gewürz dran, das mir im Rachen brannte, sodass ich für die Schüssel Wasser sehr dankbar war. Die Geschwister unterhielten sich über ihr

Tagwerk, und Clemens erwähnte, er habe Meiko kurz gesprochen.

»Er sah gut aus, Kristin. Er hat durch den Unfall keinen Schaden erlitten, und die Mönche haben ihm all seinen Besitz ersetzt. Ein Glück für ihn, dass er jene Nacht auf dem Clarenhof verbracht hat, nicht wahr?«

»Bei der hübschen Ermine, nicht wahr?«

Kristins Stimme klang etwas schnippisch.

»Glaubst du?«

»Was sollte er sonst über Nacht dort zu suchen haben?«

»Bist du eifersüchtig, Schwesterchen?«

»Was interessiert mich schon der Gärtnerbursche vom Kloster!«

»Er sah mir gar nicht mehr wie ein Gärtnerbursche aus.«

»Eine gründliche Wäsche und neue Kleider können fast jeden verwandeln.«

»Sicher. Aber er hat dir auch schon gefallen, als er noch Lehm an den Händen hatte und unrasiert war. Sonst hättest du nach dem Brand nicht so bittere Tränen vergossen.«

»Was weißt du von Tränen!«, kam es patzig von Kristin.

»Liebes, ich bin dein Bruder. Ich habe dich nachts weinen gehört. Gesteh mir zu, dich ein wenig zu kennen.«

»Ach, Clemens. Ja, verdammt, ja. Er gefällt mir, aber… er ist ein Abenteurer. Er wird weiterziehen, wenn ihn das Fernweh packt. Und ich… na, du weißt doch, wir haben andere Pläne. Darin sind Herzensangelegenheiten nicht vorgesehen.«

»Pläne kann man ändern.«

»Vielleicht. Aber Menschen nicht. Und ganz bestimmt nicht Meiko.«

»Da wäre ich mir nicht so sicher.«

»Lass es, Clemens. Wir wissen ja noch nicht einmal, wer er ist. Selbst Pater Melvinius, der ihn schon lange und viel besser kennt, glaubt, er verberge etwas. Kümmere dich nicht weiter um meine Launen, Bruder. Das geht auch wieder vorbei.«

Kristin räumte resolut die geleerten Schüsseln ab und scheuerte sie über einem Eimer Wasser mit Sand aus. Clemens verschwand im Nebenraum, und ich beobachtete, wie seine Schwester sich mit dem Handrücken energisch die feuchten Wangen abwischte.

Das hatte wohl nichts mit Rolligkeit zu tun, was sie für den Meiko empfand. Ich drückte mich an ihr Bein und rieb meinen Kopf an dem weichen Stoff ihres Rockes.

»Ach Mirza!«, schnupfte sie und streichelte mich mit feuchten Fingern. Nett gemeint, aber nicht besonders angenehm. Ich ließ es mir dennoch gefallen.

Schließlich räumte sie das Geschirr fort, wischte den Tisch ab und richtete den Brei für den nächsten Morgen. Ich machte mich an die Arbeit. Zunächst einmal suchte ich die Stelle, in die ich immer die hübschen Goldscheibchen geschnickt hatte. Es gab da diesen Spalt zwischen den Dielen, in den sie fielen. Jetzt allerdings lag der Teppich darüber, und ich hatte einige Mühe, ihn mit den Pfoten und der Nase anzuheben, um darunter zu kriechen.

»Wo ist unsere Besuchskatze?«, hörte ich Clemens

fragen, der zurückgekommen war. »Ich habe ihr einen Korb mit Sand gerichtet.«

»Mirza? Eben war sie noch hier. Mirza?«

Kristin rief mich, aber ich hatte gerade die richtige Spalte gefunden und untersuchte sie mit intensivem Schnüffeln.

»Sie wird doch hoffentlich nicht durch die Hintertür entwischt sein?«

»Ich habe sie nicht gesehen. Aber das Fenster ist offen, Kristin. Das hast du vergessen.«

Jemand trat mir auf den Schwanz.

Ich kreischte.

Verfing mich im Teppich.

Fauchte.

Versuchte zu entkommen.

Wurde umhergezerrt.

Rang nach Atem.

Plötzlich Luft und Helligkeit.

Ich flitzte in eine Ecke und sah mich verstört um.

»Was treibst du denn da für einen Schabernack, Mirza?«

Schabernack? Also wirklich …

»Sie ist unter den Teppich gekrochen. Dummköpfchen! Tut mir Leid, dass ich auf dich getreten bin. Komm her, Mirza! Komm, Kleine!«

Clemens hockte auf dem Boden vor mir und streckte mir vorsichtig seine Hand entgegen.

Na ja, jetzt, nachdem der Schreck verflogen war, musste ich ihm in gewisser Weise Recht geben. Mein Schwanz hingegen zuckte noch immer beleidigt an meinem hinteren Ende herum. Mein vorderes näherte sich den Fingern.

»Wieder gut, Mirza?«

»Mau!«

Clemens kraulte mich, und ich kam näher. Es galt, die Gunst der Stunde zu nutzen. Der Teppich war zurückgeschlagen, die Dielen darunter lagen frei. Ich begab mich zu der Spalte, die mir von früher in Erinnerung war, und begann, daran herumzukratzen.

»Für diesen Zweck habe ich dir den Korb mit Erde hingestellt, Mirza«, mahnte Clemens mich und wollte mich aufheben. Ich fauchte ihn kurz an, wie ich es mit meinen Kleinen zu tun pflegte, wenn sie etwas taten, was nicht erlaubt war. Der Mensch verstand das gewöhnlich auch.

Kristin beobachtete uns, wie ich aus den Augenwinkeln feststellen konnte.

»Clemens, ich glaube, dieses Kratzen hat einen anderen Grund. Ich erinnere mich, Pater Melvinius hat mir einmal erzählt, Mirza sei früher die Katze der Moen gewesen, der Frau, die hier gewohnt hat. Meiko hat sie an dem Tag, als sie gestorben ist, mit ins Kloster gebracht, damit sie nicht zur Streunerin werden musste. Wahrscheinlich erinnert sie sich an irgendetwas. Ich habe mich schon gewundert, warum sie so gar nicht scheu ist.«

Kluge Kristin.

Ich sah fordernd zu ihr hoch.

»Ist da etwas Besonderes, Kleine?«

Sie kniete neben mir nieder. Ich schnüffelte nachdrücklich an der Diele und dann an den Latten, die sie fest hielten.

»Sie benimmt sich seltsam, Kristin!«

»Nein. Katzen benehmen sich nie seltsam. Sie hat

sicher einen guten Grund, wir verstehen ihn nur nicht. Vielleicht riecht es dort nach irgendetwas, das sie an ihren früheren Aufenthalt hier erinnert.«

»Na, bestimmt an den berühmten Schatz, den die Moen angeblich besessen hat.«

Kristin setzte sich auf den Boden und beobachtete mich nachdenklich. Ich kratzte noch einmal kräftig an der Diele und maunzte sie auffordernd an.

Clemens war ebenfalls neugierig geworden und klopfte mit dem Fingerknöchel auf das Holz.

»Kristin!«

»Ja. Es klingt hohl.«

Ich setzte mich zufrieden auf und putzte meinen beleidigten Schwanz.

Clemens kam mit Handwerkszeug zurück und löste die Nägel in der Latte. Sie hatten Mühe, die etwas verzogene Diele zu lösen, aber dann starrten sie in die Öffnung.

»Gold!«, flüsterte Kristin.

»Münzen!«

Stimmt, die hatte ich höchst persönlich dort hineinbefördert. Ach, wäre das nett, wenn die beiden sie herausholen würden und das Spiel wieder mit mir spielten.

Sie holten die Münzen heraus, aber sie spielten nicht damit, sondern stapelten sie sorgsam auf und zählten sie ehrfürchtig.

»Da ist noch etwas.«

Kristin hob die Kassette aus der Höhlung und stellte sie auf den Tisch.

»Noch mehr Geld!«, sagte sie, aber Clemens schüttelte den Kopf.

»Dazu ist die Kassette zu leicht.«

Es klopfte an der Tür, und beide zuckten zusammen.

»Jungfer Kristin, ich bin es, Mattes!«

»Weg damit!«, raunte Kristin, und Clemens stieß den Teppich über das Loch im Boden. Seine Schwester setzte sich auf den Tisch und breitete ihren Rock über ihren Fund.

Mattes trat ein. Er hielt ein totes Huhn am Hals gepackt und grinste dümmlich in die Runde.

»Die Muhm schickt Euch den Kapaun, weil Ihr so ein hübsches Herrgottsbild gemalt habt für die Stube. Wo soll ich ihn hintun?«

»Leg ihn vor den Kamin. Ich will ihn gleich rupfen. Und sag der Muhm meinen Dank, Mattes. Das ist sehr großzügig von ihr.«

»Mach ich, Jungfer Kristin. Sagt, habt Ihr wieder Arbeit für mich? Holz hacken oder so?«

»Ach, im Moment haben wir alles gerichtet, Mattes. Frag nächste Woche noch mal nach.«

»Und die losen Schindeln?«

Mattes hatte einen Blick wie ein hungriges Hundejunges, Kristin rutschte ungeduldig auf den Goldmünzen hin und her.

»Habe ich schon gerichtet«, antwortete ihm Clemens und begann, den Fassbendergesellen behutsam aus der Tür zu drängen. »Grüß mir deine Muhme, und nochmals vielen Dank für das Huhn!«

Als er draußen war, legte Clemens den Riegel vor die Tür.

»Heilige Maria, das war knapp!«

»Das war es. Großer Gott, der Junge ist doch hinter

diesem Schatz her wie der Teufel hinter der armen Seele!«

»Und hinter dir!«

Kristin schüttelte den Kopf.

»Nein, er hat diese starrsinnige Idee, das Gold finden zu wollen. Dazu hat er mir ja sogar den Garten knietief umgegraben.«

»Ich werde ein ernstes Wort mit ihm reden, Kristin. Wenn das wirklich so ist, wie du es sagst, dann ist es gut möglich, dass er auch hier eingebrochen ist.«

»Bisher habe ich ihn für einen harmlosen Trottel gehalten, aber inzwischen möchte ich es auch bald meinen. Meiko hatte ich zuerst in Verdacht ...«

»Nein, der gewiss nicht.«

»Nein.«

Während sie miteinander redeten, hatten sie die Münzen in einen festen Lederbeutel gesteckt.

»Was tun wir damit? Es ist ein kleines Vermögen.«

»Ja, Kristin, das ist es. Es gehörte der Moen, und wenn sie Angehörige hat, dann jetzt denen.«

»Wie sollen wir die aber finden?«

»Nun, dazu könnte uns der Inhalt dieser Kassette wahrscheinlich etwas sagen.«

Clemens war schon dabei, die Lederschlaufen aus den Metallbeschlägen zu ziehen, und ich sprang, höchst neugierig geworden, auf den Tisch und sah zu, wie er den Deckel hob.

»Pergamente, gesiegelt.«

Sie betrachteten die vier Rollen nachdenklich.

»Uns wird nichts anderes übrig bleiben, als die Siegel zu erbrechen.«

»Zumindest eines, Kristin.«

Clemens machte sich daran, das Wachssiegel der ersten Rolle zu entfernen.

»Allmächtiger!«

»Clemens?«

»Ein Testament. Das des Herren Sintram von Rommerskirchen.«

Kristin schaute ihrem Bruder über die Schulter, und ihre Lippen bewegten sich lautlos, als sie gemeinsam den Inhalt entzifferten.«

»Barmherzige Jungfrau!«, flüsterte Kristin schließlich. »Das kann ich kaum glauben.«

»Und doch – es erklärt vieles, nicht wahr?«

»Er vermacht alles seinem erstgeborenen Sohn Meinhard und hinterlässt dem Sivert nur einen Bettel.«

»Um korrekt zu sein, seinem Sohn Meinhard und seinem Enkel Jehan.«

»Meikos Sohn.«

»Wodurch dieses Geheimnis, liebe Kristin, wohl entschleiert ist. Warum, Liebes, siehst du mich so unglücklich an? Das ist doch wohl die Gewähr dafür, dass er nicht wieder in die Ferne ziehen wird, sondern hier zu Hause ist.«

»Der Herr von Rommerskirchen ist keine standesgemäße Partie für eine Malerin mit schmutzigen Fingernägeln. Das hat Meiko mir vor nicht allzu langer Zeit deutlich zu verstehen gegeben.«

»Könntest du das möglicherweise falsch verstanden haben?«

»Bestimmt nicht. Es war sehr eindeutig. Und nun mach den Deckel der Kassette wieder zu. Wir wollen sie wieder unter die Diele stellen.«

»Bis morgen früh dürfte das das beste Versteck sein. Aber ich werde Gold und Dokumente mitnehmen und sie Meinhard von Rommerskirchen aushändigen.«

Kristin wirkte unsagbar traurig, aber sie nickte dann zustimmend.

»Es ist wohl der rechte Weg.«

»Ja, Kristin. Die Wahrheit muss ans Licht. Und ich könnte mir denken, dass Meinhard dringend auf diese Unterlagen angewiesen ist. Ich muss dir ehrlich gestehen, ich würde ihn weit lieber als seinen Bruder im Herrenhaus sehen.«

»Unser Auftrag wird dann aber wohl nicht zustande kommen.«

»Wer weiß, Liebes. Wer weiß.«

Kristin zuckte mit den Schultern und half Clemens, die Sachen unter den Dielen zu verstauen.

Ich durchschnüffelte zufrieden mit mir das alte Haus und frischte Erinnerungen auf, und als die Nacht sich senkte, schlüpfte ich zu Kristin ins Bett. Sie hatte nichts dagegen, sondern rückte gefällig zur Seite. Eine Weile tretelte ich mir die Decken zurecht, dann kam eine große Müdigkeit über mich.

Doch an geruhsamen Schlaf war leider nicht zu denken. Kaum hatten mich die ersten Wellen des Schlummers überrollt, weckte mich ein leises Weinen. Vorsichtig arbeitete ich mich zum Kopfpolster hoch und vergewisserte Kristin meiner tröstlichen Anwesenheit. Sie vergrub die Finger in meinem Fell.

»Ach, Mirza, warum hab ich mein Herz an diesen hochmütigen Kerl verloren? Ich wollte das nicht. Aber als es hieß, er sei in den Flammen umgekommen, habe ich gemerkt, wie sehr ich ihn mochte.«

Ich drückte meinen Kopf an ihre Schultern und drehte ihn ein wenig hin und her, um ihr mein Mitgefühl zu zeigen.

»Und jetzt zeigt sich, dass er ein Herr ist. Warum nur habe ich angefangen, von ihm zu träumen? Warum habe ich mir nur ausgemalt, wie schön das Leben mit ihm und Jehan sein könnte? In einer Kate wie dieser hier – das hätte mir gereicht.«

Ich versuchte es mit Schnurren. Es half nichts.

»Er wird in das Herrenhaus ziehen. Diener haben, ein großes Gut verwalten. Und eine passende Frau finden. Eine von Stand und Vermögen. Ich bin ein Nichts für ihn. Eine Tändelei für einen Gärtnerburschen. Ach, warum war ich so dumm und habe aus einem Kuss gefolgert, er könne mich lieb gewinnen?«

Ich leckte ihr über die Wangen, die nass und salzig schmeckten.

»Noch nie in meinem Leben habe ich mir erlaubt, einem Mann solche Gefühle entgegenzubringen. Immer hat meine Vernunft gesiegt. Warum hat mich die Liebe gerade jetzt erwischt?«

Weil Liebe einen immer irgendwie erwischt, Kristin.

»Warum sehne ich mich nur so sehr danach, in seinen Armen zu liegen? Ich möchte nicht eine seiner vielen Freundinnen in den Häfen sein, sondern ein Zuhause für ihn. Ich hatte mir erhofft, ihn sein unruhiges Leben vergessen machen zu können. Und meines auch zu vergessen. Ich hätte so gerne ein Heim. Kinder. Und mindestens eine Katze.«

Kriegst du, Kristin. Bekommst du alles. Bin ich mir ganz sicher. Ich schnurrte Zuversicht und Frieden, und endlich löste sich ihre verkrampfte Haltung, und nach einer Weile schlief sie wirklich ein, ihre Hand noch um meinen Rücken gelegt.

Ich erlaubte mir, ihr ein kleines Traumkapitel zurechtzuspinnen, in dem sie mit einer Katze, mir nicht unähnlich, ein glückliches Leben führte.

Ein zauberhaftes Kapitel

Eigentlich hätte Kristin die Malereien an diesem Tag übernehmen sollen, aber Clemens bestand darauf, mich zum Kloster zurückzubringen und mit Meiko zu sprechen. Ich befand mich also in dem Korb wie tags zuvor, doch bei mir waren die Kassette und der Geldbeutel.

Clemens suchte als erstes Melvinius auf, um mich wieder in seine Obhut zu übergeben. Ich roch die staubigen Pergamente, die Tinte und die Ledereinbände der Bibliothek, bevor der Deckel des Korbes sich öffnete. Ein wunderbar traulicher und heimeliger Duft, wie ich inzwischen fand.

»Pater Melvinius, ich hoffe, Ihr habt Eure Katze nicht zu sehr vermisst. Sie hat sich gestern Nachmittag in meinen Korb eingeschlichen, und ich habe sie aus Versehen mit nach Hause getragen.«

»Ei, ei, Mirza! Wieder einen Ausflug unternommen?«

Melvinius hob mich heraus, hielt mich in seinem Arm und sah mir vorwurfsvoll ins Gesicht. Ich senkte verlegen die Augen. Ganz sicher hatte er sich Sorgen gemacht.

»Du bist sehr abenteuerlustig geworden, meine kleine Freundin. Hier tummeln sich inzwischen wieder die Mäuse zwischen den Büchern!«

Ich zappelte, um auf den Boden zu kommen. Ja, ja, ich war pflichtvergessen!

»Und den schönen Wildschweinbraten musste ich auch ganz alleine essen.«

»Mirrrip?«

»Bis auf das Schüsselchen voll, das ich aufgehoben hatte, in der Hoffnung, du kämest doch noch wieder zurück.«

»Mirrrip?«

Er setzte mich ab und verschwand nebenan in seinem Zimmer. Mit der Schüssel kam er zurück. Es schien, als habe er mir doch noch mal verziehen. Ich fiel über das Fleisch her. Besser als Hasenschwarz!

»Sie hat es gut bei Euch!«

»Sie ist mir eine Freude, Meister Clemens. Nicht nur wegen der Mäuse, die sie fängt.«

»Nein, sie ist ein ungewöhnliches Tier. Sie hat früher der Moen gehört, nicht wahr?«

»Richtig. Vermutlich hat sie sich in Eurem Haus wohl gefühlt.«

»Ganz offensichtlich hat sie sich an ihre frühere Zeit erinnert. Sie hat nämlich etwas entdeckt. Könnt Ihr mir sagen, wo ich heute Morgen den Gärtner Meiko finde?«

»Oh, tut mir Leid, der ist für einige Tage fortgegangen.«

»Das ist schlecht …«

»Ihr habt Neuigkeiten für ihn? Wichtige?«

»So kann man wohl sagen.«

»Nun, ich besitze das Vertrauen von Meiko – wie er hier genannt wird. Vielleicht kann ich Euch behilflich sein.«

Ich war mit meiner Mahlzeit fertig und schaute zu Clemens auf. Er schien zu zögern, sah Melvinius ein wenig unsicher an, gab sich aber dann einen Ruck.

»Möglich.«

»Setzt Euch, Meister Clemens, und berichtet.«

Sie nahmen am Fenster Platz, und mit zunächst recht vorsichtigen Worten erzählte Clemens von unserem Fund. Als er aber merkte, dass der Pater um Meikos wirkliche Identität wusste, wurde er offener. Ich kannte die Geschichte und nutzte die Zeit, zwei Nager zu erbeuten.

»Kurzum, Ihr habt die Dokumente und das Geld dabei. Ich denke, in Anbetracht der gefahrvollen Situation, in der sich Vater und Sohn derzeit befinden, solltet Ihr mir die Kassette und den Beutel überlassen. Mir will nicht gefallen, dass bei Euch schon zweimal eingebrochen wurde. Sivert ist zumindest für den Überfall auf Euch verantwortlich. Das haben wir jetzt herausgefunden.«

Ich erwischte noch eine Maus, während Melvinius Clemens über die Vorgänge in Rommerskirchen ins Bild setzte.

»Unter diesen Umständen, Pater, bleiben die Unterlagen wirklich am besten bei Euch. Hier im Kloster wird er sie wohl nicht vermuten und auch nicht so ohne weiteres eindringen.«

»Das hoffe ich auch. Meiko wird vermutlich morgen gegen Abend zurückkommen. Dann werde ich ihm sein Eigentum aushändigen.«

»Danke, Pater Melvinius.«

Clemens verabschiedete sich, auch von mir, und ich folgte Melvinius in seinen Schlafraum, wo er eine

Truhe aufschloss. Geld und Kassette verschwanden darin, und den Schlüssel steckte er in die Tasche seiner Kutte.

»Gut gemacht, Mirza!«

»Mau!«

So viele Mäuse trieben gar nicht ihr Unwesen zwischen den Büchern, und mir drängte sich der Verdacht auf, dass Melvinius mich ein wenig gefoppt hatte. Auf dem Bord, zwischen den Landkarten, träumte ich eine Weile vor mich hin. Es waren eigenartige Träume, von großen, glitzernden Wassermassen, auf denen es sich sanft schaukeln ließ. Hatte ich in diesem Leben noch nicht gesehen, war aber angenehm.

»Pater Melvinius, habt Ihr den Feenstein noch?«, fragte eine junge Stimme.

Ich brauchte die Augen nicht zu öffnen, um zu wissen, dass Jehan in die Bibliothek gekommen war.

»Ja, mein Junge, den habe ich noch.«

»Darf ich ihn noch mal sehen? Bitte.«

»Natürlich. Er liegt auf meinem Betpult. Bring ihn her ans Licht.«

Jetzt musste ich natürlich doch die Augen öffnen.

Jehan hatte sich vollständig erholt, war ordentlich gekämmt und hatte saubere, neue Kleider an. Ein adretter Jüngling, wirklich.

Melvinius und er standen dicht nebeneinander am Fenster und betrachteten den Kristall, der sanft im Licht leuchtete. Das feine Haar darin schimmerte golden, und mit einem sehnsüchtigen Ziehen in meinem Herzen blickte auch ich ihn an.

»Er ist so schön, Pater, nicht wahr?«

»Er ist wundervoll.«

»Es ist doch bestimmt ein Feenhaar?«

»Nun, manche Menschen behaupten auch, es sei ein Haar Mariens.«

»Manche Menschen behaupten auch, das sei nur eine Laune der Natur. Ein zufälliger Einschluss in einem blanken Kiesel.«

»Das hört sich ganz nach deinem Vater an.«

»Mh.«

»Jehan, er könnte selbstverständlich Recht haben. Das weißt du auch. Es gibt eine Vielzahl von Kristallen, Edelsteinen in den erstaunlichsten Farben. Manche gleißen wie Eis, andere schillern wie das Meer in der Abendsonne, in einigen scheinen sich ganze Landschaften zu zeigen oder eigenartige Gewächse. Es gibt blutrote und tiefblaue, grüne und sonnengelbe. Es gibt schwarze, in denen ein verborgenes rotes Feuer lodert oder goldene, die wie Katzenaugen schimmern. Sie alle sind rar, und alles, was selten und oft nur unter Gefahren gefunden wird, verbindet man mit dem Wunderbaren, dem Märchenhaften und manchmal mit dem Himmlischen. Sie sind wertvoll, und weil sie so selten sind, sagt man ihnen auch gerne besondere Kräfte nach.«

»Aber es sind nur Steine, wollt Ihr damit sagen.«

»Es sind besondere Steine. Ich habe jedoch selbst noch keinen in der Hand gehabt, der einen Zauber gewirkt hätte.«

»Auch diesen nicht?«

Melvinius nahm das Amulett aus Jehans Fingern und legte ihn in seine Handfläche. Ich reckte mich, um zu sehen, was geschah.

»Pater!«, hauchte Jehan. »Pater, seht Ihr das nicht? Er strahlt. Er wird ganz hell. Das Gold darin glüht!«

»Das Licht spiegelt sich darin.«

Jehan aber wollte es genauer wissen und machte Anstalten, den Stein wieder an sich zu nehmen. Doch als seine Finger ihn berührten, zuckte er zurück. Er war ganz blass geworden.

»Er ist heiß«, stieß er aus.

Melvinius jedoch bemerkte es nicht. Seine Augen waren vollkommen dunkel geworden, und er schien mit seinen Gedanken an einem völlig anderen Ort zu weilen.

»Pater Melvinius!« Jehan zupfte ängstlich an seinem Kuttenärmel. »Pater Melvinius, was ist mit Euch?«

Seine Augen wurden wieder klar, und er lächelte unter seinem weißen Bart.

»Es mag wohl sein, dass eine verborgene Kraft diesem Feenstein innewohnt. Ja, das mag wirklich so sein.«

»Er … er hat mir geholfen, im Wald, als Mirza mich gefunden hat. Ganz bestimmt. Ich fühlte mich, als ich ihn in die Hand nahm, wieder kräftig genug, ihr zu folgen.«

»Dann ist ganz sicher etwas Wahres daran.«

»Und mein Vater hat Unrecht.«

»Dein Vater ist ein skeptischer Mann. Er glaubt nur das, was er sehen und begreifen kann. Das ist keine schlechte Einstellung, Jehan. Vergiss nicht, er hat viel erlebt in seinem Leben und dabei sicher manchen Trug entlarvt. Das heißt aber nicht, dass es nicht doch Wunder gibt. Sie sind vermutlich nur ganz anders geartet, als die meisten Menschen es sich vorstellen.«

»Habt Ihr schon Wunder erlebt?«

Melvinius setzte sich wieder in seinen Sessel und strich sich über den Bart. Seine Augen funkelten vor Vergnügen, als er bedächtig nickte.

»Ja, mein junger Freund, das habe ich.«

Geschmeidig ließ sich Jehan zu seinen Füßen nieder und sah ihn begierig an.

»Wie erlebt man Wunder?«

»Durch Glauben vielleicht. Aber sicher bin ich mir nicht. Das Wesen der Wunder ist es, dass man sie nicht erklären kann, und wenn man über sie spricht, neigen sie dazu, sich zu verflüchtigen.«

Jehan kaute an seiner Unterlippe, schien aber die Antwort zu akzeptieren.

»Darf ich Euch eine andere Frage stellen, Pater Melvinius? Ich meine, eine persönliche?«, meinte er dann schließlich.

»Nun, wenn sie zu persönlich ist, dann brauche ich sie ja nicht zu beantworten.«

»Richtig.«

»Dann frag, Junge.«

»Warum seid Ihr Mönch geworden?«

Was für eine kluge Frage! Die hatte ich mir auch schon seit einiger Zeit gestellt. Melvinius war nämlich so ganz anders als die übrigen Ordensbrüder. Ich spitzte die Ohren und trat fest mit der Pfote auf meinen Schwanz, der schon wieder vor Neugierde um mich schlug.

»Weil mich, Jehan, das Wesen der Wunder interessierte.«

»Oh!«

»Seit ich ein Junge war, so alt wie du oder sogar

noch etwas jünger, hatte ich das Bedürfnis, etwas über die Mysterien des Lebens zu erfahren. Jene, die über dieses Wissen zu verfügen schienen, waren die Geistlichen. Sie wussten Geschichten über Wundertaten Jesu und der Heiligen. Sie konnten Wein in Blut und Brot in den Leib Christi verwandeln, mit ihren Gebeten konnten sie den Segen herabrufen und für die Sünder bitten. Ich war fest davon überzeugt, dass sie über geheimes Wissen verfügten. Und so wollte ich daran teilhaben. Meinen Eltern war es recht, und ich trat als junger Mann ins Kloster ein.«

»In die Abtei von Beauport.«

»Ganz richtig. Dort absolvierte ich mein Noviziat und durchlief meine Ausbildung zum Priester, legte mein Gelübde ab und erhielt meine Weihen.«

»Und, habt Ihr das geheime Wissen erworben?«

»Ich habe Wissen erworben.«

»Verwandelt Ihr Wein in Blut?«

»Jehan, du bist ein entsetzlicher Junge. Man stellt doch nicht die Eucharistie in Frage!«

»Mein Vater tut das schon. Er sagt, es ist alles Schwindel und Hokuspokus für die Leichtgläubigen.«

»Ein klein wenig mehr ist doch daran, Jehan. Das Abendmahl ist eine Gedenkfeier. Wenn wir eines Menschen gedenken, dann nehmen wir im Geiste Verbindung mit ihm auf. Stimmst du mir da zu?«

Jehan überlegte einen Augenblick und nickte dann.

»Ja, das ist richtig. Wenn mein Vater unterwegs war, dann habe ich abends immer ein Gebet für ihn gesprochen. Und ihn mir dabei vorgestellt. Meint Ihr das?«

»Genau. Du hast dir sein Gesicht vorgestellt und sicher auch mit ihm Zwiesprache gehalten.«

»Ja, das habe ich auch manchmal getan.«

»Hat er dir jemals etwas geschenkt, an dem du sehr gehangen hast?«

»Er hat mir viel geschenkt, aber das hier trage ich immer bei mir.« Jehan nestelte etwas an einem dünnen Kettchen aus seinem Wams. »Das ist ein Haifischzahn! Von einem Hai, den er selbst getötet hat.«

»Warum trägst du ihn immer bei dir?«

»Weil ... weil ... er ist mir dann näher. Er hat mir von dem schrecklichen Kampf erzählt, den er mit dem Raubfisch geführt hat. Er selbst hat zwei seiner Finger dabei verloren. Wenn ich diesen Zahn in die Hand nehme, kann ich manchmal fühlen, wie entsetzlich es für ihn war und wie mutig er ist.«

»Du nimmst ihn in die Hand, wenn du deine Zwiesprache mit ihm hältst?«

»Ja. Ist das schlimm?«

»Aber nein. Es besteht eine starke Verbindung zwischen deinem Vater, dem Hai und dir. Eine aus Angst, Tod und Liebe. Und doch es ist nur ein beliebiger Haifischzahn.«

»So, wie der Wein und das Brot ...«

»So, wie der Wein und das Brot. Eine Verbindung.«

»Wie das Haar der Fee?«

Verblüfft neigte sich Melvinius vor.

»Eine interessante Frage, Jehan. Ich kann sie dir nicht beantworten.«

»Glaubt Ihr an Feen?«

Jetzt lachte Melvinius wieder.

»Jehan, du und ich, wir sind in einem Land aufgewachsen, in dem Geschichten von Feen, Helden und Zauberern, wundersamen Meereswesen, tanzenden

Steinen und singenden Schwertern jedem Kind vom Tag seiner Geburt an erzählt und vorgesungen werden. Es fällt verdammt schwer, nicht an sie zu glauben.«

Jehan kicherte ebenfalls. Dann wurde er ernst und sah mit glühendem Gesicht zu Melvinius auf.

»Ihr seid ein sehr netter Mann, Pater.«

Melvinius legte Jehan die Hand auf die Schulter und sagte mit einer Stimme, die von Liebe und Zärtlichkeit durchdrungen war: »Und du bist ein sehr netter junger Mann, Jehan.«

Beide verharrten in ihrer stillen Zuneigung, und ich erkannte plötzlich das, was auch die scharfsichtige Kristin einst bemerkt hatte. Sie waren sich ähnlich, der alte Mann und der Knabe. Nicht vom Aussehen her, ihre Fellfarbe war ganz anders, ihre Gesichter ähnelten sich wenig, wobei das am Altersunterschied liegen konnte. Aber es gab etwas in ihrer Haltung, in ihren Bewegungen, in der Art der Stimme und der Blicke, worin sie sich glichen. Und es war etwas, das nicht Meiko, sondern nur ihnen beiden eigen war. Mäusemist, wann immer ich eine Frage beantwortet bekam, türmten sich in Folge gleich wieder neue auf.

Wer war Melvinius? Warum leuchtete der Kristall in seiner Hand? Was verband ihn mit Jehan? Was verschwieg er Meiko? Was war geschehen, dass er gerade jetzt mit den beiden hier und an dieser Stelle zusammentraf?

Der ungebärdige Schwanz flutschte unter meiner Pfote hervor und peitschte wild über einen rotgoldenen Buchrücken.

Jehan begleitete Melvinius zu seinen Gebeten in die Basilika und hinterher zum Essen ins Refektorium. Der Pater machte sein Versprechen wahr, den Jungen nicht aus den Augen zu lassen. Den Feenstein aber hatten sie ungeschützt in der Bibliothek liegen lassen, und so empfand ich es als meine Aufgabe, über ihn zu wachen.

Ich tat es gerne.

Obwohl mich die Neugier juckte wie ein Floh im Pelz.

Ich gab dem Juckreiz nach.

Ich näherte mich dem Kristall und dachte an die schöne Fee in jener anderen Welt, deren Haar darin schimmerte. Ganz vorsichtig legte ich die Pfote auf den Stein.

Ein leichtes Vibrieren ging durch ihn hindurch, zart wie das Summen einer Eintagsfliege. Mein empfindlicher Ballen nahm die ersten Anzeichen der Erwärmung wahr, und das Sehnen in meinem Herzen verstärkte sich. Wie aus einem Nebel tauchte das liebliche, ebenmäßige Gesicht einer Frau vor meinem Augen auf. Ihr goldenes Haar umfloss sie wie Wasser im Sonnenuntergang, doch in ihren silberhellen Augen standen die Tränen. Das Leid, das das ihre war, ergriff mein Herz, und es zog sich vor Kummer zusammen. Dann aber wurde das Summen des Kristalls kräftiger, der feine, goldene Faden darin begann zu leuchten, wurde hell und heller und verscheuchte die Dunkelheit im Raum. Heiß war er jetzt unter meiner Pfote, doch er verbrannte mich nicht. Seine Wärme floss durch mich hindurch und heilte mein schmerzzerrissenes Herz. Großer Frieden erfüllte mich, und unwillkürlich schnurrte ich mit dem Singen des Steines.

»Mirza!«

Es war nur ein Flüstern.

»Mirza!«

Melvinius' Hand lag auf meinem Rücken.

»Auch du, Mirza?«

Vorsichtig zog ich die Pfote von dem Feenstein zurück und gab ein ganz leises, bestätigendes »Mau!« von mir.

Allmählich verlosch das Leuchten, und Dunkelheit umfing uns, den alten Mann und mich.

»Woran erinnerst du dich, Mirza? Nach wem sehnst du dich?«

Ach, wenn ich es dir nur sagen könnte, Melvinius. Aber es war mir nicht gegeben, der Menschen Sprache zu sprechen.

»Ich habe ein Ziehen und Drängen verspürt, Mirza, als ich den Stein hielt und er zu leuchten begann. Aber ich weiß nicht, wonach. Mirza, ich habe schon einmal in meinem Leben den Rand zum Wahnsinn überschritten. Geschieht das nun wieder?«

Ich drängte mich an ihn, unfähig zu antworten, unfähig zu trösten. Auch ich hatte nur Fragen, mehr und mehr. Und nur eine ganz, ganz vage Ahnung.

Er nahm mich in seine Arme, sodass mein Kopf auf seiner Schulter ruhte. Meine Nase berührte die weißen, langen Haare, die in dem Mondlicht, das durch das Fenster fiel, wie gesponnenes Silber leuchteten.

»Au!«, sagte Melvinius.

Entschuldigung, ich wollte Euch die Kralle nicht in

die Schulter schlagen. Es passierte aus Versehen, als mir dieser ungeheuerliche Gedanke kam.

Behutsam stupste ich Melvinius meine Nase an den Wange, und er kraulte mich im Nacken.

»Schon gut, es war nicht so schlimm! Komm, ich habe noch ein Häppchen für dich, und dein Sahneschälchen ist auch gefüllt.«

Er nahm den Feenstein an sich und brachte mich in sein Schlafgemach, wo im Schein einer Lampe meine Mahlzeit auf mich wartete. Lachs, in einer köstlichen Buttersauce.

Ich brauchte recht lange, um den wunderbaren Geschmack von meinen Lippen zu lecken.

Dann zu Bett.

Hätte ich gewusst, welch unerhörtes Kapitel auf mich wartete – ich wäre nicht wieder aufgewacht!

Ein unerhörtes Kapitel

Meine Runde durch die Morgenkühle führte mich über die feuchten Obstwiesen an der Apfelscheune vorbei, wo sich mir Diabolo anschloss.

»Die Mäuse sind nicht schlecht da drinnen. Schmecken fruchtig und haben prächtig Fett angesetzt. Möchtest du eine?«

Ich sagte nicht nein und stöberte unter den Darren eine Hausmaus auf, die sich an den Früchten förmlich gemästet hatte. Delikat. Ich musste ihm zustimmen.

»Hab ein paar Reviermarkierungen umgeschrieben«, bemerkte Diabolo lässig, und ich erinnerte mich an einen Kampfschrei in der Nacht.

»Eine zähe alte Kätzin wohnte hier. Sie zieht jetzt in den Pferdestall. Da ist es im Winter warm genug.«

Damit hatte er sicher Recht. Die Schmiede mit dem ständig rauchenden Kamin war ja auch in der Nähe.

Ich trat aus der Scheune wieder in das graue Morgenlicht. Die Tage waren schon ziemlich kurz geworden, und ein erster Anflug von Raureif lag über dem Gras. Dennoch hatte ich das Bedürfnis, nach einem ruhigen Lager Ausschau zu halten, in das ich mich, wenn es an der Zeit war, ungestört zurückziehen konnte. Das Kloster, so gemütlich es auch bei Melvinius war, erschien mir nicht der richtige Ort zu sein.

Die Apfelscheune, ehrlich gesagt, auch nicht. Zu häufig wurde sie von Menschen besucht.

Es zog mich zum Kräutergarten. Diabolo begleitete mich ein Stück, wählte aber dann den Weg zu den Kuhställen, um auch hier sein Revier neu abzustecken. Laus und Wanze würden das nicht unkommentiert hinnehmen, aber um Diabolo machte ich mir deshalb wenig Sorgen.

Ich fand das Hüttchen unbewohnt, und nach zweimaligem Darumstreichen war ich zu dem Schluss gekommen, hier den richtigen Platz entdeckt zu haben. Es gab keine Fenster, die mit Glas verschlossen waren, noch nicht einmal Läden. Ein Stück Leder hing vor der schmalen Öffnung, das ich leicht zur Seite schieben konnte. Innen roch es nach frischen Holz und getrocknetem Farn. Jemand, wahrscheinlich der Bruder Gärtner, hatte ein einfaches Lager gerichtet und Decken über die Matratze gelegt. Der Herdstein aber war ungenutzt, die Töpfe und Schüsseln neu, wie auch die zwei Schemel und der einfache Tisch. Zufrieden tretelte ich eine Kuhle in das Deckenlager und freute mich an dem Knistern des frischen Farnpolsters und seinem angenehmen Waldgeruch. Probeweise machte ich schon mal ein Nickerchen hier.

Ein vereinzelter Sonnenstrahl kitzelte meine Nase. Er fiel durch eine Ritze im Gebälk und machte mir auf erfreuliche Weise klar, dass sich der Tag doch noch aufgeklart hatte. Ich hüpfte aus dem Fenster und fand ein fröhliches Wolkentreiben am Himmel. Der Wind hatte aufgefrischt und zauste an Kristins Röcken, die mit Jehan den Bach entlangschlenderte. Ich trottete zu ihnen hin und maunzte, um ihre Aufmerksamkeit zu erregen. Jehan hörte mich zuerst und drehte sich um.

»Ei, Mirza, gerade haben wir von dir gesprochen!«

Ich ließ mich von ihm streicheln. Kristin schloss sich an.

»Das Bild von ihr, das Ihr heute Pater Melvinius überreicht habt, ist wirklich ganz ausgezeichnet gelungen, Jungfer Kristin. Er hat sich so gefreut.«

»Sie ist aber auch ein hübsches Motiv. Aber sie ist nicht zum ersten Mal gemalt worden.«

»Nein?«

Kristin grinste breit.

»Komm mal mit!«

»Warte. Hopp, Mirza. Du bist zu dick, um noch viel herumzulaufen!« Jehan nahm mich auf den Arm, wofür ich recht dankbar war. Obwohl ich eigentlich noch ganz gut auf den Pfoten war. Aber warum nicht einen kleinen Vorteil nutzen, wenn er einem geboten wurde!

»Ich denke, es ist bald so weit.«

»Sie bekommt Junge, nicht wahr?«

»Zumindest sieht sie so aus, wie ich trächtige Katzen kenne. Ein bisschen spät im Jahr, was, Süße?«

Die beiden befanden über meine körperlichen Eigenschaften, während sie zur Basilika wanderten.

»Warten wir, bis die Mönche ihre Gebete zur Sext beendet haben. Es kann nicht mehr lange dauern«, schlug Kristin vor, setzte sich auf das Mäuerchen und ließ die Beine baumeln. Aus der Kirche klangen die Stimmen zu uns, die den Herren lobpriesen. Ein monotoner Singsang, aber inzwischen vertraut und heimelig für mich, genau wie der Duft des Weihrauchs und der Wachskerzen, der durch die klare Luft zu uns wehte. Ich streckte die Nase in den Wind, um nach dem Wetter zu schnuppern. Es würde noch klar bleiben, aber gewiss kälter werden. Erst wenn der volle Mond wieder abnahm, würde es wärmer und wieder stürmisch werden.

Der Gesang verstummte, das Kirchentor öffnete sich. Wir warteten noch eine Weile, dann betraten wir das Innere der Basilika. Kristin schob den Vorhang beiseite, der das Fresko verbarg. Heute arbeitete Meister Clemens nicht daran, die Schalen, Näpfe und Farbtiegel standen aufgereiht auf dem Tisch, die Pinsel ordentlich in Töpfe gestellt dazwischen, der Eimer für den Putz leer, die Spachtel gesäubert. Die Wand war jetzt fast vollständig bemalt, nur an der linken Seite des letzten Bildes fehlten noch die farbigen Ausmalungen. Jehan bewunderte stumm die Farbenpracht und den umwerfenden Effekt der Perspektive. Aber er entdeckte auch sehr schnell die Feinheiten.

»Das ist ja Pater Melvinius!«, rief er plötzlich aus. »Und der Abt, und der Camerarius.«

Kristin nickte beifällig.

»Gut erkannt. Und, was siehst du noch, Jehan?«

Schweigend und konzentriert musterte der Junge die fünf Bilder, und ich wollte ihm gerade zu Hilfe eilen, als er aufjauchzte.

»Mirza! Unter Melvinius' Gewand!«

»Genau da.«

»Kristin?«

»Ja?«

»Das habt Ihr gemalt, nicht wahr?«

Kristin wurde rot vor Verlegenheit und schüttelte stumm den Kopf.

»Mein Bruder ist der Maler.«

»Nein, Ihr seid ebenso gut, und auch Melvinius und die anderen Mönche stammen aus Eurem Pinsel. Gebt es zu.«

Mit einem Finger wickelte Kristin das Band ihrer Haube auf, sah sich dann vorsichtig um und nickte verstohlen.

»Ja, aber sag es nicht weiter.«

»Natürlich nicht.« Nach einem kleinen Moment fragte er nach: »Mein Vater weiß es auch, nicht wahr?«

Kristin schluckte.

»Ja, ich fürchte. Ich dachte, wir könnten uns so gut verstellen …«

»Er ist ein schrecklich kluger Mann, man kann wenig vor ihm verbergen. Vor andernen schon, nicht vor ihm. Ich weiß das nur zu gut! Erzählt, Kristin, wie macht Ihr es, dass man Euch für Meister Clemens hält?«

»Du bist leider auch sehr klug, also muss ich es dir wohl anvertrauen. Pater Melvinius weiß es auch, also macht es wohl nichts. Aber wir setzen uns draußen hin, ich möchte nicht, dass hier jemand lauscht.«

Hinter der Mauer wuchsen hohe Büsche und hielten den Wind ab, ein großes Wolkenloch ließ die Mittagssonne die Steine wärmen, und Kristin beantwortete Jehans unersättliche Fragen. Sie erklärte ihm gerade, was es mit dem Problem der roten und grünen Farben für ihren Bruder auf sich hatte, als es hinter den Sträuchern raschelte.

Ich sprang auf, um mich darunter zu verstecken, denn der Geruch gefiel mir nicht. Jehan verstummte mitten in einer Frage und stand auf. Vorsichtig bog er die Zweige des Haselbusches auseinander.

»Oh verd… Entschuldigt, Kristin. Aber das darf doch nicht wahr sein. Arnoldus! Er hat die Büßerzelle verlassen!«

Kristin sprang auch auf, und ich wagte einen vorsichtigen Blick unter den Blättern hervor. Richtig, da rannte Arnoldus, jetzt in fliegender Kutte, auf die Pferdeställe zu. Kurz darauf führte er seinen Braunen gesattelt heraus, schwang sich auf und spornte das Tier zu einem gnadenlosen Galopp an.

»Er wird nach Rommerskirchen reiten!«, mutmaßte Jehan tonlos. »Er wird Sivert von Vater und mir berichten.«

»Das ist wirklich schlimm. Clemens hat mir erzählt, was vorgefallen ist, Jehan.«

»Ihr wisst davon?«

»Von dem Brandanschlag und den Hunden, ja.«

»Kristin, ich habe Angst!«

Kristin zog ihn kurz und fest an sich und meinte dann: »Gehen wir sofort zu Pater Melvinius, er wird Rat wissen.«

Mich vergaßen sie darüber, aber ich nahm es ihnen nicht übel. Langsam wanderte ich hinter ihnen her und schlüpfte durch meinen Einstieg in die Kammer. Ich hörte Stimmengemurmel aus der Bibliothek und musste doch tatsächlich ein paarmal laut miauen, bis man mir die Tür öffnete.

»Ich werde mit dem Abt ein Wörtchen zu reden haben. Ich dachte, ich hätte ihm verständlich gemacht, mit was für einer Art Mensch wir es bei ihm zu tun haben.« Melvinius sah ungewöhnlich zornig aus. »Ändern können wir allerdings nichts mehr daran. Arnoldus ist fort, und ihr beide vermutet sicher vollkommen richtig, dass er zu Sivert aufgebrochen ist, um ihm über die Neuigkeiten zu berichten.«

»Wo hält sich Meinhard von Rommerskirchen überhaupt im Augenblick auf, Pater Melvinius?«

»Er ist in Dormagen bei seinem Advokaten. Er wollte heute zurückkommen.«

»Das weiß Arnoldus aber nicht, oder?«

»Ich wäre mir da nicht so sicher. Vater Ignaz ist ein guter Bekannter von Sivert, wer weiß, was er dem Diakon erzählt hat. Ich werde es sogleich herausfinden. Wartet hier auf mich!«

Ich hätte zu gerne den Pater zum Abt begleitet, aber Jehan hielt mich fest.

»Ich habe den ehrwürdigen Vater erst einmal getroffen. Ich mag ihn nicht besonders«, meinte der Junge. »Er hat die Dame Caroline sehr herablassend behandelt.«

»Mich hat er überhaupt nicht wahrgenommen, weder als Kristin noch als Meister Clemens. Aber er stammt ja auch aus hochadligem Haus.«

»Aus hochnäsigem, wolltet Ihr sagen!«

Ein zustimmendes Schnauben war ihre Antwort. Dann warteten wir in Schweigen auf Melvinius' Rückkehr.

Er war nicht milder gestimmt, als er kurz vor dem Glockenruf zur Non in die Bibliothek zurückkam.

»Es ist nicht zu fassen!«, schimpfte er. »Es ist unglaublich. Eine Vetternwirtschaft sondergleichen! Familiäre Verpflichtungen Arnoldus' Vater gegenüber, persönliche Verantwortung für das Wohlergehen seines Schützlings. Haltlose Anschuldigungen, die nicht bewiesen werden können. Unnötige Aufregung wegen eines schmutzigen Gärtnerburschens, der sich als Hochstapler erweisen wird. Die großzügigen Spenden des Herren von Rommerskirchen. Kostbare Reliquien, das teure Angedenken an Frau Magdalena und so weiter, und so weiter.«

Melvinius wanderte aufgebracht zwischen Bücherregalen und Lesepulten umher.

»Dabei dachte ich, ich hätte ihm vorgestern ausreichend klar gemacht, welch überaus zweifelhaften Lebenswandels sich sein kostbarer Diakon befleißigt. Aber er hat ihm heute Morgen die Beichte abgenommen, und es scheint, der Schleimer hat ihm eine gereinigte Version aufgetischt, vor Reue geschluchzt, Buße und Besserung gelobt und eine vollständige Absolution erhalten. Inklusive der Mitteilung, er könne sich derzeit bei dem Gärtnerburschen nicht entschuldigen, da der sich ohne Erlaubnis und unter Vernachlässigung seiner Pflichten nach Dormagen abgesetzt habe.«

»Können wir ihn nicht warnen, Pater?«

»Wie, Kristin? Wie? Wir wissen nicht, welchen Weg er nimmt und wann er zurückkommt.«

»Doch, Pater Melvinius, zumindest den Weg wissen wir. Er hat sein Pferd beim Gutsherrn vom Lindenhof untergestellt, also wird er dorthin zurückkehren und den Rest des Weges zu Fuß gehen, um kein Aufsehen zu erregen.«

Kristin nickte.

»Der Lindenhof liegt östlich von Dellenhofen, er wird die Straße durchs Dorf nehmen und durch den Wald hierher kommen. Ich werde nach ihm Ausschau halten. Unser Häuschen liegt ja an der Straße.«

»Wenn er spät kommt, in der Dunkelheit?«

»Wir müssen hoffen, Jehan.«

»Pater, darf ich Kristin das Amulett mitgeben? Papa könnte es brauchen!«

»Tu das, mein Junge.«

Jehan holte das Beutelchen mit dem Feenstein, und gleichzeitig mit ihm kam Yvain zur Tür hinein.

»Meister Clemens ist an der Pforte und fragt nach Euch und der Jungfer Kristin!«

»Mein Bruder? Hoffentlich ist nichts passiert!«

Kristin war aufgesprungen, und auch Pater Melvinius erhob sich. Wir eilten gemeinsam zum Eingang und fanden Clemens dort stehen.

»Meister Clemens, gibt es Neuigkeiten?«

»Gewissermaßen. Ich kam, um meine Schwester nach Hause zu begleiten, Pater. Sie soll nicht alleine durch den Wald gehen. Ich habe eine lange und höchst unerquickliche Unterhaltung mit dem Mattes gehabt!«

»Hast du dich geprügelt?«

Kristin packte ihren Bruder am Wams und musterte ihn voller Besorgnis.

»Nein, nein, Liebes. Nur mit Worten. Pater, es mag auch Euch interessieren, dass der Mattes Geld von Sivert von Rommerskirchen angenommen hat. Er hat ihm vor Wochen schon den Auftrag gegeben, unser Haus zu durchsuchen und ihm seinen Anteil an dem Schatz versprochen.«

»Der erste Einbruch?«

»Mit Sicherheit. Und dann hat er ihm den Auftrag erteilt, sich im Garten umzuschauen. Daher der Eifer, mit dem er die Beete umgegraben hat.«

»Das will mir überhaupt nicht gefallen.«

»Mir auch nicht, Kristin. Ich habe ihn zwar die Furcht Gottes gelehrt, wenn er sich noch einmal in die Nähe unserer Behausung wagt, aber ich kann seine Schritte natürlich nicht überwachen. Darum wollte ich dich nach Hause begleiten.«

»Ich werde auch mitgehen!«

»Nein, Jehan, das wirst du nicht. Du bist hier sicherer aufgehoben als in Dellenhofen.«

Melvinius war sehr ernst geworden und hatte dem Jungen die Hand auf die Schulter gelegt.

»Aber …«

»Kein Aber!«

Jehan schien mit sich zu ringen, dann drückte er Kristin den Feenstein in die Hand und bat: »Achtet auf ihn. Wenn Ihr meinen Vater trefft, gebt ihn ihm. Auch wenn er dagegen protestiert.«

»Das werde ich tun, und nun gehabt Euch wohl. Wir kommen morgen wieder her. Dann werden wir hoffentlich mehr wissen!«

Das Blatt hatte sich gewendet, das entscheidende Kapitel war nun aufgeschlagen, und mich durchfuhr ein Schauder, als ich mir ausmalte, was es alles enthalten konnte.

Ein mörderisches Kapitel

Als Kristin und Clemens aus der Klosterpforte nach draußen traten, folgte ich ihnen. Jedoch schlug ich einen anderen Weg ein als sie, denn mir war nicht wohl bei dem Gedanken, Meiko würde alleine und zu Fuß durch den Wald heimkehren. Wer aber kannte das Wesen des Waldes besser als Raguna, die scharfäugige Luchsin. Sie wollte ich um Rat fragen.

Seit meiner Rückkehr hatte ich sie nicht mehr gesehen, aber ich war mir sicher, dass sie ihren gewohnten Platz auf ihrer Lieblingseiche immer mal wieder aufsuchte. Wenn ich sie schon nicht traf, so konnte ich ihr zumindest eine dringende Botschaft hinterlassen.

Die Sonne war schon hinter den Baumwipfeln verschwunden, und lange Schatten lagen über den schwarzerdigen Gärten. Ich nahm nicht den Weg am Bachlauf entlang, sondern die Abkürzung zwischen den Kohlköpfen hindurch. Wirklich war mir Glück beschieden: Oben in den Ästen, von braunen Blättern gut versteckt, hockte Raguna und döste vor sich hin.

»Meinen höflichen Gruß, Gevatterin,«, schnurrte ich unten am Stamm.

Ein glitzerndes Auge musterte mich.

»Schau an, der rotohrige Fratz!« Sie bequemte sich nach unten und beschnupperte mich kurz. »Dir scheint es wieder gut zu gehen. Hast du schon einen Ort, wo du deine Kleinen zur Welt bringen wirst?«

»Habe ich. Dort in der neuen Hütte.«

»Mh. Zu nah an den Menschen. Es gibt hier einen hohlen Baum, ganz in der Nähe.«

»Verzeih, Raguna, aber ich ziehe nun mal die menschlichen Behausungen vor.«

»Das tust du wohl, aber ich halte es für gefährlich.«

»Manche Menschen sind es, da gebe ich dir Recht.«

»Der Junge ist in Sicherheit?«

»Ist er, dank deines Eingreifens.«

»Nicht der Rede wert. Ein Ausgleich für seine Tat.«

»Die Gefahr ist noch nicht gebannt.«

»Mh!« Wieder musterten mich ihre klugen Augen eindringlich. »Der Katzenhasser ist nach Rommerskirchen geritten. Als wäre meine gesamte Familie hinter ihm her.«

Ich setzte mich zu der Luchsin und berichtete von dem, was wir herausgefunden hatten. Und brachte meine Bitte vor.

»Nun gut, ich kann meine Vettern bitten, Ausschau zu halten«, erbot sie sich nach einer Weile des Nachdenkens. »Warte hier auf mich!«

»Ich bin dir sehr dankbar, Gevatterin.«

»Es ist auch in meinem Interesse.«

Mit langen Sprüngen verschwand Raguna zwischen den Bäumen. Sie war um einiges schneller als ich. Um mir die Zeit bis zu ihrer Rückkehr zu verkürzen, fing ich mir zwei Waldmäuse. Mit einer spielte ich ein vergnügliches Haschen in dem herabgefallenen Laub und ließ sie dann laufen. Sie dankte es mir nicht, noch aus ihre Höhle pfiff sie mich unflätig an.

Es war schon dunkel geworden, und der halbe Mond versilberte die Spitzen der Tannen, als Raguna lautlos wieder an meiner Seite auftauchte.

»Sivert ist Richtung Dorf aufgebrochen. Mit einem Hund und seiner Armbrust.«

»Das will mir überhaupt nicht gefallen.«

»Mir auch nicht.«

»Ich werde Meiko entgegengehen.«

»Mirza, er hat den Hund dabei!«

»Der kann nicht auf Bäume klettern.«

»Sofern da Bäume sind!«

»Trotzdem, ich muss ihn warnen. Er hat gelernt, auf mich zu hören.«

»Du setzt dein Leben aufs Spiel!«

»Ja, vielleicht.«

»Ist das ein Mensch wert?«

Luchsaugen können einen sehr durchdringend anschauen. Man ist gezwungen, ehrlich gegen sich selbst zu sein, wenn man unter ihrem Blick eine Frage beantwortet.

»Ein Leben für ein Leben.« Das war Ragunas eigener Grundsatz. Ihn verstand sie. Das mit der Liebe hätte sie vermutlich nicht begriffen. »Er hat mir das meine zweimal gerettet.«

»Dann gehen wir!«

Ich hatte es noch nicht mal im Entferntesten zu hoffen gewagt, Raguna an meiner Seite zu haben. Es fiel mir ein Stein vom Herzen, als sie sich mir anschloss. Warum auch immer sie das tat.

Wir hielten uns in der Nähe der Fahrspur, die sich vom Kloster zum Dorf entlangzog, doch immer im Schutz der Bäume. Menschen waren jedoch jetzt, nach

Anbruch der Dunkelheit, nicht mehr unterwegs, aber die nächtlichen Jäger lauerten auf ihre Beute. Ein Fuchs grinste uns hämisch an, als er schürend unseren Weg kreuzte, ein Huhn in den Fängen. Ein Marder giftete von einem Baum herunter, und seine Unflätigkeiten ließen meine Ohren fast noch roter werden, als sie sowieso schon waren. Igel raschelten im Laub, eine Eule blinzelte uns wachsam zu, und der Witterung nach war auch ein Dachs ganz in der Nähe unterwegs. Dann und wann hielten wir inne, um zu lauschen. Bisher waren weder Hufgetrappel noch Schritte zu hören gewesen, nur einmal in der Ferne das Jaulen eines Hundes. Nichtsdestotrotz fühlte ich eine ungute Stimmung. Wir gingen weiter und sahen den Wald lichter werden. Die schwarzen Silhouetten der Häuser von Dellenhofen tauchten auf, von denen der Geruch von Holzfeuern aus den Kaminen heranwehte. Es war empfindlich kalt geworden, und die Menschen wärmten sich in ihren Behausungen. Die Türen und Läden hielten sie jetzt geschlossen, doch gelegentlich sah man flackerndes Lampenlicht durch die Ritzen fallen.

»Ich weiß nicht, Mirza, ich weiß nicht.«

Raguna hielt inne und sog die Luft ein. Ich tat es ihr gleich. Mit offenen Mund, damit ich alle Geschmacks- und Geruchseindrücke aufnehmen konnte.

»Es riecht nach Blut, wenn du mich fragst«, murmelte Raguna.

Ich nickte. Es war ein ganz leichter, ferner Hauch.

»Könnte von einem Tier sein. Entflohene, verwundete Beute vielleicht.«

»Könnte. Aber es wäre auch denkbar …«

Wir versuchten die Richtung festzustellen. Der

Wind kam von Osten. Doch er brachte diesen Geruch nicht mit sich. Ohne weitere Bemerkungen drehten wir uns wieder um und suchten den Schutz der Bäume auf. Etwas tiefer im Wald verharrten wir noch einmal.

»Es kommt von hier. Weiter links.«

Ragunas Nase war noch feiner als die meine, vor allem aber kannte sie sich in den Düften des Waldes besser aus. Ich folgte ihr, konnte kaum mit ihren Sprüngen Schritt halten. Plötzlich blieb sie stehen. Ich holte auf und hielt neben ihr.

»Mirza, da ist etwas passiert!«

Noch einmal nahm ich die Witterung auf.

Hund. Eindeutig. Und Blut. Ziemlich fiel und frisch.

Ich bekam Angst.

»Leise, Fratz, ganz leise. Und immer nah an den Bäumen!«

Wir schlichen voran, ohne dass ein Ästchen knackte oder ein Blatt knisterte. Am Stamm einer Buche lag der Hund. Ein Messer steckte in seiner Kehle.

Neben ihm lag Meiko.

Der Hund war tot.

Der Mann?

Ich wollte loslaufen, aber Raguna fauchte leise.

»Der andere ist noch in der Nähe.«

»Rattenpack!«

Wir bemühten wieder unsere Sinne.

»Er kommt näher.«

»Richtig!«, grollte Raguna.

Ich hielt es dennoch nicht mehr aus, ich rannte auf Meiko zu. Blut strömte von seinem Arm, und sein Wams war ebenfalls getränkt davon. Doch sein Herz schlug noch, und sein Atem bildete in der kalten Luft leichte Wölkchen. Ich versuchte, seine gesunde Hand anzustupsen, aber er rührte sich nicht. Auch meine Nase in seinem Gesicht weckte ihn nicht auf. Gerade wollte ich etwas drastischer werden, als Raguna ein warnendes Knurren hören ließ.

»Weg, Fratz. Auf den Baum!«

Manchen Befehlen gehorche sogar ich. Mit Anlauf erklomm ich den Stamm und hangelte mich die Äste hoch. Auch Raguna verschwand im Geäst. Sivert tauchte zwischen den Hainbuchen auf, die Armbrust gespannt in der Armbeuge.

Es war dunkel, nur wenig von dem Mondlicht fand seinen Weg durch das Laubdach, und so dauerte es eine Weile, bis er den verendeten Hund und den verwundeten Meiko fand. Einen Augenblick stand er verblüfft vor den beiden Gestalten, dann aber bemerkte auch er, dass noch Leben in dem Mann war. Meiko schien der Bedrohung gewahr zu werden. Er stöhnte laut und schlug die Augen auf.

»Sivert!«

Unter Schmerzen und Mühen versuchte er sich aufzurichten, doch mit einem hässlichen Lachen riss Sivert das Messer aus dem Hund und wollte es seinem Bruder in die Brust jagen.

Meiko keuchte entsetzt auf und hob abwehrend den unverletzten Arm.

»Wir sind Brüder!«

»Leider! Du wärst besser auf deinen Fahrten ersoffen!«

Siverts Arm spannte sich an, als er ausholte.

Raguna ließ sich von oben aus dem Baum in seinen Nacken fallen.

Meine Achtung vor ihr wuchs ins Unermessliche.

Einen Schrei noch hatte Sivert. Der ging in ein Gurgeln über, dann fiel er nieder. Das Messer rutschte aus seiner Hand, als sich Raguna über seine Kehle beugte.

Dann trat sie zurück, und ein kalter Schimmer lag in ihren Augen.

»Meinen Gefährten, meine Kinder und meine Schwestern hat er getötet. Es ist gut so! Sein Leben für ihr Leben.«

Ich kletterte halb rutschend, halb springend von meinem Baum und gesellte mich zu ihnen. Sivert lag neben seinem Bruder. Meiko aber bemerkte es nicht, sondern war wieder ohnmächtig geworden.

»Komm, Fratz, wir können nichts mehr tun.«

»Doch, Raguna. Meiko lebt noch.«

»Du kannst ihm nicht helfen.«

»Ich will aber nicht, dass er hier stirbt.«

»Vielleicht kommt er von selbst wieder zu sich. Menschen können ganz schön zäh sein.«

Ich glaubte das nicht. Aber eine Möglichkeit gab es noch.

»Ich werde Hilfe holen. Das Haus von Kristin ist nicht weit von hier! Ich kenne dieses Waldstück von früher, als ich noch bei der Moen lebte.«

»Na gut, das ist deine Sache. Ich gehe zurück. Genug Arbeit für heute Nacht. Habe Hunger!«

Raguna drehte sich um und wollte im Wald verschwinden.

»Danke, Gevatterin.«

»Keine Ursache.«

Ein Kapitel, mit Blut geschrieben, war beendet.

Ein hilfreiches Kapitel

Raguna war im Unterholz verschwunden, und ich setzte mich nach Dellenhofen in Bewegung. Es kostete mich geraume Zeit, denn mein Bauch fühlte sich doch schon recht schwer an, und ich musste mit meinen Kräften haushalten.

Die Kate war dunkel, Stille herrschte darin, und ich versuchte es damit, dass ich an der Tür kratzte. Das half wenig, sie war gut verschlossen. Also musste ich meine Kehle bemühen. Ich überlegte, wo Kristins Kammer war und stimmte ein lautes Kreischen unter ihrem Fenster an.

Sie war ziemlich schnell wach, das muss man zugeben. Ihr Kopf erschien hinter dem Laden, und sie erkannte mich auch gleich.

»Mirza? Tatsächlich Mirza?«

»Mau!«

»Willst du reinkommen? Es ist kalt.«

Ich kreischte noch einmal aus Leibeskräften und machte ein paar Schritte weg vom Haus.

»Ist etwas da draußen?«

»Mau! Mirrrip!«

Kristin sah sich um, doch in den Schatten von Bohnenstangen und Spalierobst konnte sie natürlich nichts erkennen. Menschen haben so bedauernswert schwache Augen.

Als ich zum Haus zurückkam, stand auch Clemens neben Kristin und rätselte mit ihr über mein Verhalten.

»Clemens, sie will uns etwas mitteilen. Und… ich habe Angst!«

»Um Meinhard!«

Kristins Stimme klang zitterig.

»Ja.«

»Ich ziehe mich an und sehe mich draußen mal um.«

»Ich auch.«

»Kristin…!«

Aber sie hatte den Kopf schon zurückgezogen, und nicht lange danach traten die Geschwister durch die Tür. Zuerst war ich verblüfft, weil es zweimal Clemens zu sein schien, aber dann erkannte ich, dass auch Kristin Hosen und Stiefel trug, wie sie es in der Basilika immer tat. In ihrer Hand hielt sie eine Laterne, was für einen Menschen wohl ganz klug war.

Ich lief voran.

»Clemens, folgen wir Mirza. Sie weiß irgendwas!«

»Na gut, wenn du meinst!«

Immer wieder drehte ich mich um, aber die beiden blieben wirklich auf meiner Fährte. Erst am Waldrand hatte Clemens wieder Einwände vorzubringen.

»Kristin, sie wird zurück zum Kloster laufen, sonst nichts.«

»Ich gehe ihr weiter hinterher.«

»Du bist starrköpfig!«

»Ja.«

Ihr Bruder murrte leise vor sich hin, blieb aber an ihrer Seite. Ich führte sie ein Stück den Bach entlang, und an einer schmalen Stelle maunzte ich um Hilfe. Auf dem Hinweg hatte ich mir die Pfoten nass machen müssen, um darüber zu kommen. Widerlich. Jetzt konnten sie mir helfen.

Kristin tat es ohne Widerworte. Die Menschen mit ihren langen Beinen hatten kein Problem, über das Rinnsal zu springen. Dann zappelte ich, um wieder auf den Boden zu kommen, und eilte voran. Der Blutgeruch war mein Wegweiser.

»Großer Gott!«, entfuhr es Clemens plötzlich. Er hatte die beiden Männer und den Hund erspäht.

Kristin aber schluchzte trocken auf und rannte los. Das Laternenlicht flackerte wild auf, dann knieten die beiden neben den reglosen Gestalten.

»Sivert. Er ist tot. Und Meinhard. Sie müssen sich gegenseitig umgebracht haben«, flüsterte Clemens mit Entsetzen in der Stimme. Ich kreischte noch einmal protestierend auf, und Kristin beugte sich über Meiko.

»Er lebt. Aber er sieht entsetzlich aus. Was ist nur geschehen?«

»Der Hund. Es sieht aus, als habe der Hund sie angefallen. Einer von beiden hat ihn erstochen.« Clemens hob nachdenklich das Messer hoch.

»Aber, mein Gott, wie konnte das passieren?«

»Wenn wir Meinhard retten können, wird er es uns sagen. Kannst du ihn verbinden?«

»Womit, Clemens? Nein, wir müssen etwas anderes machen. Die Druitgin, die hat doch am Waldrand ihr Haus. Dorthin bringen wir ihn.«

»Es wird schwer, ihn zu tragen.«

»Es muss irgendwie gehen.«

»Wir brauchen ein Brett oder so etwas. Wenn wir ihn zu viel bewegen, verblutet er.«

»Dann lauf zurück und weck den Bardenheuer. Er ist stark und wird tragen helfen. Er ist ein guter Nachbar, Clemens.«

Ihr Bruder nickte, aber zögerte noch einen Moment.

»Ich lasse dich hier nicht gerne alleine, Kristin.«

»Ich glaube nicht, dass mir Gefahr droht. Ich mache ein kleines Feuer an, dann findet ihr uns leichter!«

Clemens war es noch immer nicht recht, aber er machte sich auf den Weg. Kristin sammelte Reisig und kleine Äste und zündete mit der Kerze aus der Laterne das Holz an. Dann setzte sie sich neben Meiko und versuchte, ihn ins Bewusstsein zurückzuholen. Sie war sehr sanft zu ihm und murmelte eine Menge liebevoller Worte. Ich gesellte mich dazu und schnurrte zur Unterstützung ein wenig.

Das Blut war weitgehend geronnen, aber Arm, Brust und Schultern sahen nicht gut aus. Der Hund war einer der Saupacker, und sein Gebiss war mörderisch. Diese Viecher konnten leicht einen Menschenknochen zermalmen.

Der Mond war ein gutes Stück höher gestiegen, als Clemens und sein vierschrötiger Begleiter ankamen. Sie hatten eine breite Latte dabei. Der Bardenheuer bekreuzigte sich entsetzt, als er die Verunglückten sah.

»Heilige Mutter Gottes, der Herr von Rommerskirchen. Und sein Bruder. Der Meinhard. Ich wusste nicht, dass er zurückgekommen ist. War ein feiner Junge, wenn auch ziemlich aufsässig.«

»Könnt Ihr ihn zur Druitgin tragen?«

»Zu der alten Zauberschen?«

»Sie ist keine Zaubersche. Sie versteht etwas vom Heilen.«

Der Bardenheuer grummelte, aber schickte sich dann doch an, Meiko so vorsichtig wie möglich auf das Brett zu heben. Er und Clemens nahmen es auf, während Kristin das Fcuer auseinander riss und austrat. Sie nahm wieder die Laterne auf und ging neben den Männern her, um darauf zu achten, dass der Verletzte nicht von der Trage rutschte. Ich trottete hinterher.

Die Kate der Druitgin war wirklich nicht so sehr weit entfernt, und sie öffnete auch gleich nach dem Klopfen. Wahrscheinlich war sie es gewohnt, Hilfe Suchenden zu ungewöhnlichen Stunden aufzumachen.

»Ei, Jungfer Kristin, wen bringt Ihr denn da?«

»Den Herrn von Rommerskirchen!«

Die Druitgin war keine junge Frau mehr, doch alt war sie noch lange nicht. Sie war kräftig, und in ihren braunen Haaren schimmerte noch kein Grau. Wenn auch einige Falten ihr Gesicht durchzogen, so hatte sie doch gute, weiße Zähne, und ihre Augen blickten klar und durchdringend.

»So?«

Sie machte eine knappe Handbewegung und wies die beiden Männer in eine kleine Kammer. Dort stand ein einfaches Bettgestell. Rasch breitete sie eine graue Decke über die Matratze, dann half sie, den leblosen Meiko darauf zu betten.

»Jungfer Kristin, bringt das Herdfeuer wieder zum Brennen. Glut ist noch da. Ihr, Meister Clemens, holt mir ein Schaff Wasser aus dem Brunnen, und Ihr, Bardenheuer, seid bedankt für Eure Hilfe.«

»Es liegt noch ein zweiter Mann im Wald.«

»Dann holt auch ihn.«

»Er lebt nicht mehr, der Herr Sivert.«

»Dann holt den Pfarrer.«

Der untersetzte Mann fühlte sich sichtlich unbehaglich und schien einen gewaltigen Respekt vor der Druitgin zu haben. Er machte sich spornstreichs auf den Weg.

Ich hingegen fühlte mich erschöpft und sprang auf das Lager zu Meiko.

»Na, was ist das denn?«

Die Druitgin betrachtete mich mit einem feinen Lächeln. Ich schaute zurück. Angestarrt werden mag ich nicht, aber sie senkte höflich die Lider, und so ließ ich es mir gefallen. Seltsamerweise erinnerte ihr Blick mich an Raguna. Er war durchdringend, aber es lag auch viel altes Wissen darin – solches um die Geheimnisse der Natur und die Kreisläufe des Lebens, aber auch um die Wandlungen des Schicksals.

»Das ist Mirza. Sie hat uns zu ihm geführt«, erklärte Kristin, die in den Raum trat.

»Seine Katze?«

»So ungefähr. Der Kessel mit dem Wasser hängt über dem Feuer.«

»Gut, dann helft mir, ihm die Kleider auszuziehen!«

Während die Druitgin vorsichtig das Wams aufnestelte und versuchte, es von den blutigen Wunden zu lösen, machten Clemens und Kristin sich daran, Meiko die Stiefel auszuziehen, ohne ihn unnötig zu bewegen. Ich nickte darüber ein wenig ein.

Wach wurde ich von dem Duft von Schweineschmalz und Schachtelhalm. Meiko lag nun bis zur Taille unter einer Decke, sein blutiger Oberkörper war gewaschen, und das zerfetzte Fleisch seines linken Armes bestrich die Frau eben mit der Salbe. Kristin reichte ihr große Kohlblätter, die sie dann auf die Wunde legte und anschließend mit Leinenstreifen fest umwickelte. Ähnlich verfuhr sie auch mit den anderen Verletzungen.

»Wird das heilen, Druitgin? Es sieht so schrecklich aus!«

»Es sind Fleischwunden, den Knochen hat der Hund, soweit ich es beurteilen kann, nicht erwischt. Aber er hat viel Blut verloren. Das verursacht eine große Schwäche. Und er hat sich den Kopf angeschlagen. Es ist eine recht große Beule hinter seinem rechten Ohr. Alles in allem aber ist er ein kräftiger Mann und hat auch schon andere Verletzungen überstanden. Doch hättet Ihr ihn im Wald liegen gelassen, wäre er gestorben. Es gibt schon den ersten Frost, das hätte er nicht überstanden.«

Die Druitgin befestigte die letzten Verbände und zog dann die Decke bis zu Meikos Kinn hoch.

»Gebt mir auch die Felldecke dort, er muss warm gehalten werden.«

Eine Decke aus weichem Kaninchenfell wurde über ihn gebreitet, und die Frau langte zu mir hin, um mich auf den Arm zu nehmen.

»Mirza, sagst du, heißt die Hübsche?«

»Ja, Mirza«, antwortete Kristin für mich, und ich murrte bestätigend »Mirrr-zaah!«

»Nun, Mirza, du wirst dich mit Jezabel vertragen, hörst du? Keine Zankereien, nicht wahr?«

»Mau!«

Manchen Bitten komme ich natürlich nach. Jezabel streckte sich auf einem Polster auf der Bank an der Wand aus, eine große, glänzend schwarze Katze ohne ein einziges weißes Haar. Ich blieb unten auf dem Boden sitzen und wartete, bis sie sich dazu herabließ, mich wahrzunehmen. Sie war älter als ich und von großer Dominanz. Aber sie war auch friedfertig. Ganz offensichtlich hatte sie es nicht nötig, ihr Revier zu verteidigen. Träge kam auch sie nach unten gesprungen und schnüffelte einmal kurz an mir.

»Erschöpft?«

»Ziemlich.«

»Komm auf die Bank.«

Dankbar nahm ich das Angebot an und rollte mich auf dem Holz zusammen. Das war wärmer als der gestampfte Lehmboden.

»Dein Mensch da drüben?«

»Ja.«

Jezabel gab einen zustimmenden Laut von sich.

»Man muss sich manchmal um sie kümmern.«

»Du hast die Druitgin?«

»Sie ist eine gute Frau. Ich bin mein Leben lang bei ihr.«

Wir schwiegen einträchtig, und ich dämmerte wieder ein wenig weg.

Erst mit dem anbrechenden Tag wachte ich auf. Jezabel war fort, doch am Herd stand eine Schüssel mit Sahne. Ich schlabberte mit großem Hunger und sah mich dann um. Wesentlich anders als bei der Moen sah es auch nicht aus. Doch standen auf den Borden an den Wänden mehr Töpfchen und Flaschen und einige andere, ziemlich seltsame Dinge. Es hingen auch mehr Kräuterbüschel an den Leinen zwischen den Deckenbalken. Eine schmale, gewundene Treppe führte nach oben, eine Tür führte zu einem Nebenraum mit Alkoven, einem Schrank und einer Truhe. Hier schlief mit ruhigem Atem die Druitgin. In dem anderen Kämmerchen lag Meiko unter den Decken, Kristin saß an seiner Seite auf einem harten Stuhl und wachte. Aber ihr Gesicht war von Müdigkeit gezeichnet, und ihre Augen hatten dunkle Ringe.

»Mirza!«, rief sie mich leise, und ich sprang ihr auf den Schoß. Sogleich fuhren ihre Finger durch mein Fell, und sie kraulte mich. Das half ihr ein wenig, ihre Anspannung zu lindern. Meiko schien ebenfalls ruhig zu schlafen, aber er wirkte sehr blass in dem langsam heller werdenden Raum. Als Kristin sich einige Zeit später bewegte, knarrte der Stuhl leise. Meiko schlug die Augen auf und sah verwirrt um sich.

»Durst!«, krächzte er. Kristin setzte mich auf den Boden, um ihm den Becher mit Wasser an die Lippen zu setzen. Er trank und sank dann mit einen Seufzer wieder zurück in den Schlaf.

Beinahe lautlos kam kurz drauf die Druitgin in den Raum.

»Nun, er lebt noch. Ist er wach geworden, Jungfer Kristin?«

»Einmal kurz. Ich habe ihm Wasser gegeben.«

»Ich werde ihn mir anschauen, wenn es richtig hell geworden ist. Wir wollen unser Morgenmahl essen, Jungfer Kristin. Ihr müsst erschöpft sein. Kommt!«

Kristin folgte ihr schweigend, und ebenso schweigend verzehrte sie ihren Brei.

»Ihr kennt Meinhard von Rommerskirchen gut?«

»Nur ein wenig.«

»Ist er schon lange zurück?«

Kristin seufzte. Die Druitgin betrachtete sie mit einem langen, durchdringenden Blick.

»Es ist ein Geheimnis mit ihm verbunden, nehme ich an. Ihr habt Kenntnis davon und wollt nicht darüber sprechen. Gut denn. Sein Bruder war ein haltloser Mensch, der schon von Jugend an Bosheit verströmte. Er hat mir mit seinen üblen Streichen das Leben oft schwer gemacht. Nun ist er tot.«

»Ob Meinhard ihn getötet hat?«, fragte Kristin plötzlich.

»Wer kann das wissen? Der Bardenheuer und der Priester haben ihn in die Kirche gebracht. Ich werde ihn heute Morgen herrichten. Dann werde ich mehr wissen.«

»Können wir noch etwas für Meinhard tun?«

Die Druitgin schüttelte den Kopf.

»Die Wunden sind versorgt. Er muss ruhen. Aber vermutlich wird er Fieber bekommen, und ich werde einen Trank bereiten, der ihm Linderung bringt. Zusätzlich will ich einen Bergkristall an sein Lager stellen. Er senkt das Fieber und stillt die Schmerzen.«

Ich musste mich einmischen. Unbedingt. Denn Kristin war ganz offensichtlich entfallen, dass sie den wirksamsten heilenden Kristall ja bei sich hatte. Ich maunzte sie eindringlich an.

»Ja, Mirza, du sollst auch etwas zu essen bekommen. Ich habe zu Hause noch ein wenig Gänseklein von gestern Abend.«

Das war zwar nett von Kristin, aber nicht das, was

ich ihr übermitteln wollte. Ich sprang auf das Bord, wo ich schon zuvor zwischen Tiegeln und Flaschen, Wurzeln und seltsam geformten Holzstückchen die bunten Steine gesehen hatte. Ein klarer Kristall war darunter. Doch in ihm war kein Feenhaar eingeschlossen.

»Mirza hat sicher Hunger, aber sie scheint etwas anderes zu wollen als Euer Gänseklein.«

Kluge Druitgin! Ich schubste den Stein mit der Pfote an den Rand des Bordes.

»Nicht, Kleine! Den Bergkristall muss man pfleglich behandeln.«

Kristin aber bekam mit einem Mal große Augen.

»Das ist der Bergkristall?«

»Ja. Nehmt ihn in die Hand, Jungfer Kristin, und schaut ihn Euch gut an.«

»Das ist nicht notwendig. Ich habe ein Amulett… Sein Sohn gab es mir. Ich hole es!«

Kristin war aufgesprungen und zur Tür geeilt. Dabei hatte sie natürlich ihr Angebot mit dem Gänseklein vollkommen vergessen.

»Ich habe kein Gänseklein, aber ein, zwei rohe Eier wirst du auch mögen, Mirza!«

Ohhh ja!

Jezabel kam zurück, als ich mir Pfoten und Schnurrhaare putzte. Sie hatte Maus gespeist. Man roch es noch ganz leicht.

»Wo kommst du her?«, wollte sie ziemlich abrupt wissen. Ich erklärte es ihr.

»Vom Kloster, so so. Ein bekömmliches Leben?«

»Nicht ganz schlecht.«

Sie grinste, und mir fiel eine gewisse Ähnlichkeit auf.

»Es gibt dort einen schwarzen Kater. Diabolo genannt.«

Ja, es waren diese goldenen Augen in dem schwarzen Gesicht, die ihm glichen.

»Mein Sohn.«

»Ich dachte es mir.«

»In fünfzehn Jahren verliert man ein wenig die Übersicht über die zahlreichen Kinder. Aber er blieb mir im Gedächtnis. Ein kühner Junge. Magst du ihn?«

Menschen kann man als Katze mögen, meist, weil man irgendwie das Bedürfnis hat, sie in all ihren Unzulänglichkeiten zu schützen, wie blinde Welpen. Einen solchen Kater aber …

»Mehr.

»Gut. Bleibst du hier?«

»Nicht lange, denke ich.«

Sie schien es zufrieden und bürstete ihren Schwanz. Gastfreundschaft ist so eine Sache. Man hat gerne sein Revier ordentlich bestellt. Manches stört auf die Dauer. Und auf eine Auseinandersetzung wollte ich es mit Jezabel nicht ankommen lassen.

Kristin kehrte zurück. Ihre Müdigkeit schien verflogen, ihre Wangen waren gerötet. Sie hatte das Beutelchen mit dem Feenstein dabei.

»Hier, Druitgin. Würdet Ihr das auch als Heilstein bezeichnen?«

Die Heilerin nahm den Kristall aus seiner Umhüllung und hielt ihn gegen das Licht. Ihre Augen wurden groß.

»Das Amulett. Marienhaar, sagt man. Es hat einst einen Skandal darum gegeben, erinnere ich mich.

Nichtsdestotrotz, es mag helfen. Schaden, Jungfer Kristin, wird es sicher nicht.«

»Dann wollen wir es ihm geben.«

Neugierig schlüpfte ich in die Kammer hinterher. Die Druitgin legte Meiko den Kristall auf die Brust und faltete seine Hände darum. Er seufzte leise im Schlaf. Ich rollte mich an seiner Seite zusammen.

»Mein Bruder ist zum Kloster gegangen, um Pater Melvinius und Jehan zu benachrichtigen«, erklärte Kristin.

»Und ich werde nach dem Herrn Sivert sehen. Könnt Ihr noch ein paar Stunden bei dem Kranken wachen?«

»Natürlich!«

»Das Fieberwasser findet Ihr in diesem Krug hier.«

Jehan, Melvinius und Clemens trafen noch vor der Mittagszeit ein, die Druitgin folgte kurz darauf. Als sie sich an dem Krankenlager versammelten, wachte Meiko endlich auf und schien sich auch seiner Umgebung bewusst zu werden.

»Papa!«, schluchzte Jehan auf und kniete an seinem Lager nieder.

»Mein Junge, still. Ich lebe noch. Zumindest ein wenig.«

»Kannst du uns berichten, was geschehen ist, Meinhard?«, fragte Melvinius besorgt und half ihm, aus dem Becher mit dem Kräutertee zu trinken, den die Druitgin zubereitet hatte.

Mühsam, als müsse er die Worte zusammensuchen, berichtete er.

»Ich kam vom Lindenhof. Es war schon dunkel. Sivert wartete vor dem Dorf am Wald auf mich. Ich wollte mit ihm reden, verhandeln. Er verlangte, das ich wieder fortginge, das Land verlasse. Ich bot ihm Geld, aber er ging nicht darauf ein. Es fielen viele böse Worte.« Meiko schloss die Augen, und Bitterkeit malte sich in seinen Zügen ab. »Er hat mich schon immer gehasst. Schon als Junge hat er Intrigen gesponnen. Das Amulett, wegen dem es zu der letzten Auseinandersetzung zwischen mir und meinen Eltern kam – er hatte es gestohlen und versteckt, sodass ich es meiner Mutter nicht zurückgeben konnte. Er hat den Streit mit meinem Vater geschürt.«

Melvinius legte ihm sanft die Hand auf seinen gesunden Arm.

»Hadere nicht. All das hat dich auch zu uns geführt. Und zu Jehan.«

»Ja, natürlich, Pater. Aber – der eigene Bruder ...«

»Es ist schlimm, ich weiß.«

»Er hat mich geschmäht und bedroht und schließlich den Hund auf mich gehetzt. Ich versuchte, ins Unterholz zu entkommen, aber das Biest war aufs Töten abgerichtet. Es fiel mich an. Es gelang mir, ihm noch mein Messer in die Kehle zu stoßen, dann brach ich zusammen. Eine Weile habe ich wohl die Besinnung verloren. Ich wachte auf, als Sivert über mir stand, mein Messer in der Hand, um mir endgültig das Leben zu nehmen. Aber dann ... Pater Melvinius, ich hoffe, Ihr glaubt mir. Es war ein Luchs da, der von einem Baum gesprungen kam. Er tötete ihn. Danach weiß ich nichts mehr.«

»Er hat recht«, bestätigte die Druitgin. »Ich besah mir die Wunden an dem Leichnam.«

»Es war nicht der Hund?«, wollte Clemens wissen.

»Nein. Nicht sein Hund hat dem Herrn Sivert die Kehle durchgebissen.«

»Was?«

Ungläubig starrte Kristin die Ältere an.

»Eine Katze, den Krallenspuren nach.« Und dann schenkte mir die Druitgin einen glitzernden Blick. »Eine weit größere als diese hier.«

»Es gibt Luchse im Wald!«

Kristin begann zu zittern.

»Ja, es gibt Luchse im Wald. Und der Herr Sivert hat sie gerne gejagt. Er hat einmal damit geprahlt, dass er die goldenen Luchssteine finden wollte.«

»Die Luchssteine?«

Pater Melvinius erklärte: »Den Bernstein, warm in der Hand und voll wunderlicher Einschlüsse, nennt man in manchen Gegenden Luchsstein. Warum, weiß ich allerdings nicht.«

»Nun, Pater, es gibt die Mär – und Ihr wisst, Jungfer Kristin, ich kenne viele davon –, dass die Luchse ihren Urin deshalb so sorgfältig vergraben, weil er erstarrt und zu durchsichtigen, heilenden Steinen wird.«

»Und, stimmt das?«

»Es stimmt, dass die goldenen Steine Heilwirkung haben, aber sie stammen nicht von den Luchsen. Ich habe die großen Katzen oft beobachtet. Sie verscharren ihren Unrat genau wie die kleinen Katzen, weil sie saubere Tiere sind. Aus keinem anderen Grund.«

»Besitzt Ihr denn einen solchen Heilstein?«

»Natürlich!«

»Würde er Meiko, ich meine dem Herrn Meinhard, helfen?«

»In diesem Fall wenig, er heilt Brustbeschwerden und starken Husten. Ihr habt ihm einen weit wirksameren Talisman gegeben, Jungfer Kristin!«

Meinhard hatte schweigend zugehört und besann sich jetzt auf das, was er in der Hand hielt. Es war ein seltsamer Ausdruck auf seinem Gesicht, als er den Kristall mit dem Feenhaar bemerkte.

»Der Stein, der den Streit auslöste!«, knurrte er. »Nehmt ihn weg!«

»Aber Papa, er hilft dir, gesund zu werden.«

»Jehan – er hat mir bisher nur geholfen, mich mit meinem Vater zu entzweien, mein Heim zu verlieren und mit meinem Bruder auf den Tod zu kämpfen.«

Ärgerlich warf er den Kristall aus dem Bett.

Kristin fing ihn auf und wollte ihn zurücklegen, aber die Druitgin nahm ihn aus ihrer Hand und sagte: »Er mag Recht haben. Auf diese Weise hilft er nicht.«

Sie hatten Siverts Leichnam nach Rommerskirchen gebracht, um ihn in der dortigen Kirche bis zu seiner Bestattung aufzubahren. Meinhard hingegen wurde, wie befürchtet, von einem heftigen Fieber geschüttelt. Melvinius hätte ihn gerne in die Infirmerie bringen lassen, Jehan zum Clarenhof, aber die Druitgin warnte davor, ihn zu transportieren. Ich zog, um Jezabel nicht zu verärgern, zu Kristin und Clemens, aber wenn sie sich bei der Pflege des Kranken abwechselten, begleitete ich sie zur Druitgin und legte mich an Meikos Seite.

In den folgenden zwei Tagen war er nicht ansprechbar, seine Haut wurde heiß und trocken. Er stöhnte in seinem unruhigen Schlaf, manchmal murmelte er unverständliches Zeug.

»Das Fieber will nicht sinken«, flüsterte Kristin am Morgen des Montags, und auch die Druitgin sah recht sorgenvoll drein.

»Ich habe alles getan, was mir möglich ist. Die Wunden schwären nicht, aber seine Schwäche ist sehr groß. Wir müssen es der Natur überlassen.«

»Hättet Ihr etwas dagegen, wenn der Infirmarius des Klosters ihn auch untersucht?«

»Wenn Ihr ihn überreden könnt, meine Hütte aufzusuchen.«

Kristin konnte grimmig aussehen, wenn sie etwas durchsetzen wollte.

»Ich werde ihn an seiner Kutte herzerren, wenn es sich als notwendig erweist.«

Es war nicht notwendig, der Bruder Infirmarius kam freiwillig, wenn auch mit mürrischem Gesicht, von Clemens begleitet. Mich scheuchte er als erstes aus dem Bett, und Jezabel knurrte ein paar zornige Verwünschungen, denn auch sie hatte er missbilligend angestarrt. Immerhin – wenn er auch Katzen bestimmt nicht sonderlich schätzte, die Bösartigkeit Arnoldus' war ihm fremd, und er schien auch etwas von seinem Fach zu verstehen. Widerwillig gab er nach seiner Untersuchung zu, die Druitgin habe alles so gemacht, wie es auch ihm angemessen erschien. Auch er verwies auf den Gang der Natur und zusätzlich auf Gottes Gnade, was den weiteren Verlauf der Heilung anbelangte. Dann verabschiedete er sich eilig.

»Er hält mich für eine Kräuterhexe. Und er heißt einige meiner Kuren nicht gut. Aber soll ich den armen Weibern vorschlagen, ihre ungewollten Kinder auf den Kirchenstufen abzulegen und sie der Barmherzigkeit der hochherrschaftlichen Brüder anzuvertrauen?«

Kristin schien nichts dazu sagen zu wollen, sondern betrachtete den still daliegenden Meiko mit besorgten Augen. Ich hatte mich wieder an seine Seite geschlichen. Auch ich wurde immer besorgter, denn im Laufe des Tages schien Meikos Körper heißer und heißer zu werden. Die beiden Frauen kühlten seine Stirn und versuchten, ihm Tränke einzuflößen, aber er versank tiefer und tiefer in seinen Fieberwelten. Im vergangenen Jahr hatte ich eine Katze getroffen, die durch einen Marderbiss verwundet worden war. Auch sie hatte Fieber bekommen. Erst war es nur leicht, dann konnte sie plötzlich nicht mehr auf den Pfoten stehen, stolperte und fiel immer wieder um. Schließlich lag sie bewegungslos da, wie jetzt Meiko, mit heißen Pfoten und glasigem Blick. Nach zwei Tagen war sie tot.

Ich hatte Angst um meinen Menschen.

Kristin auch.

Sie blieb über Nacht.

Es wurde nicht besser.

»Jungfer Kristin, ruft seinen Priester!«, sagte die Druitgin am Morgen zu ihr.

»Bitte, gibt es denn keine Hilfe mehr?«

»Ich weiß keine. Glaubt mir, auch mir fällt es schwer, einen Menschen aufzugeben. Betet für ihn, aber lasst auch den Priester kommen.«

»Pater Melvinius. Und Jehan. Oh, mein Gott, der arme Junge …«

Der Pater und Jehan trafen um die Mittagszeit ein. Ich sah, dass der Junge tapfer die Tränen unterdrückte, und auch Melvinius schien erschüttert. Er hatte sein Priesterornat angelegt, und während er dem Kranken mit leisen Worten die Absolution erteilte, knieten Kristin und sein Sohn schweigend und verzweifelt betend am Fußende des Bettes. Die Druitgin hatte still den Raum verlassen.

»Ich werde bei ihm wachen, Kristin. Ihr müsst ein wenig ruhen«, sagte Melvinius schließlich.

Sie schüttelte störrisch den Kopf.

»Ich bleibe auch.« Jehan hatte den Bettpfosten so fest umklammert, dass seine Knöchel weiß wurden, und mit tonloser Stimme fragte er: »Pater Melvinius, Papa hat es nie glauben wollen, aber kann Beten ihm vielleicht noch helfen?«

»Ach, mein Junge.«

Es klang verzagt, und mein Herz sank ebenfalls.

»Aber Ihr habt gesagt, es gibt Wunder. Darum seid Ihr Mönch geworden. Ihr habt das Wesen der Wunder studiert. Glaubt Ihr jetzt nicht mehr daran?«

Die leidenschaftlich vorgebrachten Worte hatten eine seltsame Wirkung auf Melvinius. Es war, als flamme ein Fünkchen in seinen traurig blickenden Augen auf.

»Doch, Wunder geschehen. Das stimmt. Aber man kann sie nicht beschwören.«

Ich erhob mich von meinem Lager und machte einen Buckel, um mich nach dem langen Stillliegen wieder geschmeidig zu machen.

Wunder. Nur ein Wunder könnte hier noch helfen. Man konnte sie in der Tat nicht herbeirufen, aber wir hatten ein Hilfsmittel. Es hatte bisher versagt, denn gegen die zerstörerische Macht des Fiebers und des Hasses war das Auflegen des Feensteins einfach zu schwach. Vielleicht war er auch zu lange in der Hand des Bösen gewesen. Oder es lag daran, dass Meiko so gar nichts von seiner Wirkung hielt. Dennoch – ich war davon überzeugt, dass man mit diesem Kristall ein Wunder wirken könnte. Auch wenn es das Letzte in dieser Welt war. Möglicherweise war das seine Bestimmung.

Und ich ahnte, dass uns ein ganz besonderes Kapitel bevorstand.

Ein märchenhaftes Kapitel

Ein bisschen steifbeinig machte ich ein paar Schritte zu dem Tischchen neben Meikos Bett hin, wo neben dem Krug mit dem Kräuteraufguss und dem feuchten Lappen noch immer der Kristall lag. Dumm, dass es mir nicht schon früher eingefallen war. Es lag doch so nahe bei der Pfote. Meine Sorge um Meiko hatte mich wohl blind gemacht. Aber jetzt wusste ich, was zu tun war!

So fordernd wie möglich sah ich Melvinius an. Manchmal gelang es mir, allein durch meinen Blick einem anderen, ob Maus, Lurch, Huhn oder Mensch, meinen Willen aufzuzwingen. Es kostete große Anstrengung, und Pleiten hatte ich auch schon erlebt. Aber diesmal war es lebensnotwendig.

Melvinius hielt meinem Blick stand und langsam bewegte sich seine Hand zu dem Amulett hin.

»Pater Melvinius!« Jehan schrie beinahe. »Pater, wir müssen zur Quelle.«

Melvinius betrachtete das Feenhaar.

»Es ist nur ein Märchen«, flüsterte Kristin. Aber eine neue Erregung hatte auch sie ergriffen.

»Nur ein Märchen, ja. Aber… Märchen haben oft einen wahren Kern.«

»Druitgin!«

Kristin rief leise nach der Heilerin. Sie kam herbeigeeilt.

»Hat der Kranke …«

»Nein. Aber schaut, dieses Amulett! Ihr habt mir doch von der Herrin der Quelle berichtet. Könnte es der Kristall mit dem Feenhaar sein, der das Wasser wieder süß und heilend macht, Druitgin?«

Sie nahm den Stein in die Hand und betrachtete ihn lange.

»Vielleicht. Die Beschreibung stimmt, er wird in den alten Geschichten so geschildert.«

»Ich werde zur Quelle gehen und ihn hineinwerfen. Wenn das Wasser wieder süß fließt, wird es ihn auch heilen!«

Ganz eifrig war Kristin geworden, und die Druitgin sah sie nachdenklich an.

»Wisst Ihr denn, wo sich die bittere Quelle befindet?«

Jehan war aufgestanden und hatte sich neben Kristin gestellt.

»Ich weiß, wo sie ist. Bei den aufrechten Steinen, dem Hügelgrab, nicht wahr?«

»Ja, dort ist sie.«

»Ich werde Euch ebenfalls begleiten!«, sagte Melvinius, und ich sah die Druitgin das erste Mal wirklich fassungslos.

»Es ist ein heidnischer Glaube!«, flüsterte sie.

»Sicher. Aber ein Glaube.«

Sie sah ihn an und schüttelte den Kopf. Dann aber fasste sie sich wieder und meinte: »Es würde mich ebenfalls interessieren, was geschieht, wenn der Feenstein der Herrin zurückgegeben wird, aber einer muss hier bei dem Herrn Meinhard bleiben. Geht also, aber nehmt Laternen und ein paar Krüge mit. Wenn das

Wasser heilt, so werde ich es sicher gebrauchen können.«

Kristin borgte sich einen Weidenkorb und zwei Tonkrüge mit festen Stopfen aus, und Melvinius nahm Kristins Laterne. Jehan steckte den Feenstein ein und wollte die beiden führen.

Mich vergaßen sie.

Das musste verhindert werden. Denn wenn jemand das Recht hatte, bei diesem Unternehmen dabei zu sein, dann doch wohl ich. Maunzend trabte ich hinter ihnen her.

»Mirza, du bleibst hier!«

Aber gewiss nicht! Ich stimmte meinen lautesten Krakeel an.

»Es ist zu weit für dich.«

Absoluter Blödsinn! Sie gingen weiter, und mein Kreischen ließ die Nachbarn die Läden öffnen, um zu schauen, wem hier bei lebendigem Leib das Fell über die Ohren gezogen wurde.

»Katzenschänder!«, rief eine alte Frau. »So was will ein Priester sein!«

Melvinius hielt seine Schritte inne, und ich hoppelte zu ihm hin.

»Mirza?«

»Mau! Mau!«

»Der Stein bedeutet auch dir etwas. Ich weiß es ja. Aber du bist nicht kräftig genug…«

Ich rannte ein Stück voraus.

»Sie ist eine besondere Katze, Pater. Und wenn wir nun schon versuchen, Märchen wahr werden zu lassen, müssen wir ihren Anteil daran auch würdigen. Sie hat viel für uns getan«, gab Kristin zu bedenken.

»Jehan, kannst du sie tragen? Wir schauen eben in unserem Haus vorbei. Clemens hat sie neulich im Korb hergeschleppt, das scheint ihr nichts auszumachen.«

Clemens, kurz über das Vorhaben informiert, schloss sich uns sofort an. Ich hüpfte in den Korb, den er mir bereithielt, und wurde so auf recht gemütliche Art zum Ziel meiner Wünsche getragen.

Es wurde inzwischen schon früh dunkel, und durch das Geflecht des Korbes sah ich das Licht der Laterne tanzen. Es gab offensichtlich für Menschen nur beschwerlich zu begehende Pfade, denn manches gemurrte Wort wurde laut, wenn sich ihre Kleider in Ranken und Dornen verfingen, aber als der volle, runde Mond sein Silberlicht über die Wipfel fließen ließ, stellte Clemens den Korb ab, sodass ich ihn verlassen konnte.

Ah, es war ein verzauberter Platz, den wir erreicht hatten. Unter hohen Bäumen türmte sich flechtenbewachsenes Gestein auf, das an einer Stelle ein beinahe rundes Becken formte. Moosig war der Rand, und die Zweige des fast laublosen Schlehdorns bildeten ein schwarzes Filigranmuster über dem leise plätschernden Wasser, das sich in der Vertiefung sammelte und von dort in einem schäumenden Gefälle über die Umfassung sprudelte. Das Rinnsal floss durch den weichen Boden nur wenige Schritte weit und versickerte dann im schwarzen Humus des Waldes. Unterirdisch war sein Lauf, und ich ahnte, wohin sein Fluss ging.

»Das ist die Quelle?«, flüsterte Kristin in die vollkommene Stille des Ortes.

Jehan nickte.

Melvinius näherte sich mit einem versonnenen

Ausdruck dem Becken, bildete mit den Händen einen Kelch und tauchte sie in das Nass. Glitzernde Tropfen fielen von seinen Fingern, als er es wieder hinausrieseln ließ.

»Kalt und klar«, sagte auch er leise und ließ sich einen der Tropfen auf die Lippen fallen. »Und bitter.«

»Wir wollen den Kristall hineintauchen, um Gewissheit zu haben«, schlug Clemens vor. »Jehan?«

»Ja, Meister Clemens.«

Aber Jehan zögerte, als er den Feenstein aus seinem Lederbehälter gezogen hatte. Es lag eine erwartungsvolle Spannung zwischen den vier Menschen, die sich auch auf mich übertrug. Ich fühlte, wie sich die Haare entlang meines Rückens aufrichteten. Melvinius streckte die Hand nach dem Amulett aus, aber der Junge schloss doch wieder seine Finger darum.

»Nein!«, sagte er mit Bestimmtheit. »Nein.« Er kniete neben mir nieder und sah mir tief in die Augen. Ich spürte Vertrauen darin und ein seltsames, altes Wissen. »Mirza hat den Stein zu mir gebracht, als ich verloren und verletzt im Wald lag. Sie hat ihn behütet und bewacht. Sie hat rote Ohren, Pater, die kleine Feenkatze. Es mag ihre Aufgabe sein, auch diese letzte Tat zu vollbringen. Sie wird ihn auch der Quelle zurückgeben. Ihr wisst doch, in der Mär heißt es, keines Menschen Hand darf ihn dabei berühren.«

Er hatte auf seine flache Hand den Stein gelegt, und ich beugte mich darüber, um ihn mit den Zähnen aufzunehmen. Das Summen in dem Kristall dröhnte in meinem Kopf, und unter meinen Schnurrhaaren wurde er warm. Er verbreitete plötzlich ein goldenes Licht um mich herum und schmeckte süß und köstlich. Ganz langsam schritt ich damit zum Quelltopf, zog mich am Rand hoch und schaute in das sich kräuselnde Wasser. Tief schien es mir zu sein, unendlich tief, als verberge sich ein bodenloser Brunnen darunter, aus dem ein fernes Licht leuchtete. Und es war mir, als blickten mich zwei waldgrüne Augen aus jener Ferne erwartungsvoll an.

Das Sehnen in meinem Herzen wurde schmerzhaft.

Ich ließ den Stein in das Wasser fallen.

Es wurde ganz glatt, noch nicht einmal die Ringwellen seines Eintauchens bewegten die Oberfläche. Wie ein blanker Spiegel lag sie vor mir. Ich erkannte mein Gesicht darin, weiß, mit schwarzer Nase und roten Ohren. Doch die waldgrünen Augen waren nicht die meinen. Die Züge des Spiegelbildes veränderten sich. Ganz allmählich wurde aus dem Katzengesicht das einer überirdisch schönen Frau. Goldene Haare umflossen sie wie schimmernde Wellen, ein zärtliches Lächeln lag auf ihren Lippen, und als sie sich aus dem Wasser erhob, wogte ihr weißes Gewand um sie, ohne dass ein Wind es berührt hätte. Im Schein des Mondes schimmerten darauf die Tropfen wie Perlen und geschliffene Kristalle. Es war nicht feucht, sondern warm und trocken und duftete nach Farn und knospenden Heckenrosen, als sie mich in den Arm nahm. So sanft und inniglich streichelten mich ihre Hände, so liebevoll waren ihre leise gemurmelten Worte. Ich legte meinen Kopf an ihre Schulter und schloss beglückt die Augen. Selbst schnurren konnte ich nicht mehr. War es eine erfüllte Hoffnung, war es ein Erinnern an eine andere Zeit, an eine andere Welt? Jene Fee, die Herrin der Quelle – ich hatte sie einst gekannt und dann verloren. Vermisst und nun wiedergefunden. Die Sehnsucht in meinem Herzen war gestillt.

Ich wollte bei ihr bleiben.

»Nein, Mirza«, wisperte sie mit gütiger Stimme. »Nein. Später kehrst du ganz bestimmt zu mir zurück, doch jetzt noch nicht. Du hast noch andere Aufgaben in dieser Welt, und Liebe will vergolten werden. Aber, meine kleine Freundin, dein Leben wird lang und glücklich sein, und erst wenn die Bürde für dich zu schwer wird, wirst du das Wasser meiner Quelle trinken und zu mir kommen. Dann ist dein Heim wieder bei mir. Ich warte auf dich.«

Ganz vorsichtig setzte sie mich auf den Boden. Und so konnte ich sehen, wie die Menschen, die mich begleitet hatten, auf sie reagierten.

Clemens hatte den Arm um Kristins Schultern gelegt und sah gebannt zur Quelle hin. Kristin blinzelte mit den Lidern und schüttelte verwirrt den Kopf. Jehan war niedergekniet und sah mit fassungsloser Bewunderung zu der Schönen auf.

Melvinius aber…

Melvinius war verwandelt.

Er mochte die weiße Mönchskutte tragen, doch sie wirkte nun wie ein kostbares Gewand, gleich dem ihren. Seine Haare und sein Bart schimmerten silbern, sein Gesicht war nicht mehr vom Alter gezeichnet, sondern leuchtete jung und kraftvoll. Aufrecht und mächtig stand er da, ein Fürst unter den Alten und Weisen.

»So habe ich dich wiedergefunden, meine Herrin!«

»So haben wir uns wiedergefunden, mein Geliebter!«

»Lange irrte ich, hatte vergessen, wonach ich suchte, war sterblich geworden und gefangen in der irdischen Welt, im Kreislauf von Leben und Vergehen.«

»Es hat ein Ende, nun, wenn du willst, mein Prinz. Trinke aus der Quelle, und du wirst den Weg in die andere Welt zurückfinden. Den Weg in dein Heim, in dein Reich.«

Die Herrin der Quelle hielt einen goldenen Kelch in der Hand und bot ihn ihrem Feenprinzen an. Doch zu meiner Überraschung nahm er ihn nicht.

»Geliebte, harre noch eine Weile aus. Gleich dieser kleinen Katze habe ich noch Aufgaben zu erfüllen. Ich habe in dieser Welt Verfehlungen begangen, die gesühnt werden müssen. Ich habe Pflichten auf mich genommen, die noch darauf warten, erfüllt zu werden. Und Liebe, die erwidert werden will, gibt es auch.«

Die Schöne nickte und sah ihn voll Verständnis und Güte an.

»Doch wenn du dieses Leben abgeschlossen hast …«

»… dann werde ich zu dir kommen, das Wasser deiner süßen Quelle trinken und mein Reich wieder in Besitz nehmen. Bald, meine Herrin. Bald.«

Langsam ließ die Fee den Kelch sinken und neigte sich noch einmal zu mir. Ihre Finger strichen wie ein sanfter Frühlingswind über meine roten Ohren. Dann schien sie durchsichtig zu werden und wie ein blasser Nebel über dem Wasser zu schweben. Ein feines Lüftchen regte sich, die Oberfläche kräuselte sich wieder, und zurück blieb nur der Duft von regennassen Heckenrosen.

»Was ist geschehen?«, fragte Kristin mit kaum hörbarer Stimme. »Da war etwas, aber ich konnte es nicht genau erkennen. Wie ein Rauch, ein flüchtiger Schleier.«

Ihr Bruder schüttelte den Kopf.

»Ich habe nichts Ungewöhnliches bemerkt, doch irgendwie schien das Wasser zu leuchten.

»Die Herrin der Quelle – Ihr habt sie nicht gesehen?«, wollte Jehan wissen, auf dessen Gesicht noch immer der Abglanz tiefer Bewunderung stand. »Sie hat Mirza gestreichelt und mit dem Pater gesprochen.«

»Hat sie das? Dann hast du sie wahrgenommen?«

Kristin wandte sich an den Jungen, der sich jetzt von den Knien erhob.

»Ja. Und auch Ihr, Pater Melvinius, nicht wahr?«

»Auch ich, Jehan. Ja, auch ich! Und Mirza natürlich.«

»Ja, Mirza ganz bestimmt.«

»Mau!«, bestätigte ich das. Jehan und Melvinius hatten sie gesehen, Clemens nicht und Kristin vielleicht. Keiner von ihnen aber hatte die Verwandlung des alten Mannes in den schönen Feenprinzen bemerkt.

Ich drückte mich an sein Bein, und er lächelte mir mit einem wissenden Zwinkern zu. Nun ja, dieses Rätsel war zumindest für mich nun gelöst.

»Kostet das Wasser, Jungfer Kristin, ich glaube, Ihr werdet es süß und bekömmlich finden«, wandte er sich an die junge Frau. Kristin schöpfte eine Hand voll aus der Quelle und nippte daran.

»Es ist köstlich und erfrischend. Wollt Ihr nicht auch davon probieren, Pater Melvinius?«

»Nein, Kind. Noch nicht. Füllt Eure Krüge und lasst

uns zurück zu unserem Freund eilen, der der Heilung bedarf.«

Sie folgten seinen Worten, und mir bot man den Platz im Deckelkorb an, um den Heimweg darin anzutreten.

Die Mitternacht war schon vorüber, als wir an der Kate der Druitgin eintrafen. Dort flackerte noch Licht hinter den Läden, und sie öffnete sogleich auf unser Klopfen. Mit dem Kopf stieß ich den Deckel hoch und beeilte mich, in Meikos Kammer zu schlüpfen. Er lag noch immer regungslos dort, mit flachem Atem und fliegendem Puls.

»Ihr habt das Wasser?«

»Ja, Druitgin. Gebt mir einen Becher, damit wir ihm etwas davon einflößen können.«

Kristin und die Heilerin bemühten sich, Meiko aufzurichten, aber es war Melvinius, der ihnen den Becher aus der Hand nahm und dem es gelang, dem Fiebernden einige Tropfen davon auf die ausgedörrten Lippen zu geben. In seinem halb bewusstlosen Schlummer leckte er sie ab und seufzte. Der Pater tropfte weiter Nass auf seinen Mund, und wieder und wieder nahm der Fiebernde davon zu sich. Lange Zeit saß der alte Mann bei dem jungen, und mit sanfter Geduld hatte er ihn schließlich dazu gebracht, den ganzen Inhalt des Bechers zu schlucken. Ich war zwischendurch immer mal wieder eingedöst, merkte nur, dass die anderen den Raum verlassen hatten. Später, im Morgengrauen, war auch Melvinius auf seinem Stuhl zusammengesunken und schlief. Meiko hatte sich ein paarmal bewegt, war aber nicht wach geworden. Am Vormittag war es Kristin, die sorgsam Tropfen für Tropfen auf seine Lippen träufelte, und als die Mittagszeit nahte, übernahm Jehan diese Aufgabe.

Mir wollte scheinen, als ob die Hitze allmählich aus Meikos Körper schwand und sein Herz ruhiger zu schlagen begann. Ich erlaubte mir einen kurzen Spaziergang um die Hütte, fand im Garten Jezabel und berichtete ihr von dem nächtlichen Ausflug. Sie hörte zwar scheinbar kaum interessiert zu, aber hinter ihren goldenen Augen flackerte ein kleines bisschen Anerkennung auf. Sie gestattete mir, zwei gut gepolsterte Mäuse aus ihrem Revier zu naschen. Von ihr erfuhr ich auch, dass Melvinius am Morgen wieder zum Kloster gegangen war, aber in den Abendstunden zurückerwartet wurde.

In der Krankenstube war alles weitgehend unverändert, die Druitgin saß nun an Meikos Lager und hielt ihm einen Löffel mit Wasser an den Mund. Als ich zu ihm auf die Decke sprang, flatterten seine Lider, und er sog tief den Atem ein.

»Herr Meinhard!«

Seine Augen sahen sich suchend um, und unendlich langsam drehte er den Kopf.

»Herr Meinhard, seid Ihr wach?«

»Druitgin?«

Es war kaum hörbar, aber die Heilerin atmete erleichtert auf.

»Ihr hattet ein böses Fieber, doch es scheint nun gebrochen zu sein.«

»Wirre Träume«, murmelte Meiko, »von Wasser.«

Er sank wieder zurück und schlief ein. Doch es war

nun ein ruhiger Schlaf mit tiefen Atemzügen, der mich ebenfalls einschlummern ließ.

Auch ich war beruhigt und hoffte, diese Kapitel käme nun zu einem guten Abschluss.

Aber dann gab es doch noch eine unerwartete Wendung, die manche dunklen Punkte darin erhellte.

Ein vergangenes Kapitel

Melvinius kam wie versprochen gegen Abend wieder, und als er sich an Meikos Lager setzte, wachte der schließlich auf.

»Pater!«, krächzte er leise.

»Still, mein Sohn.«

Meiko schüttelte den Kopf.

»Was ist geschehen?«, wollte er wissen, richtete sich auf und stöhnte gequält.

»Du hast Schmerzen, nicht wahr?«

»Hier und da. Trotzdem, helft mir hoch!«

Melvinius stopfte ihm ein weiteres Polster hinter den Rücken und reichte ihm den Becher mit dem Kräutertrank, den die Druitgin gegen die Schmerzen gebraut hatte.

»Die Heilerin sagt, es braucht seine Zeit, bis die Wunden verheilen. Aber sie scheint ihr Handwerk zu verstehen.«

»Das tut sie wohl. Aber ich habe lange geschlafen.«

»Drei Tage. Nun gut, jetzt scheinst du wach und bei Sinnen zu sein. Es wird dir vermutlich nicht schaden, wenn ich dir berichte, was in der Zwischenzeit geschehen ist.«

Meiko nickte, und ich spitzte die Ohren.

»Es wird verbreitet, der Herr von Rommerskirchen sei auf der Jagd verunglückt. Auch unser Infirmarius bestätigte, die tödlichen Wunden seien durch einen Luchs verursacht worden. Von dem Hund, der ihn begleitet hat, fehlt jegliche Spur. Ist dir das recht?«

»Ja, Pater.«

»Der Advocatus wurde benachrichtigt. Er war heute Nachmittag bei mir, und im Beisein des Abtes habe ich ihm das Testament und die Besitzurkunden übergeben, die Kristin und Clemens in ihrem Haus gefunden haben.«

Eine ruckartige Bewegung warf mich fast vom Lager.

»Ihr habt das Testament?«

»Wie es scheint, hatte die Moen es unter einer besonderen Diele in ihrem Haus versteckt. Unsere Mirza hier hat den entscheidenden Hinweis gegeben.«

Meiko drehte sich zu mir herum, und über sein blasses Gesicht huschte ein Lächeln. Ich rieb meinen Kopf an seiner gesunden Hand. Er bewegte schwach die Finger, um mich zu kraulen, und ich gab kleine, gurrende Laute von mir, so sehr freute ich mich darüber.

»Ja, Mirza ist eine Katze voller Überraschungen.«

Meiko schloss die Augen und schien wieder einschlafen zu wollen, aber dann sah er plötzlich den Pater mit einem seltsam durchdringenden Blick an.

»So können meine Angelegenheiten jetzt geregelt werden, und sowie meine Kräfte zurückkehren, werde ich mein Erbe antreten. Aber Ihr, Pater Melvinius, tragt etwas auf Eurem Herzen. Ich fühle es.«

»Ja, Meinhard, ich trage seit langer Zeit eine große Last mit mir herum. Und warum auch immer, es ist mir jetzt und hier ein Bedürfnis, dir davon zu berichten. Fühlst du dich stark genug, einer Geschichte zuzuhören?«

»Ich fühle mich erstaunlich kräftig. Sprecht nur.«

»Vor nun bald achtundvierzig Jahren trat ich als junger Mann in das Kloster ein. Ich tat es mit dem aufrichtigen Wunsch, mein Leben der geistlichen Arbeit zu weihen. Man erkannte meine Wissbegier und meinen Lerneifer, und bald schon wurde ich zum Priester geweiht. Du weißt, unser Orden widmet sich der Seelsorge in den Gemeinden, und ich erhielt einen kleinen Sprengel, den ich zu betreuen hatte. Ich gab mir große Mühe, den Menschen die Wunder des Glaubens nahe zu bringen, und meine Predigten waren beliebt. Ein Adliger aus Lannion hörte davon und bat unseren Abt, mich an seinen Hof kommen zu lassen, um ihm und seinen Angehörigen zu dienen. Es war ein sehr bequemes Arrangement, und leider führte es mich in Versuchung. Es gab ein hübsches, junges Kindermädchen dort, Elene.« Melvinius hob die Schultern und seufzte. »Meine Torheit hatte Folgen. Sie wurde schwanger. Weder sie noch ich konnten das der Welt enthüllen, also verließ sie ihre Stellung, und ich bat, wieder ins Kloster zurückkehren zu dürfen. Meine Familie ist nicht unvermögend, Meinhard, und so wurde, über verschiedene Mittelsleute, für Elene gesorgt. An Geld und Unterhalt hat es ihr und dem Kind nie gemangelt.«

»Pater, ich bin recht weit herumgekommen. Glaubt mir, derartige Fälle gibt es zuhauf. Wenige der Geistlichen allerdings kümmern sich anschließend um die Frucht ihrer Sünde.«

Melvinius schüttelte den Kopf.

»Ich bin nicht so einfältig, dass ich über Jahre an dieser Verfehlung getragen hätte. Es ist passiert und in der Tat nicht unüblich. Das Zölibat... nun, man sollte darüber nachdenken, welchen Nutzen es wirklich hat. Nein, es ist Schlimmeres geschehen. Ich übernahm wieder die Aufgabe eines Pfarrers, und diesmal traten in jener Gemeinde einige Fälle von Besessenheit auf. Man bat mich um Exorzismen. Ich tat es halbherzig, weil man mich drängte, und wunderte mich über die Erfolge, die ich damit erzielte. Einen Mann heilte ich von der Vorstellung, nächtens von Succubi, lüsternen Dämonen, verfolgt zu werden, ein Kind von krampfartigen Anfällen und Zuckungen, ein altes Weib von unflätigem Gezeter. Doch war es mir eigentlich immer so vorgekommen, als sei vornehmlich die Aufmerksamkeit, die man diesen Kranken durch die mysteriöse Zeremonie schenkte, das, was ihnen die Erlösung von den Leiden gab.«

»Ihr saht nie den Teufel persönlich aus ihnen herausfahren?«

Meiko hatte schon wieder ein schwaches Grinsen auf den Lippen und sah den Pater fragend an.

»Nein, ich sah den Teufel nie. Aber mein Ruf verbreitete sich, und auch im Kloster selbst hatte ich einige Fälle, die sich an mich wandten. Als unser alter Abt zurücktrat, wurde ich für sein Amt bestimmt. Das war vor zweiundzwanzig Jahren. Für diese Aufgabe war ich noch sehr jung, fünfundvierzig Jahre erst. Ich nutzte die Privilegien, die mir der Titel gab, um Elene und ihre Tochter nach Paimpol zu holen. Elene erfreute sich keiner besonders guten Gesundheit, und sie starb vier Jahre später. Ihre Tochter lebte bei einer angesehenen Händlerfamilie, bis sie mit achtzehn heiratete. Im Jahr darauf gebar sie einen Sohn.«

»Pater?«

»Ja, Meinhard. Beatrice Treguir, deine Frau, war meine Tochter. Jehan, euer wohlgeratener Sohn, ist mein Enkel. Und meine Schuld ist es, dass Beatrice zu jener Engelmacherin ging, statt zu mir zu kommen. Denn weder Elene noch ich haben ihr jemals meine Vaterschaft offenbart. Zu unserem Schutz, nicht zu ihrem. Sie wusste nicht, dass sie sich an mich hätte wenden können. Dass ich Verständnis für sie gehabt hätte und ihr, auf welche Weise auch immer, geholfen hätte.«

Meikos Gesicht spiegelte Verwunderung wider, nicht Zorn.

»Pater, Beatrice hätte auch zu mir kommen können und Verständnis gefunden. Habe nicht ich sie monatelang allein gelassen? Abgesehen davon – sie hätte mir ja auch nicht untreu werden müssen. Sicher, es wäre wohl ehrlicher gewesen, Ihr hättet Euch zu Mutter und Tochter bekannt, aber das mag Eure einzige Schuld daran sein. Ihr habt anschließend dafür gesorgt, dass Jehan in gute Hände kam, und dafür bin ich Euch sehr dankbar. Vielleicht könnt Ihr nun dem Jungen ein Großvater sein. Ich habe den Eindruck, er liebt und vertraut Euch. Und er ist ein äußerst verständiger Junge, er wird auch die Vergangenheit akzeptieren.«

»Du bietest mir große Geschenke an, Meinhard. Ja, ich will Jehan als meinen Enkel anerkennen und ihn auch meiner Familie anempfehlen. Aber ich habe noch eine weitere Bürde zu tragen. Höre auch den Rest der Geschichte.«

»Pater, wäre nicht ein Beichtiger ein besserer Zuhörer als ich?«

»Nein, gewiss nicht. Denn ich will dich etwas lehren.«

»Dann will ich Euch weiter zuhören.«

»Der Tod meiner Tochter machte mir sehr zu schaffen, und ich hegte einen Groll gegen die Engelmacherin, der ich die Schuld daran gab. Kurz danach kam mir der Fall einer weiteren Besessenen zupass, die den Verlust ihres ungeboren Kindes nicht verkraftet hatte und behauptete, Dämonen wollten sie hindern, gesunde Nachkommen zur Welt zu bringen. Auch sie hatte die Hebamme aufgesucht und Kräutertränke von ihr erhalten. So war es mir sehr leicht, bei dem Exorzismus, um den man mich bat, jene Frau zu beschuldigen, eine Hexe zu sein. Sie wurde eingekerkert und gefoltert. Ich wurde an einem späteren Tag zu ihr geholt, um ihr Glaubensfragen zu stellen, und als ich sah, was man ihr angetan hatte, war ich entsetzt. Sie war eine an Leib und Seele gebrochene Frau, kaum mehr als ein blutverkrustetes Häuflein Haut und Knochen. Ich setzte meinen ganzen Einfluss dazu ein, das Verfahren abzukürzen und das Urteil zu mildern. Es gelang mir, sie frei zu bekommen, doch sie wurde des Landes verwiesen. Was mit ihr geschah, konnte ich nicht mehr verfolgen, denn kurz darauf erkrankte ich. Es war eine seltsame Krankheit, die mich befiel. Mein Geist verwirrte sich, und ich konnte zuerst zeitweise, dann in immer längeren Abschnitten nicht mehr recht unterscheiden, in welcher Welt ich lebte. Ich war von dem Wunsch getrieben, in den tiefen Wäldern die Stelle zu finden, an der die Herrin der Quelle die

Wasser des Lebens hütete. Ich irrte oft tagelang umher, kam abgerissen und schmutzig zurück, war nach und nach immer weniger in der Lage, in meinen hellen Augenblicken den Aufgaben im Kloster nachzukommen. Schließlich enthob mich vor sieben Jahren der Bischof des Amtes. Man empfahl mir eine lange Wallfahrt, und so kam ich schließlich hier in das Kloster von Knechtsteden. In der Abgeschiedenheit der Bibliothek gesundete ich allmählich wieder, und der Zwang, in die Wälder zu gehen, legte sich.«

Meiko hatte bei der Erzählung die Augen wieder geschlossen, jetzt aber, als Melvinius verstummte, blickte er wieder auf.

»Ihr seid einen langen, gewundenen Weg gegangen, Pater.«

»Ja, das bin ich. Und nun habe ich das Ziel meiner Wanderungen erreicht.«

»Wie das?«

»Hier traf nun alles zusammen, Meinhard. Du erinnerst dich an jene Stumme, die wieder sprechen konnte und die mich verfluchte. Das war Stella, die Frau, die ich beschuldigt hatte, eine Hexe zu sein. Für ihr Leid trage ich die Verantwortung. Du tauchtest hier auf, zusammen mit deinem Sohn, die letzte Verbindung zu meiner Tochter. Und hier im Wald fand ich, wonach ich in meiner Heimat in meinem Wahn gesucht hatte. Den Kristall, der das Haar der Fee umschloss, die heilende Quelle, deren Wasser dir geholfen hat, das Fieber zu besiegen.«

»Aber Pater – das sind Märchen!«

»Für dich ist es ein Märchen, eine Verkettung von Zufällen vielleicht. Für mich ist es ein Wunder.« Melvinius hob mich von dem Lager und setzte mich auf seinen Schoß. »Du hast diese Katze in meine Bibliothek gebracht, Meinhard. Sie hat, ob wissentlich oder einfach aus tierischem Instinkt heraus, dazu beigetragen, dass ein Unrecht geheilt wurde.«

Meiko sah mich nachdenklich an.

»Sie ist eine seltsame Katze, das kann auch ich nicht leugnen. Sie hängt an Euch, mehr als ich es je bei einem Tier erlebt habe.«

»Falsch, Meinhard. Sie hängt an dir.«

»Mau!«

»Aber …«

»Lass es dir von deinem Sohn erzählen, was sie tat. Ich höre, er ist gekommen, um dich zu sehen, und er wird sehr glücklich sein, dich wieder unter den Lebenden anzutreffen.«

Melvinius setzte mich auf das Lager und erhob sich. Ich aber fand es nachdrücklich an der Zeit, mich meinen eigenen Problemen zu widmen, und schloss mich ihm leise maunzend an, als er die Stube betrat. Mein eindringliches Kratzen an dem Deckelkorb verstand er sofort und öffnete ihn für mich.

»Du willst nach Hause, Mirza?«

»Mau!«

»Nun, dann komm, Dicke. Ich bin sicher, Meinhard wird morgen auch wieder im Kloster sein.«

Das nächste Kapitel schrieb die Natur mir vor. Ausschließlich sie!

Ein natürliches Kapitel

Ich verbrachte die Nacht bei Melvinius, aber in den Morgenstunden spürte ich, es war an der Zeit, die Hütte aufzusuchen. Ich schlich mich aus der Kammer und trollte mich in Richtung Kräutergarten. Raureif hatte die letzten Blätter und braunen Halme weiß gefärbt, trockenes Laub knisterte unter meinen Pfoten. Der Winter würde bald seinen kalten Griff verstärken, und mich dauerten die Kleinen, die nun auf die Welt drängten. Hoffentlich fand ich genug Nahrung für sie.

Durch das Fenster sprang ich in die Hütte und richtete mir auf dem Deckenlager eine gemütliche Kuhle ein. Dann nahm ich die Aufgabe in Angriff, die die Natur mir gestellt hatte.

Das Tageslicht war schon im Schwinden begriffen, als sich vier kleine, blinde Würmchen sauber geputzt und gesättigt an meinen Bauch drängten. Ich schnurrte sie in den Schlaf, um ihnen das Einleben in dieser Welt zu erleichtern. Es waren hübsche Kätzchen, und ich war ziemlich stolz auf sie. Eines war schwarz und würde weiße Stiefelchen und einen weißen Latz bekommen, zwei weitere waren ganz und gar schwarz, und ein viertes würde wohl einmal meine roten Ohren haben. Wir verbrachten eine ruhige Nacht miteinander. Manchmal drückten sie hungrig ihre kleinen Tatzen in meinen Bauch, und wenn sie getrunken hatten, putzte ich sie sorgfältig von oben bis unten ab. Einzig auf sie konzentrierte ich meine ganze Fürsorge, nichts anderes war in dieser Zeit von Wichtigkeit.

Am dritten Tag klapperte es am Fenster, und Diabolo sprang in die Hütte. Er hatte doch wahrhaftig eine Wurst dabei!

»Dachte, du könntest hungrig sein«, murmelte er verlegen und linste nach dem Welpenhaufen an meinem Bauch.

»Könnte sein!«, bestätigte ich auch und empfand geradezu eine Gier, über die Wurst herzufallen. Sie war nicht schlecht.

Während ich sie vertilgte, begab sich Diabolo ebenfalls auf das Lager und unterzog die Kätzchen einer genaueren Musterung. Schließlich leckte er sie sorgfältig ab.

»Hübsch.«

»Mh.«

»Deine Menschen suchen dich.«

»Möglich. Aber im Augenblick will ich noch nicht gestört werden.«

»Verständlich. Ich geh dann wieder.«

»Diabolo?«

»Mh?«

»Du könntest auch bleiben.«

»Mh.«

»Sie brauchen viel Wärme.«

»Mh!«

Er blieb, und wir bildeten einen pelzigen Kokon um die Jungen, die blind und tapsig ihre Nahrung suchten oder einfach nur schliefen. In den Dämmerstunden ging Diabolo jedoch auf die Jagd, und wenn ich auch keinen besonders großen Hunger hatte, so fand ich es doch sehr nett von ihm, mir von seiner Beute den einen oder anderen Happen abzugeben. In der fünften Nacht wurde ich einmal wach und sah das bärtige Gesicht Ragunas an der Fensterluke. Die Pinsel oben an ihren Ohren zitterten erfreut, als ich ihr meinen Nachwuchs präsentierte. Am Morgen zerrte Diabolo eine etwas zerfledderte Ente herein.

Und dann, am achten Tag, bemerkte ich, dass die kleine gestiefelte Katze das erste Mal mit ihren runden Kulleraugen neugierig umherblickte. Die drei andern folgten ihrem Beispiel kurz darauf.

»Sie müssen in der Hütte sein, Großvater«, hörte ich am Nachmittag Jehans Stimme. »Der schwarze Kater streicht beständig darum.«

»Dann wollen wir mal einen Blick hineinwerfen. Aber leise und langsam, mein Junge, damit wir sie nicht erschrecken.«

Mit einem Knarzen öffnete sich die Tür, und Licht fiel auf mein Lager.

»Oh, schaut! Da sind die Kätzchen!«

»Mirza, meine Liebe!«

Ganz gerührt streichelte mich Melvinius, und ich ließ ihn die Kleinen vorsichtig in die Hand nehmen. Von diesem Tag an fand ich morgens und abends jeweils eine Schale dicker Milch und klein gehacktes Fleisch vor. Und schließlich war ich der Meinung, die Kätzchen könnten auch einmal eine Weile ohne mich auskommen, und nahm meine Runde in den Gärten wieder auf.

Die Bäume waren kahl geworden, die Tage dunkel

und wolkenverhangen. Aber der Frost schien noch auf sich warten zu lassen. Die Gärten waren abgeerntet, die Scheuern und Darren wohlgefüllt. Die Zeit, die ich mit der Geburt und Pflege meiner Kinder verbrachte, hatte mich fast die wunderlichen Wege der Menschen vergessen lassen, und meine Neugier ihnen gegenüber war beinahe eingeschlafen.

Beinahe.

Als ich jetzt die Basilika hoch aufragen sah, kitzelte mich erstmals wieder der Wunsch, zu wissen, ob Kristin oder Clemens noch darin arbeiteten. Also lenkte ich meine Schritte zum Portal.

Es war geschlossen.

Mäusedreck!

Aber wo ein Wille, da ist auch ein Weg, und nichts bringt die kätzischen Lebensgeister so in Schwung wie eine geschlossene Tür.

Die der Küche war es nicht.

Engelbert, rund und träge, lag am Herd und döste. Ich zwickte ihn in den Schwanz.

»Du schon wieder!«, murrte er. »Was willst du?«

»Eigentlich wollte ich in die Basilika, aber da ich dich hier gerade treffe, könnte ich auch die Gelegenheit nutzen, etwas über den neuesten Klatsch und Tratsch zu hören.«

Wenn Engelbert etwas noch mehr schätzte als seine Ruhe, dann war es der Klostertratsch. So erfuhr ich, dass Meiko sich noch ein paar Tage in der Infirmerie aufgehalten hatte, dann aber nach Rommerskirchen geritten sei. Der Abt habe ein großes Theater um ihn gemacht. Werter Herr hier und Edler Herr da, und die Bücher, die der Sivert ihm verkauft hatte, habe er ihm selbstverständlich wieder zurückgegeben. Ganz zerknirscht sei Vater Ignaz gewesen, weil er so lange blind für das wüste Treiben des vormaligen Herren von Rommerskirchen gewesen sei. Meinhard habe jedoch noch nicht einmal so getan, als ob er ihm Glauben schenkte.

»Was ist eigentlich mit Arnoldus geschehen? Sonnt er sich noch immer im Wohlwollen des Abtes?«

Engelbert gab ein für seine Verhältnisse geradezu bösartiges Fauchen von sich.

»Arnoldus war zutiefst erschüttert, hörte ich sagen, als der Leichnam seines Freundes in das Herrenhaus gebracht worden ist. Er habe laut geschluchzt.«

»Ach ja?«

»Er kam zwei Tage darauf hierher zurück und fand das Klima äußerst frostig. Die Loyalität des ehrwürdigen Vaters gilt immer demjenigen, der Macht, Einfluss und Vermögen hat. Da er inzwischen von Meinhards Erbe und den üblen Intrigen und Anschlägen wusste, hat er Arnoldus scharf zur Rechenschaft gezogen. Es wird gesagt, Arnoldus habe laut geschluchzt.«

»Ach ja!«

»Er hat sich auf eine lange Wallfahrt begeben. Nach Jerusalem, wurde gemunkelt. Im härenen Büßerhemd und barfuß.«

»Ich nehme an, damit hat er nun Grund zu schluchzen!«

»Oh ja!«

Menschen ohne Winterfell vertragen die Kälte nicht gut, und ohne ihre Stiefel und Schuhe sind ihre Hinterpfoten recht empfindlich. Doch ich kann nicht behaupten, dass großes Bedauern über das Schicksal des

Diakons mich beutelte. Ebenso wenig wie Engelbert, der still eine Weile in Gedanken bei dem schluchzenden Arnoldus weilte.

Er fuhr aber schließlich fort: »Die Dame Caroline war auch hier, sagt man. Sie hat Meinhard besucht. Es heißt, Meinhard sei derjenige gewesen, der ihr die letzte Nachricht von ihrem Sohn gebracht hat. Er ist ihm auf seinen Reisen begegnet, dann aber verschollen und für tot gehalten worden. Doch nun hat sie eine neue Botschaft erhalten, und es scheint Hoffnung zu geben, dass er doch noch lebt. Meinhard hat versprochen, der Meldung nachzugehen, sowie er seine Angelegenheiten geregelt hat.«

»Das wird das hohlköpfige Huhn und die gefiederte Frau Johanna nicht besonders erfreuen.«

»Sie haben, den Gerüchten zufolge, die Gegend bereits verlassen. Ziemlich fluchtartig, hört man.«

»Ebenfalls in härenem Hemd und barfuß?«

»Nein, aber zornig schluchzend.«

»Ach ja!«

Ich streckte mich befriedigt einmal vorne, einmal hinten lang.

Dieses Kapitel konnte man also getrost zuschlagen.

Ein zärtliches Kapitel

Am nächsten Tag fand ich das Kirchenportal geöffnet. Ich schlüpfte ins Innere.

Welch eine Veränderung! Die Vorhänge zwischen den Säulen waren entfernt, das Gerüst abgebaut, Tiegel und Töpfe, Pinsel und Spatel, Eimer und Näpfe verschwunden. In seiner ganzen Schönheit lag das Wandgemälde vor mir. Da war die schwangere junge Frau mit den Lilien, dann mit dem Kind auf dem Arm, die Szene im Tempel, in der Melvinius und ich abgebildet waren, es folgte die finstere Pieta und als Letzte die Frau, die in Wolken gehüllt von flatternden Kleinkindern gekrönt wurde.

Wieder war ich versucht, in die grünenden Landschaften zu steigen, aber ich wusste es ja inzwischen besser, auf welche Weise Meister Clemens und Kristin diesen Effekt erzeugt hatten.

Dann aber stutzte ich. Nicht nur, dass die Bilder fertig waren, sie hatten auch eine kleine Änderung erfahren. Eine wunderbare Änderung, wie mir schien. Denn Maria, deren Gesicht mir immer sehr alltäglich vorgekommen war, trug nun ganz andere Züge. Kristin musste sie doch gesehen haben, die Herrin der Quelle. Es war ihr Antlitz, überirdisch schön und gütig, das mich aus fünf Bildern anlächelte. Und noch eine Veränderung fand ich. Im zweiten Säulenbogen, da, wo jene Maria an einem Brunnen saß und ihr Kind stillte, da lagen zu ihren Füßen nicht nur Lamm und Hase, Igel und Füchslein zwischen Farnen und Vergissmeinnicht, sondern da lag auch eine dreifarbige Katze.

Mit schwarzem Schwanz – wie der meine.

Und schwarzer Nase – wie die meine.

Und roten Ohren – wie die meinen.

Und einer – hier musste ich doch wirklich stutzen – hauchfeinen, goldenen Aureole. Nicht die meine.

»Man könnte es für blasphemisch halten, nicht wahr, Mirza? Aber ich muss der Künstlerin in diesem Fall ein aufmerksames Augen zugestehen. Du bist ein Wunder von einer Katze.«

Meiko!

Meinhard.

Der Herr von Rommerskirchen.

Er sah so verändert aus.

Kein bisschen mehr der Gärtnerbursch, nicht der raue Seefahrer, nicht der schlichte Landedelmann mehr. Ein Herr, wahrhaftig. In seidenen Gewändern, einer schwarzen Samtschaube und blanken Stiefeln.

Ich machte einige vorsichtige Schritte rückwärts. Er war mir so fremd.

»Mirza, erkennst du mich nicht mehr?«

Doch, aber würde er noch eine magere Hofkatze mögen?

Er kniete sich nieder und hielt mir höflich die Hand hin.

Ich blieb noch immer in sicherer Entfernung hocken.

»Ach, Kätzchen, ich wäre wohl besser der struppige Gärtner geblieben. Alle Frauen, die ich liebe, weichen jetzt vor mir zurück. Kristin genau wie du!«

Kristin? Aber sie hatte doch um ihn geweint? Sie hatte sich um ihn gesorgt. Sie hatte ihn gepflegt.

Meinhard sah so unglücklich aus, dass ich einfach näher kommen musste. Ich schnupperte an seinen Fingerspitzen und war beruhigt. Unter all dem Putz und der vornehmen Gewandung roch er noch immer wie Meiko. Ich gurrte ihn an, wie ich auch meine Kinder zur Begrüßung angurrte.

Er kraulte meinen Nacken.

»Du hast vier kleine Kätzchen bekommen, hat Jehan mir erzählt. In meiner Hütte. Darf ich sie mir ansehen?«

»Mau!«

Mutterstolz lässt sich nicht verstecken! Ich eilte vorweg.

Als er die Tür der Hütte öffnete, kam das erste Vorwitzchen auch schon herbei und beschnüffelte seine Stiefelspitze. Natürlich das rotohrige, welches wohl sonst? Ich schnappte es im Nacken und trug es wieder zum Lager zu den drei anderen. Sofort versammelten sie sich um mich, warfen mich schier um und begannen, mit ihren Pfoten meinen Bauch zu kneten. Schnurrend blickte ich zu Meiko und forderte seinen Kommentar.

»Hübsch sind sie. Alle vier. Die schwarzen haben etwas Diabolisches an sich, was, Mirza?«

»Mau!«

Nicht nur sie. Aber die besonders!

Er blieb bei mir sitzen, ganz ruhig und geduldig, und als die Kleinen fertig getrunken hatten, nahm er sie eins nach dem anderen hoch und betrachtete sie gründlich. Noch waren ihre Ohren rund und nach unten geschlappt, ihre Schwänze dünn und kurz wie die von Mäusen, aber alle vier hatten einen klaren Blick, und dank der Fürsorge von Diabolo und Melvinius waren sie auch keine unterernährten Stoppelkätzchen. Wenn ich sie durch den Winter brachte, würden sie gute, kräftige Katzen werden.

Meiko hielt nicht mit Lob zurück und hatte ein gutes Händchen für die Kleinen. Sie spielten voller Eifer mit seinen Fingern und den Ärmeln des Gewandes. Vorwitz kletterte sogar bis zu seinem Kopf hoch und krallte sich in seinen Haaren fest.

Von draußen erklangen Stimmen.

»Jungfer Kristin, Ihr müsst sie Euch ansehen. Sie sind so niedlich!«

Jehan war, wie ich feststellen durfte, ebenfalls ins Kloster gekommen und hatte Kristin überredet, mich zu besuchen. Doch als sie durch die Tür trat und Meiko an meinem Lager sitzen sah, da wollte sie mit einem kurzen Gruß eilends die Flucht antreten.

»Jungfer Kristin, kommt her und bewundert Mirzas Nachwuchs!«

Er pflückte Vorwitz von seinem Haupt.

»Später, Herr von Rommerskirchen. Ich bin nur kurz auf Besuch bei Pater Melvinius!«

»Ich bin sicher, er hat großes Verständnis dafür, wenn Ihr die Kätzchen begutachtet. Hier, dieses scheint eine besondere Vorliebe für Euch zu haben.«

Geschwind hatte Meiko das Gestiefelte der zögernden Kristin an die Schulter gesetzt, wo es sich in dem weichen, wollenen Umschlagtuch mit einem vertrauensvollen Maunzen festklammerte.

Wer kann schon dem Zauber einer kleinen Katze

widerstehen? Ganz gewiss nicht solche feinfühligen Frauen wie Kristin. Sie gab leise Laute von sich, die den meinen sehr ähnlich waren. Äußerst sprachbegabt zeigte sie sich dabei, stellte ich fest.

Jehan hatte sich lautlos davongestohlen und die Tür hinter sich zugezogen.

»Wie schade!«, murmelte sie dann.

»Was bedauert Ihr, Jungfer?«

»Dass ich keines von ihnen mitnehmen kann.«

»Ihr verlasst uns also wirklich?«

»Ja. Clemens und ich sind hergekommen, um uns von Pater Melvinius zu verabschieden. Übermorgen brechen wir auf.«

»Wohin führt Euch Euer nächster Auftrag?«

»Nach Nijmegen. Clemens hat endlich einen Auftrag als Baumeister erhalten.«

Meiko nickte.

»Ich hörte davon. Ein Weinhändler aus Köln, der dort ein Stadthaus errichten möchte, nicht wahr?«

»Johan Steynkopf. Es ist ein Anfang, aber mein Bruder ist sehr glücklich darüber.« Und dann fragte sie misstrauisch: »Ihr kennt den Johan Steynkopf nicht zufällig?«

»Jungfer Kristin, ganz zufällig bin ich ihm auf einer meiner Reisen begegnet.«

»Dem Joeris van Broichen und dem Godard Overkamp auch?«

»Rein zufällig, ja!«

»Ihr habt ihnen meinen Bruder empfohlen?«

»Ist das verwerflich, Jungfer Kristin? Meister Clemens leistet ausgezeichnete Arbeit. Warum also sollte ich ihn nicht empfehlen?«

Kristin druckste ein wenig herum und murrte dann: »Er kann seinen Weg auch selbst machen, ohne Euch verpflichtet zu sein.«

»Er muss sogar seinen Weg selbst machen. Wenn sein Werk den Herren nicht gefällt, wird auch meine Empfehlung ihm nicht helfen. Aber warum wollt Ihr Dellenhofen so bald verlassen? Es besteht keine Notwendigkeit, und im Winter ist Reisen sehr unbehaglich. Bleibt doch bis zum Frühjahr hier.«

Kristin schüttelte heftig den Kopf und wollte Stiefelchen wieder auf das Lager legen. Aber mein Kleines hatte Instinkt. Es krallte sich fester.

»Es will nicht fort von Euch«, bemerkte Meiko mit einem Lächeln. »Würdet Ihr meinen Vorschlag annehmen, könntet Ihr es mitnehmen. Wir haben einen großen Mangel an Katzen auf dem Hof. Und seit die Hundemeute fort ist, könnten sie dort ein gutes Leben führen.«

»Nein. Ich möchte, dass Clemens' Wunsch endlich in Erfüllung geht.«

»Es spricht nichts dagegen. Er wird seine Häuser entwerfen und bauen. Auch ohne Euch. Sagt, habt Ihr keine Wünsche, Kristin?«

Da Kristin kein Häubchen trug, konnte ich sehen, dass sie plötzlich ebenso rote Ohren hatte wie ich. Mit sanfter Gewalt zupfte sie das Pelzchen von ihrer Schulter und legte es mir an den Bauch.

»Lebt wohl, Herr von Rommerskirchen.«

»Bleibt, Kristin.« Meiko hatte ihre Hand genommen und stand auf. »Was habe ich Euch getan, dass Ihr es so eilig habt, von hier fortzukommen? Ich hatte einst das Gefühl, wir seien recht gute Freunde geworden.«

»Es war anders. Einst.«

»Trauert Ihr meinem Bruder nach?«

Wieder heftiges Kopfschütteln.

»Kristin, ich schätze Euer Talent sehr. Warum wollt Ihr nicht mein Angebot annehmen und unserem Kirchlein zu einem Kunstwerk verhelfen?«

»Clemens …«

»Clemens kann seine Zeichnungen für das Haus auch in Rommerskirchen erstellen.«

Kristin schüttelte noch einmal den Kopf. Jetzt waren nicht nur ihre Ohren, sondern auch ihre Wangen gerötet. Sie sah zu Boden.

»Ich würde für Euch auch Mirza und ihre Kinder mitnehmen, Kristin, damit Ihr hübsche Motive habt«, bot er mit einem zärtlichen Lächeln an. »Könnt Ihr da wirklich widerstehen?«

Kristin hob den Kopf und blickte Meiko ganz gerade in die Augen.

»Edler Herr, verzeiht, doch Ihr spielt mit mir und fügt mir Schmerzen zu. Lasst mich gehen.«

»Kristin, ich will Euch nicht wehtun. Wie kommt Ihr darauf? Und ich spiele auch nicht mit Euch. Ich möchte, dass Ihr bei mir bleibt.«

»Hört auf, Herr Meinhard. Hört auf! Ihr habt selbst gesagt, eine wie ich ist keine standesgemäße Partie für einen Herrn von Rommerskirchen. Ich mag wohl nicht standesgemäß sein, aber eine ehrbare Jungfer bin ich dennoch. Euer Angebot beleidigt mich!«

Sie zerrte an ihrer Hand und versuchte sich loszumachen. Meiko war jedoch kräftig genug, sie zu halten. Ja, er zog sie sogar noch näher an sich und legte ihr den Arm um die Taille.

»Ich verstehe, Kristin. Diese unbedachte Äußerung war es, die dich abschreckt. Doch ich bezog sie auf den damaligen Herrn von Rommerskirchen, und der war allemal nicht standesgemäß für dich. Ich aber würde mich sehr bemühen, Meisterin Kristin, deinem hohen Rang gerecht zu werden. Vielleicht überzeugt dich ja ein reicher Hof und ein Handelshaus in Antwerpen als Mitgift. Wenngleich natürlich mein ungeratener Sohn die Waagschale wieder senken könnte. Andererseits gibt es so viele kahle Wände im Herrenhaus, die der Hand einer Künstlerin harren.«

»Jehan ist nicht ungeraten!«

»Nein? Du könntest dich überwinden, ihm eine mütterliche Freundin sein?«

»Na ja …«

»Und mir ein liebendes Weib?«, flüsterte Meiko in die roten Öhrchen.

Sie verbarg ihr Gesicht an seiner Schulter und nickte.

Ich bemerkte, dass ich in den letzten Augenblicken vor Anspannung ganz starr geworden war, und lockerte meine verkrampften Muskeln. Menschen sind manchmal den Katzen gar nicht so unähnlich. Kristin und Meiko hatten ihre Rolle als Umworbene und Werber sehr hübsch gespielt. Jetzt schleckten sie sich gründlich ab.

Ich schleckte meine Kleinen ab.

Dem letzten Kapitel sah ich nun mit großer Befriedigung entgegen.

Das letzte Kapitel

Als das Jahr sich gewendet hatte und die Tage wieder länger wurden, zogen meine beiden schwarzen Katerchen, das rotohrige Kätzchen, Diabolo und ich nach Rommerskirchen um. Stiefelchen blieb bei Melvinius, sie hatte ihn lieb gewonnen und genoss es, in seiner warmen Kammer zu hausen. Ich hatte ihr sorgfältig Unterricht im Mausen gegeben und ihr auch die Bibliothek gezeigt, damit sie meine Aufgaben in angemessener Form übernehmen konnte. Ich selbst bezog das Herrenhaus, in dem nun auch Jehan und Frau Kristin lebten. Die Elspet in der Küche überraschte ihren Herren damit, dass sie ihm erzählte, sie habe mich schon einmal in ihrem Reich angetroffen. Überaus nachdenklich kraulte Meiko mich, als er ihr zuhörte. Auch er erinnerte sich an die dreifarbige Katze, die sich seiner Kinderfrau so eng angeschlossen hatte, und endlich erzählte er Elspeth von ihr. Sie war meine Mutter, ganz gewiss, die sehr alt geworden war. Sie hatte im Haus gelebt, nicht in den Ställen. Doch für ihren letzten Wurf hatte sie die kleine Grotte im Rosengarten aufgesucht. Das gefleckte Kätzchen war ihr einziges und letzte Kind.

Meiko nickte zustimmend, als die Köchin davon sprach, und meinte, die Moen habe immer gesagt, sie sei eine besonders kluge Katze. Allerdings schwieg er beharrlich, als Elspet die Vermutung aussprach, ich sei diese letzte Tochter der alten Kätzin, die irgendwo auf dem Gutshof ihr Revier habe. Ich bemerkte, dass er versuchte, sich einen Reim darauf zu machen, wie ich, die er ja eigenhändig aus dem Haus der Moen ins Kloster entführt hatte, in die Rommerskirchener Küche gelangt war.

Jehan half ihm schließlich dabei, diese Frage zu beantworten, denn er erinnerte sich nur zu gut daran, wie ich ihn, das Beutelchen mit dem Feenstein schleppend, zwei Tage später im Wald gefunden hatte. Nachdem er das vernommen hatte, führten Meiko und ich in der Nacht ein langes, vertrauliches Gespräch miteinander, in dem er mir und meinen Nachfahren jeden erdenklichen Schutz versprach.

Diabolo hatte die Ställe für sich und die beiden Jungkater ausersehen und räumte zusammen mit ihnen mächtig unter den Nagern auf. Meine Rotohrige aber zog es oft in den Wald. Manchmal brachte sie mir Grüße von Raguna, und einmal schwärmte sie mir von einem prächtigen Wildkater vor. Aber lassen wir das.

Melvinius besuchte uns oft, er hatte Arnoldus' Aufgaben in der Kirche übernommen, und Meiko saß anschließend immer noch lange mit ihm zusammen und disputierte mit ihm über seine Predigten und die vielen Bücher, die überall herumlagen. Ich habe manches dazu gelernt. Es scheint, einige Menschen sind sogar zu durchaus vernünftigen Einsichten fähig.

Und – ganz nebenbei bemerkt – traute sich keine einzige Maus in das wohl ausgestattete Bücherzimmer, in dem es sich so ersprießlich ruhen und nachdenken ließ.

Die Jahreszeiten zogen vorüber, nicht nur ich bekam einmal im Jahr einen hübschen Wurf oft sehr schwarzer Kätzchen, auch Kristin hatte sich dreimal in ihr Zimmer zurückgezogen. Sie hatte aber jeweils nur ein Junges vorzuweisen. Meiko und sie behielten alle. Etwas überrascht hatte es mich, dass die Katryn nun auch auf dem Hof weilte, als Amme und Kindermädchen. Ihr eigenes Töchterchen wurde zusammen mit Kristins Kindern aufgezogen, und Meiko nannte es seine Nichte.

Besonders gerne rollte ich mich auf seinem Schoß zusammen, wenn er den Kindern Abend für Abend die zauberhaftesten Märchen erzählte. Er schuf für sie vielgestaltige und farbige Welten voll Liebe, Vertrauen und Wunder, und erstaunlich oft kamen darin schöne Feen und kluge Katzen vor. So wuchsen sie heran mit der Achtung vor aller Kreatur und dem Glauben an das sinnvolle Wirken der Schöpfung.

Melvinius aber war im Laufe der Jahre allmählich gebrechlicher geworden und blieb oft fort. Eines Tages im Mai kam Jehan, nun ein erwachsener und sehr ansehnlicher junger Mann, zu mir und bat mich in den Korb.

»Der Pater hat darum gebeten, Mirza«, erklärte er mir. Und ich ahnte, was geschehen war. Wir erreichten an diesem wundervollen Frühlingsabend das Kloster und wurden zu Melvinius geführt, der schwach auf seinem Lager ruhte. Stiefelchen war bei ihm, aber sie brauchte mir nicht viel zu erklären. Sein Herz holperte und stolperte kraftlos, und seine Augen wirkten eingesunken und müde.

»Jehan, Mirza, bringt mich zur Quelle!«

»Ja, Großvater.«

Sehr langsam und mit vielen Pausen wanderten wir drei über enge Wildpfade durch den blattgrünen Wald. Es schien, als ob alle Knospen an diesem Abend aufgebrochen waren und alle Blüten ihre Kelche öffneten. Ihr süßer Duft schwebte über den Hügeln und begleitete uns auf dem Weg zur Quelle.

Sie erwartete ihn schon dort, wo das silbrige Wasser schäumte, und mit einem das Herz berührenden Lächeln streckte sie die Arme nach ihm aus.

»Es ist an der Zeit!«, sagte Melvinius. Alle Schwäche fiel von ihm ab. Noch einmal umarmte er seinen Enkel, hob mich in seine Arme und flüsterte mir liebevolle Abschiedsworte in die roten Ohren. Dann ergriff er den goldenen Kelch, den die Herrin der Quelle ihm reichte, und trank ihn bis zur Neige aus.

»Auf Wiedersehen, Mirza!«, sagte der silberne Feenprinz, und auch die Schöne fuhr mir sanft über die Stirn.

»Über Jahr und Tag wirst auch du hier von der Quelle trinken«, versprach sie. Dann löste sich das Bild der beiden in einem tanzenden Nebel über dem Wasser auf.

Und damit endet auch dieses Kapitel.